My Tree

Jeong gyeong yun

내·나무 1

정경윤 장편소설

내 · 나무　　1

You are my lovely tree

내·나무 1

지은이 정경윤
펴낸이 이형기
펴낸곳 도서출판 가하

초판인쇄 2015년 9월 15일
초판발행 2015년 9월 22일
출판등록 2008년 10월 15일 제 318-2008-00100호

주소 서울 영등포구 양평로 67, 1209 (당산동5가, 한강포스빌)
전화 02-2631-2846   **팩스** 02-2631-1846

www.ixbook.co.kr

ISBN 979-11-295-8479-3   04810
       979-11-295-8478-6   04810(set)

값 12,000원

01
/
그 남자

처음부터 완벽하게 동그라미로 태어나는 사람은 아마 없겠지.

누구나 마찬가지라고 생각한다.

어느 누구에게나 인생이란, 그것이 지식이든 감정이든 혹은 다른 어떤 것이든, 각자의 모자란 부분을 채워 완벽한 동그라미를 만들기 위해 떠나는 여정일 것이다.

단지 그 여행이 내게 있어선 남들보다 조금 더 춥고 조금 더 외롭고, 너무나 아팠을 뿐, 타인과 다를 것은 없다고 생각했다.

언젠가는 이런 내게도 모자란 한 조각을 채울 수 있는, 이제는 정말로 예쁘게 동그래질 것 같은, 더 이상 울면서 잠들지 않아도 될, 그런 때가 오기를 간절히 바랐었다.

그리고 그 해, 나는 드디어 그 바람을 이루었다.

대학에 입학하자마자 휴학하고 도망친 게 바로 엊그제 같은데 어느새 해가 바뀌어 있었다.

1월 초.

바깥세상의 떠들썩한 분위기야 어떤지 몰라도, 외진 강원도 산골 별장촌의 어두컴컴한 새벽은 평소 그대로였다.

차갑고 상쾌한 공기, 눈 쌓인 오솔길, 사람의 흔적이라곤 전혀 없는 눈밭. 나무 위에서 흩날리는 눈송이들은 달콤함에 금세 행복해질 솜사탕 파편처럼 보였다.

그곳에 서연을 괴롭히는 것이라곤 아무것도 없었다.

거기서 내내 조용하고 평온하게 지내다 보면, 떠올리고 싶지 않은 기억들이나 하루하루 살얼음판을 딛는 것 같은 불안감 같은 건 깨끗하게 잊을 수 있지 않을까 하는 생각이었다.

'어쩌면 잊을 수 있을지도 몰라.

어쩌면 그날 그 시각 이전의 나로 돌아갈 수 있을지도 모르지.

어쩌면 난 괜찮아질지도 모른다.

어쩌면, 어쩌면, 어쩌면······.'

그렇게 작은 박스 안에다 '어쩌면'을 잔뜩 눌러 담으며 부질없는 희망을 키우다 오히려 그 안에 갇혀버린 것일까.

희망인지 착각인지 모를 서연의 그것은 그 순간 산산이 부서지고 말았다.

"아······!"

오솔길과 농로가 맞닿는 위치에 외제 중형세단 한 대가 세워져

8

있었다.

그리고 그 앞, 차디찬 눈밭 한가운데에 한 남자가 말 그대로 대(大)자로 드러누워 있었다. 꼭 죽은 사람처럼 말이다.

그 실루엣을 보는 순간 서연이 가장 먼저 머릿속에 떠올린 건, 도와야겠다는 생각이나 무섭다는 느낌이 아니었다.

'아아, 제발 잊게 해줘! 아니, 잊는 건 바라지도 않을 테니 그냥 무시할 수 있게라도 해줘!'

핏기 하나 없이 새하얀 얼굴로 누워 있는 남자의 얼굴 위로 익숙한 장면 하나가 겹쳐졌다.

끔찍한 후회, 누구에게도 말할 수 없는 죄책감, 아무리 발버둥을 쳐도 나는 이제 다시는 괜찮아질 수 없을 거라는 절망과 불안감이 폭풍처럼 밀어닥쳤다.

'아아, 안 돼……!'

그녀가 서서히 목을 죄는 공포와 사투를 벌이고 있던 바로 그때였다.

눈밭 위에 정신을 잃고 쓰러져 있던, 아니, 영락없이 죽어 있다고 생각했던 남자가 갑자기 눈을 번쩍 떴다.

"아……!"

놀라서 내려다보는 서연의 시야에 가장 먼저 각인된 것은 그의 눈동자였다.

새하얀 눈과 강렬한 대비를 이루고 있는, 완벽하게 새까만 눈동자.

그 눈동자를 마주했을 때 그녀가 떠올린 이미지는 검정이 아니라 '희미한 회색'이었다. 그것도 아주 숨 막히도록 지치고 무기력하며 너무도 쓸쓸해 보이는 회색.

죽어 물 위에 떠 있는 물고기의 눈빛으로, 남자는 물끄러미 그녀를 올려다보다 물었다.

"무슨 일이에요?"

꿈결처럼 느릿한 어조였다.

무슨 일이냐고?

오히려 이쪽에서 묻고 싶은 말이지만, 서연은 그때까지도 입술을 꼭 깨문 채 숨을 참고 있느라 아무 말도 할 수 없었다.

미친 듯이 날뛰는 심장 역시 여전히 통제 불능이었다. 지긋지긋한 발작은 약의 도움 없이 가라앉은 적이 없었으니까.

대답이 돌아오지 않자 남자는 상체를 일으켜 천천히 자리에서 일어났다.

불쑥 손을 내밀어 서연의 손을 덥석 잡은 그가 재차 물었다.

"왜 그래요? 도움 필요해요?"

그 순간, 살아오는 동안 단 한 번도 느껴보지 못했던 기묘한 감각이 서연의 온몸으로 퍼져나갔다.

'아아, 뜨거워⋯⋯.'

그의 손은 놀라울 정도로 따뜻했다. 조금 전까지만 해도 눈에 파묻혀 있던 사람의 것이라곤 전혀 생각할 수 없을 정도로 말이다.

그러나 그녀에게 있어서 더 놀라웠던 것은, 처음 보는 남자에게 손을 잡혔는데도 전혀 불쾌하거나 당황스럽게 느껴지지 않았다는 사실이었다.

'왠지 익숙한 느낌인데……, 뭐지……?'

마치 아주 오래전부터 그를 알고 있었던 것 같은 기분이었다.

오랫동안 찾고 있던 것을 발견한 느낌, 쉴 곳을 이제야 찾은 것 같은 안도감, 이유도 없이 서럽게 목 놓아 울고 싶은, 그런 복잡한 감정들이 한꺼번에 서연을 덮쳤다.

그의 손바닥이 맞닿아 있는 곳에서부터 편안하고 나른한 감각이 퍼져나가기 시작했다. 그 감각은 그녀의 혈관 안을 빠른 속도로 타고 지나가 꽉 막혀 있던 숨길까지 틔워주었다.

"하아……."

차갑고 신선한 공기가 폐부에 가득 차는 순간, 흐릿했던 서연의 정신은 또렷하게 맑아졌다.

발작할 것 같은 기분은 어느새 사라지고 없었다. 거짓말처럼 깔끔하게 말이다.

"숨을 전혀 못 쉬던데, 이제 좀 나아요?"

정신이 들고 나니 서연은 그제야 몹시 부끄럽고 당혹스러워졌다.

"괘, 괜찮아요."

그녀가 다급하게 손을 뿌리치고 뒤로 물러서자 남자는 뜨악한 표정으로 어깨를 한번 으쓱했다. 그리고 눈밭을 더듬거리며 뭔가를 찾기 시작하더니 물었다.

"너무 오랜만에 왔더니 눈이 많이 쌓여서 어디가 어딘지 전혀 모르겠네요. 혹시 이 근처에 수성그룹 별장이 어디 있는지 알아요?"

낮고 굵은 음색에 적당한 높낮이. 마치 노래를 부르는 것처럼 달콤하고 나른하게 들리는 목소리였다.

"저 길 따라 쭉 올라가다가 우회전하세요."

애써 길을 물어놓고서 무슨 심보인지.

남자는 서연이 가리키는 방향은 전혀 쳐다보지도 않은 채 여전히 뭔가를 찾는 데에만 집중하고 있었다. 마치 처음부터 길을 찾을 생각 같은 건 없었던 사람 같다.

'뭐야, 이 사람? 이상해. 그러고 보니 멀쩡한 사람이 왜 눈밭에 드러누워 있었지?'

"아, 찾았다."

남자가 찾아낸 것은 얇은 금속 프레임의 안경이었는데, 대체 어쩌다 저런 곳에 처박혔나 싶을 정도로 깊은 눈구덩이 속에 파묻혀 있었다.

'화나서 집어 던진 것 같은데……. 보는 거랑은 달리 다혈질인가?'

몸을 일으킨 남자는 고급스러운 모직코트에 온통 묻은 눈을 털어내기 시작했다.

마지막으로 옷매무새를 가다듬고 가뿐한 한숨을 내쉰 그는 안경을 쓰고서 서연을 똑바로 내려다봤다.

'키…… 엄청 크네.'

매끈한 피부와 짙은 눈썹, 시원스레 뻗은 콧날이나 섹시해 보이는 입술까지, 남자는 보기 드물게 매력적인 외모의 소유자였다.

그런데, 서연을 가만히 내려다보고 있던 그의 얼굴 표정이 조금 달라졌다.

줄곧 무표정했던 남자의 얼굴에 일순 부드러운 미소가 어렸다.

무슨 일이었을까. 그의 지독하게 새까만 눈동자를 마주한 순간, 서연은 왠지 그가 자신을 알아봤다는 느낌을 받았다.

'이 사람……, 뭐지? 나를 아는 것 같아.'

눈동자 역시도 완전히 달라져 있었다.

그는 어느새 죽은 물고기의 그것이 아닌, 생생하게 살아 있는 눈으로 그녀를 내려다보고 있었다.

"아아, 여기 있었구나."

"네……?"

남자의 알 수 없는 말에 놀라던 그때.

새벽어둠에 젖어 있던 눈밭에 밝은 오렌지 빛이 감돌았다. 그리고 곧 눈부신 아침 햇살이 사방을 물들이기 시작했다.

해라는 건 원래 그렇게 갑작스럽게 뜨는 걸까.

아침 해를 등지고 서 있는 남자의 얼굴은 그림자에 가려 잘 보이지 않았지만, 왠지 웃고 있는 것 같았다.

서연이 의문의 남자를 다시 마주친 것은 그날 저녁, 수성그룹 별 장에서 열린 신년모임 연회장에서였다.

"세상에나! 우리 서연 양은 어쩜 볼 때마다 이렇게 예뻐지나 요?"

주위를 에워싼 사람들이 내뱉는 감탄사는 그저 빈말이 아니었 다.

약간 치켜 올라간 눈매에 커다란 눈망울, 오뚝한 코와 도톰한 입 술은 품종 좋은 고양이를 연상케 했고, 가느다란 몸에 제법 도드 라진 볼륨이 묘한 매력을 자아내고 있었다.

화사하면서도 단정한 크림색 원피스 차림에 긴 생머리를 어깨 아래로 늘어뜨린 서연은 참석한 젊은 여자들 중에서 단연코 발군 의 미모로 주변인들의 이목을 집중시키고 있었다.

"은 사장님 댁 외동따님이 그렇게 예쁘다고 소문이 자자하더니, 정말이었네요."

수성그룹 산하 계열사 사장단 중 한 명인 서연의 부친 은 사장은 딸을 칭찬하는 지인들에게 둘러싸여 입이 귀에 걸쳐진 상태였다.

"자식 자랑은 팔불출이라 해도 어쩔 수가 없군요. 허허."

"아유, 그럼요. 우리 공주 보고 있으면 안 먹어도 배부르죠."

겸손하고 교양 있기로 유명한 모친 한 여사까지 덩달아 한술 더 뜨자 서연은 왠지 가시방석에 앉은 느낌이었다.

그때, 누군가가 불쑥 끼어들어 물었다.

"가만. 서연 양이 올해 2학년 올라가던가요?"

그 소리에 돌연 서연의 얼굴이 핼쑥해졌다.

슬쩍 딸의 눈치를 살핀 은 사장이 대신 답했다.

"아……, 실은 얘가 몸이 좀 약해서요. 대학 들어가면서 너무 힘들어하는 것 같아 억지로라도 잠시 쉬게 했답니다. 그동안 몸을 좀 추슬렀으니 이번 학기에는 복학해야지요."

"아아, 네……. 그러셨군요?"

은 사장이 갑자기 난처해하자 말을 꺼낸 사람도 몹시 어색해했다.

그리고 그 사이에 서 있던 서연은 죄지은 사람처럼 저도 모르게 고개를 푹 숙이고 말았다.

'이렇게 될 줄 알았어……. 아빠 대체 날 왜 부른 거야?'

씁쓸한 기분으로 발걸음을 돌려 홀의 구석진 곳으로 자리를 옮긴 서연은 멍하니 허공을 응시했다.

"저기, 최준호 아니야?"

"아아, 준호네! 지난주에 돌아왔다는 소문이 정말이었어."

웅성거리는 소리에 고개를 돌린 서연은 연회장 한가운데서 새벽에 마주쳤던 남자를 발견했다.

그는 세련된 검은 슈트 차림으로 매력적인 미소를 띤 채 여러 사람들에 둘러싸여 인사를 나누고 있었다. 기묘한 첫인상과는 완전히 정반대로 무척이나 신사적이고 쾌활한 모습이었다.

그때, 근처에 있던 몇 사람들이 그를 두고 수군거리는 게 서연의 귀에까지 들려왔다.

"쯧. 얌전히 영국에나 처박혀 있을 것이지 뒤늦게 뭐하러 들어왔지?"

"부모가 하나같이 그 꼴이라도 어쨌든 수성그룹 장손이잖아."

"맞아. 영감이 슬슬 비리비리해지니, 혹시라도 애먼 놈들한테 제 것 뺏길까 봐 전전긍긍하는 거 아니겠어?"

"어차피 여기 있어봤자 제 편 하나 없고 좋은 소리도 못 들을 거, 제 부모 따라 아프리카나 가든지, 아니면 있는 돈 가지고 어디서 흥청망청 쓰고 놀다가 사고라도 당해버리면 좀 좋아?"

"어허, 누가 들으면 어쩌려고. 이 사람이 못하는 소리가 없네."

좋지 않은 눈길로 힐끔거리며 수군거리는 사람은 서연 근처의 사람들뿐만이 아니었다.

수성그룹 회장의 친인척과 관계자들 중 호의적인 눈길로 그를 보는 사람은 전혀 찾아볼 수가 없었다.

'저런 대접을 받고 사는 사람도 있구나. 뭐, 나랑 별 상관은 없지만…….'

다시 원래대로 돌아온 연회장 분위기는 곧 김빠진 탄산음료처럼 심심해졌다.

10분. 아니, 그보다 못 견뎠는지도 모르겠다.

지루함을 참지 못한 서연은 자리를 박차고 일어나 코트를 찾아 입고 밖으로 나섰다.

'발라키레프?'

휴학하고 내려와 10개월째 서연이 묵고 있던 별장은 이곳보다 좀 더 산 아래쪽에 위치해 있었다.

수성 별장의 본관을 나와 정문 쪽으로 향하는 길, 눈발 섞인 찬 바람 사이에 피아노 선율이 실려 왔다.

발라키레프. 이슬라메이였다.

오디오라도 크게 틀어놓은 건가 싶어 가만히 귀를 기울여보니, 녹음된 소리가 아니었다. 누군가가 지금 이 건물 어딘가에서 직접 연주하는 게 확실했다.

강렬한 동양풍 무곡(舞曲)의 악상이 현란하게 펼쳐지는 동안 서연은 마치 누가 잡아당기기라도 한 것처럼 그쪽으로 발걸음을 옮기고 있었다.

그러나 서연이 소리의 진원지인 서쪽 별관에 거의 다다랐을 때즈음, 무슨 일인지, 연주는 갑자기 중단되고 말았다.

바람 소리만 공허하게 울릴 뿐 별관 입구는 조용하기만 했다.

그녀는 모처럼 쉴 곳을 뺏긴 사람처럼 몹시 아쉬운 마음이 들었다.

'다시 돌아갈까? 아니. 연주자가 누구인지 확인이라도 해볼까?'

그때, 안쪽에서 몹시 시끄러운 하이힐 굽 소리가 다가오더니 어둠 속에서 한 여자가 불쑥 나타나 서연에게 몸을 부딪쳐 왔다.

"개자식! 흑……! 앗!"

잘못 들은 게 아니었다.

부딪치기 전 여자가 내뱉은 혼잣말 한마디는 분명 '개자식'이었다.

"어머, 미안해요!"

간단한 사과를 덧붙인 여자는 기다란 인조손톱을 멋지게 붙여놓은 손가락 끝으로 눈물을 닦아내며 쌩하니 도망쳐버렸다.

무슨 상황인지 알고도 남았다.

'차인 건가.'

세상에 별의별 일이 다 있는 건 알고 있지만, 왠지 허탈했다.

'이렇게 여기저기서 흔하게 일어나는 일들인데……, 왜 유독 나한테만 그렇게 나쁜 쪽으로 일어났을까.'

문득, 4년 전의 그 목소리가 서연의 귓가에 울렸다. 깊은 곳에 꼭꼭 숨겨두었던 죄의식이 다시 고개를 들었다.

「은서연, 이 나쁜 년!」

불쾌감이란 건 귀찮은 껌과도 같았다.

떼어내려 하면 오히려 끈적끈적 더 달라붙는 불쾌감을 애써 누르며, 서연은 뭔가에 홀린 듯 별관 안으로 들어가 계단을 밟고 위로 올라갔다.

눈앞에 어둠에 잠긴 홀이 넓게 펼쳐졌다.

홀엔 아무도 없었다.

가구나 장식품 같은 건 하나도 없이 그저 휑하기만 한 마룻바닥 위에 상판이 열린 검은색 그랜드피아노 한 대만이 놓여 있었다.

피아노로 다가가 내려다보니 보면대 위에 이슬라메이의 악보가 펼쳐져 있었다.

"역시……."

그녀가 손을 내밀어 건반을 쓰다듬는 순간, 문득 피아노 상판 너머 창가에서 인기척이 느껴졌다.

아무도 없다고 생각한 건 착각이었다. 눈을 크게 뜨고 건너다보니 어두운 창 한가운데에 한 남자가 기대서 있었다.

입에 뭔가 물고 있는지, 다소 분명치 못한 발음으로 그가 물었다.

"찾는 사람이라도?"

풍, 하는 소리와 함께 사방이 환하게 밝아졌다.

물고 있던 담배에 불을 붙이는 남자는 서연이 오늘 아침에 마주쳤던, 그리고 연회장에서 지금까지도 열심히 씹히고 있을 바로 그 장본인이었다.

'최준호라고 했던가.'

남자의 이름을 떠올리고서 한동안 쭈뼛쭈뼛 서 있던 서연은 잠시 고민하다 되물었다.

"조금 전 이슬라메이……, 그쪽이 연주했어요?"

어둠 속에 잠시 정적이 흘렀다.

가만히 서연을 관찰하고 있던 최준호는 약간 짓궂게 들리는 목소리로 되물었다.

"아니. 왜?"

새벽엔 반말까진 아니었는데, 어째 말이 심하게 짧지 않나.

"아……, 아무것도 아니에요."

당황한 서연이 인상을 찌푸리며 입을 다물어버리자, 준호는 공중에다 담배 연기를 길게 내뿜더니 손을 까딱거렸다.

"이쪽으로 와."

그가 창밖에 뭔가가 있다는 시늉을 하며 자꾸 오라는 신호를 보내자 서연은 호기심을 참을 수가 없었다.

결국 서연은 조심스럽게 걸음을 옮겨 다가가 그와 세 발자국 정도 거리를 두고 섰다.

그를 둘러싸고 있는 담배 냄새 밴 공기가 꽤나 낯설었다. 당당함과 여유, 그리고 뭔지 모를 아슬아슬한 분위기에 그녀는 괜히 주눅이 들었다. 압도되는 기분이었다.

"여기……요?"

준호가 한쪽으로 슬쩍 비키더니 창 한가운데 자리를 내주었다.

"아니, 이만큼 더."

서연은 경계의 눈초리를 거두지 않으며 조심스럽게 창 앞에 섰다.

조금 전 부딪쳤던 여자가 눈밭 한가운데 서서 서럽게 울고 있는 게 그녀의 눈에 들어왔다.

"저 사람이 왜요?"

의아한 눈으로 올려다보자, 준호는 담배 연기를 길게 내뿜으며 느긋한 어조로 중얼거렸다.

"연주자 찾았잖아. 저 여자야."

'거짓말. 절대로 거짓말이야.'

그러나 서연의 입에선 사실 규명 같은 것 대신 전혀 다른, 몹시 뜬금없는 말이 튀어나왔다.

"찾어요?"

"뭐?"

준호는 영문을 모르겠다는 표정으로 내려다보았고, 서연은 아무 상관도 없는 질문을 다시 한 번 내놓았다.

"저 여자, 방금 그쪽이 찼냐고요."

"아아. 그런 뜻이었어?"

그는 담배를 깊이 빨아들였다가 연기를 훅 뿜어내더니 덧붙였다.

"그래."

몹시 서럽게 울고 있는 저쪽의 분위기에 대면 야속할 정도로 산뜻한 대답이었다. 게다가 그는 빙글빙글 웃기까지 하고 있었다.

"사귀는 사이였어요?"

"아니. 전혀."

이 여유로운 태도로 보아 그가 조금 전 저 여자를 얼마나 심하게 대했을지 충분히 알 것 같았다.

"함부로 남의 눈에서 눈물 빼게 하면 후회하게 될 거예요."

마치 경고처럼 들리는 말이었다.

"왜?"

"언젠가는 나한테 몇 배로 돌아오니까요."

준호는 조소 어린 표정으로 담배를 깊게 빨아들이더니 또 한 번 허공에다 희뿌연 연기를 내뱉었다.

"인과응보라. 흐음."

진지하게 혼자서 중얼거리던 준호는 돌연 서연의 눈을 똑바로 쳐다보더니 덧붙여 물었다.

"정말 그렇게 생각해?"

"네? 어……."

당황한 서연이 할 말을 찾고 있는 사이, 준호는 계속해서 빙글빙글 웃으며 그녀를 내려다보고만 있었다. 마치 그 상황을 즐기기라도 하는 사람처럼.

그 질문을 듣고 보니 서연은 불현듯 혼란스러워졌다.

그게 진짜 자기 생각인지, 아니면 경험에 의한 학습인지 경계가 애매해졌다.

서연이 몹시 당황한 기색을 보이자 그는 차갑고 담담한 어조로 말을 이었다.

"난 저쪽한테 울라고 부탁한 적 없는데."

"네?"

"해외까지 따라와 그렇게 오랫동안 짝사랑하라고 명령한 적은 더더욱 없었고. 당연한 거 아니야?"

"그렇지만……."

"이쪽 사정은 전혀 고려하지 않은 채 제멋대로 좋아하고 찾아와

서 고백하고 화내고 울고……, 나더러 도대체 뭘 어쩌라는 거지?"

무슨 일이었을까. 잔인하게까지 들리는 준호의 그 말이 서연에겐 그렇게 시원하게 느껴질 수가 없었다.

"폭력이란 게 꼭 물리적인 것만을 말하는 건 아니야. 내 감정만 상대에게 강요하는 거, 그런 것도 명백히 일방적인 폭력이라고."

"아……."

사방은 여전히 어두웠다. 그러나 서연의 눈앞은 하얗게 밝아졌다.

가슴 위에 줄곧 얹고 있던 무거운 납덩이를 마침내 벗어던진 후련함. 막혔던 숨통이 단번에 뚫리며 이제야 숨을 쉬고 있다는 걸 실감한 기분이었다.

'그래, 맞아. 맞는 말이야.'

서연은 문득 눈물이 날 것처럼 편안하고 나른해졌다. 곁에 서 있는 사람이 잘 모르는 남자라는 사실조차 전혀 두렵거나 불쾌하지 않게 느껴질 정도로 말이다.

"난 폭력 반대주의자라서."

씩 웃으며 말도 안 되는 농담으로 말을 맺은 준호는 담뱃불을 비벼 끄고 서연의 곁으로 한 발 더 다가섰다.

격자무늬 장식 창살 사이에는 희미하게 서리가 끼어 있었다.

서연은 오랜만에 평온한 기분으로 얼음 꽃들을 가만히 들여다보고 있었다.

그때, 그가 대뜸 날카로운 질문을 던졌다.

"그거, 혹시 경험?"

"네……?"

"전에 남의 눈에서 눈물 빼고 몇 배로 돌려받은 적이라도 있나 보지?"

서연의 얼굴에서 핏기가 사라졌다.

정곡을 찌른 그의 질문은 그녀에게 있어 엄청난 충격이었다. 깊은 곳에 꼭꼭 숨겨두었던 치부가 백주대낮에 드러나버린 것만 같아 견딜 수가 없었다.

"무슨 일이었어?"

서연이 대답을 피한 채 도망치려 하자 준호는 부드럽지만 단호한 동작으로 그녀의 앞을 막아섰다.

그녀는 이리저리 방향을 돌리며 빠져나가려 했지만, 그것 역시 소용없었다. 그가 압도적으로 큰 체구로 가는 길을 다 막아서니 도무지 피할 수가 없었다.

"비켜요! 이게 무슨 짓이에요!"

"아무 짓도 안 했는데? 아직은."

서연은 싱글싱글 웃으며 약을 올리는 듯한 준호의 태도에 화를 참을 수 없었다.

"이……!"

퍽!

"으윽!"

무방비 상태에서 정강이를 차인 준호는 중심을 잃고 뒤로 넘어졌다.

서연은 바로 그 자리를 뜨려 했지만 끝까지 실행에 옮길 순 없었다.

기세 좋게 걷어찬 것과는 달리, 고통에 가득 찬 남의 신음 소리를 계속 듣고 있으려니 발걸음이 잘 떨어지질 않아서였다.

다섯 걸음쯤 걸었을까.

뒤를 돌아보니 그는 아직도 온몸을 잔뜩 웅크린 채 아픔을 참고 있었다.

'그렇게 세게 찬 것 같진 않은데…….'

서연은 가만히 서서 하이힐 앞코를 내려다봤다.

기분 탓인지 어째 지나치게 뾰족해 보이는 것도 같다. 게다가 엄지발가락이 화끈거리는 걸 보니 저쪽 대미지는 꽤나 심했을 듯도 했다.

아픔을 참느라 잔뜩 경직되어 있는 준호의 어깨를 쳐다보며 그제야 약간 미안해진 서연은 조심스럽게 되돌아가 안부를 물었다.

"저기……, 괜찮으세요?"

준호는 한참이나 키득거리다 한쪽 무릎은 굽히고 다른 한쪽 다리는 쭉 편 채 완전히 퍼질러 앉더니 씩 웃고서 고개를 들었다.

"그렇게 새침한 얼굴을 하고서 발길질을 할 줄이야. 과격한 아가씨네."

"무슨……!"

또 한 번 놀림 당한 기분에 서연은 저도 모르게 얼굴을 붉혔다.

그녀가 벌떡 일어서려고 하는 순간, 그가 갑자기 그녀의 손목을 잡아끌었다.

"아!"

다리에서 힘이 쭉 빠지는 바람에 그녀는 그의 벌어진 다리 사이에 몹시 어정쩡한 자세로 주저앉고 말았다.

어어, 하는 사이 벌써 그의 얼굴이 이만큼이나 가까이 다가와 있었다.

"은서연. 맞지?"

서연은 갑자기 혼란에 빠졌다.

'이상해. 왠지 이 사람 나를 알고 있는 것 같은데……, 대체 어디서 만난 거지?'

"휴학하고 여기 내려와 1년 가까이 머물고 있었다면서?"

"그쪽이 알 바 아니잖아요!"

잔뜩 가시 돋친 서연의 대답에도 준호는 느긋한 태도로 일관하며 질문을 이었다.

"도망친 거구나?"

그 다음 질문들이 수순처럼 이어질 것을 그녀는 잘 알고 있었다.

'왜, 무엇으로부터 도망쳤지? 다시 돌아갈 용기 같은 건 없었어? 겁쟁이네.' 뭐, 이딴, 남 사정은 모른 채 아무렇지도 않게 던져 상대방을 상처 주는 말들 말이다.

그러나 잠시 후 그가 덧붙인 말은 그녀의 예상을 한참이나 벗어난 것이었다.

"나보다는 낫네."

"네……?"

"난 그것보다 훨씬 더 오랫동안 도망쳐 지냈으니까."

달을 가리고 있던 구름이 잠시 비켜났던지, 창가에서 새하얀 빛이 쏟아져 들어왔다.

하얀 창을 배경으로 그의 검은 실루엣이 선명하게 드러났지만, 새벽에 마주쳤던 때와 마찬가지로 빛을 등지고 있는 그가 어떤 표정을 짓고 있는지 알아볼 수는 없었다.

다만 한 가지는 알 수 있었다.

지금 그는 그때처럼 웃고 있지는 않을 거라는 것.

"도망쳤었다고요? 왜……? 뭐 때문에요?"

아무 생각 없이 물은 후 서연은 곧 그 질문에 대해 몹시 후회했다.

그녀 역시 그의 사정도 모른 채 아무렇지도 않게 상처 줬을지도 모른다는 생각 때문이었다.

아니나 다를까, 그는 희미하게 웃으며 질문에 대한 대답을 회피해버렸다.

"이유야 어떻든, 돌아왔으면 그걸로 된 거 아니야?

그래. 맞는 말이다.

언제부턴가 서연의 머릿속엔 오직 한 가지 생각밖에 없었다.

어떻게 돌아갈까. 어떻게.

편안한 시간이 흐르면 흐를수록 도망쳐 떠나올 때처럼 아무렇지도 않게 일상으로 돌아갈 용기가 점점 사라져갔다. 그리고 제자리로 돌아갈 시간이 다가오면 다가올수록 더욱더 돌아가는 것이 두려워졌다.

"어떻게 돌아왔어요?"

준호는 부드럽게 미소 짓더니 서연의 쪽으로 천천히 몸을 숙였다.

서로의 코끝이 스칠 정도로 가까운 거리까지 다가온 그가 의미심장한 어조로 물었다.

"알고 싶어?"

혼자선 구하지 못했던 답이었다. 그걸 잘 알지도 못하는 남자에게 구할 정도로 서연은 무척이나 절박했다. 그래서 뭔가에 홀리듯 대답하고 말았다.

"네……."

"그럼, 기꺼이 도와주지."

준호는 부드럽게 미소 짓더니 서연의 쪽으로 천천히 몸을 숙였다.

엷은 담배 냄새가 밴 그의 숨결은 눈물이 날 정도로 따뜻했다.

최근 들어 자신의 숨결조차 느껴본 적이 없던 서연에게 있어서, 살아 있는 누군가의 따스한 숨결을 느낀 건 오랜만의 일이었다.

조용하고 편안한 기분. 말로 다 할 수 없는 위로가 온몸으로 전해져 왔다.

키스 같은 건 한 번도 해보지 않았지만, 그가 지금 키스할 것이란 것만은 확실히 알 수 있었다.

전혀 모르는 남자와 키스라니. 말도 안 된다.

거부하려면 충분히 할 수 있었다. 그의 어깨를 밀쳐낸다든지, 비명을 지르며 자리를 박차고 일어난다든지. 그것도 안 되면 조금 전 정강이를 걷어차버린 것처럼 주먹이라도 내지르면 간단한 일이었으니까.

그런데도 그렇게 하지 않은 것은 왜였을까.

너무 놀라 몸이 얼어붙어서가 아니었다. 그것은 순전히 서연의 의지였다.

뭔가로 부터 도망치고 싶어 했던 사람으로서의 동료의식? 아니. 그런 억지스럽고 구태의연한 이유 때문은 아니었다.

그가 그녀를 어떻게 알고 있었는지, 그는 어떤 사람인지, 대체 지금 무슨 생각을 하고 있는 건지, 알 수 있는 건 하나도 없었다. 그러나 왠지 이 남자라면 괜찮을 것 같다는 확고한 느낌이 들었다.

그리고 한 가지 더.

그 순간 서연이 준호에게서 느꼈던 것은 이성으로 누를 수 있을 정도의 가벼운 끌림이 아니었다.

얌전한 고양이처럼 가만히 눈을 감고 기다리던 그녀의 왼쪽 뺨에 솜털처럼 부드러운 느낌이 내려앉았다.

입술이라고 생각했지만, 아니었다.

하나, 둘, 그리고 나머지 세 개…….

섬세한 그의 손가락들이 산보를 하듯 느릿느릿 그녀의 왼뺨을 어루만지고 지나갔다.

흘러내린 잔머리를 훑어 올려 귀 뒤로 넘겨주는 그의 손길, 그리고 사락사락 살갗 스치는 소리에 그녀의 팔뚝엔 연방 소름이 돋아났다.

"은서연."

그의 손가락 하나가 귓바퀴를 따라 가만히 움직이는 게 느껴졌다.

이내 미끄러지듯 서연의 귓불에 도달한 준호의 손은 달랑달랑 귓불 끝에 매달려 있던 물방울 모양의 귀고리를 매만지기 시작했다.

아슬아슬하고 설레는 감각이 마침내 최고조에 올랐다.

하지만, 거기서 끝이었다.

"으음……?"

이상한 낌새에 눈을 뜬 서연은 오롯이 그녀를 향해 있던 준호의 시선을 정통으로 마주하고 얼굴을 확 붉히고 말았다.

"찾으러 와."

"무, 무슨……?"

놀란 토끼눈을 하고 올려다보는 서연을 내버려둔 채, 준호는 자리에서 일어나더니 약 올리듯 뭔가를 흔들어 보였다.

어둠 속에서도 확연히 알아볼 수 있는 그것은 조금 전까지만 해도 그녀의 왼쪽 귀에 달려 있던 귀고리 한 짝이었다.

"이번 주 일요일 오후 3시."

"네에?"

"내 사무실로 찾으러 오라고. 네가 직접."

서연이 몹시 황당한 표정으로 입을 벌린 채 망연자실 올려다보았지만 준호는 전혀 아랑곳 않는 눈치였다.

귀고리를 포켓에다 넣은 후 미련 없이 자리를 뜨던 준호는 계단 앞에 다다랐을 즈음 뒤를 돌아보더니 짓궂은 말을 덧붙였다.

"키스할 줄 알았어? 보기보다 엉큼한 아가씨네."

어둠 속에서도 확인할 수 있을 정도로, 서연의 얼굴색이 완전히 바뀌었다.

귓불까지 빨개진 그녀는 창피함을 들키지 않기 위해서인지 앙칼지게 소리쳤다.

"누, 누가 그런 변태 같은……!"

"그리고 너, 안목이 형편없잖아. 너한테는 이렇게 귀여운 디자인 안 어울려."

준호가 싱글싱글 웃으며 던지는 말에 서연은 늦가을 고추처럼 약이 잔뜩 올랐다.

체면 같은 건 상관하지 않은 채 그녀는 바락바락 소리를 지르고 말았다.

"그, 그, 그게 그쪽이랑 무슨 상관이에요?"

"기다릴게. 꼭 찾으러 와."

"잠깐만! 이봐요! 머리에 무슨 문제 있어요?"

"이렇게 오랫동안 기다려줬는데도 끝까지 안 묻는구나. 내 이름은 최준호."

"그딴 거 알고 싶지 않다고! 내 귀고리나 내놔!"

"좋아. 나이는 내가 너보다 여덟 살이나 연상이지만, 앞으로도 꼬박꼬박 반말해도 괜찮아. 섹시하니까 봐줄게."

세상 어디에도 이런 종류의 인간이 존재한다는 소리는 들어본 적이 없었다.

서연이 미친 사람 보는 눈으로 쳐다보든지 말든지, 계단 입구에 서서 담배에 불을 붙인 준호는 투명한 미소를 지어 보인 후 눈앞에서 사라져버렸다.

"하……! 아니 뭐 저런 인간이 다 있어?"

뭔가에 홀린 듯한 기분이었다.

그러나 그녀의 뺨에 희미하게 남아 있는 달콤한 향수 향기, 계단 위에 안개처럼 흩어져 있는 담배 연기, 그리고 언제부터 받아 쥐고 있었는지 오른손에 꼭 잡혀 있는 그의 명함이 조금 전의 일이 꿈이 아니라는 것을 증명하고 있었다.

02
/
고해

빵, 빠앙!

지나가던 차가 신경질적으로 경적을 울리자 찢어질 듯 날카로운 소리가 귀를 통과했다.

서연은 눈을 감고 잠시 숨을 고른 후 20층 높이의 빌딩을 올려다봤다.

꼭대기에 수성퍼시픽 그룹 영문 로고가 걸린 건물의 정면 벽은 거대한 LED 전광판이 반 정도를 차지하고 있었다. 마치 캔버스처럼 위아래로 길게 펼쳐진 그 화면에는 근하신년 문구와 한국화 풍의 양 그림, 그리고 떠오르는 해 그림이 시간 맞춰 자리를 바꾸며 새해 느낌을 물씬 풍기고 있었다.

순서가 돌고 돌아 양이 세 번째 나타났을 때 즈음, 서연은 고개를 삐딱하게 기울여보았다.

시야가 기울면 세상도 기울어 보일 줄 알았는데, 그렇지 않았다.

빌딩 숲과 인공미 물씬 풍기는 가로수들은 여전히 지면과 직각이었고 인도의 행인들 역시 모두 반듯이 걷고 있었다.

가만히 그걸 보고 있자니 그녀는 문득 궁금해졌다.

난 틀린 걸까, 아니면 다른 걸까?

짧은 순간 동안 꽤나 깊은 생각에 잠겼지만, 결국 찾은 것은 명쾌한 해답 대신 잔인한 사실이었다.

틀렸다든지 다르다든지, 그런 건 아무래도 상관없었다. 어느 쪽이든 마찬가지 아닌가. 지금 이 순간 여기서 삐딱한 건 그녀뿐이었으니까.

"하아……."

서연이 나직이 한숨을 내쉬자 붉은 입술 사이로 하얀 입김이 흩날렸다.

[수성문화재단 이사 최준호]

명함을 손에 들고서 오랫동안 주저하던 그녀는 마침내 빌딩의 본관 로비로 들어섰다.

실내로 진입하자마자 바깥 추위를 도저히 가늠할 수 없을 정도의 온기와 은은한 클래식 선율이 그녀의 온몸을 감쌌다.

「이번 주 일요일 오후 3시. 내 사무실로 찾으러 오라고. 네가 직접.」

34

명함과 손목시계를 번갈아 내려다보는 그녀의 얼굴에 일순 갈등이 스쳤다.

약속시간까지는 아직 30분이나 남아 있었다.

'너무 일찍 도착했잖아. 어떡하지?'

이 빌딩 어딘가의 자기 사무실에서 약속시간을 기다리고 있을 그에게 전화를 해 마중 나오도록 하면 되는 일이었다.

그러나 정해준 시간보다 일찍 나와 기다리고 있다는 것을 그에게 들키고 싶지는 않았다. 왠지 자존심 상했다.

'서점에라도 가볼까.'

발걸음을 돌린 서연은 빌딩 지하의 아케이드로 향했다.

지하 아케이드엔 식당들과 각종 고급 상점들이 죽 이어져 있었고, 그 가운데에 대형서점이 자리하고 있었다.

사람이 너무 많아 꺼려졌지만 밖으로 나간다 한들 별다른 할 일도 없었다.

억지로 안쪽의 악보 코너까지 들어가니 그제야 인파가 좀 뜸해졌다.

문화재단 빌딩 내의 서점이라 그런지 일반 서점에선 쉽게 구할 수 없는 악보도 몇 종류 눈에 띄었다.

그중 그녀의 눈길을 단번에 잡아끈 악보는 무소르크스키와 발라키레프 피아노곡집이었다.

어쩌면 그날의 이슬라메이를 떠올렸는지도.

"으윽……."

서연은 맨 위 선반에 꽂혀 있는 악보를 향해 손을 뻗어보았지만 키가 작아 역부족이었다.

다시 한 번 억지로 까치발을 모으고 힘껏 손을 내밀자 손끝에 악보 모서리가 살짝 닿는 게 느껴졌다.

"조금만……, 조금만 더."

처음부터 손에 닿지 않는 것은 인연이 아니라는 뜻이니 깔끔하게 포기하는 게 낫다는 걸 그녀는 잘 알고 있었다.

그런데 이런 상황에 맞닥뜨리면 왜 항상 그걸 깡그리 잊은 채 발버둥을 치는 걸까. 도무지 알다가도 모를 일이었다.

"잡……았다!"

노력 끝에 간신히 악보를 손에 넣은 그녀는 하늘색 표지의 악보를 한 장 한 장 기분 좋게 넘겨보았다.

그러나 그녀의 미소와 만족감은 그리 오래 지속되지는 못했다. 한 덩치 큰 남학생이 퀴퀴한 냄새를 풀풀 풍기며 지나가다 그녀를 밀쳤기 때문이다.

"아앗!"

중심을 잡기 위해 벽을 짚으려던 서연은 책장 모서리에 손목을 부딪치고 말았다.

날카로운 모서리에 찍힌 손목이 몹시 시큰거렸다.

고개를 돌린 그녀는 아무런 사과도, 아니, 사과는커녕 누군가를 밀쳤다는 사실조차 모르는 듯 무심한 표정으로 지나가는 남학생을 발견했다.

순간, 숨이 막혔다.

고개를 돌리지 말았어야 했는데. 처음부터 손에 닿지 않았던 악보를 억지로 꺼내려 하지 말았어야 했는데. 아니, 애초에 서울로 돌아와 여기 이 빌딩까지 쫄래쫄래 나오지 말았어야 했는데!

깊어진 생각이 걷잡을 수 없는 화로 변해가더니 머릿속이 새카맣게 엉켜들고 심장이 미칠 듯 뛰기 시작했다. 또 시작이었다.

'아, 안 돼!'

눈앞의 사물들이 한데 모여 섞이며 어지럽게 돌았다. 차가워진 손은 부들부들 떨렸고 이내 숨통까지 완전히 막혀버리고 말았다.

"하아……, 하아…….."

도망치고 싶었지만, 절망과 공포로 서연의 온몸은 이미 나무토막처럼 마비상태였다. 당황한 나머지 코트 주머니에 손을 넣고 약병을 찾을 수조차 없었다.

'여기서 나가고 싶어! 누가 좀……!'

바로 그때였다.

등 뒤에서 갑작스럽게 온기가 전해져 오더니 달착지근한 향기가 그녀의 코끝에 감겼다.

뜨거운 물이 가득 담긴 욕조에 통째로 빠진 느낌이랄까. 해일처럼 순식간에 온몸을 덮쳐온 그 느낌은 무서우리만치 강렬하면서도 한편으론 무척 나른하고 편안했다.

"안녕?"

간단하기 짝이 없는 인사 한마디였지만 그 파장은 강력했다.

달콤한 향기와 부드러운 저음이 서연의 오감을 지배하는 순간, 끔찍한 느낌이 안개처럼 희미해지더니 이내 말끔히 사라져버렸다.

그날 새벽 이후로 이번이 벌써 두 번째였다. 이 거짓말 같은 상황을 마주한 게 말이다.

등 뒤에서 서연을 감싸 안듯 온몸을 기대어 온 남자는 그녀의 손에 들려 있던 악보를 부드럽게 빼앗어들고서 나직이 중얼거렸다.

"전람회의 그림? 아니면 이슬라메이? 물론 난 둘 다 좋지만……."

불쑥 나타난 존재 덕분에 발작은 잠재울 수 있었는지 몰라도, 또 다른 문제가 생겼다.

"우리 아가씨는 아무래도 이슬라메이 쪽인 것 같네."

그는 이내 서연의 귓바퀴에다 입술을 가까이 가져다 대더니 들릴 듯 말 듯 속삭였다.

"기분이 나빠 보이는데, 무슨 일이야?"

"아……."

야릇한 느낌이 목덜미를 지나 등줄기를 쫙 훑고 지나갔다. 묘한 기분을 도무지 참아낼 수가 없었던 서연은 저도 모르게 눈을 질끈 감고 말았다.

"원래도 하얀 얼굴이 더 하얘졌잖아."

그녀가 몹시 불편해하는 것을 알아챘을 텐데도 그는 여전히 그녀의 등에 밀착한 채 양손으로 느긋하게 책장을 짚고 서 있었다.

어쩐지 이런 상황을 즐기는 것처럼 보이기도 했다.

"여기서 나가고 싶은 거지?"

부드러운 저음과 향긋한 숨결이 또다시 귓바퀴를 지나 목덜미까지 이르자 서연은 더 이상은 참을 수가 없었다.

"비……, 비켜요!"

온 힘을 다해 남자의 몸을 거칠게 밀어낸 서연은 돌아서서 제법 사나운 눈으로 그를 올려다봤다.

한 올 흐트러짐도 없이 단정한 머리카락, 휴일인데도 반듯한 슈트 차림에 숨 막히도록 타이를 졸라맨 키 큰 남자. 얇은 금속 프레임 안경 아래의 새카만 눈동자와 마치 그녀를 속속들이 다 알고 있다는 듯한 저 눈빛.

짐짓 놀란 체를 하며 부드러운 미소를 짓고서 그녀를 내려다보고 있는 사람이 누구인지는 굳이 확인할 필요도 없었다.

신경에 거슬리는 달그락 소리에 상념에서 깨어난 서연은 테이블 위에 올라 있는 화려한 꽃문양의 도자기 찻잔을 내려다봤다. 따뜻한 김이 오르는 진한 갈색 홍차의 수면에 잔잔한 파문이 일고 있었다.

"마셔. 몸이 좀 녹을 거야."

지하 아케이드에서 사무동으로 건너와 그의 개인 사무실까지 올라오는 내내 서연은 단 한마디도 하지 않았지만, 준호는 전혀 개의치 않는 표정이었다.

딱딱한 디자인의 책장과 책상, 손님 접대용 소파테이블 한 조가 들어차 있는 그의 개인 사무실은 여느 사무실들과 비슷한 분위기였다.

하지만, 아직 짐을 정리하는 중이었던지 여기저기 쌓여 있는 책과 음반, 각종 짐들로 사무실 내부는 어수선하기 짝이 없었다.

방 한쪽의 집무책상 위에는 만든 지 얼마 되지 않은 듯 번쩍번쩍한 명패가 놓여 있었다. '상임이사 최준호'라고 쓰인 시커먼 명패는 어째 스물아홉 살이라던 제 나이에 비해 무척이나 노티나 보였다.

서연이 여전히 아무런 말도 않은 채 물끄러미 명패를 바라보자, 준호는 그녀의 생각을 눈치 챘던지 홍차 한 모금을 마시고 씩 웃으며 중얼거렸다.

"어떻게 하면 거창한 이름 뒤에 숨어서 한량 짓을 할 수 있을까 하고 찾아보니까 이 자리밖에 안 남았더군. 사실 나도 별로 마음에 안 들어."

이해할 수 없는 말이었다.

"한량 짓……이라고요?"

"그래. 한량 짓. 내가 열심히 일하면 좋아하는 사람보다는 싫어하는 사람이 더 많을 테니까."

깊은 사정까진 모르겠지만 그날 연회장에서 그를 두고 사람들이 수군거리던 것이 떠올랐다. 서연은 왠지 모르게 기분이 씁쓸해졌다.

"그나저나, 안 올 것처럼 소리소리 지르더니 용케 찾아왔네. 꽤나 소중한 귀고리인가 봐?"

준호가 부드럽게 미소 지으며 내놓는 말에 서연은 어쩐지 뜨끔해졌다.

딱히 귀고리가 소중하거나 아까웠던 건 아니었다. 그건 고가의 명품도, 누군가에게서 선물 받은 것도 아닌, 그저 그런 브랜드의 액세서리일 뿐이었으니까.

그런데 그녀는 왜 그를 찾아온 걸까.

준호는 여전히 서연의 속을 꿰뚫어 보는 듯한 눈을 하고서 느긋하게 웃더니 이해할 수 없는 질문을 내놓았다.

"부탁 하나 해도 될까?"

"네……?"

"피아노 전공이라고 들었어. 나도 피아노를 좀 배워보고 싶어서 그러는데."

"그래서요?"

"레슨 선생님을 찾는 중이거든. 옷깃만 스쳐도 인연이라고 하잖아? 난 주위에 아는 사람도 없으니 네가 해줬으면 좋겠어."

거짓말.

분명 거짓말이다.

그가 계속해서 자신을 놀리고 있다는 것을 알고 있으면서도 서

41

연은 어쩐지 그의 부탁을 딱 잘라 거절할 수가 없었다.

서연이 우물쭈물하는 사이, 준호는 그녀의 곁으로 다가와 앉으며 조용히 말을 이었다.

"약속대로 이건 돌려줄게."

공교롭게도 서연은 오늘 귀고리를 하지 않은 상태였다.

준호는 비어 있는 서연의 귓불을 가만히 들여다봤다.

그리고 그녀는 무슨 최면이라도 걸린 듯 또 한 번 온몸에 힘이 쭉 빠졌다.

그가 느릿느릿 손을 놀려 귀고리의 클러치를 빼내기 시작했다. 직접 귀고리를 달아주려는 모양이다.

"자, 잠깐만요. 설마……!"

"왜?"

하지 말라고 거부하는 건 너무도 쉬운 일이었는데, 서연은 결국 그렇게 하지 못했다.

어쩌면 은근히 바랐기 때문인지도 몰랐다. 그날 밤에 느꼈던 그 따스한 기분과 야릇한 감각을 다시 한 번 느껴보고 싶었던 것이다.

그녀가 얌전한 고양이처럼 눈을 감고서 온 감각을 귓불에다 집중하고 있던 그 순간.

"아……?"

귓불 대신 양 뺨에 따뜻한 그의 손이 겹쳐져 왔다.

갑작스러운 행동에 놀라기도 전, 이번에는 코끝에 달콤하고 따스한 숨결이 훅 끼쳤다. 그리고 이내 데어버릴 것처럼 뜨겁고 강렬한 감각이 입술 위로 내려앉았다.

키스였다.

"으음……!"

그와의 키스에서 가장 처음으로 느꼈던 건 희미하게 씁쓸함이 느껴지는 담배 향이었다.

그 위로 산뜻한 애플티의 향기, 그리고 마지막으로 눈물이 날 정도로 달콤한 무언가까지 겹쳐졌다.

느릿하고 얕은 키스가 계속 이어지는 동안 서연은 하마터면 울음을 터뜨릴 뻔했다.

갑작스럽게 맞닥뜨린 생애 첫 키스의 느낌은 시시한 설렘이나 기대 따위가 아니었다.

그것은 위로와 안식이었다.

나 역시도 누군가와 뭔가를 공유할 수 있는 사람이었다는 안도감, 그리고 지금까지 스스로를 가둔 채 외톨이로 지내왔던 시간들을 모두 날려버린 듯한 해방감이었다.

따뜻해서 그대로 녹아버릴 것 같은 기분에 취한 채 천천히 입술을 뗐을 때, 준호는 부드럽게 웃으며 서연을 내려다보고 있었다.

그녀는 뭔가에 홀린 듯 흐릿한 눈으로 그를 올려다보며 물었다.

"왜…… 말도 안 되는 거짓말까지 해가면서 나한테 레슨을 부탁해요?"

"무슨 말인지 잘 모르겠는데."

"그렇게 긴 인조손톱을 붙인 여자가 이슬라메이를 칠 수 있을 리가 없잖아요. 게다가 취미로 발라키레프를 연주할 수준의 사람이 대학 들어가자마자 휴학한 새내기한테 레슨을 받을 이유도 없고요."

가만히 서연을 내려다보던 준호의 얼굴에 이내 의미심장한 미소가 번졌다.

"오. 예리한데."

한동안 빙글빙글 웃기만 하던 그는 산뜻한 어조로 말을 이었다.

"거짓말한 건 미안. 널 정기적으로 만날 수 있는 핑계로 떠올린 게 레슨밖에 없었어. 하지만, 그러는 넌?"

밑도 끝도 없는 질문을 이해할 수 없던 서연이 눈을 동그랗게 뜨자, 준호가 재차 물었다.

"넌 여기에 왜 왔는지를 묻는 거야."

"그거야 그쪽이 뺏어간 귀고리를……."

"거짓말."

중간에 말허리를 끊은 준호는 여전히 빙글빙글 웃으며 덧붙였다.

"일부러 찾으러 올 정도로 소중한 거라면 뺏길 당시에 좀 더 격한 반응을 보였어야지."

그녀가 말문이 막혀 입을 다물어버리자 그는 몹시 뜬금없는 질문을 던졌다.

"누군가한테 반해본 적 있어?"

준호가 무척이나 진지한 눈을 하고 내놓은 질문이 무엇을 의미하는지 서연은 금세 알아차릴 수 있었다. 그러나 그녀는 짐짓 모르는 체하며 대답을 회피해버렸다.

"상대에게 일방적으로 감정 강요하는 것도 명백히 폭력이라고 하지 않았어요?"

"일방적이라니, 무슨 소리야?"

준호는 전혀 모르겠다는 듯 황당한 표정으로 서연을 내려다보더니, 이내 그녀의 귀에다 바싹 입술을 들이대고 소곤거렸다.

"너도 내가 싫지 않잖아."

할 말이 없었다.

또 한 번 무방비 상태에서 속을 들킨 것 같아 서연은 몹시 당황했다.

조개처럼 입을 꼭 다문 채 고개를 홱 돌려버리는 그녀의 뒤통수에다 대고, 그는 지극히 평온한 어조로 말을 이었다.

"화요일, 목요일, 토요일로 하지. 장소는 어디로 할까? 네가 원한다면 여기 소파테이블 치우고 그 자리에 베이비그랜드 한 대 정도는 넣을 수 있겠지만, 글쎄, 여긴 하도 왔다 갔다 하는 사람이 많아서."

"무슨……?"

"내가 너희 집으로 가거나, 아니면 네가 내 집으로 오는 것도 가능해."

그 순간 서연의 머릿속에 든 생각은 단 하나였다.

'뭐야, 이 인간! 왜 이렇게 온통 제 페이스야?'

그런데도 그녀의 입은 착실하게도 대답을 내놓고 있었다. 없는 허세를 총동원해 반말까지 섞어가면서 말이다.

"우리 집은 곤란하니까 그쪽 집에서 해."

"좋아. 너하고 둘만 있을 수 있는 곳이라면 난 아무 데라도 상관 없으니까."

그 약 오르는 목소리에 서연의 고개가 반사적으로 휙 돌아갔다.

"대신, 좀 전의 그 변태 같은 짓 한 번만 더 하면 가만 안 있을 거 야!"

서연이 짐짓 사납게 으름장을 놓는데도 준호는 여전히 웃는 표 정으로 어깨를 으쓱하더니 덧붙였다.

"그것 봐. 싫은 눈치 아니라니까."

기분 탓이었을까. 그해 봄은 유독 빨리 찾아온 것 같았다.

이른 아침, 자기 방이 있는 2층에서 1층으로 내려가던 중, 서연 은 창밖을 물끄러미 바라봤다.

밤사이 서울에는 많은 눈이 내렸다.

정원 조경수에 소복이 쌓인 눈을 보고 있으니 이곳이 강원도의 별장인지 서울의 집인지 헷갈릴 정도였다.

"안녕히 주무셨어요?"

"우리 딸 잘 잤니?"

밤새 가위에 눌리는 날에도, 몇 번이나 악몽에 몸부림치다 깬 날에도, 수면제를 먹고도 두꺼운 소설책 한 권을 다 읽은 날에도, 이 질문에 대한 대답은 항상 똑같았다.

"네. 어젠 한 번도 안 깨고 잘 잤어요."

"정말 다행이네."

은 사장과 한 여사는 식탁에 앉는 서연의 얼굴을 슬쩍 훔쳐보았다.

은 사장 내외는 다시 집으로 데려온 딸이 며칠간 계속해서 잠을 설치고 있다는 것을 이미 눈치 채고 있었다. 그럼에도 그들은 애써 명랑하고 활기찬 어조로 한마디씩을 건넸다.

"얼굴이 점점 좋아진다."

"우리 서연이가 돌아오니 아빠는 집이 꽉 찬 것 같아 정말 좋구나."

서연은 억지로 웃으려고 노력하며 그녀의 몫으로 차려진 밥과 국을 내려다봤다.

화려한 꽃무늬의 사기그릇엔 김이 오르는 하얀 쌀밥, 좋아하던 미역국이 가득 담겨 있었다. 정갈한 반찬들 역시 모두 그녀가 잘 먹던 것들이었지만, 식욕은 전혀 생기지 않았다.

'너무 많아. 분명 남길 거야.'

밥을 덜어내거나 남기면 다들 또 어색하게 웃으며 '괜찮아. 입맛이 없을 수도 있지 뭐.' 하고 위로해주겠지. 속으론 잔뜩 걱정하면서.

　4년은 분명 짧지 않은 세월이긴 했다. 그 사이 은 사장과 한 여사의 인상도 많이 변해 있었다. 그러나 눈 밑의 짙은 그늘이라든지 부쩍 늘어난 주름들은 일반적인 세월의 흔적이라 할 것은 아니었다.

　'이만큼 맘고생하게 했으면 됐지, 더 이상 부모님을 슬프게 해선 안 돼. 더 이상은. 내가 어떻게 해서든지 잘해야 해. 무슨 일이 있어도 이젠 나 혼자서 이겨내야 해.'

　서연은 마지막 전투라도 앞둔 듯 비장하게 앉아 있다 마침내 숟가락을 들어 올렸다.

　"잘 먹겠습니다."

　은 사장 부부의 얼굴에 그제야 안도감이 스쳤다.

　"많이 먹으렴. 먹어야 힘을 내지."

　"네."

　서연이 밥 한 숟갈을 억지로 삼키는 것을 보고 있던 은 사장이 부드럽게 물었다.

　"복학신청은 언제쯤 할 거니?"

　"아직……, 생각 안 해봤어요."

　잠시의 침묵도 허락하지 않으려는 듯, 은 사장 내외는 동시에 손을 내저으며 쾌활하게 말을 이었다.

　"아, 그럼, 그럼! 부담 갖지 말고 천천히, 느긋하게 해라."

　"아유우, 당신은, 그게 뭐가 그리 급하다고 애를 닦달하고 그래

48

요?"

"내가 뭘. 그냥 궁금해서 물은 걸 가지고 잔소리는."

서연의 앞에서 잔뜩 과장하며 서로 핀잔을 주는 내외의 분위기는 우스꽝스러우면서도 더없이 화기애애했다.

오랜만에 마음이 훈훈해진 서연은 자기도 모르게 피식 웃음을 터뜨렸다.

그와 동시에 은 사장이 애정 어린 눈으로 그녀를 건너다보며 한마디를 덧붙였다.

"아빠랑 엄마는 서연이를 믿는다. 괜찮아. 이제 다 괜찮을 거야. 걱정할 거 하나도 없어. 알고 있지?"

"네."

모자란 것이라곤 하나도 없었다.

남부러울 것 없이 부유한 생활, 항상 화기애애한 집안 분위기, 그리고 언제나 그녀를 믿고 사랑해주는 부모님. 이 이상 뭐가 필요하단 말인가.

그러니 처음엔 금세 다 잊고서 딛고 일어나려고 했었다. 그럴 수 있을 줄 알았다.

그러나 4년이 지난 지금도…….

그때와 변한 것은 아무것도 없었다.

억지로 꾸역꾸역 밀어 넣었던 그날 아침식사는 결국 그대로 엎히고 말았다.

자기 방 욕실에서 소리 죽인 채 먹었던 것을 다 게워낸 그녀는 차디찬 타일바닥에 주저앉았다.

시곗바늘 움직이는 것을 부질없이 올려다보는 서연은 마치 뭔가를 기다리기라도 하는 사람 같았다.

준호가 오랜 외국생활을 청산하고 돌아와 혼자 살고 있다던 개인 주택은 서연의 학교에서 그리 멀지 않은 곳의 부촌(富村)에 위치하고 있었다.

우중충한 회색 벽으로 둘러싸인 집 앞에서 한참이나 주저하던 그녀는 용기를 내어 초인종을 눌러보았다.

스피커에서 흘러나오는 조악한 전자음, '소녀의 기도' 멜로디가 고등학교 수업 종을 연상케 해 더없이 오싹했다.

벨을 두 번이나 눌렀지만 끝내 문은 열리지 않았다.

"아직 퇴근 안 한 건가."

약속시간까지는 아직 10분도 더 남아 있었다.

서연은 심각한 고민에 빠졌다.

여기서 계속 기다릴까, 아니면 그냥 가버릴까.

한참의 고민 끝에 그녀는 다소 찜찜한 기분으로 몸을 돌렸다.

왔던 길을 다시 되돌아가려던 순간, 낯익은 은색 세단 한 대가 그의 집 담벼락에 바싹 붙어 주차되어 있는 게 눈에 띄었다.

"이건……?"

최준호의 차가 틀림없었다. 그날 눈밭 한쪽에 서 있던 차가 분명 이것과 같은 색, 같은 차종이었다.

서연이 의아한 표정으로 고개를 갸웃거리던 때, 문득 스피커에서 희미한 잡음이 들리더니 대문이 열렸다.

그의 집 마당엔 그 흔한 풀 한 포기, 나무 한 그루 심어져 있지 않았다.

집은 또 어떻고. 노출콘크리트 외장의 단층집은 마당과 똑같은 인상을 풍기고 있었다.

'이렇게 삭막한 데서 어떻게 살지?'

현관문을 열고 들어서자, 난방이 지나치지 않은가 싶을 정도로 후끈한 열기가 느껴졌다.

상아색 대리석 바닥에는 앞코가 날렵한 디자인의 갈색 남성 정장구두 한 켤레가 놓여 있었다. 준호의 구두였다.

그 옆에다 나란히 구두를 벗고 들어간 서연은 주변을 돌아보았다.

집 안은 남자 혼자 사는 집이라곤 믿을 수 없을 정도로 깔끔했다. 지저분하거나 불필요한 물건들을 전혀 찾아볼 수가 없었다.

"으음. 지금 몇 시지?"

"다섯……."

목소리가 난 쪽으로 고개를 돌린 서연은 전혀 예상치 못한 장면을 맞닥뜨리고 입을 다물어버렸다. 아니, 입을 다물었는지 벌렸는지 알 수 없을 정도로 당황했다.

"안녕?"

최준호는 부스스한 모습으로 침대에 걸터앉아 서연에게 손을 흔들어 보이고 있었다.

몹시 피곤한 인상, 푸석푸석한 피부와 제멋대로 삐쳐 있는 머리카락을 보아하니 이제 막 기상한 게 확실했다.

"아……!"

말문이 막힌 서연이 멍하니 서 있기만 하자, 그는 손을 뻗어 사이드테이블을 더듬거리며 뭔가를 찾기 시작했다.

좁은 테이블 위엔 손목시계, 검은 표지에 '우울과 몽상'이라고 쓰인 두꺼운 책 한 권, 바닥이 다 드러난 위스키 한 병이 놓여 있었다. 그 역시도 어젯밤을 하얗게 지새운 듯했다.

안경을 찾아 쓴 준호는 손목시계를 집어 들고 시간을 확인했다. 그리고 짧은 한숨을 쉬며 나지막이 중얼거렸다.

"아아, 첫 출근부터 늦잠 자버렸잖아."

이보세요? 오후 5시가 넘었는데요? 이미 늦잠 수준이 아닌데요?

준호는 외계인이라도 대하는 듯한 서연의 시선을 딱 무시한 채 온통 까치집을 지은 머리를 쑤석거리며 일어났다. 그러더니 이번엔 착실하게 침대시트를 정리하기 시작했다.

옷차림 또한 가관이었다. 그는 웃통은 훌렁 벗은 채 파자마 바지만 입은 상태였다.

몹시도 어이없는 상황이었다.

"씻고 올게."

"뭐라고? 아니, 그……, 저기……!"

갈아입을 옷을 들고서 그가 욕실에 들어간 후 이어서 물소리까지 들리자, 서연은 벌겋게 달아오른 얼굴로 쩔쩔매기 시작했다.

이게 대체 무슨 상황이지?

씻고 온다고? 아, 그래. 물론 자고 일어나면 당연히 씻어야지. 그렇지만!

여자가 있는데도 아무렇지도 않게 옷을 벗고 씻는단 말이야? 아니, 물론 욕실 안은 안 보이니까 딱히 상관은 없지만, 그래도 부끄러워야 하는 거 아닌가? 왜 부끄러움은 이쪽의 몫인 거지? 왜 이렇게 약이 오르는 거지?

"하아, 저 인간만 만나면 알다가도 모를 일이 천지네."

하긴.

그러고 보면 서연에게 가장 알다가도 모를 일은 따로 있었다.

바로, 이렇게 될 줄 알았으면서도 여기까지 찾아온 일이 그랬다.

준호가 자리를 비운 사이, 서연은 그의 집을 구경했다.

주방과 식당, 욕실을 제외한 집 내부는 탁 트인 구조의 독특한 원룸 형이었다. 현대적이고 단순한 인테리어가 아주 인상적이었다.

혼자 살기엔 너무 넓지 않나 싶은 거실 겸 침실 겸 서재 한가운데엔 검은색 스타인웨이 그랜드 피아노가 있었다.

거실 전면창 앞의 젠 스타일 가죽 소파와 심플한 테이블, 반대쪽 벽면의 커다란 침대, 그 사이의 벽면을 다 차지한 책장과 책상, 그리고 특이한 외관의 뱅앤올룹슨 오디오 시스템.

이 넓은 집에 있는 가구는 그게 다였다.

군더더기 없이 잘 정돈되어 있는 그의 집에선 좋은 향기가 났다. 그리고 무슨 일인지는 몰라도, 서연의 집보다 훨씬 더 따뜻하고 편안하게 느껴졌다.

할 일 없이 서 있기만 하다 보니 슬슬 다리가 아파왔다.

앉을 자리를 찾던 서연은 멀찍이 떨어져 있는 소파 대신 피아노 앞을 선택했다.

다가가 앉아보니 스툴이 상당히 불편하게 느껴졌다. 주인의 키에 맞추어 조절된 것이니 당연한 일일 터였다.

불편한 의자 덕분에 타인의 공간에 들어와 있다는 걸 새삼스럽게 느낄 수 있었다.

흑백 패턴의 여든여덟 건반을 가만히 내려다보던 서연은 징검다리를 걷듯 흑건 위를 손가락으로 타박타박 걸어가며 손장난을 치기 시작했다.

찢어질 듯한 전화벨 소리에 화들짝 놀란 것은 바로 그때였다.

"깜짝이야······."

남의 집. 남의 전화.

'받아서 전해줘야 하나?'

몹시 갈등했지만, 전화벨 소리는 금세 멈추었다. 애초에 자동응답 모드였던 모양이다.

차갑고 무미건조한 기계음이 울린 후, 웬 중년 남자의 목소리가 활화산 폭발하듯 맹렬하게 터져 나왔다.

– 이 시건방진 자식 같으니라고! 처조카라고 봐줬더니 감히 나한테 물을 먹여? 하필이면 이쪽으로 와서 나한테 이러는 이유가 뭐야? 유통, 식품, 건설, 갈 곳이야 널리고 널리지 않았어? 다른 데도 많은데 왜 하필 재단이냐고, 왜! 내 자리를 뺏을 수 있을 줄 알고? 날 우습게 보는 거냐, 지금 네가? 너 같은 놈 따위는 얼마든지 내 뜻대로 할 수 있어, 알아?

자동응답 모드인 것도 잊은 모양이다. 극에 치달은 분노는 전화 스피커를 찢어놓기라도 할 듯 사납게 울리고 있었다.

– 건방지게 굴지 마! 너 같은 놈 하나쯤은 쥐도 새도 모르게 사라지게 할 수도 있다! 내가 못할 것 같으냐?

"풋!"

중년 남자의 목소리를 가만히 듣고 있으려니 서연은 갑자기 웃음이 터졌다.

홀로 별장에 머물렀던 지난 10개월 동안, 서연은 피아노 연습을 하지 않는 시간엔 텔레비전을 시청하곤 했었다.

바깥세상 돌아가는 모습이 담긴 뉴스나 드라마는 보기 싫었기에 그녀는 어린이 애니메이션을 많이 봤는데, 그중 뇌리에 강하게 남은 건 바로 '도라에몽'이었다.

거기서 주인공을 유난히 괴롭히고 못살게 굴던, 뚱뚱하고 목소리 큰 친구.

중년 남자의 목소리는 딱 그걸 연상시켰다. 듣기 싫은 노래를 고래고래 부르면서 제가 세상에서 제일 잘난 줄 알던 그 녀석 말이다.

"아, 맞다."

주머니를 뒤지니, 여기 오기 전에 팬시점에서 사놓고서 까맣게 잊고 있었던 도라에몽 열쇠고리가 나왔다.

파랗고 동그란 머리에 하얗고 통통한 배가 앙증맞은 인형의 한가운데에는 작은 주머니가 달려 있었다.

이름도 잊어버린, 그 정도로 존재감 제로였던 주인공은 혼자선 아무것도 할 수 없는 구제불능 문제아였다. 그렇지만 그 주인공에겐 비빌 수 있는 든든한 언덕이 있었다.

매번 '도라에몽!' 하고 부르면 힘든 일, 싫은 일, 귀찮은 일 같은 건 끝이었다. 필요한 건 그가 모두 해결해주고, 아무 때나 가고 싶은 곳으로 데려가주었다.

멋졌다.

정말로, 눈물이 날 정도로 부러웠다.

내게도 저런 존재가 나타난다면, 하는 생각을 하루에도 수십, 수백, 수천 번은 했을 거다.

'날 아무도 없는 곳으로 보내줘. 그리고 모든 걸 다 잊을 수 있게 해줘.'

서연이 플라스틱 인형의 배를 쓰다듬으며 유치한 상념에 잠겨 있는 동안, 전화 저편의 악당은 끔찍한 독설을 퍼붓느라 여념이 없었다. 아무도 듣고 있지 않는데도 말이다.

─ 솔직히 말해서 너 같은 놈은 안 태어나도 됐어! 아무 필요도, 아무짝에도 써먹을 데 없는 놈! 너는 있으나 없으나 매한가지인 녀석이라고! 이 세상에 너를 필요로 하는 사람은 아무도 없단 말이다! 오죽했으면 제 부모까지 버리고 갈…….

이 세상에 필요로 하는 사람이 아무도 없다니. 아무리 화가 나도 그런 말은 너무하지 않나.

상대의 폭언이 더 듣고 있기 힘들 지경에 이르자 서연은 눈을 감고 귀를 막아버렸다.

일순, 하이 톤의 목소리가 갑자기 뚝 끊겼다.

주저 없이 전화 코드를 뽑아버린 이는 집 주인이자 방금까지 독설의 표적이었던 장본인, 최준호였다.

편안한 실내복 차림의 그는 서연을 등진 채 콘솔 앞에 서 있었다.

그의 뒷모습에서 그녀는 어떤 감정도 읽어낼 수가 없었다.

방금 그 소리를 듣고도 기분이 나쁜 건지, 화가 난 건지, 슬픈 건지, 도무지 알 수 없었다.

더 나아가, 그는 마치 여기 없는 사람인 것처럼 실루엣이 희미했다.

그날 새벽의 죽은 물고기 같던 눈동자. 딱 그때 내뿜고 있던 회색 분위기처럼 말이다.

“아아, 저기…….”

뭐라고 할 말이 없던 서연이 우물쭈물하고 있는 사이, 준호는 뒤를 돌아보고 아무렇지도 않게 씩 웃었다.

"많이 시끄러웠지?"

반응을 보아하니 이런 일이 한두 번이 아니었던 듯했다.

"벼, 별로……."

"그래? 그럼 다행이고."

준호는 젖은 머리를 수건으로 털며 아주 당당하게 서연의 뒤를 스쳐 지나갔다.

그의 은은한 샤워코롱 향기가 느껴지자 그녀의 얼굴은 반사적으로 화끈거렸다.

이 넓은 집에 지나갈 길이 천지인데 왜 하필 이렇게 가까이 지나간단 말인가.

당황한 서연은 저도 모르게 고개를 숙여버렸다.

"왜 그래?"

아니나 다를까.

준호는 걸음을 멈추더니, 뻣뻣한 자세로 앉아 있던 서연의 등 바로 뒤에 섰다.

그녀는 짐짓 아무렇지도 않은 체 했지만, 귓불까지 새빨개지는 건 막을 수가 없었다.

"뭐, 뭐가? 아무것도 아닌데?"

"불편해 보이잖아."

"안 불편한데. 하아아나도."

"그래? 정말?"

천천히 몸을 숙인 준호의 얼굴이 서연의 왼쪽 귀를 스쳤다.

후욱, 내쉬는 그의 숨결에서 강한 머스크 향이 느껴지자 가슴 안쪽이 뻐근하게 조여 왔다.

'이, 이 인간이 왜 또 이러는 거야!'

참을 수 없는 긴장이 서연의 온몸을 내달리기 시작했다.

서연의 어깨에다 턱을 얹은 준호는 그녀의 손에 들린 열쇠고리를 내려다봤다.

"아, 도라에몽이네. 이 친구 요즘도 주머니에서 이것저것 꺼내서 순진한 애들한테 덥석덥석 쥐여주나?"

"뭐⋯⋯라고?"

가만. 들고 보니 어째 좀 이상하다.

그가 말하는 도라에몽은 왠지 그녀가 알고 있는 그것의 이미지와 미묘하게 달랐다.

"뭐 눈에는 뭐만 보인다던데⋯⋯, 혹시 변태?"

서연이 정직하게 떨리는 목소리로 말하자 준호는 한동안 키득거리다 중얼거렸다.

"만화 주인공 열쇠고리라니. 큰일이네, 우리 아가씨."

준호는 천천히 고개를 돌려 서연의 옆얼굴을 바라봤다.

놀란 서연은 온몸을 뻣뻣이 굳히며 슬며시 뒤로 물러났다.

물러난 덕분에 뺨을 부비지 않았는지는 몰라도, 그건 오히려 그의 얼굴을 아주 가까이서 쳐다보게 된 계기가 되고 말았다.

그녀는 얇은 렌즈가 가로막고 있지 않은 그의 깊고 검은 눈동자를 물끄러미 들여다보며 물었다.

"뭐가 큰일인데?"

"말했잖아. 너한테 귀여운 건 안 어울린다고."

강한 향기를 풍기며 점점 더 가까이 다가오던 준호가 서연의 입술에 가볍게 입 맞췄다.

샤워 후라 그런지 말할 수 없이 따스하고 부드러운 입술이 색달랐다. 짧은 접촉이 아쉬울 정도로, 무척이나 기분 좋았다.

이내 몸을 일으킨 그는 슬쩍 자기 입술을 핥고 윙크하며 물었다.

"막 샤워한 후라 아직 따끈따끈하지?"

"이……, 변태!"

속을 들킨 서연이 또 한 번 발끈하자 준호는 크게 웃어젖혔다.

한참이나 그렇게 웃던 그는 안경을 쓰고 주방으로 걸어가며 물었다.

"배고프지 않아?"

"전혀."

"그래? 난 왜 배가 고프지? 이상하네."

"이 시간까지 아무것도 안 먹고 쿨쿨 잔 사람이 왜 배가 고픈지 몰라?"

그 말을 하고 보니 서연은 새삼스러운 사실을 깨달았다.

'그러고 보니 나, 빈속인데 왜 배가 안 고픈 거지?'

문이 열린 냉장고 앞에 무릎을 굽히고 앉은 준호가 크게 소리쳐 물었다.

"사과?"

"배 안 고프다니까."

말없이 고개를 끄덕인 그는 냉장고에서 사과 한 알을 꺼냈다. 그리고 깨끗이 씻은 사과를 한입 와삭 베어 물며 서연에게로 다시 성큼성큼 다가왔다.

스툴 하나를 가볍게 집어 들고 와 피아노 근처에 자리 잡고 앉은 그는 사과를 먹으며 아무렇지도 않게 그녀를 관찰했다.

노골적인 시선에 또다시 불편해진 서연은 애써 그의 눈을 피하며 건반을 내려다보다, 최근 다시 꺼내 든 발트슈타인의 신경 쓰이는 부분들을 연습했다.

3도 진행, 스타카토, 논 레가토, 트릴. 안 되면 반복, 잘돼도 반복.

그동안 매일매일, 하루는 너무도 길었고 시간은 넘쳐날 정도로 많았다.

만날 사람도 할 일도 없었으며, 아무 생각 없이 기계적으로 건반을 두드리다 보면 제법 시간도 잘 흘러갔기에 당연히 그녀의 연습시간은 엄청날 수밖에 없었다.

그러나 연습시간과 실력이 꼭 비례하는 것만은 아닌 모양인지, 그동안 많은 레슨 선생님들을 거치며 그녀는 늘 똑같은 소리를 들어왔다.

갑자기 기분이 나빠진 서연은 인상을 찌푸리고 손을 거둬버렸다.

사과즙이 묻은 입가를 기다란 손가락으로 쓱 닦아내던 준호가 아무렇지도 않게 중얼거렸다.

"오. 잘 치네."

그녀는 뒤에 이어질 익숙한 말을 기다리며 그의 입술을 쳐다봤지만, 그는 여전히 사과를 아삭아삭 씹고만 있을 뿐 아무 말도 하지 않았다.

"사실은 재미없다고 하고 싶은 거지?"

"뭐?"

준호는 뜨악한 표정으로 눈을 치켜뜨며 알 수 없다는 반응을 보였다.

"다들 나보고 뻣뻣한 나무토막이 연주하는 것 같대. 연습을 아무리 해도, 레슨 선생님을 바꿔도, 계속해서 똑같은 소리를 들었어."

준호가 다 씹은 사과를 꿀꺽 삼켰다.

그의 목울대가 크게 오르내리는 걸 보고 있자니 서연은 문득 목이 마른 것 같은 기분이 들었다.

"다음번에 또 그 소리를 하는 사람이 있거든……."

또 아무렇지도 않게 사과 한입을 깨물던 그가 심드렁하게 덧붙였다.

"엿 먹으라고 해."

무슨 일이었을까. 밑도 끝도 없는 최준호의 말 한마디에 서연은 갑자기 속이 시원해졌다.

그녀가 눈을 크게 뜨고 바라보자, 그는 어느새 다 먹은 사과 뼈다귀를 제법 먼 거리의 휴지통에다 획 던져 넣더니 손가락을 빨고서 말을 이었다.

"나무토막처럼 연주하는 게 네 개성이라고 얘기하든지."

"뭐라고?"

말이 안 되는 소리라는 걸 본인도 분명 알면서 하는 것 같았다. 그렇지만, 서연은 어쩐지 신기할 정도로 편안한 기분이 들었다.

"풋, 푸하하! 하하하하!"

갑자기 웃음이 터져 나오는 바람에 서연은 한참이나 입을 가리고 키득거리고 웃었다.

웃는 그녀를 오랫동안 내려다보던 준호는 엷은 미소를 짓고서 몸을 기울이더니, 피아노에 팔을 걸치고 뜬금없는 소릴 했다.

"말해봐."

"뭘?"

안경렌즈 안쪽, 그의 검고 짙은 속눈썹은 숨 쉴 때마다 살짝살짝 오르내리고 있었다. 서연은 문득, 손을 내밀어 그의 눈꺼풀을 쓰다듬어보고 싶다는 생각이 들었다.

"나한테 하고 싶은 말이 있었잖아. 처음부터 줄곧."

서연의 속을 꿰뚫어 보기라도 한 듯, 준호의 얼굴에는 일말의 의심조차 엿보이지 않았다.

바닥이 보이지 않을 정도로 새까만 그의 눈동자를 들여다보고 있으려니, 정말, 그에게 하고 싶은 말이 있었던 것도 같았다.

따지고 보면, 처음부터 준호는 늘 서연이 자신을 찾아오도록 유도했었다. 그가 스스로 그녀를 찾아온 적은 한 번도 없었다.

그러니 그녀에게 있어서, 귀고리를 찾으러 갔던 일이나 오늘의 이 말도 안 되는 만남을 피할 수 있는 기회는 얼마든지 있었단 말이었다. 그런데 왜 단 한 번도 피하지 않았던 걸까?

어쩌면 서연은 처음부터 이렇게 될 것을 예감했던 건지도 몰랐다.

"꼭 지금이 아니라도 좋아. 난 언제라도 좋으니, 네가 말하고 싶을 때 해."

"말하고 싶을 때……?"

"그래."

스툴 한쪽에 놓아두었던 도라에몽 열쇠고리를 힐끗 쳐다본 서연은 무릎 위에다 손을 두고 한참이나 주먹을 쥐었다 펴기를 반복했다.

그리고 이내 뭔가에 홀린 듯 멍한 눈으로 중얼거리기 시작했다.

"나, 가끔씩……."

"응."

"흥분했을 때나, 아니면 아무 이유도 없이 발작할 때가 있어. 숨을 오랫동안 못 쉬거나 가슴이 너무 심하게 뛰거나……, 가끔 발작이 심할 땐 기절하기도 하고 그래."

"지병(持病)?"

"그런 걸 지병이라고 해야 하나? 아무튼 비슷해. 패닉이랑……, 그 밖의 다른 문제들이 좀 많이 있어."

준호는 가만히 고개를 끄덕이더니 되물었다.

"그날 새벽에도?"

서연은 눈밭에서 준호를 처음 만났던 날을 떠올렸다.

반사적으로 그 손의 온기가 되살아나서인지, 마음 불편한 말을 시작하는데도 어쩐지 불안하거나 무서운 기분은 들지 않았다.

"응. 그리고 서점에서도."

준호는 이제야 이해했다는 듯 부드러운 미소를 지으며 물끄러미 서연의 얼굴을 바라봤다.

그녀는 그의 얼굴을 똑바로 마주 보며, 남의 얘기를 하듯 담담하게 말을 이어갔다.

"작년 3월 중순쯤……, 입학한 지 얼마 안 됐을 때, 비 오는 날이었어."

"응."

"학교 연습실에서 연습하고 있었는데, 그날은 발작이 좀 심하게 왔던지 정신 차려보니 병원 침대에 누워 있었어. 나 혼자 있던 연습실이었으니 망정이었지, 만약 강의시간에 다른 사람들 앞에서 그랬다면 어땠을지 너무…… 무서웠어. 그래서 그길로 휴학하고 도망친 거야."

준호의 표정은 여전히 변함없이 평온했다. 그 얼굴을 보고 있으니 어쩐지 더욱더 편안해져서, 이야기는 조금 더 과거로 거슬러 올라갔다.

"고등학교 때 나, 3년 동안 전학을 여섯 번이나 했어."

"패닉 때문에?"

서연은 어떻게 대답해야 할지 몰라 애매하게 고개를 가로저으며 답했다.

"음……, 제일 큰 이유는 왕따 때문이었어."

"왕따……?"

"집단 따돌림 말이야. 안 당해본 사람은 절대 모를 거야. 그게 얼마나 잔혹한 짓인지."

"아아."

"내가 무슨 말만 하면 다들 키득키득 비웃었어. 스치기만 해도, 눈만 마주쳐도, 마치 더럽고 징그러운 벌레라도 본 듯 날 외면했어."

몇 번을 전학 가도 서연에게 돌아오는 반응은 마찬가지였다. 그걸 피해 도망치듯 전학하는 횟수가 더해갈수록 오히려 안 좋은 소문만 점점 더 눈덩이처럼 불어날 뿐, 나아지는 건 전혀 없었다.

그럼에도 그녀가 열심히 학교를 옮겨 다녔던 건, 그렇게라도 해서 부모님의 걱정을 덜어주고 싶었던 것 그 이상도 이하도 아니었다.

어쩌면 그녀는 그 모든 게 시작됐던 때 이미 다 포기하고 있었던 건지도 몰랐다.

"중학교 때까진 괜찮았던 모양이군. 고등학교 입학 때 혹시 무

66

슨 일이라도 있었던 거야?"

예리한 준호의 질문에, 서연의 꼭 쥐고 있던 주먹 안에서 끈끈한 땀이 배어나오기 시작했다.

"어렸을 때부터 어딜 가도 내가 주인공이었어. 넉넉한 형편 덕에 잘 꾸미고 다니니 예쁘장하게 보였던 것도 있고, 또래보다 약삭빠르게 여우짓도 잘했으니까. 가는 곳마다 예쁘다, 잘한다, 자꾸 그런 소리를 들으니까…… 내가 정말 잘난 줄 알았어. 고등학교에 입학했을 때까지는…….."

강당 3층에 위치한 음악실의 활짝 열린 창문으로 아직은 쌀쌀한 초봄 바람이 들이치고 있었다.

"아, 와줬구나, 서연아!"

바람에 나부끼는 싸구려 커튼 사이에 서 있는 송성진은 검은색 교복 때문인지 꼭 저승사자처럼 보였다.

그런 그가 들고 있는 빨간색 장미꽃다발과 커다란 사탕바구니가 반가울 리 만무했다.

"오늘 화이트데이잖아. 너를 위해 준비했어."

성진이 한 걸음 앞으로 다가오자 서연은 저도 모르게 한 발 뒤로 물러섰다.

"서연아, 정말 사랑해."

그렇게 말하는 성진은 꼭 외국어 책을 읽는 것 같았다. 전혀 이해하지 못한 채 그저 입술로만 읊는, 영혼 없는 말투였다.

"좋아하는 것도 아니고, 사랑한다고?"

서연이 까칠하게 묻는 말에 성진은 눈은 전혀 웃지 않은 채 입으로만 웃으며 냉큼 대꾸했다.

"응. 사랑해. 아주 많이."

"정말? 왜?"

"뭐?"

"내 어디가 그렇게 좋은, 아니, 사랑스러운데?"

서연이 무미건조하게 묻는 말에 성진은 오랫동안 고민하다 답했다.

"넌 예쁘잖아. 우리 학교에서뿐 아니라 내가 본 여자애들 중에 제일 예뻐."

"기가 막히네, 정말."

서연은 헛웃음을 흘리며 긴 머리카락을 귀 뒤로 넘기고서 싸늘하게 덧붙였다.

"그래서 나더러 어쩌라고?"

"서연아. 너한테 대시한 애들 많은 거 알지만, 나는 걔들이랑 달라. 나랑 사귀자."

성진이 우물쭈물하다 어렵게 묻는 말에 서연은 한참이나 한심한 눈으로 그를 바라보다 내뱉었다.

"내가 왜 그래야 해? 난 너 별론데?"

"서연아……."

아무 말도 하지 못한 채 얼어붙어 서 있는 성진을 건너다보자니 서연은 약간 미안해졌다. 아무리 그래도 좋다고 하는 사람인데 너무 심하게 군 건 아닌가 싶어서 거기까지만 할 생각이었다.

"어쨌든, 이렇게 됐으니 더는 얼굴 붉힐 일 없었으면 좋겠어. 다시는 알은척하지 말아줘."

돌아서서 나가려는 서연을 성진이 붙잡았다.

"서연아! 저기, 내가 너무 급하게 몰아붙여서 놀랐구나? 미안! 그럼 우리 천천히 시간을 두고 만나보자."

서연이 황당한 듯 눈을 동그랗게 뜨고 뒤를 돌아봤다.

"방금 내가 한 소리 못 들었니? 네가 급하든 안 급하든 난 아무 상관없어. 나는 너 별로라고. 싫다고!"

"서연아. 기분 안 좋을 때 그렇게 서둘러서 결정하는 건 안 좋아. 일단 이거 받고……."

"아니, 기분 안 좋을 것도 없고 그럴 이유도 없어! 그냥 네가 귀찮고 싫다니까!"

성진은 꽃다발과 사탕바구니를 막무가내로 들이밀며 이내 믿을 수 없는 소릴 했다.

"너 지금 왜 기분 안 좋은지 내가 다 알아. 아까 쉬는 시간에 네 다이어리 봤거든. 오늘이 생리 이틀째지?"

그 소리에 서연의 예쁜 얼굴이 흉하게 일그러졌다.

"뭐어?"

"여자애들 생리 때 예민하잖아. 난 이해할 수 있어. 그러니까……."

"아아! 기분 나빠! 뭐 이딴 자식이 다 있어?"

소름이 끼친 서연은 저도 모르게 사탕바구니와 꽃다발을 세게 밀쳐냈다.

무방비 상태에서 밀리는 바람에 창가 쪽으로 몇 발짝 뒷걸음질 친 성진은 어색하게 웃으며 말을 이었다.

"몰래 훔쳐본 건 미안해. 그치만 네가 너무 좋아서……."

"아니! 싫다고! 나는 너 싫어 죽겠다고! 싫다는 사람한테 뭐 어쩌라는 거야!"

너무 화가 나는 바람에 이성을 잃은 서연은 심한 말을 닥치는 대로 뱉어냈다.

"너 얼마 전에 우리 집 앞까지 쫓아오고 한밤중에 전화해서 우리 아빠한테 혼나기도 했잖아! 제정신이니? 그만 좀 하라고! 너처럼 눈치 없고 고집 센 부류가 제일 싫어! 다시는 안 보고 싶으니까 제발 좀 내 눈앞에서 꺼지란 말이야!"

"뭐……?"

마치 뭔가에 얻어맞은 사람처럼 그 자리에 얼어붙은 성진이 되물었다.

"눈앞에서…… 꺼지라고? 정말 내가 그랬으면 좋겠어?"

화가 나서 씩씩거리는 서연을 물끄러미 건너다보며 성진은 다시 한 번 물었다.

"서연아, 나 정말 너한테 잘할 자신 있어. 너 많이 사랑해. 아직도 내 맘 모르겠니?"

"미쳤어? 입학한 지 2주일밖에 안 됐어! 네가 나에 대해 뭘 얼마나 안다고 사랑 타령인데?"

돌연 성진이 광기 어린 눈을 빛내며 한 걸음 앞으로 다가왔다.

"은서연. 나한텐 너밖에 없어. 네가 나 안 받아주면 정말 뛰어내릴 각오로 나왔어. 이래도 안 받아줄 거야?"

지긋지긋할 정도로 집요한 성진의 행동에 서연은 넌덜머리가 났다.

참다못한 서연이 독하게 뭔가 한마디를 내뱉은 순간, 꽃다발과 커다란 사탕바구니가 바닥에 처박혔다가 다시 공중으로 높이 치솟았다.

"나쁜 년아, 지금 내 마음이 어떤지 너도 한번 느껴봐!"

색색 사탕들이 마치 팝콘처럼 알알이 튀어 올랐다가 일시에 땅바닥으로 추락했다.

양철 지붕 위로 내리는 빗방울처럼 경쾌한 타다닥 소리가 잦아든 순간.

추락한 건 사탕들만이 아니었다.

조금 전까지만 해도 성진이 서 있던 네모반듯한 창가는 어느새 빈 캔버스처럼 텅 비어 있었다.

03
/
내 작은 뜰에 봄비 내리면

누구의 인생에나 삶의 모습이 변하는 시기가 있을 것이다.

서연에게도 그런 시기가 있었다. 바로 그 일이 일어났던 때.

그녀의 삶은 그날 그 자리를 기점으로 뚝 부러졌다. 다시는 이어 붙일 수 없도록, 아주 처참하게 망가져버렸다.

「서연아, 그렇게 있지만 말고 뭐라도 좀 먹자, 응?」

「엄마……. 걘 어떻게 됐대요?」

「괜찮다고 했잖니.」

「3층에서 떨어졌어요. 다리가 이상하게 비틀린 채로……, 아아, 피를 잔뜩 흘리고 있었단 말이에요! 죽었으면 어떡해요!」

「서연아! 떨어지면서 나무에 걸린 덕에 목숨에 지장 없었다고 몇 번이나 얘기했니? 한 달 정도 입원치료 받으면 다 낫는대. 너는 더 이상 신경 쓰지 말고 어서 기운 차려. 학교 가야지, 응?」

「엄마, 내가 그런 거 아니에요.」

「그래, 엄마가 다 알아. 이거 먹고 어서 학교 가자.」

「내가 그런 거 아니에요……, 흑! 정말 내가 그런 거 아니에요, 흐흑…….」

「서연아…….」

심리상담을 받았지만 사건이 터진 후로 며칠 동안 서연은 전혀 잠들지 못했다. 잠뿐만이 아니었다. 물조차 제대로 넘길 수 없을 정도로 그녀는 극심한 불안에 시달렸다.

성진이 중학교 때 이미 비슷한 일로 문제를 일으킨 적이 있었고 입학 이후로 줄곧 상태가 안 좋았다는 사실을 들은 후로도, 서연의 부친이 도의적인 차원에서 치료비 전액을 부담하고도, 학교에서도 그저 안타까운 해프닝으로 결론을 내린 이후로도, 어찌 된 일인지 서연의 불안감은 줄어들지 않았다.

억지로 맘 졸이며 학교를 나가다 보니 한 달 사이에 몸무게가 5킬로그램이나 빠졌다. 일어날 힘이 없어 학교를 못 간 날도 있을 정도였다.

그러던 어느 날, 성진의 퇴원 소식이 들려왔다.

다친 곳이 다 나아 병원에서 나온 그는 그대로 외국으로 나갔다고 했다.

다행이라고 생각했다.

그렇게 후련할 수가 없었다.

더 이상은 마음 졸이지 않아도 된다고, 이젠 앞으로 어딘가에서 우연히 마주칠 일조차도 없을 거라고 생각했다.

　그렇게 생각했던 바로 그날.

　서연은 기분 좋게 오른 등굣길에 끝내 학교 문턱을 넘을 수가 없었다.

「공황장애입니다. 일단 스트레스 상황을 피할 수 있게 해주시고 마음을 안정…….」

「야, 야, 은서연 있잖아. 전에 송성진이랑 무슨 일 있었던 거 아니야, 혹시?」

「너 그 소문 들었어? 은서연이랑 송성진이랑 사귀다 깨진 거였대. 은서연이 열 받아서 창밖으로 송성진 밀었다던데.」

'아니야, 아니라고! 내가 그런 게 아니야, 제발! 엄마, 더는 이 학교 못 다니겠어요, 다른 학교로 옮겨주세요!'

「너 그 소문 들었어? 이번에 전학 온 은서연 있지? 걔 이전 학교에서 문제 일으켜서 자퇴했다던데?」

「어머, 진짜? 무슨 문제?」

「문제가 뭐 남자 문제밖에 더 있겠어?」

「아아, 걔. 임신한 거 들켜서 그랬다던가.」

「뭐어? 임신?」

「딱 봐라. 얼굴 여우상이잖아. 남자 잘 홀리게 생겼지?」

「어머, 그러고 보니 진짜. 뭐야, 완전 재수 없어!」

'아니야! 아니란 말이야!'

「야, 이번에 온 은서연 예쁘지 않냐?」
「미쳤어, 너? 쟤 지금 우리 학교 다섯 번째래.」
「뭐? 전학을 왜 그렇게 많이 다녔는데?」
「생긴 게 반지르르하면 뭐하겠냐. 걸레란다.」
「엉? 그렇게 안 보이는데?」
「질 나쁜 애라고 소문이 자자해. 아서라. 근처에도 가지 마.」
「역시 사람은 보는 거랑은 다르구나. 어후, 소름 끼쳐.」

'왜 다들 내 말은 안 믿는 거지? 왜 전혀 들으려고 하지도 않는
거야? 왜……, 아니! 이유 같은 건 이제 궁금하지도 않아! 누가 제
발 아니라고 해줘! 제발 들어주기라도 해줘! 제발……, 흑흑!'

"은서연."
감옥처럼 단단히 구속하고 있던 상념에서 서연을 꺼내준 것은
낮고 부드러운 준호의 음성이었다.
어느새 두 손에다 얼굴을 파묻고 잔뜩 웅크리고 있던 그녀는 차
갑게 식은 목소리로 웅얼거렸다.
"잘 있다가도 학교에만 가면 곧 죽을 것처럼 무섭고 숨을 쉴

75

수가 없었어. 시도 때도 없이, 정말 미친 듯이 가슴이 두근거려서……, 언제부턴가 집 밖으로 나가는 것조차 싫어졌어. 참다못해 전학을 갔지만, 오히려 학교를 옮기고서 증세는 더 심해졌어. 날 바로 코앞에 두고도 수군거리는 애들 때문에 견딜 수가 없었어. 그러다가 나도 모르게 수업시간 중에 난동을 부려버렸어. 미친 사람처럼 소리 지르고 물건들을 집어 던지고…….”

시계 초침이 움직이는 소리만 들릴 뿐, 사방은 정지버튼이라도 누른 듯 고요했다. 4년 전의 일은 마치 꿈속의 일인 것처럼 느껴질 정도로 말이다.

“그 뒤 다시 도망치듯 전학을 가고, 또 전학 가고, 또 가고, 그러면서 소문은 점점 더 커지고 부풀려져서……, 어느 순간 보니 난 완전히 정신병자에 걸레, 외톨이가 되어 있었어. 거기다 신경과를 들락거릴수록 나아가기는커녕 공황장애, 분노조절장애, 충동조절장애, 우울증, 온갖 병명들이 무슨 액세서리처럼 하나씩 더 붙어가는 거야.”

준호는 여전히 아무 말도 하지 않고 있었다. 이 공간 안에 있는 사람은 서연 혼자뿐인 것처럼 사방은 그저 조용하기만 했다.

“그리고 나니 그제야 깨달을 수 있었어. 이 모든 게 다…….”

서연의 두 손은 얼음장처럼 차가웠다.

그녀가 긴 한숨을 쉬며 몸서리치자, 준호는 오랜 침묵을 깨고 마침내 말문을 열었다.

“그때 그 녀석에게 심하게 굴었던 벌(罰)이라고?”

"으응."

"왜 그렇게 생각해?"

"당연하잖아. 그 일 이후에 이런 일들이 꼬리에 꼬리를 물었으니 벌이라고 생각할 수밖에."

시간이 멈춘 듯 사방은 계속해서 고요했다. 줄곧 시끄러운 것은 서연의 머릿속뿐.

"흐음. 난 좀 다른 생각인데."

천천히 고개를 든 서연은 준호의 표정을 마주하고 다소 놀랐다.

그런 애길 듣고도 그는 여전히 부드러운 미소를 짓고 있었다.

"단순히 차였다는 이유로 너도나도 3층 창문에서 뛰어내린다면, 이 세상 사람의 절반은 골절환자일걸."

"그치만……."

"재수가 없었을 뿐이야."

"재수가 없었다……고?"

준호는 턱을 괴고서 아무렇지도 않게 툭 내뱉었다.

"그래. 일례로, 지금껏 국적불문하고 내가 찬 여자만 해도 수두룩하지만, 그중 뺨을 때리거나 욕을 했을지언정 뛰어내린 사람은 한 명도 없었으니까."

준호가 너무도 단호한 태도로 못을 박으니 오히려 서연은 더 불안해졌다.

그녀는 잔뜩 긴장한 목소리로 물었다.

"내가 걔한테 뭐라고 했는지 알아?"

77

"몰라."

"아무것도 모르니까 그렇게 말할 수 있는 거야."

"속속들이 알아도 달라질 건 전혀 없을 것 같은데."

왜 그랬을까.

서연은 갑자기 준호에게 모든 것을 다 털어놓고 후련해지고 싶은, 미칠 것 같은 충동에 사로잡혔다.

그렇게 그녀는 지금껏 어느 누구에게도 말한 적 없던 죄를 그에게 고백하고 말았다.

"내가…… 그랬어."

"뭘?"

"내가 뛰어내리라고 했어. 거절하면 뛰어내리겠다고 하는 사람한테, 할 수 있으면 뛰어내려보라고 그랬단 말이야! 아무리 그럴 줄은 몰랐다곤 하지만 내가……, 내가! 결국 걜 부추겨서 뛰어내리게 만든 거라고! 내가 걜 죽일 뻔했던 거야!"

오랫동안 숨기는 건 무척이나 어려웠지만 툭 털어놓는 건 거짓말처럼 쉬웠다.

4년간 깊은 곳에다 꼭꼭 묻어왔던 비밀을 악을 쓰고 토해내는 순간.

아슬아슬하게 서연의 발밑을 지탱하고 있던 바닥이 연약한 웨이퍼 과자처럼 파사삭 무너졌다.

아물지 않은 상처를 덮고 있던 커다란 딱지를 순식간에 잡아 뗀 것만 같았다. 가슴에선 새빨간 피가 보이지 않게 펑펑 쏟아져 내

78

렸다.

"아……, 윽!"

또 한 번 숨이 가빠지며 눈앞이 가물가물 멀어지던 때, 그가 절벽에 아슬아슬 매달려 있는 사람을 끌어 올리듯 그녀의 손을 낚아챘다.

"겨우 그것뿐?"

"뭐……?"

"겨우 그거라면 정말 아무것도 아니잖아."

준호는 부드럽게 미소 지으며 담담하게 말을 이었다.

"말로는 뭘 못해? 나는 거절하면 죽겠다는 사람한테 대놓고 죽어버리라고 한 적도 있었어. 그 여자는 내가 보는 앞에서 죽는 대신 내 새 안경을 사망시켰지. 기껏해야 욕 내지는 따귀겠거니 했는데, 얼굴에 강펀치를 날리더라고."

"무슨……."

"보통은 뛰어내리라고 발로 걷어차도 버티는 게 정상이잖아. 장담하건대, 네가 만약 거기서 프러포즈를 받아들였다 하더라도 그녀석은 언젠가 뛰어내렸을 거야."

서연은 불안한 눈동자로 준호를 응시하며 물었다.

"정말…… 그럴까?"

"그래. 상대가 네가 아니라 다른 여자였어도 마찬가지였을걸. 그 녀석은 그냥 다른 사람 핑계를 대고 아무 데서나 뛰어내리고 싶었던 거라고. 정말 모르겠어?"

준호는 손을 쭉 뻗어 그녀의 뺨을 쓰다듬으며 오랫동안 안경렌즈 너머로 서연의 눈을 응시했다.

불쌍하게 여기거나 이상하게 쳐다보는 눈길이 아니었다.

그저 아무 일 없는 듯 평온한 표정으로 한참이나 그렇게 그녀의 뺨을 쓸어보던 그는 만족스러운 듯 미소 지으며 덧붙였다.

"너, 진짜 섹시하다."

표정도, 분위기도, 말투도, 그 어느 것 하나도 어울리지 않는 이 엉뚱한 말에 서연은 어이가 없어져 멍하니 준호를 쳐다보고만 있었다.

천천히 손을 거둔 그는 얼굴을 불쑥 들이밀더니 또 한 번 밑도 끝도 없는 주문을 했다.

"말해봐."

"뭘……?"

"그동안 온전히 기댈 상대, 버티고 있어줄 누군가가 필요했지?"

"아, 아니……."

"지금은 그게 나였으면 좋겠다고 생각하고 있고."

정곡을 찔린 서연이 얼굴을 확 붉히며 발끈했다.

"그, 그런 거 아니야!"

"아직도 어리구나, 우리 아가씨는."

준호가 내놓은 일련의 말들을 듣고 나니, 서연은 그제야 깨달을 수 있었다.

그간 뭔지도 모른 채 그렇게 오랫동안 기다려왔던 건 바로 이것이었나.

"너무 힘들어서, 나……."

"그래."

"나, 흑, 나…… 정말로 너무 힘들어서……. 흑! 나 혼자서는 아무것도 할 수가 없어서, 한 발짝도 움직일 수가 없어서……."

서연의 눈가가 붉게 달아오르더니 이내 눈동자가 말갛게 부풀어 올랐다.

그동안 부모님의 절대적인 믿음과 사랑이 아니었다면 그녀는 지금까지 버티지 못했을 것이다.

그렇지만 진정으로 서연이 바랐던 것은 그런 게 아니었다.

힘든 일을 겪으면 아픈 게 당연하다는 위로가, 조급해하지 말고 천천히 돌아오라는 교과서적인 격려가 아니었다. 너를 믿는다는, 괜찮다고 해주는, 조심스럽고 눈물 나는 위로도 아니었다. 깨질까 봐 벌벌 떨면서 아껴주기를 바란 것은 더더욱 아니었다.

그녀가 진정으로 바라고 기다렸던 건, 이미 혼자서 돌아가기엔 너무 멀리 와버린 자신을 원래 자리로 데려가줄 존재였던 것이다.

"누군가가 나를 위해 답을 찾아주기를 바랐어. 누군가가…… 내가 괜찮아지는 걸 기다리지 않고, 지금 이 모습 그대로……, 지금의 아픈 나를, 망가진 나를 그냥 있는 그대로 받아들여주고 이끌어주기를……."

그게 한심할 정도로 이기적이고 나약한 생각이란 건 그녀 스스로도 알고 있었다.

하지만 절실했다.

원 없이 어리광 부리고 기대어도 다 받아줄 수 있는 존재가 필요했다.

그녀가 가진 그늘을 커다란 제 그늘로 간단히 덮어버릴 수 있을, 그런 그늘나무 같은 존재를 서연은 줄곧 기다리고 있었던 것이다.

"우는 거야?"

서연은 눈을 커다랗게 떴지만 사방이 흐릿하게 섞이는 바람에 아무것도 보이질 않았다. 코끝이 맵고 목까지 막혀 도무지 아무 말도 할 수가 없었다.

"이리 와."

준호의 명령에 얌전히 일어선 서연은 두 팔을 벌리고 있는 그의 앞으로 다가가 넓은 가슴에 살며시 몸을 기대보았다.

"나한테 기대. 내가 끝까지 버텨줄 테니까."

그런 말을 하는 그의 넓은 어깨와 가슴은 참 따뜻하고 튼튼했다. 정말 기대도 괜찮을 것 같은, 믿음과 안도감이 온몸을 타고 전해져 올 만큼.

"왜……."

"응?"

"왜 나한테 이렇게 해? 그저 우연히 만났을 뿐, 아무 사이도 아니잖아."

"세상에 우연이란 없어. '우연'이란 단지 '확률이 희박한 필연'을 두고 갖다 붙이기 좋아하는 사람들이 만들어낸 단어지."

준호의 가슴에다 이마를 대본 서연은 자꾸만 메는 목을 다스리며 불안하게 덧붙였다.

"분명…… 언젠가는 나한테 질리고 말 거야."

"음. 그럴 일은 없을걸. 넌 섹시하니까."

"변태."

그러고 보니, 서연은 그날 이후 단 한 번도 목 놓아 울어본 적이 없었다. 울어봤자 아무 위안도 얻지 못할 거란 걸 스스로도 잘 알고 있었기 때문이었다.

그러나 지금은 달랐다.

"흐……, 흐흑……."

우스꽝스러워 보일 거란 생각 같은 건 하지도 못한 채, 그녀는 그동안 모이고 또 모여 온몸에 가득 차버린 것 같은 눈물을 모두 쏟아냈다.

처음엔 그저 흐느낌이었던 울음은 이내 철부지 어린아이의 그것처럼 크게 변했다.

"으흑! 흐흑, 흑!"

준호는 오랫동안 서연의 등을 살살 쓸어주기만 했을 뿐 굳이 달래려 하지 않았다.

그렇게 얼마의 시간이 흘렀을까.

그가 뭔가를 꺼내 부스럭거리기 시작했다.

온통 눈물에 젖은 서연의 입술 사이로 뭔가가 살며시 밀려 들어왔다.

딸기 사탕.

사탕바구니가 바닥으로 내팽개쳐졌던 그날 이후로, 서연은 단 한 번도 사탕을 입에 댄 적이 없었다.

"달아……."

오랫동안 비가 내리지 않았던 그녀의 작은 뜰에, 어느새 봄비가 촉촉하게 내리고 있었다.

「나한테 기대. 내가 끝까지 버텨줄 테니까.」

미용실 거울 앞에서 준호의 목소리를 떠올린 서연의 얼굴에 희미한 미소가 어렸다.

"아유우, 제가 다 아깝네요. 결이 이렇게 좋은데 계속 길러보시지……."

디자이너의 말에 서연은 단호하게 다시 말했다.

"그냥 잘라주세요."

오랫동안 길렀던 머리카락이 싹둑싹둑 잘려나가는 것을 보고 있자니 왠지 새로운 기분이 들었다.

사실, 딱히 헤어스타일을 바꾸려고 했던 건 아니었다.

그녀가 아침 일찍 집을 나선 것은 미용실에 가기 위해서가 아니었다. 작년 3월 이후로는 단 한 번도 발걸음 한 적 없던 학교에 가

보기 위해서였다.

아직 시간은 충분했지만 어떻게든 이번 주 안으로 복학 문제를 마무리 짓고 싶었다.

그렇지만, 준호의 응원에 힘을 내는 것도 한계가 있었다. 휴학했던 이후로 지금까지 줄곧 결정하지 못했던 일을 그렇게 단번에 간단히 해결할 수는 없을 테니까.

그래서 변했다는 증거를 애써 만들고 싶었던 건지도 몰랐다. 바뀐 외모를 통해서라도 확인하고 싶었던 건지도 몰랐다. 완전히 달라진 모습으로 학교에 가면 새로운 기분으로 다시 시작할 생각이 들 거라고.

미용실을 나와 어색한 단발머리를 만지작거리며 걷는 동안, 서연은 어느새 학교 정문에 도달해 있었다.

음대 건물은 정문에서 동쪽에 위치해 있었다.

오르막길을 오르는 동안 서연은 천천히 주위를 둘러봤다.

캠퍼스 안은 1년 전과 사뭇 달라져 있었다.

당시 군데군데 철쭉과 개나리가 피어 있던 길에는 미처 녹지 않은 눈덩이들이 쌓여 있었고, 전에는 보수공사 중이었던 건물들이 모두 말끔하게 새 단장되어 있었다. 보도블록들도 다시 깔렸는지 전보다 훨씬 더 색깔이 선명했으며, 낡은 이정표들도 모두 새것으로 교체되어 있었다.

"많이 바뀌었네."

그때, 한 무리의 학생들이 왁자하게 떠들며 서연의 곁을 스쳐 지나갔다.

주위를 둘러보니, 방학인데도 캠퍼스 안은 사람으로 북적였고 분위기도 생각보다 훨씬 더 활기찼다.

내가 없던 사이에도 이쪽 세상은 착실하게 잘 굴러가고 있었구나 생각하니 어쩐지 씁쓸했다.

아는 사람 한 명 없는 그곳에서 서연은 마치 이방인이 된 기분이었다. 내키지 않아서인지, 걸음도 눈에 띄게 느려지기 시작했다.

내리막길이 시작되는 위치에서 잠시 발을 멈추자, 현악기 튜닝하는 소리와 금관악기 소리들이 바람결에 실려 왔다.

고개를 든 서연은 음대 본관의 연습실이 있는 위치를 바라봤다. 작년 3월에 그녀가 학교생활을 포기해버렸던 바로 그 자리.

빨간 벽돌건물의 조그만 창문을 확인한 순간, 조금 전까지만 해도 괜찮았던 머릿속이 시끄럽게 들끓기 시작했다.

다시 적응할 수 있을까? 못 하면 어떡하지? 그러다 이번엔 정말 강의시간에 발작해버리면, 그러다 전처럼 또 난동까지 부리면, 그러면 정말 어떡하지?

초록색 보도블록이 너울너울 춤을 추기 시작했다.

그 위로 오직 서연에게만 보이는 선(線) 하나가 나타났다.

한 발자국만 더 가면 이 선을 넘을 수 있는데 그 한 발짝이 왜 그리도 무거운지.

눈을 질끈 감고 식은땀까지 흘리며 가까스로 오른발을 뗐지만, 결국 그녀는 끝까지 그 선을 넘지 못했다.

발길 닿는 대로 정처 없이 돌아다니던 서연은 캠퍼스 내의 재단 소유 미술관에 들어섰다.

한동안 전시실을 구경하며 마음을 가라앉히려고 했지만, 시간이 지나면 지날수록 자괴감은 점점 더해갔다.

아무도 없는 3층의 전시실에는 이름 모를 작가의 유화작품 몇 점이 걸려 있었다.

그중 한 작품 앞에 선 그녀는 물끄러미 사각 캔버스 안을 들여다봤다.

넓고 푸른 초원에 양떼가 평화롭게 노닐고 있었다.

그림 속의 구름 한 점 없이 맑은 하늘을 가만히 보고 있으니, 작년 내내 틀어박혀 있던 강원도 산골의 별장이 떠올랐다.

다시 돌아갈까. 가서 조금만 더 있다가 정말 괜찮아지면 그때 돌아오는 거야. 상관없지 않을까. 아주 안 오는 것만 아니라면.

그런 생각들을 하던 서연은 저도 모르게 헛웃음을 흘리고 말았다.

"하……. 하하."

변하고 싶네, 어쩌네 해도, 결국은 또 도망칠 생각이라니.

귀가 멍할 정도로 고요한 그곳에서 그녀는 마침내 다리에 힘이 풀려 바닥에 주저앉고 말았다.

1월 중순의 타일바닥에서 올라오는 냉기에 온몸이 얼어붙을 것만 같았다.

서연은 문득 준호를 떠올렸다.

그가 바로 여기 있다면 이렇게 혼란스럽고 두려운 기분은 들지 않겠지.

하지만 휴대전화가 없기 때문에 여기서 당장 그에게 연락할 기운도, 방법도 없었다.

꼭 끌어안은 무릎에 얼굴을 파묻은 서연이 긴 한숨을 내쉬던 그때였다.

"아가씨가 그렇게 찬 바닥에 막 앉으면 되나."

기가 막혔다.

정말, 무슨 마술이라도 부린 걸까.

여긴 수성재단 소유의 미술관 중 하나였다. 그러니 재단 이사인 최준호가 여기 있는 게 그리 이상한 일은 아니었다.

그렇지만, 누군가를 떠올리고 있을 때 그 장본인이 딱 그 장소에 나타난다는 건 참 묘한 일이었다.

서연은 너무도 신기한 기분으로 고개를 들어 위를 올려다봤다.

촉감이 느껴질 정도로 노골적인 시선을 똑바로 그녀에게 고정시킨 채 준호는 툭 내뱉었다.

"머리카락이 많이 짧아졌네."

"답답해서 잘랐어."

서연이 자리에서 일어나려던 순간, 준호가 갑자기 그녀의 팔을 세게 붙잡고서 전시실 구석으로 향했다.

"뭐야! 갑자기 왜……! 아!"

준호는 훤히 비어 있는 공간 벽에다 다짜고짜로 서연을 밀어붙였다. 그리고 얄미울 정도로 느긋한 표정을 하고서 그녀의 어깨 위 벽을 두 손으로 짚었다.

익숙해진다는 건 참 신기한 일이었다.

금방이라도 누가 올지도 모르는 공공장소에서 남자의 팔 안에 갇혀 있는데도 서연은 전혀 불쾌하거나 두렵지 않았다. 오히려 잠이 올 정도로 편안할 뿐.

"혼자서 무슨 생각 하고 있었어?"

"별로 아무 생각도…….''

"혹시, 내 생각?"

"미, 미쳤어?"

서연이 정색을 하며 발끈하자, 준호는 진지한 어조로 되물었다.

"그럼?"

"복학……신청.''

심각한 얼굴과는 달리, 서연은 의외로 산뜻하게 고백했다.

그가 자신의 문제를 아주 간단하게 해결해줄 것을 그녀는 이미 알고 있었는지도 몰랐다.

"아아."

준호의 그림자에 가려진 시야가 몹시 어두웠다.

달콤한 향기와 포근한 온기가 희미한 유화 냄새 사이로 서연에게 전해져 왔다. 더불어 취해버릴 것만 같은 숨결 역시 뺨 위로 생생하게 느껴졌다.

"무슨……!"

분명했다. 이 인간, 여기서 키스하려고 하는 거다! 아무리 제 페이스대로 사는 인간이라지만, 이건 너무하지 않나?

그렇게 생각하던 순간, 아니나 다를까. 그가 들릴 듯 말 듯 속삭였다.

"싫어?"

'당연하지, 이 변태야!'라고 말하려고 했었다. 정말로.

그러나 서연은 결국 끝까지 아무 대답도 하지 못했다.

"오늘은 좀 깊을 거야. 놀라지 마."

"그게 무슨 소리……, 으읍!"

준호의 입술이 거칠게 덮쳐왔다. 이윽고 뜨겁게 젖은 무언가가 막을 새도 없이 미끄러져 들어왔다. 아주 깊숙이.

그가 미리 귀띔했던 것과 같이, 오늘의 키스는 이전처럼 부드럽고 다정하지만은 않았다.

그는 그녀의 입안이 마치 제 것인 듯 온통 휘젓고, 아프도록 혀를 빨아들이며 숨도 쉴 수 없을 정도로 깊이 밀어붙이고 있었다. 꼭 그녀를 마셔버리거나, 아니면 그녀의 안으로 들어오고 싶어 하는 사람처럼.

생전 처음 맞닥뜨린 거칠고 강렬한 키스였지만, 그다지 음란하게 느껴지지는 않았다. 서연의 머릿속 우울함은 어느새 준호의 체취와 알 수 없는 흥분에 밀려 사라지고 없었다.

등에 느껴지는 콘크리트 벽의 냉기, 묵직한 남자의 무게와 온기, 그리고 코끝에 감도는 그의 강렬하고도 달콤한 향기에 목구멍 아래에선 금방이라도 이상한 소리가 튀어나올 것만 같았다.

서연은 둘 곳이 없어 어색하게 놀고만 있던 손을 들어 천천히 준호의 가슴께를 더듬어봤다.

부드러운 재킷의 깃을 어루만지다 매끈한 타이를 거꾸로 쓰다듬어 올라가니 그의 미간이 눈에 띄게 좁아지고 팔에는 잔뜩 힘이 들어갔다.

서연의 손길이 빳빳하게 다린 셔츠의 칼라에까지 다다르자, 쫙 편 채 벽을 짚고 있던 준호의 손이 단단한 주먹으로 움츠러들었다.

그 순간을 기점으로 그의 키스는 한층 더 거칠어졌다.

"으읏!"

혀뿌리가 얼얼할 정도의 아픔에 소스라치게 놀란 서연이 준호의 어깨를 밀어내려던 순간이었다.

"흐흠, 흠, 흠흐음……."

경쾌한 발소리와 콧노래 소리가 가까워지더니 누군가가 불쑥 전시실 안으로 들어왔다.

벽을 등진 자세라 출입구 쪽이 훤히 보이는 서연과는 달리 준호는 전혀 그 사실을 못 알아챈 것 같았다.

서연은 대망신의 위기를 벗어나려 노력했지만 그게 말처럼 쉬운 일은 아니었다. 무슨 힘이 그렇게 센지, 아무리 어깨를 밀어내려 해도 준호는 꿈쩍도 하지 않았다.

그렇게 그녀가 이러지도 저러지도 못하고 있던 사이, 불청객은 어느새 안으로 쑥 들어서 있었다.

서연 또래의 여학생은 이어폰을 낀 채 느긋하게 그림을 감상하기 시작했다. 뒤에서 무슨 일이 벌어지고 있는지 전혀 눈치 채지 못한 듯했다.

그리고 마침내.

오른팔에 하늘색 표지의 헨레판 브람스 소나타 악보를 끼고서 그림을 감상하고 있던 여학생의 시선이 곧장 그들 쪽으로 향했다.

키스에 몰입해 비스듬히 고개를 기울인 준호 덕분에 서연은 그 여학생과 정통으로 눈을 마주치고 말았다.

"어……? 어어……? 우와압! 죄송!"

평범한 인상에 무척이나 착하고 순진하게 생긴 여학생은 서연과 눈을 마주치자마자 두 손으로 제 입을 확 틀어막았다. 그리고 무척이나 미안한 듯 꾸벅꾸벅 인사하더니 그대로 꽁지가 빠져라 내빼고 말았다.

이쪽에 미안해할 것 하나도 없는데. 여긴 누구네 집 안방이 아니라 공공장소니까!

"이익……! 비켜, 비키라고! 이 변태야!"

서연은 준호가 긴 키스를 마치고 뒤로 물러나자마자 있는 힘껏 그의 팔을 꼬집어버렸다.

"아얏!"

"창피하게 이게 무슨 짓이야!"

"아아, 미안, 미안. 갑자기 자제가 안 돼서."

잔뜩 약이 올라 씩씩거리는 서연을 무시한 채 안경을 닦던 준호가 돌연 엉뚱한 질문을 던졌다.

"으음. 배고프지 않아?"

"뭐?"

겉으로만 보면 꽤 교양 있고 허우대 멀쩡한 남자가 대체 왜 만나기만 하면 배고프냐는 타령을 하는지 알 수가 없었다.

그런데 자꾸 그런 소리를 들어서인지, 문득 정말 배가 고픈 것 같은 느낌이 들었다.

아침에 뭘 먹었는지 떠올려봤지만 기억이 가물가물했다.

아니. 비단 오늘 아침식사뿐이 아니었다. 그간 먹었던 음식들을 되새겨봤지만 하나도, 거짓말처럼 정말 하나도 기억나지 않았다.

허기(虛飢). 오랫동안 잊고 지냈던 감각이었다.

늘 불면증에 시달리던 서연이었다. 잠을 못 자는 건 때와 장소를 가리지 않았는데, 오늘만큼은 달랐다.

준호의 차에 올랐던 것까지는 생각나는데 이후의 기억이 없었다. 저도 모르게 잠이 들었던 모양이다.

몸이 붕 뜬 느낌이었다. 생소한 속도감과 소음에 가까스로 정신을 차린 서연은 잠이 덜 깬 몽롱한 눈으로 주위를 둘러보았다.

"여기가 어디야?"

그때, 시야에 횡계 IC를 알리는 이정표가 빠른 속도로 휙 지나쳐갔다.

설마 했건만, 고속도로 위였다.

"어······?"

"잘 잤어?"

부드러운 시선으로 서연을 곁눈질한 준호는 다시 운전에 집중했다.

"뭐, 뭐야, 이게?"

서연은 뒤로 완전히 젖혀진 조수석 의자에서 확 튀어 올랐다.

90도 각도로 몸을 일으킨 후 황당한 표정으로 쳐다봤건만, 그는 전혀 아무렇지도 않은 표정으로 말했다.

"대관령 가는 길이잖아, 왜?"

"뭐어?"

황당해서 할 말을 잃고 뻐끔거리는 서연을 보고도 준호는 여전히 느긋한 태도로 일관했다.

"내가 같이 황태해장국 먹으러 갈 거냐고 물었었지?"

"응."

"네가 간다고 대답했지?"

"으응, 그랬지."

"뭐가 문제야?"

아아. 그래. 그렇지. 분명히 그런 말을 하긴 했지. 그렇게 말하니 더 이상 할 말이 없었다. 그렇지만······.

"대관령이라는 말은 안 했잖아! 제일 중요한 말을 빠뜨렸다고!"

"어? 그랬던가?"

"아아!"

정말이지, 사람을 이리저리 휘두르고 정신없이 들었다 놨다 하는 걸로는 따라올 자가 없을 사람이었다.

그러던 중 서연은 뒤늦게 뭔가를 떠올리고 물었다.

"일은? 아까 근무하던 중 아니었어?"

그녀가 눈을 커다랗게 뜨고 건너다봤지만, 그는 빙글빙글 웃으며 어깨를 으쓱할 뿐이었다.

"뭐, 어떻게든 되겠지."

"어떻게든?"

"그래."

"하……, 하하."

헛웃음을 흘리는 서연의 얼굴을 보며, 준호는 이내 무척이나 진지한 어조로 덧붙였다.

"그리고 지금은 그런 시시한 일보다 이쪽이 훨씬 더 중요하거든."

"황태해장국이?"

"에이, 설마."

"그럼 중요한 게 뭔데?"

"잘 생각해봐."

정말 알다가도 모를 사람이란 생각밖에 들지 않았다.

배고파서 황태해장국 맛있는 집 찾아간다더니 그것도 거짓말이었던지, 준호가 서연을 데리고 곧장 향한 곳은 대관령의 한 양떼목장이었다.

"흐음……."

그런데 무슨 일이었을까. 주차장에 차를 세우면서부터 준호의 표정이 심상치 않았다.

야트막한 산비탈을 따라 함께 걸어 올라가는 동안 그의 분위기는 점점 더 안 좋아졌다.

"아아, 이게 아닌데."

그리 오랫동안 만난 사이는 아니었지만 지금껏 준호는 서연에게 느긋하고 여유 있는 태도만을 보여주었다. 그런 그가 이렇게나 난처한 표정을 짓는 것을 보는 건 처음이었다.

왠지 이유를 알 것 같았던 서연은 조심스럽게 물었다.

"혹시, 아까 그거 신경 쓰고 있었던 거야? 전시실에서 내가 보고 있던 목장 그림."

서연의 물음에 준호는 씩 웃으며 대답했다.

"그래."

"지금 한겨울이잖아."

"응. 그 생각을 못했네."

서연에게 그 그림의 배경을 직접 보여주고 싶었던 모양인데, 안타깝게도, 1월의 대관령은 사방이 눈(雪) 천지였다.

준호는 허탈한 웃음을 흘리며 중얼거렸다.

"아아, 양이라곤 한 마리도 안 보이네."

"이렇게 추운데 당연하지."

"그래도……."

서연은 뭔가를 말하려다 말고 입을 다물어버렸다.

"응?"

구름 한 점 없는 새파란 하늘 아래 눈이 시릴 정도로 깨끗하고 고요한 설원이 펼쳐져 있었다.

마음의 위안은 이것으로도 이미 충분했다.

"고마워."

서연이 한참 만에야 어렵게 내놓은 말에 준호는 다정하게 웃으며 화답했다.

"별말씀을."

영하의 칼바람이 불어와 두꺼운 모직 코트의 깃 사이로 파고들었다.

서연이 몸서리를 치자 준호는 걸치고 있던 머플러를 벗어 그녀의 목에다 꽁꽁 둘러주더니 짓궂은 소릴 했다.

"예쁜 목선 가리는 건 싫지만, 감기 걸리는 것도 싫으니까."

조금 전까지 준호의 체온을 품고 있던 베이지색 체크무늬 머플러엔 달콤한 향수 향기가 진하게 스며 있었다.

서연은 작은 얼굴을 반이나 가린 그의 머플러에다 코를 파묻고 편안하게 눈을 감았다.

문득 참을 수 없이 졸음이 쏟아졌다. 거기다 배도 고픈 것 같고,

손도 시리고, 다리도 아프고……, 온갖 감각들이 일제히 되살아났다. 마치 죽어 있다가 갑자기 깨어난 사람처럼 말이다.

"이제 좀 나아졌어?"

준호의 뜬금없는 질문에 서연은 눈을 뜨고 그를 올려다봤다.

"뭐가?"

"답답한 기분 말이야."

그는 은제 케이스에서 담배 한 개비를 꺼내 입에 물고 불을 붙였다. 그리고 길게 연기를 뿜어내며 담담하게 물었다.

"다시 도망치고 싶었던 거지?"

왠지 부끄러워진 서연은 고개를 숙인 채 대답을 피해버렸다.

하지만, 준호는 그에 대해 전혀 비난하거나 나무라지 않은 채 오히려 말도 안 되는 소릴 내놓았다.

"도망치고 싶을 땐 그렇게 하는 게 최고지. 쓸데없이 꾹꾹 참고 견딜 이유 있어?"

"그치만……."

"다음에 또 도망치고 싶거든, 애꿎은 머리카락에다 장난치거나 그렇게 '키스해주세요.' 하는 얼굴로 혼자 웅크리고 앉아 있지 말고……."

서연의 눈앞에 뭔가가 불쑥 나타났다.

"전화해."

준호가 건넨 것은 최신형 스마트폰이었다.

"미리 경고하는데, 거기다 귀여운 액세서리 같은 거 달 생각하

98

지 말고. 너한테 전혀 안 어울리니까."

까맣고 반들반들한 액정에 비친 서연의 얼굴은 어느새 희미하게 웃음을 머금고 있었다.

미술관에서 만났을 때부터 결국 이렇게 될 것을 그녀는 알고 있었는지도 몰랐다.

코끝이 시큰거리고 목이 멘 서연은 더 이상 아무 말도 이을 수가 없었다.

서연이 준호와 저녁까지 함께 먹고 제법 늦은 시각에 집으로 돌아왔을 때, 은 사장은 모처럼 이른 퇴근으로 벌써 귀가해 있었다.

"아가씨, 어서 와요. 바깥은 춥죠?"

"네. 오늘은 좀 춥네요. 차고에 아빠 차 있던데, 웬일로 이 시간에 들어오셨대요?"

"저녁 스케줄이 취소되었다나 봐요."

"아아."

"사장님 사모님은 벌써 식사 마치고 지금 서재에 계세요. 아가씨도 밥……."

"아니에요, 밖에서 저녁 먹고 왔어요. 신경 안 써주셔도 돼요."

입주 가사도우미는 서연의 말에 다소 놀란 표정을 지었다.

"저녁을요? 누구랑……?"

99

왠지 머쓱해진 서연은 얼른 그 자리를 뜸으로써 대답을 피해버렸다.

귀가인사를 드리기 위해 서재 문을 두드리려던 때였다.

안에서 부모님의 대화가 나직이 새어나왔다.

"참. 오늘 오후에 재단 박 이사장하고 잠깐 만났는데, 처조카 때문에 아주 골머리를 앓는 모양이야."

재단의 박 이사장이라면 일전에 자동응답전화에 대고 혼자서 폭언을 퍼부었던, 준호의 고모부 되는 사람이었다.

"처조카가 누군데요?"

"최준호 이사라고 왜, 그룹 장손인데 밖에 내놓은 녀석 있잖아. 엊그제 신년회 때 못 봤어?"

"아아, 맞어! 봤어요. 그런데 왜요? 아주 예의 바르고 신사적인 청년이던데요."

한 여사의 감상이 나쁘지 않자 서연은 저도 모르게 안도의 한숨을 내쉬었다.

"아, 글쎄, 첫 출근 날부터 무단결근을 하지 않나, 오늘도 한 시간 지각한 주제에 오후엔 중요한 회의가 있었는데 외근 나간다고 가서는 아예 잠적했다더군."

"어머, 그래요? 그런 사람으로는 안 보이던데……. 뭔가 사정이라도 있었겠지요."

"여기저기에다 한참이나 어린 처조카 욕하고 돌아다니는 박 이사장도 그렇지만, 그래도 사람은 역시 성실해야 뒷말이 없는 법이

100

지."

"그렇죠."

잠시 정적이 흐른 후, 은 사장이 물었다.

"그런데……, 서연이는 아직도 안 들어왔나?"

"오늘은 좀 늦네요. 그 사이 친구라도 생긴 건지."

"어때? 복학신청은 한 것 같아?"

"도무지 말을 안 하니 알 수가 있나요. 걱정이네요."

"걱정하지 마. 괜한 스트레스 주지 말고 우린 그저 믿고 기다려 보자고."

"보고만 있자니 안쓰러워 죽겠어요."

"곧 괜찮아질 거야. 곧…….'"

서연은 귀가인사를 포기한 채 조용히 2층의 자기 방으로 올라갔다.

오디오 볼륨을 크게 틀어둔 그녀는 아침처럼 아주 뜨거운 물에다 입욕제를 잔뜩 푼 후 홀렁홀렁 옷을 벗어 던지고 욕조에 몸을 담갔다.

열(熱)로 얼굴이 벌겋게 달아오를 무렵, 베토벤의 론도 카프리치오소, Op.129, '잃어버린 동전에 대한 분노'가 경쾌하게 울렸다.

알프레도 브렌델의 익살스러운 변주 위로, 바로 눈앞에서 데굴데굴 굴러가는 동전을 애타게 따라가는 사람의 모습이 떠올랐다. 바로 자신의 모습이었다.

"뭔가, 이대로는 안 되겠다."

서연은 제법 비장한 표정으로 욕실 벤치에다 올려두었던 스마트폰을 집어 들었다.

학교 홈페이지에 접속해 영문자와 숫자 몇 개만으로 간단히 로그인.

페이지가 넘어갈 때마다 시키는 대로 했더니 어느새 간단히 복학신청이 완료되어 있었다.

"말도 안 돼."

그동안 계속해서 그녀를 짓누르던 부담은 그렇게, 겨우 손가락 터치 몇 번으로 깔끔하게 사라지고 말았다.

"말도 안 돼, 정말……. 이렇게 쉬운 거였다니."

허탈했다.

어이가 없어진 그녀가 복학신청 완료 화면을 멍하니 내려다보며 실소를 흘리던 때였다.

갑자기 전화벨이 울렸다.

서연은 액정에 선명하게 뜬 '최준호'라는 이름을 가만히 쳐다보다 전화를 받았다.

그가 낮고 부드러운 목소리로 말을 걸어왔다.

– 나야.

"알아."

4년 동안 서연에겐 휴대전화가 없었다. 누군가와 소통할 채널 자체가 필요 없었던 것이다.

아니, 필요 없었던 게 아니라 어쩌면 그녀 쪽에서 거부했던 건지도 모르지만, 이제 그런 건 아무래도 좋았다.

"나, 조금 전에 복학신청 했어."

- 그래? 어렵진 않았고?

"응. 엄청 쉬웠어."

- 쉬웠다니 다행이네.

서연이 오랜 고민을 마침내 떨쳐냈다는 것을 알고도, 준호의 목소리는 평온하기만 했다.

결코 호들갑 떨지도 않고 흥분하지도 않는 그 목소리 덕에 서연은 마치 처음부터 괜찮았던 듯한 기분이 들었다.

"가끔……, 내가 먼저 전화해도 되지?"

- 그래.

"언제가 편해?"

- 아무 때나.

"그런 게 어딨어? 한가한 시간을 알려줘."

- 네 전화라면 언제 어디서든 받을 수 있어. 못 믿겠으면 시험해보든지.

"아침 일찍도 괜찮아?"

- 그래.

「사람은 역시 성실해야 뒷말이 없는 법이지.」

「그렇죠.」

조금 전 엿들었던 부모님의 대화를 떠올린 서연은 잠시 주저하다 어렵게 말을 꺼냈다.

"그럼……, 내가 매일 아침 전화해서 일찍 깨워줄 테니까."

– 응?

"이제는 제대로 일해."

서연의 말뜻을 금세 눈치 챘는지, 준호는 낮고 투명한 웃음소리를 내며 되물었다.

– 그거 혹시 내 걱정 해주는 거야?

"거, 걱정은 누가!"

발끈한 서연이 벌떡 일어나 핏대를 올리자 욕조에서 물과 거품이 활화산처럼 맹렬하게 넘치며 시끄러운 소리를 냈다.

– 이게 무슨 소리지?

"지금 목욕하고 있어서……."

한동안 전화 저편에서 아무 소리도 들리지 않았다. 끊어진 건가, 하고서 액정을 내려다봤지만 통화는 여전히 연결 상태였다.

"여보세요? 여보세요?"

– 아……, 미안.

"왜 그래? 무슨 일 있어?"

– 상상해버렸거든.

이후에 제가 뭐라고 소리를 쳤는지 서연은 기억조차 나질 않았다.

약이 올라 마구 잔소리를 퍼붓고 전화를 끊기 직전, 준호의 나직한 목소리가 스피커를 타고 흘러나왔다.

　- 고마워. 내 생각 해줘서.

　수전(水栓)에서 물방울 하나가 떨어지며 하얗게 일어 있던 거품을 파삭 무너뜨렸을 때, 서연은 또 한 번 슬그머니 웃고 있었다.

　그녀의 휴대전화 주소록의 유일한 전화번호 주인은 그렇게 '최준호'에서 '변태'로 바뀌어 있었다.

04
/
인연

벨소리에 잠에서 깬 준호는 몸을 일으키고 탁자 위의 휴대전화를 내려다봤다.

서연일 거라고 생각했지만 아니었다.

액정에는 조부인 최 회장의 자택 전화번호가 선명하게 떠 있었다.

최 회장이 이 늦은 시각에 전화한 이유가 술에 취해 울며 한탄할 곳이 자신밖에 없기 때문임을 익히 알고 있었다.

하지만, 그렇다고 해서 전화를 받아야 한다는 생각은 들지 않았다.

무표정하게 전화기를 내려다보고만 있은 지 얼마나 됐을까.

전화는 금세 끊겼다. 그리고 다시 울리지 않았다.

"후우."

소파에 드러누워 책을 보다 자기도 모르게 잠들었던 모양이었다.

시간은 벌써 자정이 다 되어가고 있었다.

휴대전화의 부재중 통화는 조금 전의 그 한 건뿐이었다.

시끄러운 소리가 사라지자 새삼 썰렁해졌다.

찌뿌드드한 몸을 일으키고 크게 기지개를 켠 준호는 곧장 주방으로 향했다.

커피머신에서 에스프레소 한 잔을 내려 다시 소파로 걸어가던 그는 피아노 위의 우편물더미를 발견했다.

"아, 이런. 아까 받아놓고서 까맣게 잊었네."

소파에 앉아 커피를 홀짝거리며 우편물 정리를 하던 그의 손길이 멈칫했다.

매년 이맘때면 받아보았던 국제우편 연하장이었다.

그들은 준호가 자신들에게서 온 우편물을 전혀 뜯어보지 않는다는 걸 분명 이미 눈치 챘을 것이다.

그럼에도 꼬박꼬박 신년과 생일을 챙기는 건, 마지막까지 버리지 못한 부모로서의 정 때문이었을까.

씁쓸한 표정으로 네모진 봉투를 내려다보던 준호는 닿기 싫은 것이라도 되는 양 손가락 두 개로 그것을 집어 들고 휴지통 앞으로 걸어갔다.

툭.

그 안에 든 얄팍한 마음을 증명이라도 하듯, 봉투는 연약한 소리를 내며 쓰레기통에 안착했다.

한동안 싸늘한 얼굴로 우두커니 서 있던 그는 책상 의자에 걸쳐두었던 재킷을 집어 입고 차 키를 챙겼다.

금요일 저녁.

은 사장의 두바이 출장에 한 여사가 동행했고, 주말을 맞아 가사 도우미도 지방의 아들 집에 내려간 바람에 서연 혼자 집을 지키고 있었다.

아무도 없는 집은 숨이 막히도록 적막하기만 했다.

"594."

침대 헤드에 뒷머리를 기댄 채 멍하니 허공을 응시하거나 눈 안의 먼지를 따라 이리저리 시선을 옮기는 동안, 시간은 떨어지는 물방울과 함께 차곡차곡 고이고 있었다.

"595."

사이드테이블 위의 디지털시계가 자정을 알렸다.

준호는 지금 뭘 하고 있을까.

분명 집에서 혼자 무게 잔뜩 잡고서 담배를 피우거나 술을 마시며 책을 보고 있을 테지.

"할 일 없는 사람 구제해주는 셈치고 전화나 해볼까. 596."

평소와는 달리 통화연결음이 제법 오랫동안 이어졌다.

씻으러 간 건가? 아니면 잠이 들었는지도. 597.

지루한 연결음을 견디다 못해 포기하고 전화를 끊으려던 순간, 낮고 굵은 목소리가 스피커를 타고 흘러나왔다.

서연은 귀가 무척 예민한 편이었다. 청음만큼은 누구보다 자신 있었고, 그건 사람의 목소리를 들을 때도 예외는 아니었다.

항상 느꼈던 거지만, 준호의 목소리는 좀 묘했다.

언제나 뭔가 딱 떨어지는 음이 아니다. 명확하게 짚을 수가 없는 음이랄까.

– 응.

오늘의 이 대답 역시도 낮은 E와 F 사이, 건반으로 표현하기엔 불가능한 음높이다.

서연이 전화를 걸면 준호는 보통 사람들이 흔히 쓰는 '여보세요.' 대신 '응.'이라는 단어로 답했다.

처음엔 그게 무척이나 어색했는데, 적응하고 나니 그다지 나쁘진 않았다. 마치 조금 전까지 대화를 나누고 있었던 것 같은 기분도 들고 말이다.

그건 그렇고, 정작 전화를 걸어놓고서 딱히 할 말이 없었다.

서연이 무슨 말을 해야 하지 고민하는 사이 욕실에선 또 하나의 물방울이 똑 떨어졌다.

"598."

– 뭘 세고 있어?

변화는 주로 갑작스럽게 일어나기 마련이다.

물론, 아침에 눈 뜰 때만 해도 전혀 생각지도 못했던 사고들이 여기저기서 아무렇지도 않게 일어나는 세상이니 별로 놀랄 일도 아니지만.

"욕실 세면대의 수도꼭지가 망가져버렸어. 건드리지도 않았는데."

 - 그래서?

"십 초에 한 방울씩 물이 떨어지고 있거든."

전화 저편에서 그제야 알겠다는 듯 낮은 웃음소리가 들려왔다.

 - 부모님은 잘 도착하셨대?

"응. 아까 엄마한테서 전화가 왔었어."

집 전화벨이 울린 건, 할 일도 없고 너무 무료했던 서연이 침대에 누워 물방울 소리를 세기 시작했을 때 즈음이었다.

"받을까 말까 엄청 고민했어."

 - 왜?

"내가 잘 있는지 확인하려고 전화한 게 분명한데……, 어떻게 하면 걱정을 좀 덜 끼칠까, 하는 생각에."

'자는 척하며 받지 말까? 아니, 그럼 나한테 무슨 일이라도 생긴 줄 알고 난리가 날지도 몰라. 9. 명랑한 어조로 받아볼까? 오, 꽤 괜찮은 생각이잖아? 아니야. 어쩌면 이 시간까지 내가 잠들지 않았다는 걸 걱정할지도 몰라. 어떡하지? 어떻게 하면 두고 떠난 쪽과 남은 쪽 모두 만족하며 하룻밤을 편안하게 보낼 수 있을까? 10.'

신경줄을 팽팽하게 잡아당기는 날카로운 전화벨 소리, 그리고 끊임없이 이어지는 물방울 소리에 서연은 점점 더 초조해지고 있었다.

 - 그래서 결국 어떻게 했어?

"자다 깬 척했어. 그 후론 연락 없는 걸 보니, 목소리 연기가 제법 먹혀들었나 봐."

또 한 번 웃음소리가 이어졌다.

그의 목구멍 깊은 곳에서 낮고 부드럽게 울리는 진동을 가만히 느끼고 있자니 서연은 봄날 볕 좋은 창가에서 턱을 괴고 밖을 내다보는 기분이 들었다. 왠지 기분 좋게 나른해지며 하품이 나올 것만 같았다.

항상 이럴 때면 속엣 이야기가 다 나오곤 하더니, 오늘도 예외는 아니었다.

"엄마도 그렇지만……, 우리 아빠는 특히나 살가운 성격이 못 되는 분이셔. 다른 사람들한텐 되게 점잖고 사무적인데, 유독 나한테만은 대하는 태도가 달라. 항상 어린애 대하는 것처럼 벌벌 떨어. 너무 미안할 정도로."

담배를 피우고 있는지, 그는 후우 하고 긴 한숨을 내뱉은 후 나직이 중얼거렸다.

— 좋은 부모님이시구나.

"응. 그러니까……, 그러니까……."

그러니까 더 이상 실망 안기고 고생시키면 안 돼. 매번 기계적으로 생각하고 읊던 말인데도 입 밖으로 내놓으려고 하니 어째 무척 지치고 귀찮았다.

— 무리하는 건 아니지?

"무리라니?"

짤막한 물음이 끝나기도 전, 그가 밑도 끝도 없는 질문을 던졌다.

— 너, 혹시 빵집 아저씨 얘기 알아?

"빵집 아저씨?"

— 빵집 아저씨 얼굴이 심하게 얽었더래. 그런 아저씨한테 '곰보빵' 달라고 하면 아저씨가 속상해할 것 같으니 '소보로 빵'이라고 해야겠다고 생각한 거야.

"그래서?"

— '아저씨, 소보로 빵 주세요, 소보로 빵 주세요.' 계속해서 속으로 되뇌다 그만, 자기도 모르게 '곰보 아저씨! 소보로 빵 주세요!'라고 외쳤다는 이야기.

"뭐어? 픕! 푸, 하하하하!"

이미 선캄브리아 시대에 유행 지난 우스갯소리인 건 둘째 치고, 너무 뜬금없고 황당한 소리였다.

어이가 없어 계속해서 웃는 서연의 귓가에다 그는 짧지만 뼈 있는 한마디를 덧붙였다.

— 억지로 무리하지는 마.

"아······."

그만큼 했으면 됐지 이제 더 이상은 안 돼, 나 때문에 가족들이 이 이상 고통을 겪게 내버려둘 순 없어, 실망시켜선 안 돼, 그런 생각들을 서울로 돌아온 이후 쉴 새 없이 했었다.

그게 어느새 그녀를 꽁꽁 옭아매는 또 하나의 강박증이 된 셈이었다.

계속 이렇게 억지로 '하지 말아야지, 하지 말아야지.' 하다 보면 그녀 역시도 언젠가 부모님 앞에서 '곰보 아저씨! 소보로 빵 주세요!'라고 하는 상황이 올지도 모르는 일이었다.

똑.

또 하나의 물방울이 떨어지는 소리가 울리자 서연의 마음에 잔잔한 파문이 일며 동심원이 퍼져나갔다.

– 일찍 자.

자야 한다고 의식하면 할수록 잠은 절대로 안 온다. 생각이 깊어지는 만큼 잠은 얕아지기 마련이니까.

사이드테이블 위의 불투명한 약병을 집어 든 서연은 안이 비었다는 것을 깨닫고 새삼 놀랐다.

'언제 다 먹었지? 두 알 정도는 남았을 거라고 생각했는데.'

수면제도 떨어졌으니 오늘 밤 자기는 틀렸고, 뜬눈으로 지새우기에 밤은 너무도 길었다.

그러니, 이럴 때 그와 조금 더 이야기를 나누고 싶었다.

짜증나는 저 물방울 소리가 더 이상 들리지 않는 곳에서.

"뭐 해?"

– 운전 중.

"어디…… 가는 중이야?"

– 해결할 일이 좀 있어서.

"어디?"

– 궁금해?

"아니, 별로."

전화 스피커를 사이에 두고 잠시 긴장 어린 정적이 흘렀다.

준호가 약간 짓궂게 들리는 목소리로 물었다.

– 차 돌려서 너한테 갈까?

갑작스럽게 얼굴이 달아오른 서연은 어쩔 줄을 몰라 하다 맘에도 없는 소릴 하고 말았다.

"볼일 있다며. 됐어."

– 괜찮겠어?

"당연하지."

– 그래? 그럼, 잘 자.

"자, 잠깐!"

응, 하고 그가 기다려주는데도 서연은 한참이나 갈등하다 또 솔직하지 못하게 얼버무리고 말았다.

"아무것도 아니야. 끊어."

통화종료 버튼을 누르기 직전.

그가 돌연 뜬금없는 질문을 던졌다.

– 그런데, 몇까지 셌어?

"뭘?"

– 물방울 말이야.

전화기 화면에서 불이 꺼질 때까지 멍하니 액정만 쳐다보고 있던 서연은 아무 의미도 없는 숫자 세기를 어느 순간 멈추었다는 것을 뒤늦게 깨달았다.

어디까지 세었더라? 500? 1,000?

모르겠다.

끝나지 않는 길을 따라 정처 없이 걷는 듯한 기분은 그와의 짧은 통화 덕분에 어느새 말끔하게 사라져 있었다.

"으으……."

지금 준호가 이대로 어딘가에 가버리면 서연은 그 지루한 숫자를 처음부터 다시 세다 밤을 하얗게 지새울 것이 뻔했다. 막상 숫자를 셀 때는 몰랐는데, 벌써부터 또 한 번 숨이 막히는 것만 같다.

다시 휴대전화를 집어 든 서연은 급하게 통화버튼을 터치했다.

"여, 여보세요!"

— 응.

"저기, 무슨 일이야, 지금 그거? 되게 급하고 중요한 일?"

— 뭐, 그렇다면 그럴 수도 있는 일.

"어, 그……래?"

— 왜?

사람이 이렇게 얘기하는데 붙잡고 늘어질 수도 없고, 서연은 몹시 난감해졌다.

"아, 아무것도 아니야."

— 내 얼굴 보고 싶어?

"아……, 아니, 무슨 일인지 갑자기 속이 더부룩하네."

서연이 당황해하며 내놓은 농담에 준호는 크게 웃음을 터뜨렸다. 투명한 웃음소리가 그녀의 머릿속과 가슴을 온통 휘저어놓고 있었다. 그 소릴 듣고 있자니 아찔해져 더는 견딜 수가 없었다.

"해결할 일이 뭔데? 꼭 가야 해?"

― 으음. 사실 지금 너한테 바로 갈 수도 있어. 내가 보고 싶다고, 당장 와달라고 애원하기만 한다면.

솔깃한 말이긴 했다. 거기 붙은 조건이 미션 임파서블이라 그렇지.

"그, 그런 오그라드는 짓을 내가 할 거라고 생각해?"

― 당연히 할 줄 알았는데, 별로 절실하진 않은 모양이네.

전화 저편의 탐탁지 못한 분위기를 감지하고 갈등에 몸부림치던 서연은 결국 머리를 쥐어뜯으며 뚝뚝 끊어지는 목소리로 말했다.

"이……리로…… 와."

― 보고 싶단 말이 빠졌는데.

"……고 싶…….."

― 뭐? 안 들리는데?

"이이익!"

준호가 자신을 놀리는 것을 알아차린 서연은 잔뜩 약이 오른 나머지 전화를 끊고 침대 위에다 내팽개쳐버렸다.

그리고 1초 후 모양 빠지게도 다시 휴대전화를 집어 들었다.

"아아, 약 올라! 나쁜 노오오오옴!"

그때, 갑자기 벨이 울렸다. 누군가가 대문의 초인종을 누른 것이다.

부모님도 안 계신 이런 날, 하물며 이 시간에 집에 찾아올 사람이 없었다.

방문객의 정체를 추리하며 1층으로 내려가는 동안 서연의 표정이 점점 일그러졌다.

"아니, 아니지, 아무리 이상한 사람이라지만 설마……."

설마가 사람 잡는다더니.

아니나 다를까.

그저 서연이 애태우면서 아쉬운 소릴 하는 걸 보고 싶었던 것뿐, 그는 진작부터 이쪽으로 오고 있었던 것이다.

작고 네모진 인터폰 화면 안, 담배를 물고 고개를 삐딱하게 기울인 채 손을 흔들며 빙글빙글 웃고 있는 사람은 거짓말쟁이 사기꾼 최준호였다.

침대나 테이블, 피아노 위는 먼지 하나 없이 깨끗이 정리되어 있었고 바닥에 깔린 카펫에는 진공청소기 흔적이 선명하게 남아 있었으며 공기 중에는 희미한 머스크 향이 떠돌고 있었다.

"도우미이모가 잘해주셔?"

준호는 서연이 별생각 없이 물은 말에 진지하게 대꾸했다.

"가사도우미 없어. 내 집에 다른 사람이 들어오는 거⋯⋯."

갑자기 흐려진 말끝에 의아한 표정으로 건너다보자, 그는 지나치다 싶을 정도로 환한 미소를 짓더니 아무렇지도 않게 내뱉었다.

"소름 끼치니까."

짓고 있는 표정과는 정반대로 싸늘한 그 말을 들은 순간 가장 먼저 떠오른 것은 의외라는 생각이었다.

언뜻 보기엔 누구하고나 잘 어울릴 것 같은 남자인데, 지금까지 서연이 지켜본 준호의 인간관계는 그녀보다 나아 보이는 구석이 전혀 없었다.

그건 그렇고. 듣고 보니 뭔가 이상했다.

"그럼⋯⋯ 나는?"

한 걸음만 더 다가오면 가슴이 맞닿을 정도로 가까운 거리에 선 그는 그녀를 가만히 내려다보며 짓궂게 미소 지었다.

"알고 싶어?"

머리꼭대기부터 발끝까지 느긋하게 눈으로 훑어 내리며 뜯어보는 그의 시선이 약간 불편하면서도 어쩐지 싫지는 않았다.

"벼, 별로."

준호는 어색하게 말을 얼버무리는 서연의 앞으로 한 걸음 더 다가왔다. 그리고 가볍게 숨을 들이마시더니 눈을 가늘게 뜨며 중얼거렸다.

"우리 아가씨, 향수 뿌렸네?"

"이, 이 시간에 내가 미쳤다고 향수를 뿌려?"

말은 그렇게 했지만 사실……, 미쳤다고 향수를 뿌렸다.

너무 갑작스럽게 불려나오게 되는 바람에 화장할 시간도 공들여 옷 챙겨 입을 시간도 없었으니까.

"향기 좋은데?"

준호가 느긋하게 웃으며 점점 서연의 쪽으로 고개를 숙이기 시작했다.

서연에게 있어 준호와의 키스는 언제부턴가 '새로 고침'으로 정의되어 있었다.

온갖 생각의 과부하로 화면이 정지된 머릿속을 하얗게 밀어내고서 다시 말끔한 정신을 불러오는 그런 의미 말이다.

이유가 뭘까. 왜일까.

이런저런 생각이 한꺼번에 밀려와 또다시 그녀의 머릿속을 휘저어대기 시작할 무렵.

"아……."

어느새 둘 사이의 거리는 그의 숨결이 그녀의 뺨 솜털을 간질일 정도로 가까워져 있었다.

서연은 침 삼키는 소리를 들키지 않기 위해 숨까지 참고 있었다.

흐트러진 그녀의 머리카락을 한데 모아 귀 뒤로 넘겨주던 그의 은밀한 손길이 귓불로 향했다.

딸기 모양 귀고리가 달그락거리는 소리가 어쩐지 키스보다 더 야하게 느껴지는 것도 잠시.

준호의 짓궂은 목소리가 고막을 거치지 않은 채 바로 파고들어

서연의 머릿속을 크게 휘저었다.

"지독히도 말 안 듣는 아가씨네."

그의 차가운 안경 프레임이 그녀의 뺨에 와 닿았다.

그 직후, 갑자기 귓불에 벼락이라도 떨어진 듯 짜릿한 자극이 전해져 왔다.

"꺅!"

멀쩡한 얼굴로 아무렇지도 않게 남의 귓불을 깨물다니, 믿을 수가 없었다.

온몸에 소름이 촘촘하게 돋아난 서연은 인상을 찌푸리고 펄펄 뛰다 있는 힘껏 그의 가슴팍을 밀어내버렸다.

그녀에게 떠밀려 두세 걸음 뒤로 물러난 그는 빙글빙글 웃으며 손에 들고 있던 뭔가를 쓰레기통에다 던져 넣었다. 조금 전까지 그녀의 왼쪽 귓불에 달려 있던, 바로 며칠 전 구입하고 처음 착용하는 앙증맞은 귀걸이였다.

"도무지 학습이란 걸 모르는군. 이딴 액세서리 좀 하지 말라니까. 안 어울린다고 몇 번을 말해?"

"아악! 변태! 변태, 변태, 이 상변태야아아!"

왼쪽 귀를 붙잡고서 울상을 하는 서연을 보고도 준호는 계속해서 키득키득 웃기만 하더니 어딘가로 가버렸다.

만날 제 페이스로 사람을 이리저리 휘두르고, 정말이지, 약 올라서 살 수가 없었다.

"하아, 하아……."

덩그러니 혼자 남겨진 채 씩씩거리며 숨을 고르다 보니, 이건 또 이것 나름대로 창피하고 약 오르는 짓이다.

결국 서연은 오른쪽 귀에 남은 귀고리마저 신경질적으로 잡아 빼버렸다.

"짜증나서라도 이딴 액세서리, 내가 다시는 하나 봐라!"

어차피 쓸모도 없어진 귀고리 한 짝을 마저 버리기 위해 쓰레기통으로 다가갔을 때였다. 그 안의 뭔가가 문득 그녀의 눈길을 잡아끌었다.

봉투엔 외국 우표가 붙어 있고 주소가 영어로 적혀 있었다. 그 크기와 모양으로 보아 크리스마스카드나 연하장 같아 보였다.

의문의 그 봉투는 빈 위스키 병, 다 먹은 사과 뼈다귀 두 개, 영수증 따위의 쓰레기들 위에 아무렇게나 얹혀 있었는데, 아직 개봉되지도 않은 상태였다.

서연은 조심스럽게 봉투를 집어 앞면에 쓰인 깨알 같은 글씨들을 읽어보았다.

발신인의 이름은 적혀 있지 않았지만 발신지는 아프리카의 르완다였다. 누군지는 몰라도 지인에게서 받은 것이 분명했다.

서연은 오디오 앞에서 CD를 고르고 있는 그를 향해 핀잔을 주었다.

"아무리 실수라지만 이건 너무하지 않아?"

"뭐가?"

"편지가 쓰레기통에 쓸려 들어가 있어."

"아아, 그거?"

준호는 고개와 상체를 돌려 서연을 쳐다보더니 이내 씩 웃으며 답했다.

"실수 아니야."

"그럼 일부러 버린 거란 말이야?"

이해할 수가 없던 서연은 눈을 동그랗게 뜨고 그를 건너다봤다.

"음악 뭐 들을래?"

CD 케이스 몇 장을 들어 보이며 억지로 화제를 돌리는 걸 보니 준호는 서연이 더 이상 그 편지에 신경 쓰는 걸 원치 않는 모양이다.

여자한테서 받은 편지나 뭐 그런 건지도 몰랐다. 하긴, 동서고금을 막론하고 여자 여럿 찼다고 제 입으로 말했던 인간이니까.

괜스레 찜찜하고 복잡한 기분이 된 서연은 봉투를 다시 휴지통 안에 내려놓고서 걸음을 옮겼다.

"뭐든 좋으니 조용한 걸로."

준호에게서 두세 걸음 정도 떨어진 곳에 선 서연은 그의 넓고 탄탄한 등을 가만히 쳐다봤다.

아쉬케나지의 쇼팽 전집 CD들을 길고 섬세한 손가락으로 훑고 있던 그가 밑도 끝도 없이 물었다.

"질문해."

"뭐?"

"그렇게 궁금해 죽겠다는 표정으로 보지만 말고, 묻고 싶은 게 있으면 물으란 말이야.”

걸음을 떼고 마침내 준호의 바로 곁에 가 선 서연은 한참 동안이나 그의 손가락 끝을 쳐다보며 주저하다 조심스럽게 물었다.

“지금껏 몇 명이나 사귀었어? 여자 말이야.”

그는 아주 잠깐 놀란 표정을 하더니 이내 피식 웃음을 터뜨렸다.

“아아, 그건 전혀 예상치 못했던 질문인데.”

서연이 얼굴을 확 붉혔지만, 준호는 핀잔을 주는 대신 느긋하고 진지한 태도로 덧붙였다.

“인간이 온전히 인간으로 존재하기 위해 필요로 하는 인연이 얼마나 된다고 생각해?”

어려운 질문이었다.

서연은 제법 긴 시간 동안 골똘히 생각에 잠겼지만, 뜬구름 같은 질문만큼이나 답도 잡히지 않았다.

그런 그녀를 관찰하며 빙글빙글 웃던 그는 고민을 덜어주려는 듯 스스로 답을 내놓았다.

“기본적으론 딱 하나지. 성별, 국적, 나이 차 불문, 더도 말고 덜도 말고 One.”

“와아. 진짜 신기하다.”

“뭐가?”

“지금 내 눈앞의 인간.”

빈말이 아니었다.

최준호는 참 신기했다.

어려운 걸 너무도 간단히 해결해주기도 하지만, 쉬운 걸 어렵게 만들기도 하고, 어려운 걸 더 어렵게 만들기도 하고, 도무지 종잡을 수가 없었다.

노는 손을 들어 녹턴 케이스를 끄집어낸 서연은 그 안에서 은색 CD를 꺼내 그에게 건네며 물었다.

"그러니까, 그게 여자 몇 명 사귄 거랑 무슨 상관인데?"

"잘 생각해봐."

더 이상의 설명은 피한 채, 그는 그녀가 건넨 CD를 이리저리 돌려보더니 신기한 듯 중얼거렸다.

"아, 이 음반이 아직도 남아 있었나?"

아주 자연스럽고 담담한 어조로 물으며, 준호는 환하게 웃는 얼굴로 그 음반을 박살내버렸다.

빠각.

가운데 구멍이 뚫려 있는 동그란 판이 그의 길고 섬세한 손끝에서 깔끔하게 두 조각으로 쪼개지는 순간 어디선가 아쉬케나지가 '악!' 하고 비명을 지르는 소리가 들려오는 것만 같았다.

"무, 무슨 짓이야? 미쳤어?"

"뭐가?"

"멀쩡한 음반을 갑자기 왜!"

"차 한잔 할래?"

놀란 서연이 입을 크게 벌리고 쳐다보든지 말든지, 준호는 느릿느릿 주방을 향해 걸어가며 예의 그 쓰레기통에다 조각 난 CD를 던져 넣었다.

또 한 번 골인.

뜯지 않은 편지, 귀여운 디자인의 귀고리 한 쌍, 그리고 부서진 쇼팽 녹턴 CD까지.

무슨 사연인지는 몰라도, 그의 휴지통은 주인의 존재만큼이나 점점 더 미스터리의 온상이 되어가고 있었다.

쭈뼛쭈뼛 주방 쪽으로 다가간 서연은 아일랜드형 식탁에 몸을 기대고서 또다시 준호의 등을 바라봤다.

그는 열린 냉장고 문 앞에 무릎을 굽히고 앉아 뭔가를 찾고 있었다.

"아까 그 말은……, 음, 그러니까…….."

"응?"

"딱 한 명만 사귀었다는 뜻이야?"

그가 몇 명을 사귀든 어쨌든 지난 과거인데 무슨 상관이란 말인가.

하지만 무슨 일인지, 서연은 아직도 계속해서 거기에 생각을 붙들린 채 그 화제에서 벗어나지 못하고 있었다.

"궁금해 죽겠어?"

고개를 돌려 서연을 똑바로 바라보는 준호의 눈은 왠지 모르게 생기 있어 보였다. 즐거워서 도무지 못 견디겠다는 표정이랄까. 그게 또 묘하게 기분이 나빴다.

"음. 아니. 별로."

"그럼 대답 안 해도 되겠네."

'아아, 진짜 이 인간! 이런 식으로 사람을 가지고 노는구나!'

속은 부글부글 끓어올랐지만 자존심 구기지 않으려면 참을 수밖에 없었다.

아무렇지도 않은 척하는 그녀를 물끄러미 바라보고 있던 그는 다 안다는 표정으로 씩 웃으며 작은 우유팩 하나를 꺼내 들었다.

"우유 데워줄까?"

주방 조리대 한쪽에 멀쩡한 커피머신이 놓여 있다. 그런데 우유라니.

왠지 우습게 보는 것 같아 기분이 상한 서연은 볼멘소리로 항의했다.

"어린애 취급하지 마."

"어린애 취급한 적 없어. 잠자리에 커피 마시면 잠 안 오잖아. 배려해주는 거라고."

그 소리에 서연의 눈이 동그래졌다.

"뭐어? 여기서 자고 가라는 말이야?"

"그냥 돌아갈 생각이었어?"

능글능글 건너온 대답에 서연은 말문이 딱 막혀버렸다.

그녀가 입만 뻐끔뻐끔하고 아무 말도 더 하지 못하는데도 그는 느긋한 태도로 우유를 밀크팬에 따라 넣었다.

"저기, 혹시 범죄라는 생각은 안 들어?"

"성인이잖아. 널 내 집에서 재우는 게 왜 범죄지?"

"아……, 어……."

"그리고 어린애 취급하지 말라며. 말의 앞뒤가 전혀 안 맞잖아."

"으음."

사실 여기 오기 위해 집에서 나와 그의 차에 올랐을 때, 아니, 그보다 더 전(前), 그에게 전화할 마음을 먹었을 때, 이런 상황을 전혀 예상 못했던 건 아니었다. 남녀가 밤을 함께 보낸다는 게 어떤 의미인지 모를 정도로 서연은 순진하지 않았으니까.

얼마의 시간이 흘렀을까.

준호가 부드럽게 웃으며 식탁에다 머그컵 두 개를 내려놓았다.

블랙커피가 담겨 있는 흰색 컵, 그리고 살짝 데운 우유가 찰랑찰랑 담겨 있는 빨간색 컵이었다.

"나 커피 마실 거야."

서연이 짧고 퉁명스럽게 내뱉자 준호는 씩 웃더니 군소리 없이 컵을 바꿔주었다.

그녀는 한참이나 그를 노려보다 단호한 표정으로 커피를 한 모금 마셨다.

"푸웃!"

향기는 꽤나 유혹적이었지만 우유 한 방울, 설탕 한 톨도 들어가지 않은 쓰디쓴 커피는 독하기 짝이 없었다.

"이런 걸 어떻게 먹어!"

서연이 오만상을 다 찌푸리자 준호는 피식 웃으며 다시 컵을 바꿔주었다.

고소한 우유 냄새에 마음이 누그러지던 순간, 그가 의미심장한 한마디를 내뱉었다.

"정말 여전하구나, 넌."

그 소리에 서연은 그가 전부터 그녀를 알고 있었다는 사실을 상기했다.

"우리, 그날 눈밭에서 처음 만난 게 아니었지?"

"그래."

"그럼 언제……?"

"네가 직접 기억해내."

"기억이 안 나니까 묻는 거잖아. 하다못해 몇 년 전이었는지만이라도 알려줘."

"싫어."

"아아! 답답해 죽겠네!"

아무리 머릿속을 헤집으며 쥐어짜 봐도, 이렇게 특이한 인간을 마주한 기억은 전혀 없었다. 그리고 이 이상 캐묻는다고 대답해줄 인간도 아니다.

긴 한숨을 내쉬고 포기해버린 서연은 질문을 바꾸었다.

"아까 나한테 인간이 인간으로 존재하기 위해 필요한 인연의 수가 1이라고 했지?"

"그래."

"그럼……, 그 인연이란 건 어떻게 아는 거야? 만났는데 인연인지 모르고 그냥 지나칠 수도 있는 거잖아."

준호는 진지한 눈으로 서연을 건너다보다 뜬금없이 머그컵을 가리켰다.

"이 컵하고 네 앞에 있는 그 컵. 오늘 낮에 백화점에서 산 거야. 어때?"

"그래. 그렇지. 또 무시하고 자기 말만 하는구나."

지칠 대로 지친 서연은 고개를 설레설레 저으며 덧붙였다.

"아, 뭐, 그럭저럭 괜찮아 보여."

"아니, 한 세트로 보이냐고."

"당연하지!"

"왜?"

"처음부터 한 세트로 만들어진 거니까!"

서연이 까칠하게 내놓은 말에 준호는 부드럽게 미소를 짓더니 말을 이었다.

"그것 봐. 색깔도 무늬도 다르지만 하나를 떼어 어디에다 섞어 놔도 나머지 하나를 찾을 수 있어. 한 세트니까."

"아······."

정말?

정말로, 한 세트인 컵 찾는 것처럼 쉬운 걸까? 사람의 일도?

"그런 거야."

"말도 안 돼."

"왜 말이 안 된다고 생각해?"

의심 어린 서연의 눈길을 느긋하게 받아넘긴 준호는 조금 전 그

녀가 입술 자국을 낸 자리에 아무렇지도 않게 입술을 대고 커피를
마셨다.

그의 목울대가 크게 오르내리는 걸 뭔가에 홀린 사람처럼 바라
보고 있던 서연은 얼굴을 붉히며 툭 내뱉었다.

"저기, 해도…… 돼."

"뭘?"

"키스 말이야. 아까도 하고 싶었던 거 아니야? 딱 한 번 허락해
줄게."

"지금?"

"그래. 지금."

자리에서 천천히 일어난 준호는 서연이 앉아 있는 의자 옆으로
다가오더니 한쪽 팔로 식탁을 짚은 채 몸을 깊이 숙였다.

그의 따뜻한 숨결이 뺨에 와 닿는 순간, 그녀의 온몸 솜털이 일
시에 솟구쳤다.

이윽고 수순처럼 피부 표면에 찌릿찌릿 전류가 흐르며 입술 끝
이 긴장으로 팽팽하게 잡아당겨졌다.

그러나 준호가 서연의 귀에다 바싹 입술을 붙이고 속삭인 말은
그녀의 기대와는 전혀 다른 것이었다.

"싫은데."

"이익!"

또 놀림 당했다는 생각에 서연은 얼굴을 확 붉히고 부들부들 떨
었다.

그런 그녀를 내려다보며 준호는 또 한 번 만족스러운 표정으로 한참이나 웃어젖혔다.

서연은 귀를 붙잡고 원망스러운 눈으로 그를 올려다보다 물었다.

"남이 곤란해하는 걸 보는 게 그렇게 좋아?"

그 소리에 준호는 웃음을 멈추고 무척이나 진지하게 답했다.

"정확히 말하자면, 네가 곤란해하는 걸 보는 것만 좋아하지."

"도대체 무슨 소리야? 아아. 울고 싶다, 정말."

서연이 황당한 표정으로 한숨을 내쉬었지만, 준호는 한층 더 짙어진 눈으로 그녀를 내려다보며 덧붙였다.

"하지만, 이 정도로는 아직 부족해."

"뭐가……?"

"네가 나로 인해 좀 더 곤란해하고 더욱더 안달했으면 좋겠어. 앙앙 울면서 발을 구르고, 끝 간 데 없이 처절하게 매달리길 원해."

그렇게 말하는 그의 눈빛은 왠지 모르게 위태로워 보였다. 다소 살벌하게 들리는 말과는 달리, 무척이나 절박하고 쓸쓸해 보였다.

"변태로도 모자라서 아주 정신줄 놨구나?"

"그럴지도."

"아아. 정말 모르겠다."

여전히 회색, 여전히 알 수 없는 남자.

커피가 담긴 흰색 컵과 우유가 담긴 빨간색 컵을 번갈아 바라본 서연은 헛웃음을 참을 수가 없었다.

"하, 하하…… 하!"

그의 말마따나 이 정도로는 아직 부족했는지, 그날 밤엔 결국 아무 일도 일어나지 않았다.

서연은 준호와 식탁을 사이에 두고 마주 앉아 밤새도록 답도 없는 선문답 같은 대화를 나누었다.

그리고 새벽녘에 그가 끓여주는 떡국을 배불리 먹은 후, 그의 차를 타고 안전하게 집으로 돌아왔을 뿐이었다.

집 앞에서 그를 보내고 방으로 올라와 침대에 누웠을 때, 서연은 한동안 느껴보지 못한 감각을 마주할 수 있었다.

그것은 바로 더할 나위 없이 만족스러운 '포만감'이었다.

그 포만감의 유래가 그의 훌륭한 요리 솜씨에서 기인한 것인지, 아니면 다른 어떤 이유에서부터 온 것인지 알아낼 순 없었다.

피곤이 몰려와 곧바로 잠에 빠져들었기 때문에.

05
/
알 수 없는

'Be with me'가 흐르는 어두운 조명의 바(Bar) 안에는 매캐한 담배 연기가 자욱했다.

속삭이듯 부드러운 리사 오노의 음성에도 어쩐지 테이블 앞의 사람들은 하나같이 음울한 표정들이었다.

바 안을 훑어본 준호는 구석의 암체어에 몸을 깊숙이 묻은 채 책을 보고 있는 남자에게로 곧장 다가가 인사를 건넸다.

상대는 대호그룹의 강현성 전무로, 준호보다 네 살 연상의 오랜 지인이었다.

"일찍 나오셨네요."

"응. 시간이 애매해서 먼저 나와 기다렸다."

"오랜만입니다."

못 본 사이 현성의 얼굴은 이전보다 훨씬 더 중후하고 남자다워져 있었다. 여유로운 태도에선 언제나 그랬듯 카리스마가 넘쳐흘렀다.

"그래. 2년 만인가?"

"그쯤 됐죠, 아마?"

현성은 사무적인 미소를 보이며 준호에게 자리를 권했다.

소파에 털썩 앉으며 현성을 힐끗 건너다본 준호가 무표정하게 농을 던졌다.

"혼자서 술 마시면서 실낙원 원서라니, 못 본 사이에 희한한 악취미를 개발하셨네요?"

현성은 두꺼운 양장본 책을 덮어 테이블에 올리더니 미간을 좁히며 투덜거렸다.

"너는 귀국한 후로 연락 한번 없다가 불쑥 만나자고 하더니 한다는 소리가 겨우 그거냐?"

준호는 씩 웃으며 말을 돌려버렸다.

"요즘은 어떠세요?"

"나야 늘 똑같지, 뭐. 넌?"

한동안 근황 이야기가 오간 후, 수순처럼 주변 인물들 안부까지 이어졌다.

"부모님은 아직도 거기 계시고? 건강하셔?"

"그렇겠죠, 아마도."

준호의 심드렁한 대답에 현성은 헛웃음을 흘리며 중얼거렸다.

"하여튼 넌 여전하구나."

"사람이 어디 그렇게 쉽게 바뀌나요."

준호가 툭 내뱉는 순간, 어디선가 띠롱 하고 라인 알림음이 울렸다.

재킷 안 포켓에서 휴대전화를 꺼낸 준호는 메시지를 확인했다. 발신인은 서연이었다.

[뭐 해?]
[아는 형님 만나는 중.]
[아.]

파란하늘이 그려진 바탕화면에 잠시 동안 아무 대화도 이어지지 않았다. 서연이 어쩔 줄 몰라 하는 눈치가 그대로 전해져 왔다.

[괜찮으니까 얘기해. 아니면, 내가 전화할까?]
[아냐. 나중에.]

서연이 지금 뭘 고민하고 있는지 준호는 묻지 않아도 이미 잘 알고 있었다. 며칠 동안 그녀의 정신은 온통 예비 수강신청에 쏠려 있어, 대화의 거의 대부분이 그것에 대한 하소연이었다.

[일찍 자. 내일 아침에 연락할게.]

'읽음' 표시가 뜬 후로도 서연에게선 한동안 아무 대답도 돌아오지 않았다. 그리고 한참 만에야 대화창에 이불을 덮고 자는 소녀의 귀여운 이모티콘이 떴다.

안 어울리니 하지 말라고 몇 번이나 얘기를 해도 서연은 줄기차게 귀여운 모양의 액세서리나 문구류, 이모티콘들을 사서 모았다. 습관인 듯했다.

저도 모르게 씩 웃는 준호를 물끄러미 건너다보고 있던 현성이 담배를 꺼내 물며 물었다.

"누구?"

"서연이요."

처음 들어보는 이름이었다.

"설마……, 사람, 아니, 여자 이름?"

현성이 내놓은 다소 황당한 질문에도 준호는 아무렇지도 않게 산뜻하게 대답했다.

"네."

"만나는 여자니?"

"그럼요. 집으로 거의 매일 놀러 와요."

"집이라니, 누구 집?"

준호가 피식 웃음을 터뜨리며 되물었다.

"누구 집이겠어요?"

"아…….''

그간 현성이 쭉 봐왔던 준호는 다른 사람들과는 많이 달랐다.

다소 특이한 성장배경 탓인지는 몰라도, 그가 남녀를 막론하고 누군가에 마음을 주는 것을 본 적이 단 한 번도 없었다.

그건 제가 준호와 어린 시절부터 지금까지 가장 친한 사이라고 자부했던 현성에게 있어서도 그랬다. 준호는 언제나 일정한 선을 딱 그어두고 그 안으론 전혀 들여보내주지 않았다.

실제로 현성은 지금껏 준호가 혼자 사는 집에 가본 적이 없었다. 그를 알아온 세월이 20년이 넘는데도 말이다.

놀란 표정으로 한참이나 말을 잇지 못하던 현성이 가까스로 한 마디를 내놓았다.

"어떤 여자인데?"

"착하고 예뻐요. 그리고……."

말하다 말고 준호는 스트레이트 잔을 깊은 각도로 꺾었다.

알코올 기운이 잔뜩 밴 날숨을 뱉은 그의 표정이 묘하게 비틀렸다.

"건드리면 금방 울음을 터뜨릴 것처럼 연약하고, 그리고 아주 위태롭죠. 꼭 살얼음판 위에서 안절부절못하는 사람처럼. 잡아주길 바라는 눈으로 쳐다보는 게 얼마나 예쁜지 몰라요."

내놓고 있는 말의 내용은 잔인하게까지 들렸지만 준호는 눈을 빛내며 환하게 웃고 있었다.

어딘지 모르게 부자연스러운 상황에 현성은 찬찬히 그의 얼굴을 살폈다.

준호는 어린 시절부터 조부인 최 회장의 집에서 자랐었다.

자수성가한 최 회장은 좋은 사람이었지만, 그 형제와 자식들은 대부분 그러지 못했다. 하나같이 물욕에 눈이 먼 장사치들이었다.

언젠가 준호가 성장해서 혹시라도 제 자리를 뺏어가지 않을까 전전긍긍하던 집안 어른들은 항상 준호를 주시했고, 결국 그 차가운 시선을 견디지 못했던 그는 중학교를 졸업하기도 전에 한국을 떠날 수밖에 없었다.

준호가 쫓겨나듯 영국으로 건너가기 바로 직전, 최 회장이 기르던 진돗개 백구가 늙어 죽었다. 줄곧 함께 자라다시피 한 백구는 유난히 준호를 잘 따랐었다. 영리한 개였으니 어쩌면 준호가 떠나기 전에 작별인사를 한 건지도 모른다며 집안사람들은 몹시 슬퍼했지만, 어찌 된 영문인지 당사자인 준호는 전혀 울지 않았다.

현성은 준호에게 슬프지 않느냐고 물었었고, 그때 돌아왔던 대답은 꽤나 충격적이었다.

「내 개가 아니잖아요.」

그때 현성이 뭐라고 되물었는지까지는 기억이 잘 나질 않았다. 그러나 그 뒤에 준호가 천진한 얼굴로 이어서 한 말은 아직까지도 가슴에 남아 있었다.

「이 세상에 나를 필요로 하는 존재가 없는 한, 전부 나하곤 아무 상관없어요.」

그런 준호는 마치 연약한 줄에 매달린 풍선 같았다. 언제라도 미

138

련 없이 모든 걸 다 놓고 떠날 준비가 된 사람처럼 보여, 그게 너무나 안타깝고 한편으론 두려웠었다.

하지만 지금은 달랐다.

눈앞의 준호는 더 이상 예전에 그가 알던 이가 아니었다.

"드디어 찾은 모양이구나."

준호는 대답할 필요도 없다는 듯 부드럽게 눈웃음을 지어 보였다.

현성은 만족스러운 태도로 술잔을 권하더니 중얼거렸다.

"좋아 보인다."

"뭐가요?"

"너 말이야."

"그래요?"

"그래. 그나저나⋯⋯, 네가 이유 없이 날 만나자고 했을 리는 없고, 그 아가씨한테 내가 뭘 해주면 되지?"

눈치 빠른 현성의 말에 준호는 머쓱하게 웃더니 자세를 고쳐 앉았다.

"실은, 부탁드릴 게 하나 있어서요."

약속한 시간에 맞춰 그의 사무실로 찾아간 서연은 만나기로 한 준호 대신 웬 순한 인상의 여학생을 발견했다.

서연과 비슷한 또래로 보이는 여학생은 그녀와 눈이 마주치자마자 잔뜩 얼굴을 붉히고 쩔쩔매기 시작했다.

"아……, 음, 저기, 그, 그러니까……. 아아, 혹시나 했더니 역시나……. 그랬구나……."

이 상황이 몹시 어색하고 당황스러웠던 서연은 자리를 뜨려 했지만, 의문의 여학생 쪽 행동이 조금 더 빨랐다.

"저기, 이신희야."

"뭐?"

서연은 단순히 무슨 뜻인지 몰라서 물은 것뿐이었지만 안 그래도 빨갰던 여학생의 얼굴이 한층 더 새빨개졌다.

"내 이름. 이신희라고."

서연은 상대방이 밑도 끝도 없이 내놓은 자기소개에 어떻게 답해야 할지 알 수가 없었다. 그래서 엉거주춤 선 채 할 말을 찾고 있는데, 그녀가 불쑥 서연의 이름을 불렀다.

"서연이 너 머리스타일 바꿨구나. 단발도 되게 잘 어울린다."

이번이 벌써 두 번째였다. 상대방은 분명 그녀를 아는 것 같은데 정작 그녀는 그 사람을 전혀 모르는 상황.

그러나 최준호 때와는 달리 이번엔 꽤나 마음이 불편했다. 신희라는 저 아이가 서연과 비슷한 또래였기 때문이었다.

어쩌면, 둘이 만났던 곳이 과거에 숱하게 옮겨 다니며 따돌림을 당했던 고등학교들 중 한 곳일지도 모르겠다는 생각이 들자 서연은 온몸에 가시가 돋치는 것만 같았다.

그녀가 혼란스러워하는 것을 눈치 챘던지, 신희는 변명이라도 하듯 말을 이었다.

"우리 입학 동기잖아. 작년 신입생 환영회 때 닭갈비집에서 너랑 나랑 바로 옆자리에 앉았었어. 너 그날 체크무늬 미니원피스 입고 있었고 어깨까지 오는 웨이브머리에 강아지 모양 핀 꽂고 있었는데, 기억 안 나?"

서연은 전혀 모르는 일이었다. 하지만 신희가 거짓말을 하는 것 같진 않았다. 철든 이후 서연이 웨이브헤어를 했던 건 작년 2월에서 3월까지의 기간이 유일했으니까.

"집에 갈 때까지 네가 한마디도 안 하는 바람에 감히 말은 못 붙여봤지만 은서연이란 이름은 그 자리에서 바로 외워버렸어. 예쁜 얼굴에 이름까지도 어쩜 저렇게 예쁜가 싶었거든."

상대가 수줍게 웃으며 내놓는 소리에 이번엔 서연의 얼굴이 터질 듯 새빨갛게 달아올랐다.

"아……."

"전혀 기억 못하는구나?"

"생각이 잘 안 나. 미안해."

서연이 사과할 거라고는 전혀 생각지 않았던지, 신희는 크게 놀라며 손을 내젓더니 명랑하게 말을 이었다.

"어어, 아니야, 아니야. 그럴 만도 하지. 내가 생긴 게 좀 심하게 평범하잖아?"

평범하게 생겼다는 건 맞는 말이었다. 그러나 그녀의 평범한 생김새 때문에 기억 못한 것은 아니었다. 그녀에게서 이 이야기를 듣기 전까지 서연은 자신이 작년 신입생 환영회에 참석했었다는 사실조차 전혀 기억하지 못하고 있었으니까 말이다.

"환영회 끝나고 나도 사정이 좀 생겨서 한동안 학교를 못 나갔었거든. 그 후에 갔더니 네가 통 안 보이더라고. 나중에 과대한테 물어보니 너 휴학했다고 하던데……, 혹시 그동안 어디 아프기라도 했던 거야?"

"그냥 좀……."

서연이 애매하게 얼버무리자 신희는 더 이상 어려운 질문을 이어가지 않고 눈치 빠르게 화제를 바꾸었다.

"이번에 복학한다며? 수강신청 힘들지? 내가 도와줄게."

당황한 서연은 본능적으로 한 발 뒤로 물러나며 손사래를 쳤다.

"아, 아니, 괜찮아."

다소 쌀쌀맞게 들리는 대답에 신희는 몹시 난처한 표정을 지었다.

"그치만 부탁 받은 거라서……."

"부탁이라니? 누구한테서?"

"이사님."

"최준호랑 아는 사이야?"

"으음? 그렇다고 할 수 있지."

아는 사이.

흔히들 아는 사이라고 하는데, 그 '아는 사이'의 범위는 과연 어

142

디에서 어디까지인 걸까. 통성명만 한 사람도, 아주 깊은 관계인 사람도 기본적으론 모두 '아는 사이'지 않나?

거기까지 생각이 미치니 무슨 일인지, 서연은 문득 불쾌한 기분이 들었다.

"내 일은 내가 알아서 할 테니까 신경 안 써줘도 돼."

더 이상 할 말도 없고 하고 싶은 기분도 아니었던 서연은 무표정하게 돌아서서 밖으로 나가려 했다.

그 순간, 신희가 다급하게 자리를 박차고 일어서더니 서연의 팔을 덥석 붙들고 늘어졌다.

"저기, 서연아! 나, 이 일 때문에 네 시간에 오만 원이나 주는 일일알바 자리도 하나 포기하고 왔단 말이야! 미안하지만 부탁이라서 어쩔 수가 없거든. 말이 좀 이상하긴 한데, 도와주는 셈치고 한 번만 도와주게 해줘!"

"뭐?"

"아, 아니, 잠깐, 내 말은! 잠깐만! 일단 가지 말고 좀 있어봐!"

신희가 너무 당황하는 바람에 서연은 그녀를 무시할 수가 없었다.

"그러니까, 네가 나를 도와주는 셈치고 내가 너를 도와주게 해 달라는, 아아, 뭐래?"

서연이 어쩔 줄 몰라 가만히 서서 건너다보고만 있으니 신희는 말이 꼬였던지, 횡설수설하다 말고 갑자기 고개를 저으며 우는소릴 했다. 그 진지한 모습이 우스꽝스러우면서도 꽤나 귀여웠다.

"뭐야, 이거. 아아, 내가 왜 이러는 거지?"

신희가 계속해서 보여주는 엉뚱한 모습에 서연은 저도 모르게 피식 웃음을 터뜨리고 말았다. 다른 사람 앞에서 이렇게 무방비 상태로 웃는 건 정말 오랜만이었다.

"풋. 푸후훗."

"어, 미안. 나 좀 바보 같지?"

한참이나 헛웃음을 흘리던 서연은 가볍게 고개를 저었다.

"아니."

신희는 아직도 서연의 팔을 붙잡고 있었다. 그런 그녀의 손은 무척이나 따뜻했다.

최근 최준호를 제외한 타인의 체온을 이렇게 가깝게 느껴본 적이 없던 서연은 생소한 온기에 살짝 얼굴을 붉히고 말았다.

"저기……."

팔을 놓고도 신희는 여전히 서연의 눈치를 살폈다.

또 한 번 골치 아픈 소리를 듣는 건 사절이었던 서연은 어깨를 으쓱하며 그녀의 말을 막아버렸다.

"알았으니까 이제 그만해."

"정말? 에헤헤. 고마워."

"고맙다고?"

"응."

"뭐가?"

"으음, 그냥 다?"

144

상황이야 어찌 됐든, 고민하던 수강신청 문제를 의외로 쉽게 해결할 수 있게 됐으니 고마워할 사람은 서연이었다. 그런데도 신희는 무척이나 만족스러운 웃음을 지으며 오히려 그녀에게 고마워하고 있었다. 귀찮은 일을 떠맡은 것에 대한 불만이나 짜증 같은 건 어디에서도 엿보이질 않았다.

서연은 왠지 기분이 묘해졌다.

"서연아. 나, 내일 오후 알바 비는 시간이 있는데, 내일 오후는 어때?"

"난 아무 때라도 괜찮아."

"그럼 4시쯤 전산실로 나올래? 내가 미리 가서 기다리고 있을 테니까."

"넌 몇 시에 나올 건데?"

"나? 알바 끝나면 3시니까 아마 3시 반쯤 도착할 수 있을 거야."

"그럼 나도 3시 반까지 나갈게."

"아니야. 그 시간에는 애들 많아서 빈자리 날 때까지 기다려야 하거든. 내가 먼저 가서 자리 맡아놓을 테니까 넌 굳이 일찍 나올 필요 없어. 천천히 나와."

"자리가 없으면 같이 기다리면 되지. 설마 최준호가 너더러 내 시녀노릇 하라고 한 건 아닐 거 아냐."

서연이 내놓은 다소 까칠한 말에 신희는 의외라는 표정을 짓더니 수줍게 웃으며 중얼거렸다.

"와아. 그렇게 안 보이는데, 서연이는 되게 상냥하구나."

"뭐어?"

어이가 없어진 서연이 입을 딱 벌리고 쳐다보는 가운데 신희는 휴대전화를 꺼내 들고 폴더를 열어 시간을 확인했다. 언뜻 보기에도 작동이 되기나 하는지 의심스러울 정도로 다 낡은 구형 전화기였다.

그러고 보니 신희는 차림새도 영 시원찮았다.

깨끗하긴 하지만 오래 입었는지 여기저기 보풀이 일어난 검은색 모직 재킷이나 물이 다 빠진 청바지, 인조가죽 소재의 검정 로퍼와 모서리가 잔뜩 해진 백팩은 그녀의 형편이 그리 좋지 않다는 것을 여실히 보여주고 있었다.

"저기, 서연아, 나 너무 미안한데 지금 알바 가야 할 시간이거든."

"레슨?"

"아니. 레슨은 오전에 끝냈고 이번 건 다른 거야. 나 먼저 갈게. 정말 미안해."

물끄러미 신희를 건너다보고 있던 서연이 조심스럽게 물었다.

"그거……, 혹시 습관이야?"

"웅? 뭐가?"

"계속 미안하다고 하잖아. 뭐가 미안한데?"

다그치는 것처럼 들리진 않았을까 걱정하는데, 신희가 배시시 웃으며 대답했다.

"아, 그랬던가? 미안. 나 좀 한심해 보이지?"

"아니, 그런 얘기가 아니라······."

전혀 한심해 보이지 않았다. 오히려 대단해 보였을 정도였다. 서연은 지금껏 걱정만 끼쳤던 부모님에게조차 미안하다는 말을 하지 못했으니까.

"그럼 다행이고. 내일 보자, 서연아."

"아······."

얼마나 급했던지, 서연이 대답도 하기 전에 신희는 쏜살같이 방을 빠져나가버렸다.

어딘지 모르게 쓸쓸하고 작아 보이는 그녀의 뒷모습이 왠지 무척 익숙하게 느껴졌다.

사무실에 덩그러니 혼자 남겨진 서연은 멍하니 서서 바닥만 내려다보고 있었다.

"쟤, 뭐지······?"

기분이 이상했다.

그런데 바로 그때 출입문이 다시 열리더니 그 사이로 비죽이 누군가가 얼굴을 들이밀었다. 조금 전 급하게 방을 뛰쳐나갔던 바로 그 당사자, 신희였다.

"저기, 서연아!"

"뭐 잊은 거라도 있어?"

"아니, 그런 건 아니고."

서연이 의아한 눈으로 건너다보자 신희는 또다시 얼굴을 잔뜩 붉히더니 어물어물 말을 이었다.

"나, 오늘 너랑 이야기할 수 있어서 정말 좋았어. 진짜야."

신희의 말이 미처 다 끝나기도 전, 서연의 양 뺨이 확 붉어졌다.

이런 건 어떻게 반응해야 하는 건지 알 수가 없었다.

누군가가 벌레 보듯 경멸이 가득한 눈으로 쳐다보면 그 자리를 피하면 됐다. 얼토당토않게 지어낸 말을 다 들리도록 수군거릴 땐 귀를 막으면 됐다. 자리를 피할 수 없거나 귀를 막을 수도 없어 발작할 것 같으면 얼른 약을 먹고 숨을 참아버리면 됐다.

아는 게 이렇게나 많은데, 그동안 배워온 게 그렇게나 많았는데, 그런데 이건 정말 어려웠다.

'모르겠어.'

모르는 게 당연했다. 지금껏 이런 애를 만나본 적이 단 한 번도 없었으니까.

"서연아, 기다릴 테니까 내일 꼭 나와야 해. 꼭!"

창밖으로 어느덧 해가 지고 있었다.

어스름이 내려앉기 시작하는 준호의 사무실엔 그의 달콤한 향기가 떠돌고 있었다.

서연은 우두커니 선 채 얼굴을 더듬어봤다.

두 뺨은 어느새 따끈따끈하게 달아올라 있었다.

"무슨 생각 해?"

집으로 가는 차 안, 어둠이 내린 거리의 불빛이 준호의 얼굴에 부드러운 음영을 드리우고 있었다.

"아무 생각도."

"그래?"

준호가 다 안다는 듯 고개를 돌리며 더 이상 묻지 않자 서연은 갑자기 입이 근질근질해졌다.

"어떤 애야?"

"누가?"

빤히 알면서도 또 능글능글 약 올리는 그의 태도에 울컥 화가 치밀었지만 그녀는 가까스로 참고서 다시 물었다.

"아까 그 애 말이야."

"아아, 이신희 말이구나."

"응."

서연의 얼굴을 힐끗 곁눈질한 준호는 싸늘한 어조로 말을 이었다.

"약아빠진 상대를 만나면 이리저리 휘둘리기 딱 좋은 스타일. 바보같이 착하기만 한 애. 어느 누구와 싸워도 무조건 지고 어딜 가도 호구 취급 받는 부류랄까."

희미하게 의심은 했던 거지만, 이렇게 직격으로 듣고 보니 충격이었다. 서연은 할 말을 잃고 말았다.

"으음."

"왜? 그 애가 마음에 안 들어?"

신호등의 녹색등이 환하게 불을 밝히자 미끄러지듯 차가 출발했다.

창밖으로 시선을 돌린 서연은 북적거리는 거리를 물끄러미 바라보며 생각했다.

따뜻한 체온만큼이나 느낌이 좋은 애였다. 그렇지만 그건 아무래도 상관없는 일이었다. 그동안 항상 누군가가 그녀를 어떻게 생각하는지가 문제였지, 상대가 그녀의 마음에 들고 안 들고는 전혀 문제가 아니었으니까.

쓸쓸해진 그녀는 대답을 피한 채 화제를 돌렸다.

"둘이 어떻게 아는 사이야?"

"그 애한테서 못 들었어?"

뉘앙스가 어쩐지 미묘하다.

서연은 까슬까슬해진 혀끝으로 마른 입술을 축이며 소심하게 항의했다.

"그런 말은 안 나눴으니까 묻는 거잖아."

일순 준호의 눈매가 가늘어졌다.

"그럼 둘이서 무슨 얘길 했는데?"

"그냥……, 당신한테서 부탁 받았다는 말만 들었어."

그는 오랫동안 가지고 놀 재밌는 장난감이라도 발견한 듯 느긋하게 눈을 빛내며 중얼거렸다.

"아아, 하긴. 걘 내 말이라면 절대 거부 못할 애긴 하지."

무슨 일이었을까. 그 말에 갑자기 뒤통수라도 맞은 듯, 서연은 눈앞이 아찔해졌다.

"뭐……라고?"

서연이 눈을 크게 뜨고 쳐다봤지만 준호는 잔뜩 짓궂은 표정을 짓기만 했을 뿐 더 이상의 부연설명은 덧붙이지 않았다.

"무슨 소리야, 그게?"

"들은 그대로."

서연의 손끝이 싸늘해지더니 이내 손 전체가 가늘게 떨렸다.

"그러니까 걔랑 정확히 어떤 관계인데?"

준호는 한참이나 서연을 관찰하더니 씩 웃으며 되물었다.

"알고 싶어?"

서연은 그녀를 놀리려는 준호의 의도를 금세 파악할 수 있었다. 그래서 지지 않으려고 애써 코웃음을 치며 내뱉었다.

"아니. 별로."

"아아, 그래?"

준호는 느긋한 미소를 짓고서 손바닥 뒤집듯 싹, 정말 아무렇지도 않게 화제를 바꿔버렸다.

"그럼 됐고. 그나저나 내일 오후 몇 시에 만나기로 했다고?"

'어라? 이게 아닌데.'

서연의 낯빛이 눈에 띄게 어두워졌다.

"3시 반."

"어디서?"

"단대 전산실……."

세상에 이런 법이 어디 있단 말인가!

준호가 이런 반응을 즐기고 있는 것을 빤히 알면서도 서연은 초조해져서 도무지 견딜 수가 없었다.

스커트 자락을 습관적으로 구겼다 펴거나 입술 안쪽의 부드러운 점막을 치아로 잘근거리며 폭발할 것 같은 감정을 꾹꾹 억누르던 서연은 문득 창밖 풍경이 익숙하다는 것을 깨달았다. 차는 벌써 집 근처까지 와 있었다.

슬슬 조바심이 나기 시작했다.

이제 와서 다시 물을 수도 없고, 안 묻고 넘어가자니 미칠 것 같고, 어떻게 해야 할지 알 수가 없었다.

마침내 서연의 집 앞에 도착한 차가 미끄러지듯 섰다.

"문 열어줄게, 기다려."

눈을 질끈 감고서 마음을 다잡은 서연은 조수석 문을 열어주기 위해 차에서 내리려던 준호의 소매를 다급하게 붙잡고 늘어졌다.

"저기!"

무슨 일인지 벌써 눈치 채고도 남았을 인간이었지만, 준호는 안경 너머로 지그시 서연을 내려다보며 짐짓 모르는 척 물었다.

"왜?"

"갑자기, 그러니까, 으음, 궁금해졌어. 뭐, 별다른 뜻은 없고, 그냥, 그냥 조금 궁금한 것뿐이야. 개미 눈곱만큼 아주 조금."

"뭐가 그렇게 '조금' 궁금한데?"

아무 일도 없다는 듯 싱글싱글 웃는 면상을 올려다보고 있자니 서연은 눈에서 불이 나는 것만 같았다.

"그러니까 무슨 관계냐고. 이신희이랑. 아, 물론 댁이 누구랑 무슨 관계든지 나하곤 아무런 상관도 없지만······."

서연의 말소리가 점점 더 목구멍 속으로 기어들어가자, 준호는 그녀에게로 바싹 다가가 똑바로 눈을 마주쳤다.

그 눈빛이 얼마나 찌르는 듯 강렬했던지, 서연은 최면이라도 걸린 듯 꼼짝달싹도 할 수가 없었다.

"댁? 아무런 상관도 없다?"

속을 꿰뚫어 보는 것처럼 날카로운 눈길에 서연은 괜스레 뜨끔해져 시선을 피해버렸다.

그러자 준호는 귓불에 입술이 닿을 정도로 서연에게 가까이 다가왔다. 뜨겁고 은밀한 숨결이 귓바퀴에 들러붙자 그녀의 눈앞이 단번에 캄캄해졌다.

"아아······."

"그따위로 묻는 사람한테는."

이윽고 준호는 들릴 듯 말 듯 낮은 목소리로 소곤거렸다.

"안 가르쳐줘."

늦은 오후. 서연은 코끝과 양 볼이 빨갛게 언 채 단대 현관 앞에 서서 신희를 기다리고 있었다.

"서연아! 벌써 왔어? 언제부터 기다리고 있었어? 안에 들어가 있지, 이 추운 데 왜 서 있어?"

색 바랜 점퍼에 보풀이 잔뜩 일어난 머플러를 칭칭 감고서 계단을 뛰어 올라오는 여학생. 쉴 새 없이 질문을 쏟아내는 신희의 얼굴은 아무리 봐도 그저 평범하고 순하기만 했다.

그런 그녀의 순진해 보이는 얼굴을 마주한 서연의 심경은 말도 못하게 복잡해졌다.

"어머, 너 안색이 왜 이래? 잠 못 잤어?"

사실이었다. 서연은 밤새 한숨도 못 잤다. 이유는 물을 것도 없었다.

"왜 그래? 무슨 일이야? 어디 아파, 서연아?"

어제저녁, 그 일 이후 서연은 계속해서 준호의 연락을 피하며 무언의 시위를 하는 중이었다. 매번 사람을 곤란하게 하고서 즐거워하는 게 너무 얄미웠다. 화가 났다.

그리고 한편으론 두렵기도 했다.

그의 입에서 원하지 않는 대답이 나올까 봐 무서웠다. 듣고 싶지 않았다.

안에서 뭔가가 울컥 치밀어 오른 서연은 신희를 똑바로 노려보며 떨리는 목소리로 물었다.

"둘이 어떤 관계야?"

"뭐? 나…… 말이야? 누구랑?"

치졸하고 격 떨어지는 짓이라는 걸 서연은 분명 알고 있었다. 하지만 묻지 않으면 당장에라도 말라 죽을 것만 같았다.

"최준호 말이야."

"이사님?"

"그래. 그 이사님 부탁이라면 거절 못한다며."

이런 질문은 사실 이 애가 아니라 어제 준호에게 직접 했어야 했다. 그걸 알면서도 그러지 않았던 이유는 뭐였을까.

변태에다 얄밉기 짝이 없는 인간이긴 해도 준호는 서연에게 있어서 기대고 매달릴 수 있는 유일한 존재였다. 그런 준호에게 화를 내고 소리치고 예민하게 굴면 언젠가 그는 그녀에게 질려 떠날지도 몰랐다.

그렇지만 눈앞의 애는 달랐다. 서연이 화내고 소리치고 예민하게 굴더라도, 그래서 사이가 틀어져도 아무 상관없는 애였다. 아니, 애초에 신희는 서연이 무슨 짓을 해도 찍소리도 못할 것처럼 보였다. 딱 봐도 착하고 순한 애니까.

저울질을 한 걸까.

최준호는 절대 놓치고 싶지 않지만 애는 어떻게 되도 상관없다고 생각한 건가. 잘 모르는 애니까, 착한 애니까 무시해도 된다고?

생각이 거기까지 닿자 서연은 돼먹지 못한 스스로를 용서할 수가 없었다.

"내가 잠을 못 자서 좀 예민해졌나 봐. 방금 말은 못 들은 걸로 해."

아직까지도 송아지처럼 눈을 커다랗게 뜨고 끔벅거리던 신희는 새빨갛게 달아오른 얼굴에 연방 부채질을 하며 조그맣게 말을 이었다.

"저기. 으음. 얘기하자면 좀 긴데, 내 학비를 대주는 고마운 아저씨가 한 분 계셔. 그분이랑 이사님이 절친이거든. 그런데 그저께 밤에 아저씨한테서 갑자기 연락이 왔어. 네 수강신청을 좀 도와주라고 하시더라."

말하다 말고 신희의 안색이 다소 어두워졌다.

"실은 작년 초에 내가 좀 많이 다쳤는데, 그때 마침 잠깐 귀국해 계셨던 이사님한테서 도움 받았던 일이 있었거든."

말을 잇던 신희가 돌연 펄쩍 뛰더니 설레발을 치며 덧붙였다.

"아, 아니! 그치만, 꼭 그런 이유만으로 네 수강신청을 도와주겠다고 한 건 아니야! 어제도 말했지만, 나, 너랑 이렇게라도 얘기할 수 있게 돼서 정말 좋거든."

"아아, 그랬구나."

놀라고 미안해진 서연이 고개를 푹 숙이자 신희는 오히려 펄쩍 뛰더니 손을 내저었다.

"뭔가 오해가 있었나 본데 왠지 내가 미안하네. 그냥 이렇게 건너서 아는 사이일 뿐, 실은 이사님 너무 무서워서 제대로 얘기 나눠본 적도 없어. 그보다⋯⋯."

신희가 말을 끊고서 빤히 쳐다보자 서연은 의아한 눈으로 그녀를 마주 보았다.

"왜?"

"너 정말로 어디 아픈 건 아니지? 안색이 별로 안 좋아."

신희는 무척 걱정하는 얼굴로 다가와 망설임 없이 서연의 이마를 짚어보았다. 그런 그녀의 손은 어제처럼 그저 따뜻하기만 했다.

서연은 그제야 깨달을 수 있었다.

어젯밤 그녀를 잠 못 들게 한 건 이신희도 최준호도 아닌 바로 그녀 자신이었다는 것을.

무사히 수강신청을 마친 후, 서연은 보답의 의미로 신희에게 저녁을 사주려 했다.

그러나 그녀는 곧바로 레슨 알바가 있다고 몹시 아쉬워하며 자리를 떴다.

서운하기는 서연 역시도 마찬가지였다. 그녀가 먼저 가버리자 왠지 가슴에서 뭔가가 쑥 빠져나가는 것 같았다.

느릿느릿, 뒤늦게 건물에서 나와 계단을 다섯 개쯤 걸어 내려왔을 때였다. 서연은 저 멀리서 익숙한 실루엣을 발견했다.

누군가를 기다리고 있는지 키가 크고 호리호리한 체구의 남자 한 명이 차에 비스듬히 몸을 기댄 채 서 있었다.

똑바로 서연을 쳐다보고 있는 남자의 얼굴을 굳이 확인할 것도 없었다.

방금 전과는 달리 가볍고 재빠른 걸음으로 계단을 한달음에 뛰어 내려간 서연은 부드러운 미소를 짓고 있는 준호의 복부에다 있는 힘껏 주먹을 내질렀다.

"큭!"

맞는 순간 숨을 잘못 들이마셨던지, 그는 연방 콜록콜록 기침을
하며 한참이나 키득거렸다.

"아야야, 분명 킥일 줄 알았는데."

"잘도 사람 헷갈리게 하고!"

"벌써 알아버렸어? 아아, 시시해라."

"아니, 사람이 대체 왜 그래?"

서연이 눈을 치켜뜨고 사납게 항의하는데도 준호는 아무렇지도
않은 듯 느물느물 능구렁이처럼 쏙 빠져나가버렸다.

"그래, 그래. 날씨도 좋은데 바람이나 좀 쐬러 갈까?"

차 안에서 뉘엿뉘엿 해가 지는 강을 내려다보다, 서연은 물끄러
미 준호를 바라봤다.

그는 운전석 등받이에 몸을 묻고서 쓰디쓴 커피를 마시고 있었
다.

할 말도 없고 조금 심심해진 서연은 차 안을 살펴보다가 오디오
전원 버튼을 눌렀다.

순간, 귀청이 터질 듯 시끄러운 헤비메탈 음악이 흘러나왔다.
폭발음이라고 해도 믿어질 정도였다.

당황한 서연은 급히 전원을 끄고 황당한 표정으로 준호를 건너
다봤지만 그는 뭐가 문제냐는 듯 오히려 아무렇지도 않은 표정으

158

로 물었다.

"왜?"

"아, 아니……. 좀 의외라서."

"의외인가? 왜?"

"조용한 음악 좋아할 줄 알았거든."

"딱히 정해놓고 좋아하는 음악은 없는데."

심드렁한 대답에 어쩐지 기운이 빠졌다.

"작년에 신희 다쳤을 때 도와준 적 있었다며?"

"지인에게서 부탁받았을 뿐, 굳이 남에게 친절을 베푸는 취미 따윈 없어."

"지인……? 엊그제 만난 형님이라는 사람 말이지?"

"그래."

"신희는 절친이라고 하던데?"

"그렇다면 그쪽에서 그렇게 생각하는 모양이지."

서연이 무슨 뜻인지 묻는 눈으로 건너다보자 준호는 커피 한 모금을 더 마시고 말을 이었다.

"어렸을 때부터 집안끼리 막역한 사이여서 내가 영국 건너가기 전까진 거의 매일 만나다시피 했으니까. 지금도 너 외에 연락하는 사람이라곤 그 사람밖에 없어."

"그런 게…… 절친 아니야?"

서연의 이해할 수 없단 표정에 준호는 어깨를 으쓱하더니 멋쩍은 듯 웃었다.

"그런가? 난 잘 모르겠는데."

그렇게 말하는 준호는 무척이나 무감각해 보였고, 이젠 그런 모습이 익숙하게까지 느껴졌다.

허무함, 무기력함, 그리고 분명 여기에 있으면서도 없는 듯 흐릿한 존재감.

또다시 회색.

"그 애랑은 좀 친해졌어?"

준호의 질문에 상념에서 깨어난 서연은 씁쓸한 표정으로 말했다.

"어제 제대로 대답해줬으면 됐을 텐데 너무해. 왜 항상 그렇게 사람을 곤란하게 만들어?"

"네가 그런 식으로 물어보지 않았다면 제대로 대답해줬을 거야."

"그런 식이라니?"

"아무 상관도 없다며."

"아무 상관도 없잖아!"

"내가 그 애랑 무슨 관계든 전혀 상관없다면 넌 왜 지금까지도 그 일에 신경을 쓰고 있지? 너랑은 아무 상관도 없잖아?"

준호가 여유로운 태도로 빙글빙글 웃으며 빈정거리는 말에 서연은 그만 말문이 턱 막히고 말았다.

아무런 상관도 없다는 건 그저 알량한 자존심, 허세부리기 위해 던진 빈말일 뿐이었다. 어린애가 눈에 빤히 보이는 거짓말을 내놓

160

고 으쓱거리는 거나 마찬가지인.

개한테도 나한테 했던 것처럼 짠 하고 나타나 척척 고민을 해결해주고 복잡한 머릿속을 비워줬을까? 끌어안고 키스했을까? 귓불을 핥거나 깨물었을까? 아니, 어쩜 그런 것들보다 더한 짓을 했을지도 모르잖아? 그런, 답도 나오지 않는 의문들을 밤새도록 생각하고 또 하고 계속해서 했다. 그러니 수면제를 두 번이나 먹어도 잠을 이룰 수 있을 리가 없었다.

"아, 그래. 내가 졌어. 상관있어, 그래, 아주 많이 있어! 전전긍긍하고 질투에 발 동동 구르다 밤 꼴딱 새웠다고! 이제 됐어? 이제 됐냐고, 이 나쁜……!"

서연에게 있어서 맨 정신으로 누군가에게 이렇게 화를 내고 감정을 다 내보인 건 처음 있는 일이었다.

있는 대로 분을 풀고 어젯밤의 수모를 되갚아주려 했지만, 그럴 수도 없었다. 곧바로 그의 입술이 덮쳐왔기 때문이었다.

살며시 벌린 준호의 입안에선 짙고 묵직한 커피 향이 감돌고 있었다.

달콤하고 따뜻한 입맞춤을 음미하는 동안, 서연의 머릿속에서 어지럽게 떠돌고 있던 생각들은 또다시 말끔하게 자취를 감추었다.

준호가 허스키한 목소리로 중얼거렸다.

"되긴 뭘 돼? 아직도 멀었어. 나로 인해 조금 더 곤란해하고 조금 더 안달하며 발 구르라고."

흐릿한 눈으로 준호의 얼굴을 올려다본 서연은 손을 내밀어 천천히 그의 안경을 벗겨냈다.

안경이 얼굴을 떠나자마자, 그는 기다렸다는 듯 그녀의 위로 몸을 겹치고 숨 막히도록 깊은 키스를 퍼부었다.

그래. 이렇게 기대고 응석부리게 만드는 이 인간이 나쁜 거다. 이 변태가 나쁜 거라고.

"이…… 나쁜 놈아……."

떨어진 입술 사이로 준호의 나직한 웃음소리가 새어나왔다.

바로 그 순간, 뭔가가 서연의 머릿속을 빠르게 스치고 지나갔다.

얼마 전, 하늘색 헨레판 브람스 소나타 악보를 들고 그림을 구경하다가 전시실 구석에서 키스하는 그들을 보고 놀라 도망쳤던 그 여학생!

준호의 사무실에서 만났을 때 신희가 갑자기 얼굴을 붉히며 쩔쩔맸던 이유를 이제야 알 것 같았다.

'아아, 난 몰라! 이 인간 때문에 난 친구도 제대로 못 사귈 거야! 민망해서 이제 신희 얼굴 어떻게 봐!'

"무슨 생각 해?"

"몰라!"

"으음……?"

"몰라! 모른다고, 이 변태 자식아!"

서연이 심통을 부리는 이유도 모른 채 준호는 가볍게 웃음을 터뜨렸다.

그 얼굴을 보고 있으니 그녀는 더 약이 올랐다.

아무리 생각해도 역시 나쁜 놈.

06
/
세상 속으로

공휴일이었지만 준호는 재단 본사의 자기 사무실에 나와 있었다. 깜박 잊고 놔두고 온 중요 서류를 챙기기 위해서였다.

"조금 이따 점심 같이 먹을까?"

웬일인지 사무실 벽시계의 초침 소리가 경쾌하게 느껴졌다. 그 소리가 새삼스럽게 기분 좋았지만, 휴대전화 스피커를 타고 흘러나온 서연의 말은 그렇지 않았다.

─ 점심 땐 일 있어서 힘들 것 같아.

"무슨 일?"

─ 병원 진료 예약이 잡혀 있어서.

"태워줄게."

─ 아냐, 괜찮아. 신희 오늘 일일알바 하는 데가 그 근처라고 해서…… 끝나고 바로 만나기로 했거든.

준호의 미간이 살짝 좁아졌다.

"그래?"

– 저녁에 만나면 안 돼? 미안.

싸늘한 반응에 서연이 기어들어가는 목소리로 몹시 쩔쩔매자 준호는 그제야 부드럽게 웃으며 말했다.

"미안할 것까지야. 그럼, 나중에 전화할게."

통화를 마친 준호는 무표정한 얼굴로 사무실을 나와 엘리베이터에 올랐다.

1층에 도착해 겨우 열 발짝 정도 떼었을까, 한 남자가 휴대전화를 내려다보며 서둘러 달려오다 준호와 정통으로 어깨를 부딪쳤다.

"으악! 죄송합니다!"

준호와 덩치가 비슷한 남자는 이십 대 중반 정도로 보였으며, 촌스러운 군용 누빔 방한복 차림에 짧은 머리를 하고 있었다.

"제가 갑자기 튀어나와서 놀라셨죠? 안 다치셨어요?"

"괜찮습니다."

"으아아아, 이거 정말 죄송합니……, 어?"

연방 사과하던 남자의 고개가 한쪽으로 삐딱하게 기울어졌다. 유심히 준호의 얼굴을 관찰하던 그가 조심스럽게 물었다.

"혹시…… 최준호 이사님 아니세요?"

준호가 의아한 눈으로 쳐다보자 남자는 휴대전화를 주머니에다 쑤셔 넣고서 바지에다 손을 쓱쓱 닦고 불쑥 악수를 청했다.

"안녕하십니까, 이사님! 저는 김우진이라고 합니다!"

밑도 끝도 없는 자기소개에 준호는 물끄러미 그를 건너다보기만 할 뿐 악수는커녕 아무런 반응도 보이지 않았다.

준호의 차가운 인상과 싸늘한 태도에 주눅이 들었던지, 우진이라던 남자는 머쓱하게 웃으며 말했다.

"헤헤, 너무 갑작스러웠나요? 얼마 전 인터넷 기사에서 이사님 사진을 봤거든요. 너무 반가운 마음에……. 실은 제가 올해 수성 장학생 선발에 지원했다가 떨어졌거든요."

"그런데, 공휴일에 여기서 뭘 하고 있는 거죠?"

준호의 물음에 우진은 뒷머리를 북북 긁고서 덧붙였다.

"건물 보수 용역업체에서 단기알바 중입니다."

준호는 더 이상 아무 말도 하지 않았지만, 우진은 서글서글한 웃음을 보이며 그에게 다가가 덩치에 어울리지 않는 아양을 떨기 시작했다.

"그런데 저기요, 이사님. 내년엔 저, 어떻게 좀 안 될까요? 이래 봬도 제가 뭐든지 시켜만 주시면 꽤 잘하는데 말입니다."

도무지 농담인지 진담인지 알 수가 없었다. 준호는 황당함과 불쾌함을 참고서 부드럽게 답했다.

"그런 문제는 장학사업부 쪽으로 문의하세요."

자리를 뜬 준호가 출입구의 회전문에 거의 다가갔을 때 즈음, 뒤에서 우진의 목소리가 쩌렁쩌렁하게 울렸다.

"저 꼭 기억해주십시오! 수성음대 기악과 1학년 김! 우! 진! 입니다! 제가요, 다른 것도 다 잘하지만 피아노만큼은 정말 기똥차게 잘 칩니다!"

수성음대 1학년이란 소리에 준호가 뒤를 돌아봤을 때 우진은 또한 번 다급하게 복도를 달려 나가고 있었다.

"흐음. 김우진……이라."

유쾌한 사람. 그러나 왠지 모르게 마음엔 안 드는 녀석이었다.

거리 곳곳에 걸린 태극기가 바람에 격하게 나부꼈다.

삼일절 아침부터 기록적인 한파로 뉴스가 시끄럽더니 오후가 되어도 날씨는 도무지 풀릴 기미가 없어 보였다.

신희는 차들이 쌩쌩 달리는 교차로의 인도에 벌벌 떨며 서 있었다. 건물 그림자 때문에 햇빛 한 점도 들지 않는 그늘에서 말이다.

교통량 조사 아르바이트라니. 생전 처음 들어보는 일이었다.

'대체 뭘 하는 거지?'

교차로 한쪽의 차들을 집중해서 노려보고 있던 신희는 한참 만에야 들고 있던 노트에 뭔가를 적어 넣었다.

그제야 대충 이해할 수 있었다. 교차로에서 지나가는 자동차 대수를 세어 적는 일이었던 모양이다.

"어? 서연아! 여기야, 여기! 서연아아아!"

서연이 택시에서 내린 위치에서 신희가 서 있는 곳까지의 거리는 고작 10미터 남짓이었다.

그렇게 가까운데도 신희는 온몸이 다 흔들리도록 손을 내저으며 목청껏 서연의 이름을 외쳐 부르고 있었다. 당하는 사람의 얼굴이 다 화끈거릴 정도로.

"알아. 그렇게 소리 안 질러도 돼."

서연이 다가가서 핀잔을 주자 신희는 혀를 쏙 빼물고서 배시시 웃었다.

"에헤헤. 너무 반가워서 그만."

두꺼운 파카에 머플러를 칭칭 둘러매고도 추웠던 모양이다. 어깨를 움츠리며 배시시 웃는 신희의 코끝과 귀는 온통 새빨갛게 얼어 있었다.

"이거."

서연이 테이크아웃 커피와 붕어빵 봉지를 쏙 내밀자, 신희는 누가 보면 프러포즈라도 받은 줄 알 정도로 얼굴을 확 붉히며 쩔쩔맸다.

"어……, 이, 이거, 혹시 나 주려고 산 거야?"

"응. 무슨 커피 좋아할지 몰라서 내 맘대로 라떼 샀어. 시럽도 넣었는데, 괜찮지?"

"우와아……, 와아, 진짜……, 고마워."

별것도 아닌 것에 신희가 너무나 감동하자 서연 역시 몹시 당황해서 어쩔 줄을 몰라 했다.

"그, 그냥 오다가 심심해서 산 거야. 별로 맛도 없을 거고."

"아니야, 아니야! 나 카페라떼도 좋아하고 붕어빵도 진짜 좋아해!"

'아, 얜 이게 뭐라고 이렇게 오버를 한담? 뭐야, 어색해 죽겠잖아!'

서연이 있는 대로 얼굴을 잔뜩 붉히는 사이, 웬 남자가 불쑥 나타났다.

"크아아, 시워어언하다. 오래 기다렸지? 사흘 만이라 그런지 똥이 아주 끝도 없이 나오는 바람에⋯⋯?"

저질스러운 소리에 서연이 노골적으로 인상을 찌푸리며 돌아보자, 군용 누빔점퍼를 입고 있던 남자가 그녀를 보고 흠칫 놀랐다.

"아, 아니, 신희야, 이 미소녀 요정님은 누구시냐?"

"맞다. 선배는 처음 보겠구나. 서연이에요. 은서연. 같은 피아노과고, 작년에 휴학해서 이번에 선배랑 같이 복학할 거예요."

"우오오! 그래애?"

남자는 눈을 둥그렇게 뜨고 서연 쪽으로 돌아서더니 바지에다가 쓱쓱 문지른 손을 불쑥 내밀고 악수를 청했다.

"김우진이라고 한다. 이 오빠, 국방의 의무를 마치고 무사히 돌아왔으니 앞으로 잘 부탁한다. 충성!"

"아아, 예에⋯⋯."

우진이란 예비역 선배의 키는 준호와 비슷하거나 아니면 약간 작아 보였다. 그러나 골격은 준호보다 훨씬 더 크고 우락부락했다. 언제나 말끔한 준호와는 달리 얼굴엔 수염도 거칠거칠 올라와 있었고 왠지 화장실 다녀와서 손도 안 씻었을 것처럼 털털한 인상이기도 했다.

어떤 사람인지도 모르는 데다, 그런 손을 선뜻 잡고 악수하기가 껄끄러웠던 서연은 한참이나 주저하며 몸을 사렸다.

하지만 바로 옆에 서서 순진하게 웃고 있는 신희를 보니 끝까지 거절하기도 애매했다.

서연이 떨떠름한 표정으로 마지못해 손을 내밀자, 우진은 그녀의 손을 꽉 잡고서 세차게 위아래로 흔들어댔다.

'아, 아파!'

우진의 손은 생각보다는 따뜻했지만, 준호의 손길처럼 부드럽거나 조심스럽게 느껴지지는 않았다.

그러고 보니 뭔가 이상하다.

사람을 대하는 서연의 기준은 언제부턴가 최준호에게 맞춰져 있었다. 이 사람은 준호보다 키가 큰지 작은지, 그보다 어깨가 넓은지 좁은지, 잡은 손이 더 부드러운지 그렇지 않은지.

"우리 잘 지내보자! 서연이는 집이 어디지? 내일 아침 몇 시에 나올 거니?"

"네?"

"우리 셋이 교문 앞에서 만나 나란히 등교하자!"

"진심이세요?"

"왜애? 초딩 같아서 싫어?"

"네."

"아니야, 아니야, 처음이 어렵지 계속 하다 보면 괜찮아질 거야."

"싫어요."

"야, 너 되게 철벽이구나. 역시 요정님이라 그런지 촌스런 신희랑 다르긴 다르다."

그 소리에 신희가 버럭 화를 냈다.

"선배도 참! 어떻게 사람 면전에다 대놓고 촌스럽다고 해요!"

"아, 미안, 미안. 내가 거짓말을 못해서."

"아니, 이 싸람이 진짜!"

"서연아, 촌스런 쟤는 놔두고 우리끼리 저기 가서 다방커피나
한잔 할까?"

마치 전부터 알고 지냈던 것처럼 친근하게 대하는 우진이 문득
부담스러워진 서연은 슬그머니 그의 손을 털어내고 얼른 코트 주
머니에 손을 찔러 넣었다.

준호는 야경이 비친 창을 물끄러미 바라보다 와인 잔을 들어 올
리며 물었다.

"무슨 생각 해?"

입맛이 없는지, 썰어놓은 고기를 포크로 툭툭 건드리며 생각에
잠겨 있던 서연은 어색하게 고개를 저으며 대꾸했다.

"아무 생각도."

"그래?"

잔을 내려놓은 준호는 깍지 낀 두 손으로 턱을 괴고서 가만히 서
연을 건너다봤다.

그 눈길에 결국 지고 만 그녀는 포크 끝을 잘근잘근 씹으며 조심스럽게 말을 꺼내기 시작했다.

"신희 말이야."

"응."

"거의 매일 알바를, 그것도 엄청나게 하는 것 같은데……, 왜 그렇게 일을 많이 하지? 혹시 집안 사정이라도 안 좋은 걸까?"

예상했던 말이 아니었던지, 준호는 시시하다는 표정으로 다시 포크를 집어 들며 말했다.

"그런 건 직접 물어보지 그래?"

"누가 직접 물어볼 줄 몰라서 이래?"

"그럼?"

"아직 친하지도 않은데 괜히 물어봤다가 기분이라도 상하게 하면…….."

"기분이라도 상하게 하면?"

준호가 짓궂은 표정으로 또 한 번 되묻자 서연은 말문이 막혀버렸다.

아무 말도 하지 않는 그녀를 지그시 바라다보던 그는 씩 웃으며 중얼거렸다.

"아무 상관도 없는 거 아니야? 별로 친하지도 않다며."

"제발 그런 식으로 사람 살살 약 올리면서 가지고 놀지 마."

서연이 가자미눈을 하고 노려보자 준호는 키득거리며 미안한 표정을 지어 보였다.

"아, 알았어. 알았어. 그렇게 쳐다보지 마."

"진짜, 변태 중의 상 변태 같아."

또 한 번 키득거리던 그는 포크로 아스파라거스를 찍어 입에다 넣고서 담담하게 말을 이었다.

"깊은 사정까진 몰라도 형편이 안 좋은 건 맞는 것 같아. 초등학교 때부터 부모 없이 혼자 살아왔대. 대학교 학비는 내 지인이 후원해주는 모양이고."

"아아."

그 이야기를 듣고 서연이 가장 먼저 떠올린 생각은 딱 하나였다.

"불쌍해?"

"절대로 그런 거 아니야!"

서연이 별것도 아닌 말에 정색하고 발끈하자 준호가 다소 놀란 눈으로 건너다봤다.

"그게 아니라……, 정말 대단하다는 생각이 들어서."

"어떤 점이?"

"볼 때마다 너무 밝아서 신희한테 그런 사정이 있었을 줄은 정말로 몰랐어. 전혀 상상도 못했어."

환하게 웃는 신희의 얼굴 위로 자신의 모습을 겹쳐본 서연은 스스로가 초라해지는 걸 느꼈다. 그녀가 만약 신희의 입장이었다면 그렇게 힘든 환경에서 열심히 살면서도 저렇게 웃을 수 있었을까.

아니, 못한다. 혼자서 꽁꽁 숨은 채 남 탓만 하고 기대기만 할 줄 알지, 저렇게 강하고 밝은 모습 같은 거, 절대 무리였다. 남부러울 것 하나 없는 집안 환경에 몸 힘든 일이라곤 한번 해본 적도 없으면서 줄곧 신경과 약을 달고 살았지 않나.

입맛이 완전히 가신 서연은 포크를 내려놓고 냅킨으로 입을 닦았다. 하얀 접시 위의 스테이크는 제 모양을 거의 그대로 유지하고 있었다.

"더 안 먹어?"

"응."

"왜? 입맛이 없어?"

"아니, 그냥……, 왠지 미안하네."

"뭐가?"

"여기 오기 전에 신희 알바하는 데 들렀다 왔잖아? 교통량 조사하는 건데, 그 추운 데서 꼼짝 않고 서서 지나가는 자동차 숫자를 하나하나 세는 거야."

"흐음. 힘들겠네."

"걔가 그렇게 여섯 시간 동안 일해서 번 돈이 지금 내가 먹는 이 고깃덩어리 값의 반도 안 되는데……."

서연의 말허리를 끊은 준호는 명령하는 어조로 싸늘하게 말했다.

"먹어. 그 애가 사주는 밥이 아니야. 내가 사주는 거니까 고분고분 먹고 살을 찌우라고."

"그치만……."

진지한 표정으로 그는 나직이 말을 이었다.

174

"네 환경이 그 애의 것보다 낫다고 해서 죄책감을 느낄 필요는 없어. 그리고 세상의 모든 사람들이 다 그렇게 강할 거라는 생각에 괜히 주눅 들지도 마. 대부분의 사람들은 절대 그 애 같지 않으니까."

"그건 그렇지. 세상 사람들이 다 그렇게 굉장하진 않겠지."

준호의 말이 맞다.

서연이 다소 침울한 기분으로 소심하게 포크를 쥐자, 그가 부드럽게 덧붙였다.

"그나저나, 대단한데."

"뭐가?"

"복학하기도 전에 벌써 친구를 사귀다니."

"치, 친구라니 무슨! 그런 거 아니야!"

당황한 서연이 저도 모르게 발끈했지만, 준호는 다 안다는 듯 그저 빙글빙글 웃고만 있었다.

한동안 그의 웃는 얼굴을 물끄러미 바라보고 있자니 서연은 문득 궁금해졌다.

"있지."

"응."

"어떻게 하면 그렇게 편해질 수 있어?"

"무슨 소리야?"

"어려운 소리만 늘어놓고 사람 약 올리는 데 선수지만, 그래도 늘 평온해 보이잖아. 비결이 뭐냐고."

준호가 자기 뺨을 더듬으며 의아한 표정으로 물었다.

"내가 평온해 보여?"

"응. 아무 생각도 없어 보이고. 아, 아니. 아무 생각도 없다는 게 멍청해 보인다는 뜻은 아니고, 그냥, 복잡해 보이지 않는다는 말이야. 난 항상 생각에 치여서 살았거든. 어쩌면 내 병도 생각이 많아서 생긴 걸지도 몰라. 생각이 꼬리에 꼬리를 물면, 너무 지쳐서 아무것도 하지 못하고 또 웅크리게 돼버리니까."

준호는 희미하게 웃더니 나직한 목소리로 중얼거렸다.

"생각이야 나도 늘 많지. 물론, 지금도 말할 수 없이 복잡한 생각에 치여 있고."

전혀 의외의 대답이었다.

"복잡한 생각이라니?"

"언제 할까, 어디서 할까, 어떻게 할까, 아아, 아까 여기 도착하기 전에 차 안에서 해버렸어야 했는데, 등등의 생각."

전혀 알 수 없는 소리였다.

"뭘……?"

"키스."

"아아! 정말이지, 이 변태가!"

또 놀림 당했다는 생각에 서연은 이를 박박 갈았다. 그런 그녀를 힐끗 곁눈질한 그는 부드럽게 웃으며 말을 이었다.

"사람이니까 머리를 통째로 비울 순 없잖아. 그러니 치환하는 거야."

"치환?"

"그래. 어차피 생각이 깊어질 거라면 지금 내가 간절히 원하는 것, 떠올리면 곧 기분이 좋아질 생각으로 바꾸는 거지."

"원하는 것, 기분 좋은 생각……."

"그래."

준호에게 있어서 자신과의 키스가 그런 의미라니, 서연은 기분이 묘했다.

어떤 반응을 보여야 할지 몰라 그녀가 얼굴만 붉히고 있는데, 그가 덧붙였다.

"잘 안 되면 나한테 말해. 그 자리에서 바로 해결해줄 테니까."

"어떻게?"

"알고 싶어?"

빙글빙글 웃으며 건너다보는 그의 눈동자를 마주한 순간, 서연은 오만상을 다 찌푸리고 혀를 빼물었다. 안 들어도 알 것 같았다.

"됐거든!"

어깨까지 들썩이며 키득거리는 그의 부드러운 눈웃음은 언제나 그렇듯, 참 보기 좋았다.

서연의 복학 첫날 아침, 은 사장의 차 안은 줄곧 조용했다.

오랜 침묵을 깨고 조수석의 서연이 먼저 말문을 열었다.

"그냥 엄마 차로 와도 되고 지하철 타도 되는데 군이……."

"아니야, 아니야. 어차피 아빠 오늘 약속 있어서 늦게 출근하는 날이니까."

물끄러미 은 사장의 옆얼굴을 바라보는 서연의 눈길에 미안한 기색이 스쳤다.

아침식사 시간에 부친이 학교까지 데려다 주겠다고 했을 때 서연이 희미하게 품었던 의심은 차에 오르는 순간 확신으로 바뀌었다.

부친이 일부러 운전기사도 없이 직접 회사 의전차량을 몰고 늦게 출근하는 이유. 약속이 아니라 분명 외동딸인 서연에게 있었을 것이다.

"큰길에서 내릴게요."

"아니다. 시간 있으니 안까지 들어가자."

"정말 괜찮아요, 아빠. 바람도 쐴 겸 걸어서 올라갈게요."

또 한 번 대화가 끊긴 차 안에 어색한 정적이 흘렀다.

학교 정문 인접 도로에 잠시 차를 댄 은 사장은 내리려는 서연을 다급하게 불렀다.

"서연아."

문을 열려다 말고 몸을 돌린 서연은 부친이 하고 싶은 말이 무엇일지 몰라 긴장하며 가방 손잡이를 꼬옥 잡았다.

"네, 아빠."

"서연아. 우리 딸."

안쓰러운 눈으로 한참이나 서연의 얼굴을 바라본 은 사장은 담담하게 말을 이었다.

"아빠랑 엄마 눈치 볼 것 하나도 없어. 만약, 네가 무리라고 생각되거든 학교는 더 이상 안 다녀도 괜찮아. 힘든 것 억지로 참지 않아도 된다. 아빠 말이 무슨 말인지……, 알지?"

그 살가운 배려와 맹목적인 사랑을 마주하는 순간, 갑자기 서연의 목구멍에 뭔가가 덜컥 걸렸다.

코끝이 맵고 입 안이 썼다.

"네."

"그래. 조심히 잘 다녀와라."

"다녀오겠습니다."

차에서 내려 문을 닫으려던 서연은 쭈뼛거리다 말했다.

"저…… 오늘 신입생 환영회 있어서, 거기 들렀다가 좀 늦게 들어갈 거예요."

"신입생 환영회라니, 그거 좋구나. 재밌게 놀다 오렴."

부친을 마주하고 어색하게 웃어 보인 그녀는 문을 닫으며 애써 힘주어 한마디를 덧붙였다.

"죄송해요, 아빠."

은 사장은 한동안 아무 말도 하지 못한 채 안쓰러운 눈으로 그녀를 건너다보다 천천히 차를 출발시켰다.

멀어지는 차 후미를 바라보며, 서연은 마음을 비우려 애썼다.

준호가 전에 얘기했던 대로 괜히 기합 잔뜩 넣고서 무리하면 오히려 역효과가 날 수도 있다.

"그래. 긴장하지 말고 편안하게. 편안하게……."

그때 코트 포켓에서 진동이 울렸다. 발신인은 준호였다.

그의 전화를 받은 후에야 서연은 피가 나도록 자기 입술을 깨물고 있었다는 것을 깨달았다.

– 나야.

"알고 있어."

– 왜 불렀어?

"뭐? 아침 잘못 먹었어? 무슨 소리야?"

– 부르는 소리가 계속 들리던데.

피식 웃음을 터뜨린 서연은 머리카락을 귀 뒤로 넘기며 일부러 짓궂은 소릴 했다.

"있지, 나한테 혼자서도 손쉽게 귀를 팔 수 있는 귀이개가 있거든. 그거 나중에 빌려줄게. 아니, 그냥 가져."

장난기 가득한 서연의 말에 전화기 너머로 투명한 웃음소리가 울렸다. 그 소리를 듣고 있자니, 시끄럽게 들끓던 그녀의 마음은 언제 그랬냐는 듯 잠잠해졌다.

– 네가 파줘. 기다리고 있을게.

준호는 서연의 대답을 듣지도 않은 채 전화를 끊어버렸다.

황당한 표정으로 휴대전화를 내려다보던 그녀는 이내 가뿐한 한숨을 쉬고 속으로 되뇌었다.

괜찮아. 이제 괜찮을 거야. 이번에야말로 정말 잘 지낼 수 있을 거야.

강의실 한쪽 구석에 앉은 서연은 노트에다 끼적끼적 낙서를 하며 담당교수를 기다렸다.

'아아, 어색해.'

처음의 각오야 어땠는지 몰라도, 얼굴을 전혀 모르는 신입생들과 함께 강의실에 앉아 있으려니 역시 불편했다. 얼마 전 있었던 신입생 오리엔테이션에도 참가하지 않았으니, 아는 사람이 없는 건 당연한 일이었다.

그런데 그때, 어디선가 우렁찬 목소리가 들려왔다. 들어본 적이 있는 목소리였다.

"우와이구야아아아! 서연아! 반갑구나! 이 오빠 보고 싶었지? 오빠도 우리 서연이 보고 싶어 아주 주욱는 줄 알았어허허!"

"무슨……!"

김우진이었다. 게다가 이렇게 창피한 짓을 잘도!

어째서 그녀에겐 이렇게 창피를 모르는 남자들만 자꾸 꼬이는지, 이쯤 되면 이것도 체질인가 싶을 정도였다.

"아유우, 요 앙탈쟁이. 그렇게 새침한 표정 하고 앉아 있으면 오빠가 모를 줄 알았쪄요? 오구오구."

"으윽……."

뭔가가 속에서부터 확 치밀어 올랐지만, 여기서 티 나게 무시했다가는 우진은 더 시끄럽게 떠들어댈 것 같았다. 그리고 이렇게 쾌활한 사람과 어울리면 학교생활도 조금은 더 수월해지지 않을까 하는 얄팍한 생각도 들었다.

"아, 예에, 안녕······하세요."

서연이 억지로 인사를 건네자 우진은 호탕하게 웃으며 말을 이었다.

"이야아, 그런데 여기 무지하게 어색하다, 그치? 그러니까 우리 같은 복학생끼리 친하게 지내보자, 하하하!"

말로는 어색하다고 하면서도 우진의 태도는 전혀 어색해 보이지 않았다. 강의실이 제집 안방이고 주변 학생들은 사촌동생들인 것처럼 자연스럽게 행동하고 있었다.

어쨌거나, 문제는 따로 있었다.

군가라도 부르는 듯 우렁찬 우진의 목소리로 인해 강의실 밖 복도를 지나가는 사람들까지도 일제히 서연을 쳐다보게 된 것이다.

이전의 경험들 때문에 서연은 자신에게 쏟아지는 시선들이 극도로 불편하고 두려웠다.

그러나 우진은 서연의 기분은 아랑곳 않은 채 계속해서 떠들어대며 주위 사람들까지 불러다 통성명을 하고 있었다.

"자아. 이쪽 요정님은 은서연. 우리 서연이는 1년 쉬고 이번에 복학한 건데, 아, 참. 그러고 보니 서연이 너 왜 휴학했지? 어디 멀리 여행이라도 다녀온 건가?"

"네? 아아, 그, 그건······."

질문에 당황한 서연은 자기 코트 소맷자락을 붙잡아 끌어당기는 우진의 손을 저도 모르게 홱 뿌리쳐버렸다.

놀란 사람들이 눈을 동그랗게 뜨고 쳐다봤다.

그 순간 아차 싶었던 서연은 손을 내저으며 말을 얼버무려버렸다.

"죄송해요. 지금 몸이 좀 안 좋아서……."

우진은 백지장처럼 하얗게 질린 서연의 얼굴을 진지한 눈으로 한참이나 살펴봤다.

그 사이 뭔가를 눈치 채기라도 한 듯, 그는 더 이상 아무 질문도 하지 않고 얼른 화제를 돌렸다.

해질 무렵, 학교 앞 닭갈비집에서 신입생 환영회가 열렸다.

울어야 할지, 웃어야 할지.

괴짜 예비역의 놀라운 친화력 덕이었을까. 서연은 첫날부터 자기도 모르는 사이 얼떨결에 우진과 복학생 복식조를 이루고 말았다.

본의 아니게 환영회에 우진과 한 세트로 묶여 가게 되자 서연의 입술 사이로는 저도 모르게 한숨이 새어나왔다.

"하아……."

신희가 센스 있게 자리를 옮겨 서연의 곁으로 오지 않았더라면, 그녀는 덩치 큰 수다쟁이의 등쌀에 못 이겨 벌써 자리를 박찼을 것이다. 우진은 자리에 앉은 이래로 지금까지 쉴 새 없이 떠들어대는 중이었다.

지친 눈으로 북적북적한 가게 안을 둘러보던 서연은 얼마 전 주말 점심때 준호와 함께 갔던 춘천의 원조 닭갈비집을 떠올렸다.

뭐든지 잘할 것 같은 남자가 매운 음식에 약하다는 건 꽤나 의외였다. 계속해서 물을 들이켜고 벌게진 얼굴을 손수건으로 연방 닦아대는 모습이 너무 우스워서 서연은 식사 내내 계속 웃어댔었다.

그런 생각에 무의식적으로 웃음을 흘렸던 모양이다.

"서연아, 서연아, 뭐가 그리 재밌어? 오빠도 좀 알자, 응?"

김우진의 목소리에 화들짝 놀란 그녀는 얼굴을 붉히며 어색하게 둘러댔다.

"아, 아무것도 아니에요."

'가만 보니 요즘 온종일 그 인간 생각만 하는 것 같아. 내가 대체 왜 이러지?'

서연이 괜스레 혼자서 당황하고 있는 사이 저 끝에서부터 자기소개가 시작됐다.

그녀에게 있어서 이런 자리는 정말 곤욕이었다. 조용히 자기 이름만 말하고 자리에 앉아, 없는 사람처럼 지나갈 생각이었다.

그러나 그런 그녀의 계획을 한 방에 깨뜨린 사람이 있었으니, 보나마나 김우진이었다.

"예에! 여러분을 위해서 이 예비역! 한 몸 불살라보겠습니다!"

서연의 바로 앞 순서에서 자기소개를 한 우진이 갑자기 시키지도 않은 노래를 부르기 시작한 것이었다.

나이도 어린 후배들 앞에서 유명 걸그룹의 최신곡을 미친 듯이 불러젖힌 그는 이내 소주를 글라스로 한가득 따라 보란 듯이 한 번에 다 마셔버렸다. 분위기가 후끈 달아오른 것은 당연지사였다.

뭐, 그것까지는 서연도 좋았다. 흥도 나고 말이다. 그래. 솔직히 굉장히 재미있었다.

우진이 자기가 들고 있던 숟가락을 자연스럽게 건네주기 전까지는.

"이, 이걸 왜 저한테……?"

"마이크 대신."

"네?"

"어서 자기소개 해야지."

의심스러운 눈으로 우진을 내려다보며 일어선 서연은 쭈뼛거리다 모기만 한 목소리로 말했다.

"은서연입니다."

간단하게 이름만 소개하고 자리에 앉으려던 그녀는 꿈에서도 마주하기 싫은 상황에 맞닥뜨리고 말았다.

"에이! 뭐야! 노래 불러야지!"

누군가가 소리친 말에다 짓궂은 남자 선배들이 휘파람까지 불어대자 분위기가 또다시 떠들썩해졌다.

다들 서연을 쳐다보고 있었다.

"아, 저는……."

서연이 난감해서 쩔쩔매고만 있자 근처에 앉아 있던 여자 선배 한 명이 벌떡 일어섰다.

"노래 못 부르면 술이라도 마셔! 자!"

선배가 글라스에다 한가득 따라주는 소주를 내려다보는 서연의 얼굴이 다시 한 번 창백해졌다.

학교생활에 열심히 적응해보겠다고 마음먹은 건 사실이지만, 그래도 갑작스럽게 이런 건 부담스러웠다. 그렇지만 또 자신 때문에 분위기가 가라앉는 것도 역시 싫었다.

술이라곤 부모님과 동석한 자리에서 와인 몇 잔 마셔본 게 다였던 서연이었지만 노래를 부르긴 싫으니 어쩔 수 없었다.

비장한 표정으로 선배에게서 글라스를 건네받던 순간이었다.

줄곧 서연의 얼굴을 살피고 있던 김우진이 불쑥 끼어들더니 우렁차게 외쳤다.

"흑기사!"

서연은 등골이 오싹해졌다. 여기서 우진이 서연의 술을 대신 마셔주면, 남은 학교생활 내내 그녀는 이 인간과 진짜 환상의 복식조로 취급될 것이 분명했다.

"돼, 됐어요!"

서연은 우진이 잔을 뺏어들기 전에 번개 같은 속도로 글라스를 꺾어 단숨에 꿀꺽꿀꺽 술을 들이켜버렸다.

맑은 물처럼 보였던 소주는 지독한 냄새를 풍기며 식도를 타고 내려갔다. 숨을 내쉬는 순간 점막을 태워버릴 것 같은 열기가 치솟더니 목구멍과 코에서 불이 뿜어져 나오는 것만 같았다.

"으윽, 콜록콜록!"

얼마 마시지도 못했는데 서연이 숨넘어가도록 콜록콜록 기침을 해대자 술을 권했던 선배는 잔을 얼른 거둬주었고, 지켜보던 과 학생들은 즐거운 듯 박수를 치며 웃어댔다.

서연은 자리에 털썩 앉아 멍하니 주변을 둘러보았다.

모두들 즐거워 보였다.

이 중에 걱정 없는 사람이 어디 있겠냐마는 다들 환하게 웃고 떠들고 희망에 차 있었다.

그동안 그녀가 모르고 지냈던 밝고 활기찬 분위기가, 생생한 삶이 바로 여기에 있었다.

그래.

나오길 잘했어. 용기 내길 잘했어.

방금 마신 술이 벌써 취하는 건지, 유치하게도 눈물이 차올랐다.

누군가에게 기대어 한참 울고 나면 후련해질까.

그런 생각을 하니 서연은 불현듯 준호가 보고 싶어졌다. 위안이 되는 따뜻한 그의 눈빛도 손길도 못 견디게 그리워졌다.

"괜찮아, 서연아? 속은 좀 어때?"

"별로……."

익숙지 않은 술기운에 서연은 더 이상 자리에 앉아 버티기가 힘들었다.

신희의 부축을 받아 식당을 나온 그녀는 자갈이 깔려 있는 주차장 한편 화단에 걸터앉았다.

점점 정신이 몽롱해졌다. 이상했다. 겨우 소주 몇 모금으로 이렇게까지 취할 수 있나 싶다가, 환영회 직전에 안정제를 먹었다는 게 뒤늦게 떠올랐다.

"아아……, 머리 아파."

"서연아, 물 한잔 가져다줄까?"

"아니. 괜찮아. 내가 괜히 폐 끼쳐서 어떡하지?"

서연의 말에 신희는 펄쩍 뛰며 손을 내저었다.

"얘가 뭐래! 친구끼리 그런 말 하는 거 아니지!"

"친구……?"

"그래, 친구잖아."

철든 이후 제대로 된 친구를 한 번도 사귀어본 적 없는 서연이었다.

왠지 뭐라고 말로 표현할 수 없는 기분이었다.

술기운인지 아니면 다른 어떤 이유에서인지는 몰라도 서연은 또 한 번 울고 싶어졌다.

"고마워."

"에이, 그런 말도 하는 거 아닌데."

신희와 조금 더 많은 얘기를 하고 싶었다. 도란도란 시답지 않은 수다를 떨고 싶었다. 그동안 느끼지 못했던, 또래 친구와의 시간을 아주 많이 보내보고 싶었다.

하지만 술기운과 약기운에 서연의 온몸이 덜덜 떨리고 있었다.

너무 춥고 몸이 괴로웠다.

현기증 때문에 제대로 몸을 가누지도 못하던 그때, 남자의 것으로 생각되는 묵직한 발소리가 들려왔다.

준호라면 좋겠다고 생각했지만 그럴 리가 없었다.

"어라? 신희 거기서 뭐 해? 옆엔 누구……? 어? 서연이냐? 얘 왜 이래? 괜찮아?"

"많이 취했어요."

"아이고, 얜! 그러게 내가 흑기사 해준다니까 왜 고집을 부려가지고."

"무슨 소리예요? 선배가 바로 앞에서 오버하는 바람에 괜히 서연이가 덤탱이 썼잖아요! 뭐예요, 이게."

"오오, 그래, 그래. 다 오빠 잘못이다. 오빠가 잘못했네. 소송해라."

"헛소리는 그만두고 옷이나 벗어요!"

"으응? 아니, 얘가 무쓴 쏘릴! 신희 너어어어, 그렇게 안 봤는데 아주 화끈한 애구나!"

"아니, 벗어서 서연이 좀 덮어주라고요! 추운지 아까부터 벌벌 떨어요."

"음. 그런 뜻이었어?"

"어우, 진짜 미쳤나 봐!"

신희가 펄펄 뛰며 핀잔을 주자 우진은 짓궂게 키득키득 웃으며 겉옷을 벗었다.

"방한복은 역시 깔깔이가 최고⋯⋯, 으응? 어라? 애 상태가 별로 안 좋아 보이는데? 야! 서연아, 은서연⋯⋯!"

말들이 뚝뚝 끊겨 전혀 서연의 귀에까지 들어오고 있질 않았다.

머리가 멍하고 세상이 빙글빙글 돌며 금방이라도 토할 것 같았다.

몸을 웅크리고서 숨을 몰아쉬고만 있던 서연의 앞에 우진이 갑자기 등을 들이밀고서 진지하게 뭐라고 소리쳤다. 업히라는 뜻인 것 같았다.

"서연⋯⋯! 정신 차⋯⋯, 집⋯⋯, 전화⋯⋯."

얼마의 시간이 흘렀을까.

살짝 정신이 들었을 때 서연은 누군가의 등에 업혀 있었다.

우진인가 생각했지만 우진이 아니었다.

넓고 단단한 남자의 등에선 무척이나 익숙한 온기가 전해져 오고 있었다.

부드럽고 달콤한 향수 향기. 준호였다.

07
/
애인 있어요

눈을 뜨고 몇 번 깜박이자 서연의 눈앞에 네모난 밤하늘이 펼쳐졌다. 그 네모난 밤하늘이 차의 열린 선루프였다는 걸 깨달은 그녀는 추울 것 같단 생각에 본능적으로 몸을 웅크렸다. 그러나 꽤 쌀쌀한 날씨에도 한기가 느껴지지 않았다. 슬쩍 내려다보니 준호의 향기가 풀풀 풍기는 재킷이 몸 위에 덮여 있었다.

준호는 썰렁한 셔츠 차림으로 운전석에 앉아 조용히 그녀를 바라보고 있었다.

목구멍 안쪽이 간질간질. 뭔가 말하고 싶은데 입이 떨어지질 않았다.

손을 내밀어 서연의 이마를 짚어본 준호는 부드럽고 낮은 목소리로 물었다.

"괜찮아?"

"모르겠어. 그런데 여긴 어떻게……?"

"네가 알려줬잖아."

오후에 그와 통화하면서 신입생 환영회가 열릴 식당 이야기를 했던 건 사실이었다. 그렇지만, 서연이 궁금했던 건 그게 아니었다.

"아니, 이 시간에 거기서 뭐 하고 있었냐고."

"마침 근처에서 약속이 있었어."

"거짓말."

거짓말이 틀림없었다. 어쩌면, 서연에게 이런 일이 있을 줄 알고 미리부터 기다리고 있었던 건지도.

기다리는 동안 그는 무슨 생각을 하고 있었을까.

"물 마실래?"

"어지러워서 못 일어나겠어. 좀 이따."

그 소리에 준호는 생수병을 돌려 따 한 모금 머금더니 서연의 위로 몸을 숙였다.

따뜻한 그의 입술 사이로 시리도록 차가운 물이 전해져 오자 뿌옇던 그녀의 머릿속이 깨끗하게 개었다. 신기한 일이었다.

입안에 흘러들어온 그 달콤한 물을 꼴깍 삼킨 후에도 서연은 준호의 입술을 놓아주지 않았다.

묵직한 따뜻함과 위안을 주는 향기, 얄밉도록 매력적인 그 키스를 조금 더 즐기고 싶었다. 술기운? 약기운? 아니, 그건 그녀의 솔직한 욕망이었다.

대담하게 그의 목을 껴안은 서연이 본격적으로 입술을 탐하려던 순간, 준호는 피식 웃으며 속삭였다.

"여기, 학교야."

"뭐?"

놀란 서연이 갑자기 벌떡 일어나는 바람에, 두 사람은 제법 세게 박치기를 하고 말았다. 빡 소리와 함께 눈앞에서 별이 번쩍였다.

서연이 아픈 이마를 문지르는 동안, 준호는 안경을 벗고 코를 감싸 쥐며 우는소리를 했다.

"우와. 진짜 강렬한데."

그의 말대로 차가 서 있는 곳은 학교 대운동장 근처였다. 마침 지나다니는 학생들이 없어 다행이었다.

"술이 좀 깨고 들어가야 부모님이 걱정 안 하실 것 같은데 마땅히 차 세울 조용한 데가 없어서 이리 왔어."

"아…… 고마워."

"정신 좀 들었으면 집에 데려다 줄 테니 들어가서 쉬어."

준호의 말에 서연은 시계를 확인했다. 아직 9시. 오늘은 늦을 거라고 모처럼 말해두고 나왔는데.

서연은 생수병을 쥐고 있는 그의 손을 힐끗 훔쳐봤다.

남색 코트 아래 살짝 드러난 드레스셔츠 소매, 붉은 루비가 박힌 커프스링크, 선이 굵은 손목과 단단해 보이는 손등, 그리고 길고 섬세한 선을 그리는 손가락과 연분홍 가지런한 손톱까지. 더없이 매력적이고 섹시한 손이었다.

"저기……, 나, 커피 한잔 마시고 들어갈까?"

안전벨트를 채워주기 위해 준호가 서연 쪽으로 몸을 돌렸다.

그의 숨결이 귀 옆으로 아주 가까이 스치는 순간 그녀의 팔뚝에 소름이 돋고 입술은 긴장으로 팽팽하게 당겨졌다.

그러나 준호는 서연의 기대와는 달리, 안전벨트의 버클을 채우고 곧장 차의 시동 버튼을 누르며 싸늘하게 말할 뿐이었다.

"일단 오늘은 일찍 들어가 쉬어. 내일 술 깨고 얘기하자."

이유는 모르겠지만 어딘지 모르게 예민하게 느껴지는 목소리였다.

다음 날 오후, 서연은 학기 초라 어수선한 학교를 빠져나와 곧장 준호의 집으로 향했다.

먼저 가서 기다리려고 했지만, 현관 비밀번호를 누르려는데 안에서 피아노 소리가 울리고 있었다. 5시도 안 된 이른 시간이었는데 벌써 퇴근한 모양이다.

넓은 전면창으로는 오후 햇살이 쏟아지고 있었다.

까맣게 반짝이는 커다란 그랜드 피아노 상판(上板)과 아우터 림 사이, 연주에 몰두해 있는 준호의 얼굴이 보였다.

Franz Liszt. Liebestraum No.3

현관 근처에 우두커니 선 채 듣는 그의 연주는 무척이나 세련되고 낭만적이었다. 깊이 있으면서도 깔끔한 페달링 역시 인상적이었다.

그런데, 그의 연주에 귀를 기울이는 동안 서연은 이상한 사실을 하나 발견했다.

그러고 보니 이 집에 살아 있는 생물체라곤 집주인밖에 없었다. 그 흔한 화분 하나 없었다.

저렇게 감수성이 풍부한 연주를 하는 남자, 그녀에게는 한없이 다정하고 부드러운 남자가 어떻게 이 삭막한 곳에서 사는 걸까.

보는 것만으로도 숨이 턱턱 막히는데 이대로도 정말 괜찮은 건가.

선율이 클라이맥스를 향해 올라가던 도중, 듣기 싫은 미스터치가 났다.

건반에서 손을 거둬버린 준호가 서연을 돌아보며 인사를 건넸다.

"왔어?"

"으응."

얇은 안경렌즈 너머로 눈이 딱 마주치는 순간 서연은 저도 모르게 얼굴을 붉히고 말았다. 낭만적인 음악 끝이라 그런지, 왠지 기분이 묘했다.

"아침에 전화했을 때 두통 있었댔잖아. 지금은 좀 어때?"

"아무렇지도 않아."

"저녁은?"

"아직 생각 없어."

"추웠지? 따뜻한 차 한잔 줄까?"

서연은 문득 궁금해졌다.

왜 늘 그렇게 그녀의 걱정만 해주고 다 맞춰주는 건지. 자기 자신에 대한 걱정 – 예를 들자면 이 삭막하기 짝이 없는 생활공간에서 사는 것에 대한 고찰이라든지 – 은 없는지 말이다.

그런데 그때, 주방으로 걸어가고 있던 그의 입에서 의외의 이름이 흘러나왔다.

"김우진."

놀란 서연이 눈을 동그랗게 뜨자 준호는 싸늘한 눈으로 그녀를 돌아보며 되물었다.

"왜 그렇게 놀라?"

"아, 아니, 너무 갑작스러워서. 아는 사람인 줄은 몰랐는데."

"딱히 아는 사이는 아니지만, 우연히 한번 만난 적은 있지."

"헤에, 그랬구나."

"친해?"

"아니. 왜?"

"어제 그 녀석 옷 덮고 있었잖아."

밑도 끝도 없는 소리에 서연은 한참이나 눈을 깜박이다 되물었다.

"내가? 언제?"

"데리러 갔을 때."

"어? 난 전혀 몰랐는데."

추위를 무릅쓰고 벗어주었을 우진에게는 백번 고마운 일이긴 하지만 준호 앞에서 다른 남자 옷을 덮고 있었다니, 왠지 민망했다.

"어떤 녀석이야?"

"갑자기 그게 무슨 소리야?"

"말 그대로."

뭐라고 딱히 대답할 수가 없었다. 서연은 우진이 어떤 사람인지 알고 싶지도 않았으며 실제로 잘 알지도 못했으니까.

"그런 건 왜 묻는데?"

"왜? 내가 그 녀석을 알면 안 될 이유라도 있어?"

딱히 까칠하게 물은 것도 아니었는데 되묻는 준호의 태도가 꽤나 수상했다. 안경 너머 그의 눈은 웃고 있었지만, 말에는 날카로운 가시가 돋쳐 있었다.

"우리 과 예비역 선배인데 이번에 나랑 같이 복학했어. 목소리 크고 되게 유쾌한 사람."

"그것뿐?"

분위기가 점점 이상해지자 서연은 발끈하며 목소리를 높였다.

"그럼 뭐가 더 있는데? 안 지 얼마 되지도 않았는데 어떤 사람인지 내가 무슨 수로 알아?"

"그래?"

서연의 눈을 뚫어져라 쳐다보던 준호는 이내 짧은 한숨을 내쉬고 내뱉었다.

"그럼 됐고."

각각 커피와 핫 초콜릿이 든 머그잔을 들고 돌아온 준호는 소파에 앉더니 뜬금없는 질문을 던졌다.

"그건 가져왔어?"

"뭐를?"

"귀이개."

"무슨 귀이개?"

"어제 말했던 거."

서연의 표정이 즉각 일그러졌다.

"농담이었잖아?"

"농담이었어? 아아, 잔뜩 기대하고 있었는데."

바람 빠진 준호의 표정을 마주한 서연은 헛웃음을 흘리며 괜히 맘에도 없는 소리로 그를 위로했다.

"아쉽네. 가져왔으면 내가 정성스럽게 파줬을 텐데."

미처 말이 끝나기도 전이었다.

마주 보고 있던 준호의 얼굴에 의미심장한 미소가 번졌다.

그 얼굴을 보니, 하지 말았어야 할 말을 했다는 생각이 서연의 머릿속을 빠르게 스쳤다.

아니나 다를까, 그가 포켓에서 뭔가를 꺼내 건넸다. 끝에 솜털이 달려 있는 대나무 귀이개였다.

"미, 미, 미쳤어?"

서연이 황당한 표정으로 소리를 지르든 말든, 준호는 소파에 벌렁 드러눕더니 허락도 없이 그녀의 허벅지에다 제 머리를 턱 얹었

198

다.

"고마워."

"변태야? 이게 무슨 짓이야?"

서연이 펄펄 날뛰었지만 준호는 오히려 온몸으로 버티며 느긋하게 웃더니 아예 눈까지 감아버렸다.

얄밉기는 했지만 시종일관 제 페이스로 휘두르는 사람이니 별 수 없었다.

여기서 끝까지 거부하더라도 자기가 하고 싶으면 언젠가는 또 시킬 인간이 아닌가.

"이번만. 딱 한 번만이야. 알았지?"

"그래."

한참이나 준호의 얼굴을 내려다보던 서연은 떨리는 손으로 조심스럽게 그의 안경을 벗겨냈다.

살며시 감은 두 눈에선 검고 진한 속눈썹이 파르르 떨리고 있었다.

"어느 쪽부터?"

그 말에 준호는 씩 웃으며 서연의 무릎을 향해 돌아누웠다. 그의 단정한 이마 위로 머리칼이 흐트러지자 서연의 가슴이 제멋대로 뛰기 시작했다.

이런 사정을 아는지 모르는지, 준호는 느긋하게 너스레를 떨었다.

"실수로라도 찌르지는 말아줘."

"몰라. 난 책임 없으니까."

안경을 한쪽에 내려놓은 서연은 살며시 고개를 숙여 그의 귀를 들여다봤다.

귓속은 더 청소할 것도 없이 이미 깨끗했다.

"아무것도 없는데?"

"그래도 가려워. 살살 긁어봐."

대단한 능청이었다. 어떻게든 귀 청소를 시키겠다고 맘먹은 거다.

서연에게 있어서 남자의 귓속을 들여다보는 건 처음 있는 일이었다. 아니, 남자 여자를 떠나, 남의 귓속을 이렇게 들여다보는 것 자체가 처음이다.

서연은 떨리는 손으로 준호의 귓불을 살짝 잡아보았다. 말랑말랑, 따뜻한 찰떡 같은 촉감이었다.

용기를 내어 천천히 귀이개를 놀리기 시작하자, 그의 어깨가 살짝 움찔거렸다. 혹시 잘못 건드린 건 아닌지 걱정스러웠다.

"아파?"

"아니. 간지러워."

"아프면 얘기해줘."

"응."

여전히 눈을 감고 서연의 허벅지를 베고 누운 준호는 아주 편안해 보였다. 이쪽은 이렇게나 잔뜩 긴장하고 있는데 자기 혼자 편안하다니.

어색하게 귀만 들여다보고 있기도 뭐했던 서연은 조심스럽게 말문을 열었다.

"어젯밤에 내가 신희한테 폐 끼치는 거 아니냐고 했더니, 걔가 나한테 뭐라고 했는지 알아?"

"글쎄."

"친구끼린 그런 말 하는 거 아니래."

계속 눈을 감은 채, 준호는 희미한 미소를 지었다.

"오늘 아침식사 중에 아빠가 학교에서 어땠는지 물어보셔서……, 신희 얘길 했어. 착한 친구를 사귀었다고."

"그랬더니?"

"언제 한번 집에 데리고 오라고 하셨어. 맛있는 거 사주신다고, 놀다가 시간 늦으면 자고 가도 된다고."

"그 애도 좋아할 거야."

"정말 그럴까?"

"아마도."

"그럼 한번 얘기나 해볼까?"

"그래."

"그리고……, 그 직후에, 이번엔 엄마가……."

말을 할까 말까 한참이나 고민하던 서연은 차마 용기가 나지 않아 입을 다물어버렸다.

그가 눈을 뜨고 빤히 올려다보자 그 시선이 마치 머릿속으로 직접 파고드는 듯 따가웠다.

"뭔데?"

「우리 서연이, 요즘 외출이 잦던데, 혹시 엄마랑 아빠 몰래 남자 친구라도 만든 거 아니니?」

"아, 아무것도 아니야."

"무슨······? 으음."

귀이개가 조금 깊은 곳까지 밀려들어갔는지, 준호가 돌연 신음 소리를 내며 몸을 꿈틀거렸다.

"어떡해! 아파?"

"아니."

"아아, 깜짝 놀랐잖아! 이상한 소리 내지 마!"

"노력은 해보겠지만 내 의지대로 되는 게 아니라서."

한참이나 조심스럽게 그의 귓속을 헤집은 서연은 다 됐다는 뜻으로 준호의 귀에다 훅 바람을 불었다.

간지러웠던지, 그는 미간을 잔뜩 좁히며 키득거리다 끊어졌던 말을 다시 이었다.

"그래서, 아까 하려던 말은 뭐였는데."

"아무것도 아니라니까."

오늘 아침 모친의 물음에 뭐라고 대답했어야 했을지 서연은 알 수가 없었다.

서연에게 있어서 준호는, 그리고 그에게 있어서 그녀는 도대체 어떤 의미인 걸까?

서연의 머릿속은 점점 더 복잡해졌지만 바로 그때, 거기서 생각을 딱 멈출 수밖에 없는 일이 벌어졌다.

그가 나직한 신음을 흘리더니 몸을 반대편으로 돌린 것이다.

물론 당연히 알고 있었다. 반대쪽 귀를 청소하려면 돌아누워야 한다는 것쯤은.

그렇지만, 바보처럼 이건 전혀 예상 못했었다.

돌아누우면 그의 얼굴이 똑바로 그녀의 아랫배를 향하게 된다는 사실을 말이다.

"히익! 깨끗한데, 그, 그만하자."

"아니. 난 이쪽이 더 간지러운데."

"으윽……!"

"불편해? 이상한 생각 하는 거 아니야?"

"누, 누가! 안 불편해! 하나도 안 불편하다고!"

"그럼 됐고."

"이이익……."

당황한 사람은 서연뿐. 준호는 여전히 아무렇지도 않은 듯 편안한 자세로 누워 눈을 감고 있었다. 그걸 본 그녀는 이제야 깨달을 수 있었다.

귀 청소 따윈 그저 핑계였고 처음부터 놀려먹을 생각이었구나!

대놓고 놀림당하고 있다는 걸 잘 알면서도 속수무책이었다. 이런 게 재밌나? 하긴, 제 입으로 그녀가 곤란해하는 걸 보는 게 좋다고 하는 사람이니까 더 말해 뭐하리.

그런데 왜 그렇게 곤란하게 만들고 싶어 하는지, 그 이유를 도무지 알 수가 없었다.

"있지. 나, 뭐 하나 물어봐도 돼?"

"얼마든지."

"나……, 아니, 우리 둘 말이야. 도대체 어떤…….."

두 사람의 관계에 대해, 기회가 왔을 때 확실히 물어야 했다. 그러나 입이 붙어버렸는지 서연은 더 이상 아무 말도 할 수가 없었다.

준호는 눈을 뜨고 슬쩍 몸을 돌려 그녀의 얼굴을 올려다보더니 명령 같은 어조로 말했다.

"숙여봐."

"뭐?"

"가까이 다가오라고."

그 말에 마치 최면이라도 걸린 것처럼 서연의 고개가 아래로 숙여졌다.

"더."

서연이 눈을 질끈 감고 더 깊숙이 몸을 숙이자 귀 뒤에다 얌전히 넘겨두었던 짧은 단발 머리카락이 준호의 뺨으로 사라락 쏟아졌다.

"조금만 더…….."

그의 달콤한 숨결이 그녀의 코끝을 간질였다. 그리고 살짝, 아주 살짝, 그녀의 윗입술에 그의 아랫입술이 맞닿았다.

"대답이야."

"무슨……?"

입술이 가볍게 겹쳐지는 순간, 뜨겁고도 달콤한 감각이 서연의 머리끝부터 발끝까지 똑바로 관통해 내려갔다. 더없이 기분 좋고 행복한 느낌이었다.

꿈이 아니길. 이게 만약 꿈이라면, 평생 잠만 자다 죽어도 좋으니까 이대로 깨지 말길.

"나, 아직 아무것도 안 물어봤는데……."

입술이 떨어지자마자 중얼거리는 서연을 향해 준호는 부드럽게 미소 지으며 답했다.

"물을 필요도 없어. 네가 뭘 물어도 내 대답은 똑같으니까. 그러니, 아무리 춥고 정신이 없어도 다른 남자 옷 같은 건 덮지 마. 두 번째는 절대 안 봐줄 거야."

아아, 어제 그래서 그렇게 싸늘했던 건가.

황당하기 짝이 없었다.

하지만 무슨 일인지, 서연은 갑자기 코끝이 맵고 눈시울이 뜨거워지더니 이내 제멋대로 웃음이 터져버렸다.

또 한 번의 달콤한 키스가 이어졌을 때 그녀는 생각했다.

누군가 애인 있냐고 묻거든, 있다고 해야겠다고.

08
/
맹목

"서연이 어제도 9시 넘어서 들어왔지? 요즘 계속 귀가가 늦는데, 그…… 신희라는 친구하고 어울리는 거니?"

아침식사 때 한 여사가 내놓은 말에 서연의 손이 멈칫했다.

그간 늦었던 귀가는 거의 대부분 준호와의 만남 때문이었지만, 어제만큼은 확실히 신희와 함께 있었다. 서연은 자신 있게 고개를 끄덕이며 약간의 거짓말을 섞어 대답했다.

"네. 대부분은요."

"언제 집에 한번 데리고 오라니까. 아니면, 주말에 아빠가 밖에서 맛있는 거 사줄까? 놀이공원도 가고."

부모님의 관심이 부담스러워진 서연은 밥알을 뒤적이며 쭈뼛거리다 말했다.

"제가 무슨 초등학생도 아니고……."

그 소리에 은 사장과 한 여사가 웃음을 터뜨렸다.

그때, 자리를 뜨려던 입주가정부도 함께 웃다 핀잔주듯 말했다.

"아유우, 사장님, 사모님도 참. 요즘 젊은이들이 얼마나 바쁜데 알아서 하게 놔두시지 뭘 그렇게 신경을 쓰고 그러세요."

"아, 그런가요?"

은 사장은 머쓱한 듯 웃다가 이어지는 그녀의 말에 표정을 굳히고 말았다.

"하긴. 제 친구는 대학교 2학년인 딸이 엊그제 연락도 끊고 외박하는 바람에 밤새 발을 동동 굴렀다고 합디다만⋯⋯."

그 말을 기점으로 식탁에 불편한 정적이 내려앉았다.

말실수에 당황한 가정부가 자리를 뜨자 서연은 자신에게 향한 따가운 시선을 견딜 수가 없어졌다.

"서연아."

은 사장이 조심스럽게 부르자 그녀는 무슨 죄라도 지은 사람처럼 부친의 눈을 마주 보았다.

"네, 아빠."

"우리, 통금시간 말인데⋯⋯."

"네? 통금이요?"

- 8시 통금이라니, 말도 안 돼!

전화 저편에서 울리는, 마치 나라라도 잃은 듯한 목소리에 준호는 저도 모르게 웃음을 터뜨리고 말았다.

"음, 8시는 확실히 좀 짜네."

- 하지만 조르고 졸라서 간신히 한 시간 더 얻어냈지.

준호가 손목시계를 내려다보며 오늘부턴 좀 더 빨리 집에 데려다 줘야겠다는 생각을 하는 순간, 서연이 볼멘소리를 했다.

– 그래서 말인데, 혹시 오늘도 못 보는 건 아니지?

시계로 향했던 시선을 탁상달력의 스케줄 표로 옮긴 준호는 머릿속으로 시간을 계산해보고서 나직이 답했다.

"응. 오늘은 일찍 마무리하고 갈 수 있을 것 같아. 집에서 보자. 먼저 가서 기다리고 있어."

– 저녁 먹고 오는 거……?

서연이 말하는 도중, 준호의 휴대전화가 진동을 울려댔다.

전화기를 귀에서 뗀 그는 발신번호를 확인해봤다.

모르는 번호였다. 조금 전 급한 일로 통화하다 통신상태 불량으로 전화를 끊었던 업무 관계자가 있었는데, 분명 그 사람의 전화일 거라는 생각이 들었다.

"아, 미안. 바빠서, 나중에 다시 전화할게."

– 그래? 으응, 끊어.

점점 기어들어가던 서연의 목소리는 통화단절음 너머로 사라져버렸다.

그녀의 목소리에 담긴 아쉬움이 더없이 만족스러웠던 준호는 기분 좋게 웃으며 전화를 받았다.

"최준호입니다."

아무런 소리도 들리지 않았다.

준호가 휴대전화를 귀에서 떼고 액정화면을 내려다보는 순간,

스피커를 통해 귀에 익은 목소리가 흘러나왔다.

– Muraho! 이야아, 목소리 좋은데? 요즘 지내기 괜찮은가 봐?

밝고 유쾌한 여자 목소리였지만, 준호의 얼굴에서는 웃음기가
가셨다.

– 여보세요? 여보세요? 끊은 거야? 야, 최준호!

"듣고 있어요."

담담한 목소리에 전화 저편에서 나직이 웃는 소리가 들려왔다.

– 잘 지냈지?

"네."

– 나도 잘 지냈어. 현성이랑도 다들 그대로니? 그래, 요즘은 뭐
하고 지내?

준호는 다시 한 번 손목시계를 내려다보며 여자의 말을 가차 없
이 잘라버렸다.

"지금 좀 바빠서 용건만 말했으면 하는데요."

잠시 불편한 침묵이 흐른 후, 뜬금없는 말이 건너왔다.

– 그럴 줄 알았다. 선생님 편지 또 안 봤구나? 나 지금 한국이
야. 거기서 몸이 좀 안 좋아서 치료받았었는데, 많이 아프고 나
까 갑자기 집에 오고 싶어지더라. 결국 못 버티고 들어왔어.

"그래요?"

– 어머, 너는 누님이 아팠다는데 빈말로라도 괜찮으냐고 물어
보지도 않니?

"괜찮아졌으니까 전화했겠죠."

– 흠. 그건 맞는 말이긴 하네.

"별다른 용건 없으면 이만 끊겠습니다."

– 준호야!

끊어지려는 통화를 붙잡는 저쪽의 목소리엔 말할 수 없는 다급함과 참담함이 서려 있었다.

– 저기……, 선생님도 사모님도 다 건강하셔. 그리고 너 많이 그리워하셔. 연락 계속 기다리고 있으니까 너무 그러지 말고 한 번 정도는…….

전화기를 귀에서 뗀 준호는 싸늘한 눈으로 액정화면을 내려다보다 주저하지 않고 종료 탭을 터치해버렸다.

개강 3주차 금요일 점심시간, 학교 앞 분식점은 무척이나 혼잡했다.

분식점 앞에서 만난 서연과 신희는 2층에 자리가 나기를 기다렸다 간신히 한쪽 구석 테이블에 앉을 수 있었다.

뭔가가 묻어 끈적끈적한 메뉴판을 한참이나 들여다보던 신희가 힐끗 서연을 곁눈질하며 물었다.

"그건 뭐야?"

서연의 옆자리에는 팬시점 봉투가 놓여 있었다.

"아아. 이거?"

서연이 봉투 안에서 꺼낸 물건을 테이블에 올려놓자 신희는 눈을 동그랗게 뜨더니 물개박수를 쳤다.

"와아, 예쁘다! 진짜 귀여워!"

"정말?"

"응. 살아 있는 것 같아!"

서연이 산 물건은 윤기가 흐르는 빨강 화분에 통통한 연두색 이파리가 박자 맞춰 자동으로 팔락거리는 플라스틱 장식품이었다.

아기자기한 디자인에 색감도 예쁘고 일단은 식물이라는 느낌은 드니까, 삭막하기 짝이 없는 준호의 집 피아노 위에다 올려두면 괜찮을 것 같았다.

"방에 놔두게?"

"아니, 누구 주려고."

"누구? 혹시 이사님?"

정곡을 찔려 얼굴을 붉힌 서연은 어색하게 둘러댔다.

"오해하지 마. 별다른 의미는 없으니까. 그냥 쓸데없는 게 사고 싶었는데 마침 눈에 띄었을 뿐이야."

서연을 지그시 건너다보던 신희가 별안간 크게 웃음을 터뜨렸다.

"왜 웃어?"

"서연이는 보고 있으면 참 재미있어."

"무슨 소리야, 그게?"

"아무것도 아니야."

혀를 쏙 빼물고 웃는 신희의 얼굴을 보는 서연의 표정이 떨떠름해졌다.

"뭔가 놀림당하는 기분인데."

"이사님도 분명 좋아하실 거야."

준호는 요즘 재단 일이 무척 바쁜 모양이었다. 그를 못 만난 지 정확히 나흘째다.

이유 없이 불안해진 서연은 애써 불안감을 지우려 어깨를 으쓱하고서 대꾸했다.

"그 변태 성격에 과연 좋아해줄까? 분명 능글맞은 눈으로 내려다보면서 '아직도 어리구나, 우리 아가씨는.' 아니면 '이딴 장난감 사지 말라고 했지? 지독히도 말 안 듣는 아가씨네.' 이런 소리나 해댈걸."

"어머, 정말? 되게 의외다."

신희가 눈을 동그랗게 뜨고 믿을 수 없다는 표정을 했다. 묘한 반응에 서연 역시 눈을 동그랗게 뜨고 되물었다.

"뭐가 의외인데?"

"내가 아는 모습이랑은 정반대라서."

신희의 말에 서연은 갑자기 가슴이 쿵 내려앉는 기분이었다.

그녀가 모르는 준호의 모습도 있을 거란 생각은 해본 적이 없었다.

그러고 보니, 그는 그녀를 만나지 않는 시간을 어떻게 보내는 걸까? 어떤 모습으로, 어떤 생각과 어떤 말들을 하며 어떤 하루를 보낼까?

"네가 아는 모습은 어떤데?"

"음. 매너 좋고 신사적이고, 또……."

'별반 다를 게 없는데?'

그가 아무한테나 잘해주고 다닌다는 소리를 들은 서연은 이유 없이 혈압이 치솟고 열이 올랐다. 그러나 그 흥분은 바로 이어진 신희의 말에 살짝 가라앉았다.

"그런데, 정말 딱 거기까지야. 뭐랄까. 자기 영역이 견고해 보인다고 해야 하나?"

"자기 영역이라니?"

"절친인 우리 아저씨뿐 아니라 친할아버지도 지금까지 이사님 사는 집에는 한 번도 못 가봤대."

"뭐? 그건 또 무슨 소리야?"

"자기 집에는 아무도 부르지 않는다더라고. 절대로."

서연은 얼마 전 준호가 했던 말을 떠올렸다.

「내 집에 다른 사람이 들어오는 거, 소름 끼치니까.」

그 말을 들었을 때 서연은 준호가 제집에 누굴 들이지 않는다는 사실을 이미 눈치 챘었다.

하지만 그가 말하는 '다른 사람'의 범주 안에 친구와 가족들까지 포함되어 있는 것은 전혀 몰랐었다. 약간은 충격이었다.

"서연이 너, 레슨을 이사님 댁에서 한다고 했었지?"

준호의 말마따나 레슨이란 건 핑계일 뿐, 서연이 지금껏 그의 집에서 한 거라곤 밥 먹고 수다 떤 것뿐이었다. 하지만 사실을 솔직히 털어놓을 수도 없었다.

"으응."

서연이 어색하게 고개를 끄덕거리자 신희는 환하게 웃으며 되물었다.

"그게 무슨 뜻이겠니?"

부끄러움에 말문이 막혀 서연은 얼굴을 두 손으로 가리며 입을 꼭 다물어버렸다.

"그건, 이사님이 누구보다도 널 특별하고 소중하게 여긴다는 뜻 아니겠어? 꺄! 완전 로맨틱해!"

신희는 그다지 눈치가 좋은 편은 아니었다. 그녀는 이내 잔뜩 들뜬 어조로 말을 쏟아내기 시작했고, 서연은 낯이 간지러워 더 이상 그녀의 말을 듣고 있을 수가 없었다.

"나 화장실 좀……."

다급하게 자리를 뜨는 동안 서연의 얼굴은 터질 것처럼 화끈거리고 있었다. 가슴 안에서는 묘한 열기가 피어올랐다.

'뭐지, 이건?'

기쁨? 설렘? 만족?

아니, 뭐라고 딱 정의할 수 없는 감정이었다. 지금껏 단 한 번도 겪어보지 못했던, 전혀 새로운 느낌.

그래. 알아갈 시간은 앞으로도 넘쳐날 테니까 조급할 건 하나도 없었다.

거울 속의 서연은 어느새 웃는 모습이 어색하지 않은 여자가 되어 있었다.

깔딱깔딱 이파리를 열심히 움직이는 화분 너머로 벽시계가 7시 50분을 가리키고 있었다.

"늦네……."

서연은 준호의 집에서 벌써 세 시간째 바흐 평균율을 연습하며 그를 기다리고 있는 중이다.

슬슬 멀미가 나는 것 같아 메트로놈을 꺼버리자 귀가 멍해졌다.

아무도 없는 그의 집은 더없이 썰렁했다. 사방을 돌아본 서연은 자기도 모르게 몸서리를 치고 말았다.

이런 곳에서 혼자 있는 동안 준호는 도대체 무슨 생각을 할까.

자리에서 일어난 서연은 한동안 우두커니 그 자리에 서 있다가 침대로 갔다.

깨끗한 흰색 시트가 깔려 있는 침대에 걸터앉아 베개를 살며시 안아보니, 준호에게서 맡을 수 있었던 향수 향기가 코끝에 감겼다.

마치 그가 눈앞에 있기라도 한 듯 가슴이 두근거리고 있었다.

얼마나 그러고 있었을까, 소파테이블 위의 디지털시계가 전자음을 내며 8시를 알렸다. 부친이 정해준 귀가시간이 점점 다가오고 있었다.

"아아, 왜 이렇게 안 오는 거야?"

서연은 베개를 껴안은 채 몸을 웅크렸지만 썰렁한 건 여전히 마찬가지였다.

"빨리 오라고, 바보야."

그의 베개에 다시 한 번 얼굴을 파묻은 순간, 날카로운 전화벨 소리가 울렸다.

휴대전화 액정에 뜬 이름을 확인한 서연은 전화를 받고서 짓궂은 목소리로 소리쳤다.

"이 변태! 내 피 같은 세 시간, 남은 인생으로 배상해!"

장난스런 엄포에 전화기 너머로 키득거리는 소리가 들렸다. 그 소리를 듣는 서연의 얼굴에도 미소가 번졌다.

그러나 이어지는 그의 말에, 그녀의 얼굴에선 웃음기가 단번에 사라져버렸다.

– 미안해서 어쩌지? 도저히 빠져나올 수가 없네. 오늘은 그냥 들어가.

"뭐……?"

스물아홉 살의 성인 남자. 클래식 음악, 미술 계통과 장학사업으로 저명한 수성퍼시픽 문화재단의 이사. 일이 바쁠 거라는 것은 알고 있었다.

그리고 의욕이라곤 전혀 없어 보이던 준호에게 열심히 일하라고 등 떠밀었던 사람은 분명 서연이었다.

그래. 안다. 다 알고는 있는데.

별안간 피가 싸늘하게 식는 이유를 서연은 도무지 알 수가 없었다.

— 미안해. 정말 중요한 손님이 갑자기 들이닥쳐서.

"정말 중요한…… 손님?"

— 그래.

"응. 아아, 그렇구나. 괜찮아, 괜찮아. 레슨이야 뭐 어차피 제대로 하는 것도 아니고, 나야 별로 중요한 사람도 아닌걸, 뭐."

전화기 저편으로 잠시 침묵이 흐르더니 준호가 조금 더 가라앉은 목소리로 말했다.

— 집 앞으로 택시 보낼게. 타고 들어가.

"필요 없어."

감정이라곤 전혀 담기지 않은 싸늘한 목소리였다.

— 서연……!

준호가 부르는 것을 알면서도 서연은 매몰차게 전화를 끊고 전원까지 꺼버렸다.

그것은 언제나 무방비 상태일 때 찾아온다.

집에 돌아온 서연은 씻으려고 욕실에 들어가려던 중 정신을 잃었다.

217

마치 정전이라도 된 듯 눈앞이 캄캄해졌다가 다시 밝아졌을 때, 서연의 방 안은 어느새 난장판이 되어 있었다.

제자리를 지키고 있는 물건이라곤 단 하나도 없었다. 책상 위와 방바닥은 온갖 물건들이 다 부서진 채 흩어져 있었고, 반듯이 정리되어 있던 침대 시트도 모조리 뒤집혀 한쪽 구석에 처박혀 있었다.

"제가…… 그런 거예요?"

"서연아."

"저, 또 난동 부렸어요?"

어느새 방에 들어와 서연의 팔을 붙잡고 있던 은 사장은 창백한 얼굴로 애써 차분하게 말했다.

"괜찮아, 우리 딸. 놀랄 것 없어. 아무 걱정도 하지 마라, 응?"

"그래. 방은 치우면 그만이지. 네가 다치지 않으니 그걸로 된 거야. 곧 괜찮아질 테니까 너무 신경 쓰지 말자."

한 여사의 달래는 말에 서연의 머릿속에선 온갖 생각들이 또 한 번 새카맣게 엉켜들었다.

괜찮아질 리가 없잖아. 이게 괜찮은 거니까. 이런 '비정상'이야 말로 내 '정상'이니까! 다들 그걸 왜 모르는 거지?

애인은 무슨. 그건 분명 집착이었다. 그가 잘해주고 어려운 문제 같은 걸 척척 해결해주니까 추저분하게 들러붙어 매달린 것이었다. 뭘 맘대로 생각하고 멋대로 기대한 건지.

서연은 창틀 아래 박살난 채 널브러져 있는 탁상시계를 물끄러

218

미 바라봤다.

그날 이후로 이런 일이 벌써 수십 번이나 반복돼왔다. 그녀 안의 시계는 고장 난 채 여전히 같은 시간을 가리키고 있었던 것이다.

"이건 어때?"

"응?"

"이 립글로스 색깔 어떠냐고."

갑작스러운 물음에 정신을 차린 서연은 한참이나 눈을 깜박이다 신희를 돌아봤다. 깊은 생각에 빠진 나머지 여기가 어디인지도 모르고 있었다.

"너무 튀지 않아?"

학교 앞 화장품 로드숍에서 신희의 립글로스를 골라주던 중이었다는 걸 깨달은 서연은 그녀가 내민 핑크색 립글로스 샘플을 손등에다 발라보았다.

"너무 안 튀는 것 같은데?"

화장기 없는 신희의 얼굴을 가만히 건너다보던 서연은 그녀의 얼굴색에 어울릴 것 같은 화사한 립스틱을 골라주었다.

"차라리 이걸로 해."

신희는 립스틱을 손등에 바르고 한참이나 고민하다 물끄러미 서연을 마주 봤다.

"서연아. 어제 무슨 일 있었어?"

뜨끔해서 눈만 깜박거리고 있는 서연의 눈앞에 우진이 불쑥 얼굴을 들이밀며 물었다.

"뭐어? 왜? 어라? 정말이네? 우리 서연이 오늘 내내 멍하더니 안색이 왜 이래? 어디 아파?"

"아, 아무것도 아니에요."

얼굴이 새빨개진 서연은 우진에게서 한 발짝 뒤로 물러났고, 신희는 한심하다는 듯 우진에게 핀잔을 주었다.

"선배는 창피하지도 않아요? 화장품가게까지 따라와서 뭐 하는 거예요?"

"뭐긴 뭐야? 나도 화장품 사러 온 거지!"

"수염 시커멓게 난 주제에 무슨……."

"어라? 얘 말하는 거 봐라? 야! 남자도 다들 화장품 쓴다!"

"오늘 아침에 면도는 했어요?"

"얼씨구, 이게 사람 무시하네, 진짜? 면도만 안 했을 것 같아? 세수도 안 했거든?"

"아악! 미쳤나 봐!"

우진의 진지한 농담에 신희는 저도 모르게 웃음을 터뜨리고 말았지만 서연은 여전히 웃지 않은 채 멍하니 허공만 응시하고 있었다.

신희는 그런 그녀를 한참이나 바라보다 아무 말 없이 바구니를 들고 계산대로 향했다.

그때, 서연의 휴대전화가 울리기 시작했다.

액정에 뜬 '변태' 문구를 본 서연은 통화를 거절해버렸고, 그로써 부재중 통화는 일곱 건으로 늘었다.

"변태가 누구야?"

우진이 이상하게 쳐다보며 묻자 서연은 어깨를 으쓱하고서 대답을 피해버렸다.

"친구? 왜 안 받는데?"

집요한 우진의 질문에 서연은 자리를 뜨며 짧게 둘러댔다.

"그냥요."

"흐음."

서연의 뒷모습을 바라보는 우진의 눈에 의미심장한 빛이 어렸다.

"자, 서연아."

서연은 신희의 얼굴과 그녀가 내민 빨간 립스틱을 번갈아 바라봤다. 립스틱은 조금 전 서연의 추천으로 신희가 한참이나 만지작거리다 바구니에 담았던 것이었다.

"이걸 왜 나한테 줘?"

신희는 쭈뼛거리다 조심스럽게 말했다.

"기분이 안 좋을 땐 빨간 립스틱을 바르면 좋아진다고 하더라. 왠지 우울해 보여서, 기운 냈으면 하고."

"아……"

평소 서연이 즐겨 쓰는 고급 수입 브랜드의 화장품은 아니었지만, 매일 힘겹게 아르바이트를 하고 테이크아웃 커피 한 잔도 돈 아까워하는 신희 입장에선 결코 싼 것이 아니었다.

　서연이 고맙고 미안한 마음에 선뜻 받지를 못하자 신희는 돌연 얼굴을 붉히며 몹시 부끄러워했다.

　"아아, 미안해. 너는 이런 거 잘 안 쓰겠구나. 내가 미처 그 생각을 못했네."

　"아니야! 그런 거 아니야, 진짜!"

　당황한 나머지 자기도 모르게 목소리를 높이고 만 서연은 신희의 손에서 립스틱을 빼앗듯 건네받아 소중하게 가슴 앞에 모아 쥐고 덧붙였다.

　"고마워. 정말 고마워. 이거 바르고 힘낼게."

　그 소리에 신희는 뛸 듯이 기뻐했다.

　곁에서 둘을 지켜보고 있던 우진이 코 밑을 쓰윽 닦으며 말했다.

　"어우, 훈훈한 것들. 어쩜 이렇게 예쁘냐. 그건 그렇고, 내 건 없냐?"

　"돈이 남아돌아도 선배 건 안 사요."

　"우와아아, 이신희! 너 진짜 이러기야?"

　신희와 우진이 투덕거리는 동안 서연은 그 둘을 물끄러미 바라보며 또다시 생각에 잠겼다.

　일부러 위로해주고 힘을 북돋워주는 친구가 생겼지만, 여전히 마음은 갈피를 잡지 못하고 있었다.

토요일 저녁, 수성물산 창립기념파티가 열리고 있는 호텔 연회장은 이미 늦은 오후부터 북적거리고 있었다.

"서연아. 피곤하면 지금이라도 가서 쉬지 그러니?"

"괜찮아요. 아무렇지도 않아요."

"안색이 안 좋은데?"

은 사장 내외는 서연에게 집에서 쉬라고 했지만, 그녀는 부모의 말을 듣지 않고 억지로 기념식에 참석했다.

이유는 단 하나, 지금도 그들이 어젯밤의 일을 신경 쓰고 있기 때문이었다.

비록 속은 썩어 들어갔지만 서연은 아무렇지도 않은 듯 웃으며 평소보다 더 활발하게 행동했다.

복학한 후로 한동안 딸이 괜찮아 보여 안심했을 그들에게 또 한 번의 상처를 안겨줄 순 없었다.

다른 사람들처럼 능숙하게 안면을 트거나 인맥을 넓히는 건 무리였다. 하지만, 그녀가 할 수 있는 만큼은 하고 싶었다. 노력해야 했다. 그게 지금까지 민폐만 끼쳤던 부모님에 대한 도리라는 생각이 들었다.

공식행사가 마무리되고 식장이 어느 정도 정리되자 은 사장 내외는 각계 인사들과 악수를 나누고 근황에 대한 대화를 주고받기 시작했다.

정신이 없어진 그들에게서 마침내 떨어져 나올 수 있었던 서연은 앉을 자리를 찾아 두리번거렸다. 어딘가에 앉아 적당히 시간이나 때우고 돌아갈 생각이었다.

테라스 앞에 기적적으로 빈 의자 하나가 있었다.

의자에 앉아 멍하니 바닥의 대리석 타일을 응시한 지 얼마나 지났을까.

달콤한 향기가 바람결에 실려 왔다.

곧이어 익숙하고도 익숙한 목소리.

"못 보던 립스틱이네. 색깔 잘 어울리는데?"

시야에 반질반질하게 잘 닦인 갈색 남성 레이스업 슈즈가 들어오자 서연의 온몸의 혈관에 더운 피가 돌기 시작했다.

"선물 고마워. 물 안 줘도 되고 좋더라."

서연은 여전히 고개를 들지 않고 아무 대꾸도 하지 않았다.

앉아 있는 그녀 쪽으로 몸을 살짝 숙인 준호가 조용히 속삭였다.

"우리 아가씨, 어떻게 하면 화가 풀리려나."

이런저런 생각이 엉킨 서연은 무슨 말부터 해야 할지 몰랐다.

결국 한참이 흐른 후에야 그녀는 어제 밤새 고민하고 또 고민하다 내린 결론을 내놓았다.

"화 안 났어. 그러니까 나 같은 것한테 미안해하지도 마."

"나 같은 것?"

"그동안 제멋대로 굴고 곤란하게 한 거, 많이 후회했어."

준호의 목소리 톤이 살짝 낮아졌다.

"지금 무슨 말을 하고 있는지 잘 모르겠는데."

"조심할게."

"뭘?"

"앞으로 내가 기어오르거나 쓸데없이 구속해서 서로 불편할 일 없도록, 적당히 거리를 두는 게 좋을 것 같아."

밤새워 생각하고 또 했지만, 역시 그것 외엔 답을 찾을 수가 없었다. 서연은 그렇게 해서라도 그의 곁에 남고 싶었다.

그녀가 담담하게 잇는 말에 이번엔 준호가 침묵을 지켰다.

"그리고……. 여덟 살이나 연상인데 함부로 반말하는 것도 이제 그만둘게요. 레슨 따위 어차피 핑계였으니까 그것도 끝내고요."

서연은 무릎 위의 스커트 자락을 한참이나 구겼다 펴기를 반복했다.

얇은 실크 플레어스커트에 보기 흉한 주름이 잡힐 때까지도 준호는 여전히 아무런 말도 하지 않았다.

하도 반응이 없어 고개를 들어보니, 그는 어딘지 모르게 오싹해 보이는 눈으로 웃고 있었다.

화가 난 것 같기도 하고 실망한 것 같기도 했다. 아니, 솔직히 무슨 생각을 하고 있는 건지 알 수가 없었다.

그때, 한 여자가 두 사람이 있는 곳으로 다가오더니 준호에게 알은체를 했다.

"어머, 준호 씨! 오랜만이에요. 안 그래도 귀국했다는 소식 전해

들었어요. 그동안 어떻게 지내셨어요?"

늘씬하고 굴곡 확실한 몸매를 가진 여자는 무척 품위 있고 우아
해 보였다.

잔뜩 예민한 햇병아리 서연과 반대로 느긋한 성인 여자의 느낌
이 물씬 풍기는 사람.

안 그래도 속상한데 서글픈 기분까지 든 서연은 자리를 박차고
일어났다.

"먼저 일어날게요. 말씀 나누세요."

준호가 재빨리 손을 내밀어 서연의 손목을 꽉 붙잡았다.

평소와는 사뭇 다른, 꽤나 거친 악력이었다.

"어딜 가? 지금 나랑 얘기하는 중이잖아."

싱글싱글 웃고는 있었지만 준호는 확실히 기분이 좋지 않은 듯
했다.

그런 그의 태도에 놀란 건 서연뿐이 아니었다. 면전에서 대놓고
무시당한 여자의 얼굴이 즉각 붉으락푸르락해졌다.

"아, 아파요. 이거 놔요."

"하나도 안 어울리니까 그 역겨운 존댓말은 때려치우고."

"무슨……!"

"여기서 계속 얘기하는 게 좀 그러면, 자리를 옮겨줄까?"

또 시작이다. 아무렇지도 않게 웃으면서 자기 페이스대로 사람
휘두르는 버릇.

"더 할 얘기 없어."

"따라와."

"할 얘기 없다니까!"

준호와 서연 사이에서 이유 없이 굴욕 당하고서 몹시 어색해진 여자는 자리를 뜨려고 했다.

그런데 여자가 미처 몸을 돌리기도 전, 준호가 들으라는 듯 폭탄 발언을 내놓았다.

"너희 부모님을 포함해 이 많은 사람들 다 보는 데서 키스해버리는 수가 있어."

"뭐어? 미, 미, 미, 미쳤어?"

"내가 못할 것 같아?"

느긋하게 웃음 짓는 준호의 눈매 사이로 섬뜩한 빛이 새어나왔다.

의심의 여지가 없었다.

눈앞의 이 인간이 그런 만행을 충분히 저지르고도 남을 인간이라는 것을 서연은 잘 알고 있었다.

"입 다물고 얌전히 따라와."

서연은 성큼성큼 먼저 걸어가는 준호의 뒤를 고분고분 따라갈 수밖에 없었다. 도망치면 그 순간 동물원 원숭이 꼴이 될 테니까.

혼잡한 연회장을 빠져나간 준호는 붉은 카펫이 깔려 있는 통로를 한참이나 지나 어딘가에서 멈추어 섰다. 비상계단으로 통하는 문 앞이었다.

무거워 보이는 철제문을 연 그는 어둑한 계단으로 내려갔다.

천천히 계단을 따라 내려가던 서연은 희미한 그의 뒷모습을 바라보다 우뚝 서버렸다.

지금 기분을 뭐라고 표현할 수가 없었다.

준호가 그녀의 얘기를 그 자리에서 수긍하지 않아서 기쁜 것 같기도 했고, 뭔가 더 무서운 말을 하기 위해 이곳으로 데려온 것 같아 두려운 것 같기도 했다.

아니.

사실, 서연의 머릿속엔 조금 전 준호가 다른 멋진 여자를 깡그리 무시한 채 그녀에게 시선을 고정한 사실이 가장 크게 자리하고 있었다.

어제 밤새 고민하고 내렸던 결론 따위는 완전히 잊어버린 채 유치하게도 또 그에게 집착하고 있었던 것이다.

"싫어. 이런 거…… 정말 싫다고!"

서연이 별안간 무너지듯 자리에 주저앉았다.

콘크리트 계단의 냉기에 몸서리를 친 그녀는 힘없이 중얼거렸다.

"많이 가진 사람은 하나쯤 잃어도 잘 살 수 있겠지. 그치만, 처음부터 아무것도 없던 사람은 어쩌다 얻은 소중한 것 하나를 잃어버리면 못 살잖아. 나……, 그런 거 싫어."

계단 아래서 서연을 올려다보고 있는 준호는 계속해서 아무 말도 하지 않은 채 엷은 미소만 짓고 있었다. 그러나 안경렌즈 아래 빛나고 있는 눈만은 아까보다도 한층 더 싸늘해져 있었다.

"거리를 두겠다고? 새벽 5시에 불 꺼지던데, 그때까지 잠도 못 자고 내린 결론치곤 너무 시시하지 않아?"

서연의 눈이 휘둥그레졌다.

"밤새 우리 집 밖에서 지켜보고 있었던 거야? 왜······!"

천천히 계단을 밟고 올라온 준호는 서연을 일으켜 세우더니 나직이 말했다.

"기억 안 나? 자리 채우고 한량 노릇이나 하려고 했는데, 제대로 일하라고 한 건 너였잖아. 네 부탁이 아니었다면 애초부터 난 열심히 일할 생각 따위 안 했어."

할 말이 없어진 서연이 눈만 깜박이고 있자 준호는 부드럽게 그녀의 허리를 안고서 벽 쪽으로 뒷걸음질 쳤다.

"아직도 모르는구나. 내가 원하는 게 뭔지."

준호는 마치 핥는 듯한 눈길로 서연의 얼굴 구석구석을 바라보며 덧붙였다.

"어쩌다 얻은 소중한 것 하나를 잃으면 살 수 없다? 그렇다면 넌 내가 죽기 전엔 못 죽어. 절대로."

준호는 망설임 한 점 깃들지 않은 시선으로 그녀를 바라보고 있었다. 다른 누구도 아닌 은서연을.

이런 상황에 놓이면 누구든지 같은 생각을 할 것이다.

"왜······? 도대체 왜 나한테 이렇게까지 해?"

"너는 나만을 필요로 하니까."

"어려워."

"네가 없으면 내 존재 의미도 없는 거야. 나를 필요로 하는 유일한 사람이 없어지는 거니까. 이건 사랑이라든지, 연애라든지, 그딴 하위 개념으론 절대 설명 못해."

"그게 무슨……."

"사람이 사람으로 존재할 수 있는 인연의 개수는 언제나 하나라고 했지? 내게 있어선 너. 그리고 네게 있어선 나. 그렇게 하나야."

어떻게 대응해야 할지 몰랐던 서연은 계속해서 눈만 깜박이고 있었다. 터질 것처럼 쿵쾅대는 가슴은 도무지 가라앉을 기미를 보이질 않았다.

서연은 무척 혼란스러웠다.

나는 지금 행복한 건가, 두려운 건가, 아니면 그 둘 다인가.

"어려울 것 하나도 없어."

안경을 벗은 준호는 서연의 목덜미를 끌어당기더니 살며시 얼굴을 마주했다.

아주 살짝, 코끝이 맞닿았다.

둘 사이의 거리는 조금 더 좁아져, 이번엔 따스한 입술이 마주쳤다.

이윽고 깊은 키스가 부드러운 파도처럼 밀려들었다.

따뜻하고 달콤한 향기가 서연의 머릿속을 뒤흔들었다. 목구멍 깊은 곳에선 간질간질한 뭔가가 뚫고 나오려 애를 쓰고 있었다.

살짝 떨어진 입술 사이로, 준호가 은밀하게 속삭였다.

"질리도록 얘기했잖아. 미쳤다는 소리가 절로 나올 정도로 집착하고 끊임없이 구속해. 눈물로 갈망하고 내 바짓가랑이를 붙들면서 애원하라고. 어느 누구도 아닌, 바로 나에게만. 그게 바로 내가 원하는 바니까."

지금 그녀가 하는 것이 사랑이든 집착이든 다른 어떤 것이든, 그에게는 결국 아무 영향도 끼치지 않았을 것이다. 앞으로도 마찬가지로, 전혀 상관없을 것이다.

눈앞의 이 변태는 그저 은서연이기만 하면 괜찮은 모양이니 말이다.

"아아, 정말 바보 같아."

서연은 그제야 깨달았다.

발작하고 고민하며 잠 못 이룰 이유가 하나도 없었다.

어젯밤 마지막으로 통화할 때 '삐쳤으니 당장 달래줘!' 하고 솔직히 말했어야 했는데.

역시 사람은 사람이지 청개구리가 아니니, 앞으론 그저 솔직하게 살아야겠다고 생각하는 서연이었다.

09
/
간질간질

수성물산 창립기념파티에 참석한 강현성은 관계자들과 인사를 나누고 다음 스케줄을 위해 자리를 뜨던 중 준호를 발견했다.

준호는 혼잡한 식장 한가운데서 어딘가를 뚫어져라 쳐다보고 있었다.

"왔으면 알은척이라도 좀 하자."

부르는 소리에 돌아보는 준호는 왠지 몹시 피곤해 보였다.

"아, 오셨어요?"

준호는 피곤함을 결코 겉으로 드러내는 스타일이 아니었다. 그런 그의 얼굴을 가만히 응시하던 현성은 눈 밑 그늘에 시선을 고정하며 물었다.

"너 요즘도 잠 못 자니?"

그 소리에 준호는 눈을 깜박이다 어깨를 으쓱하며 답했다.

"아뇨. 어제는 일이 좀 있어서요."

"무슨 일이기에?"

대답은 돌아오지 않았지만, 준호의 시선을 따라가보니 무슨 일이었는지 알 것도 같았다.

수성물산 은 사장 부부 곁에는 그들의 외동딸 서연이 서 있었다.

서연은 현성이 몇 년째 학비를 대주며 후원하고 있는 신희와 입학 동기였지만, 신희보다 훨씬 더 어른스럽고 아름다운 외모의 소유자였다.

그러나 장인(匠人)이 공들여 만든 인형처럼 나무랄 데 없는 그녀의 얼굴은 몹시 피곤해 보였다. 준호와 똑같은 불면의 흔적 때문이었다.

"싸웠냐?"

"아뇨."

"그럼?"

"삐쳤어요."

"저런. 큰일이네."

현성은 제법 걱정 어린 눈으로 건너다봤지만 준호는 그저 느긋하게 웃고 있을 뿐이었다. 더없이 형형한 눈빛을 하고서 말이다.

가끔 이럴 때 보면 준호는 도대체 무슨 생각을 하고 사는지 알 수가 없었다.

"삐쳤다는데 왜 웃어?"

"예쁘지 않아요? 저렇게 앙탈부리는 거."

"야, 너 진짜 큰일이다. 미친 것 같아."

"그걸 이제 아셨어요?"

키득거리던 준호는 서연이 제 부모에게서 떨어져 어딘가로 향하자 기다렸다는 듯 작별인사를 건넸다.

"가볼게요."

"잘 달래줘라."

준호는 아무 대답 없이 웃으며 자리를 떴다.

그때, 문득 뭔가를 떠올린 현성이 물었다.

"아, 참. 나미 귀국했다고 같이 한번 보자던데, 언제 시간 좀 내라."

멈춰 선 준호는 뒷모습을 보인 채 그대로 고개만 살짝 돌려서 싸늘하게 내뱉었다.

"별로 안 내키는데요."

"안녕히 주무셨어요?"

서연이 덜 마른 머리카락을 손으로 툭툭 치며 식당으로 들어서며 명랑하게 아침인사를 건네자 은 사장 내외의 얼굴이 환해졌다.

"이모, 배고파요. 저도 밥 주세요."

모두 눈을 크게 뜨고 동시에 그녀를 쳐다봤다.

그도 그럴 것이, 서연이 배고프다며 먼저 밥을 달라고 하는 일은 처음이었다. 그간 그녀가 먹기 싫은 밥을 억지로 꾸역꾸역 밀어넣는 모습을 지켜보는 것은 부모에게 있어선 더없는 고역이었다.

"왜 그렇게 보세요?"

"아, 아무것도 아니야."

한 여사가 손사래를 치자 서연은 얼굴을 살짝 붉히며 식탁 앞에 자리를 잡고 앉았다.

가정부 아주머니가 건넨 잡곡밥 반 공기를 뜨거운 냉이 된장국에다 만 서연은 마치 사흘은 굶은 사람처럼 허겁지겁 숟가락을 놀렸다.

한참이나 숟가락질을 하던 중 서연은 이상한 느낌에 고개를 들었다.

동시에 은 사장, 한 여사, 아주머니의 고개가 각각 다른 방향으로 홱 돌아갔다. 보고 있지 않은 척들을 했지만 어색하기가 짝이 없었다.

"냉이 향기 좋네요. 이모, 국 조금만 더 주세요."

잘 먹는 것도 놀라운데 더 달라는 말까지. 아주머니는 입을 딱 벌리고 서연을 쳐다보다 이내 함박웃음을 지으며 국을 더 가져다주었다.

"맛있어요."

발작을 한번 맞닥뜨릴 때마다 며칠씩 극도의 불안감에 시달렸던 서연이었기에, 그젯밤 이후로 은 사장 내외는 걱정이 태산이었다.

그러나 무슨 일이라도 있었던 것인지, 어제 파티에 참석한 이후로 서연은 무척이나 기분이 좋아 보였다.

지그시 딸을 건너다보고 있던 은 사장이 먹먹한 목소리로 말했다.

"우리 딸, 잘 먹는 것 보니까 아빠 안 먹어도 배부르구나."

역시 코끝을 빨갛게 물들이고서 말을 못 잇던 한 여사가 짓궂은 목소리로 너스레를 떨었다.

"드실 만큼 다 드시고선 안 먹어도 배부르다니요?"

"아이고오, 하여튼 이 사람은 분위기를 못 맞춰요."

"아니, 사실이 그렇잖아요."

티격태격하는 그들을 바라보는 서연의 얼굴에도 미소가 번졌다.

오랜만에 맞는 평온한 아침, 식탁 위로 스민 햇살은 더없이 눈부셨다.

점원에게서 안내받아 자리에 앉은 서연은 천천히 실내를 둘러봤다.

점심을 먹기엔 다소 이른 시간이었지만, 패밀리 레스토랑엔 손님이 제법 많아 벌써 빈 테이블을 찾아보기가 힘들었다.

2인분 요리를 기본으로 판매하는 곳이라 그런지 식사하는 손님들 대부분이 젊은 층으로, 친한 친구들이나 연인들처럼 보였다.

서연이 물끄러미 그들을 바라보고만 있자 준호는 부드러운 눈으로 그녀를 관찰하며 물었다.

"왜?"

얼굴이 새빨개진 서연은 쓸쓸한 어조로 답했다.

"이런 거 좀 신기해서."

철든 이후로 친구도 연인도 없었으니 서연은 이런 분위기를 느껴본 적이 없었다. 아니, 애초에 준호가 아니었다면 누구와 함께 외식할 일도 없었으니까.

준호는 씩 웃기만 했을 뿐 더 이상 아무 말도 하지 않았다.

사람이란 이렇게 간사한 존재다.

주말이면 혼자 틀어박혀 지칠 때까지 연습을 하거나 약기운에 취해 멍하니 텔레비전을 보던 지난날은 까마득한 옛일처럼 느껴졌다.

"아참, 이거."

서연이 쇼핑백을 내밀자 준호는 의아한 표정으로 그녀를 건너다보며 물었다.

"이게 뭐야?"

"핸드크림. 내 거 사면서 한 개 더 샀어."

"그래?"

포장을 풀고 안에서 아담한 튜브를 꺼낸 준호는 천천히 뚜껑을 돌려 땄다.

그의 긴 손가락이 유기적으로 움직이며 섬세한 작업을 하는 모습을 보고 있자니 서연은 왠지 모르게 기분이 묘해졌다.

은박 마개를 벗겨낸 준호는 용기 입구에 코끝을 살짝 대보며 희미하게 미소 지었다.

"향기 좋은데?"

안경렌즈 아래 그의 눈매가 부드럽게 휘었다.

"요즘 날씨가 건조하니까 꼭 챙겨서 발……."

서연의 말이 끝나기도 전, 준호는 손바닥에다 핸드크림을 쭉 짜더니 테이블 위에 올라 있는 그녀의 왼손을 덥석 잡아끌었다.

"아!"

손바닥에 와 닿은 핸드크림은 차가웠고, 그것을 펴 발라주는 준호의 손길은 믿을 수 없을 만치 뜨거웠다.

부끄러운 듯 얼굴을 붉혔지만 서연은 끝까지 그의 손을 뿌리치지 않았다.

"전부터 느낀 거지만……."

"응?"

"되게 따뜻해. 손."

"네 손이 차가운 거지."

서연이 얼굴을 붉히자 준호는 씩 웃으며 너스레를 떨었다.

"손 온도랑 마음은 반대로 간다던데."

마음이라.

그러고 보니 서연은 지금껏 준호의 깊은 생각 같은 걸 엿본 적이 없다는 사실을 새삼 깨달았다.

어제의 일도 그랬지만, 왜 이렇게 늘 그녀에게 헌신하고 모든 걸 다 내주는지 명쾌하게 이해할 수가 없었다.

설명을 해주긴 하는데 그건 애매하고 어려워서 도무지 알 수가 없다. 그렇다고 해서 거짓말을 하거나 놀려먹으려는 것 같진 않은데 말이다.

뜬구름이랄까. 이렇게나 가까이 있는데 이상하게 멀다. 손에 잡히지 않는 안개처럼 어딘지 모르게 불안하다.

왜일까.

서연은 어차피 골몰해봤자 답도 나오지 않는 복잡한 생각을 물리치고 조용히 핀잔을 주었다.

"선물로 준 건데 내가 먼저 쓰면 어떡해?"

"나한텐 그게 선물이지."

"아아, 정말, 또 저렇게 어려운 소리."

서연의 손바닥과 손등을 부드럽게 어루만지던 그의 손길이 손가락까지 내려왔다.

손 마디마디를 부드럽게 마사지하던 준호는 천천히 서연의 손가락 사이사이에다 자기 손가락을 깍지 껴 넣었다.

서연의 손가락 사이 예민한 속살에 매끄럽고 촉촉한 느낌이 번지기 시작했다.

이윽고 그녀는 몸살이라도 앓는 사람처럼 온몸이 나른해졌다. 몸 속 깊은 곳에선 은근한 열기가 아지랑이처럼 피어올랐다.

"으음."

서연이 인상을 찌푸리자 준호는 빙글빙글 웃으며 물었다.

"왜 그래? 불편해 보이는데?"

"하지 마."

"그거 알아?"

"뭘?"

"사람은 보통, 하지 말라는 소리를 들으면 더 하고 싶어져."

느긋한 표정과 어조를 보니 준호가 또 자신을 갖고 놀며 즐기고 있다는 것을 알 수 있었지만, 서연은 도무지 속수무책이었다.

레스토랑 안엔 토미 엠마뉴엘의 'I've always thought of you'가 흐르고 있었다.

은은하게 흐르던 기타 선율이 점점 멀어지는가 싶더니 이내, 물속에 앉아 있는 것처럼 귀가 먹먹해졌다.

그녀는 마침내 이곳이 어디인지조차 잊고 말았다. 그저 눈을 감고서 그의 손길에 모든 것을 내맡길 뿐.

유리창을 통해 쏟아지는 햇볕에 오른쪽 뺨이 화끈거렸다.

잊고 지내는 사이 어느새 봄이 이만큼이나 깊어져 있었다.

"아쉽지만, 반대쪽 손은 다음 기회에."

낮은 속삭임이 서연의 귓가를 간질이던 순간, 준호의 손길이 그녀의 왼손을 떠났다.

그의 체온을 잃자마자 그 즉시 손에서부터 온몸으로 썰렁함이 번져갔다. 오싹해진 서연은 저도 모르게 몸서리를 치고 말았다.

짙은 아쉬움도 잠시.

"주문하시겠습니까, 손님?"

아무리 남자라지만 이런 데서 주문받는 점원치고 참 우렁찬 목소리지 않은가. 그런데 그 말투도 억양도 어째 무척 익숙했다.

서연은 저도 모르게 눈을 동그랗게 뜨고 위를 올려다봤다.

"어어?"

주문서를 들고 테이블 옆에 서 있는 거구의 남자는 김우진이었다.

그는 화사한 색깔의 레스토랑 유니폼을 입고 있었는데, 남의 것을 빌려 입기라도 한 건지 셔츠의 가슴이 유독 꽉 끼어 보였다. 조금만 힘줘도 터져나갈 것처럼 단추들이 팽팽하게 잡아당겨져 있었다.

"어라? 서연이네?"

"우진 선배!"

"야, 너 혹시, 이 오빠 보고 싶어서 일부러 찾아와준 거냐? 으아아아! 역시 의리는 죽지 않았다! 너밖에 없다! 섹시 천사 은서연!"

"창피하니까 제발 헛소리 좀 그만해요! 여기서 뭐 하는 거예요?"

"나? 주말알바 하는데?"

"아니, 대체 신희도 그렇고 선배도 그렇고, 무슨 알바가 그렇게 많아요?"

"떽! 이놈의 부르주아 계집! 정말 몰라서 묻는 거냐? 너 부잣집 딸이라더니 혹시 평소에 막, 어, 그, 그거 뭐야, 너, 그거, 막, 양념치킨 양념만 핥아 먹고 버리고 그러는 거 아니야?"

"어머, 못 살아. 미쳤나 봐."

황당한 대화를 주고받던 중 서연은 문득 등골이 서늘해졌다.

이상한 낌새를 챈 것은 우진도 마찬가지였던지, 그는 즉시 실없는 농담을 그만두고 준호를 향해 깍듯이 인사했다.

"안녕하십니까, 이사님!"

왼손으로 턱을 괴고 우진을 올려다보는 준호는 부드러운 미소를 짓고 있었다. 그러나 얇게 다물린 입술이라든지 안경렌즈 아래 눈빛만큼은 섬뜩하리만치 싸늘했다.

"누구시더라?"

준호가 되묻는 말에 서연은 조금 놀랐다.

신입생 환영회 다음 날 준호는 분명 자기 입으로 김우진과 어떤 사이인지를 물었다. 이전에 우연히 만난 적도 있다고 했다. 평소 느긋한 것 같아도 빈틈이라곤 전혀 없던 준호가 그런 우진을 못 알아봤을 리가 없었다.

"저 김우진입니다, 이사님. 전에……!"

준호는 우진이 명랑하게 답을 하는 중간에 끼어들어 말허리를 뎅강 잘라버렸다.

"아아, 이제 기억나네요."

"이야아, 어쩌다 보니 참 자주 뵙지 말입니다! 이것도 어떻게 보면 인연일지도 모르는데, 그래서 말씀이지만 내년 장학생 선발 좀 어떻게 안 되겠습니까? 하하하!"

우진은 호탕하게 웃고 있었지만 어딘지 모르게 평소와는 분위기가 미묘하게 달랐다. 서연이 그게 뭔지 추리하는 동안 준호는 우진을 향해 마주 웃어 보이며 말했다.

"휴일에도 아르바이트라니, 고생이 많겠어요."

"무슨 말씀. 젊어서 고생은 사서도 한다지 않습니까? 일요일이라고 할 짓 없이 밖에 나와 노닥거리는 사람보단 훨씬 낫다고 생각합니다."

왠지 모르게 뉘앙스가 희한했다.

서연은 뒤늦게야 알 것 같았다. 이유까지는 잘 모르겠지만 우진은 지금 꽈배기처럼 배배 꼬여 있었다.

우진의 대답에 준호의 안경렌즈가 반짝 빛났다.

"음. 휴일에 여가 즐기는 사람들을 모조리 할 짓 없이 노닥거리는 사람으로 만드네요? 뭔가요, 이건? 신종 초능력인가요?"

준호는 시종일관 상냥하고 부드러운 미소를 짓고 있었지만 왠지 모르게 등골이 오싹했다.

예상치 못했던 반응에 우진은 당황한 표정을 지었다.

"넉살 좋은 게 원래 성격인지 이미지 메이킹인지는 모르겠는데, 그것도 너무 지나치면 별로예요. 적당히 해줘요."

낭창하고 여유로운 준호의 태도 안엔 거부할 수 없는 무언가가 도사리고 있는 듯했다.

우진은 한동안 의미심장한 눈으로 준호를 내려다보더니 이내 한 발짝 물러나 또 한 번 뒷머리를 벅벅 긁어댔다.

"어우, 지인 찬스로 장학금 로비 좀 해보려고 했더니 이거 뭐, 씨알도 안 먹히네요. 헤헤. 주문이나 도와드리겠습니다."

"추천해줘요. 처음이라서."

"으음. 두 분이서 드실 거면 이쪽 세트메뉴가 좋긴 한데, 아마 서연이가 많이 못 먹어서 남길 거예요. 음식 남기는 건 낭비니까 이걸로 하시죠."

"그다지 못 먹는 일이 없었는데? 일단 그걸로 줘요."

"음료는 어떤 걸로 하시겠습니까?"

"오렌지에이드로 한 잔만 부탁해요."

"에이, 이사님 쩨쩨하게 왜 이러십니까. 돈도 많이 버시면서, 두 당 한 잔씩 주문하시죠?"

"'두(頭)'는 짐승 셀 때 쓰는 단위죠?"

"아이고, 이거 실례했습니다. 제가 무식해서 그만."

"그리고 우리 둘 다 음료는 별로라서."

"그럼 제가 한 잔 사겠습니다. 모처럼 들르셨는데 서비스로 아무것도 안 드리면 도리가 아니잖아요?"

"방금 음료는 별로라는 내 얘기 못 들었어요?"

"아아. 그러시구나. 그럼 한 잔 분량을 두 잔으로 나눠서 들고 오겠습니다."

"호의는 감사하지만 그럴 거 없어요. 군이 컵 낭비할 필요 없잖 아요?"

"아하하. 그게 그렇게 되나요?"

둘 다 웃고 있었지만 준호와 우진 사이에는 노골적으로 불편한 기류가 흐르고 있었다.

그걸 지켜보고 있으려니 서연은 좌불안석이었다.

마침내 주문이 끝나고 우진이 서연에게 윙크를 하며 자리를 뜨자, 서연은 어색한 분위기를 바꾸려는 듯 억지로 웃으며 물었다.

"저기……, 저 선배 되게 웃기지?"

휴대전화 문자메시지를 확인하던 준호는 여전히 미소 지은 채 말했다.

"우리 아가씨, 그렇게 안 봤는데 유머감각이 많이 부족하네."

마치 껌이라도 씹다 뱉는 듯한 어조였다.

이 상황을 전혀 이해할 수가 없던 서연은 마침내 울상을 하고서 속으로 생각했다.

'오늘 대체 왜 이러지? 이 인간들이 뭘 잘못 먹었나?'

어느덧 3월도 거의 다 지나가 한낮엔 제법 따뜻한 날씨가 계속되고 있었다.

교양강의를 마치고 타박타박 걸으며 봄 공기를 들이마시고 있는데, 서연의 뒤에서 한 여학생이 불쑥 튀어나왔다.

전력으로 달려 그녀의 곁을 스쳐 지나간 여학생은 다섯 걸음쯤 앞을 걸어가고 있던 남학생의 팔에 덜렁 매달리며 크게 소리쳤다.

"오빠아!"

커플이었던지, 남학생은 반가운 듯 환하게 웃으며 여학생의 어깨에 팔을 걸쳤다.

다시 걷기 시작하며 여학생이 왼팔로 자연스럽게 남학생의 허리를 두르자, 둘은 어느새 사람은 분명 두 명인데 그림자는 하나인 희한한 모습이 되어 있었다.

하필 가는 방향이 같은 바람에 서연은 하릴없이 둘의 뒤를 따를 수밖에 없었다.

얼마나 걸었을까. 바람결에 그들이 속삭이는 밀어가 실려 오기 시작했다.

아무 의미 없는 수다였고 그마저도 여자 혼자서 떠들어대는 게 거의 대부분이었지만, 말끝마다 추임새처럼 붙이는 호칭 '오빠'만큼은 대단히 인상적이었다.

오빠.

연상의 애인을 부를 때 흔히들 쓰는 단어.

글쎄, 어쩐지 좀, 그렇지 않나?

서연이 깊은 생각에 잠겨 있는 사이, 숄더백 안에서 휴대전화 벨소리가 흘러나왔다.

휴대전화 액정에 떠 있는 선명한 '변태' 문구를 확인한 서연의 미간이 눈에 띄도록 찡그려졌다.

– 나야.

"알아."

– 내 생각 하고 있었지?

"미쳤어? 변태."

귓가를 간질이는 투명한 웃음소리에 서연은 문득 묘한 기분이 들었다.

그녀가 뭐라고 딱 잘라 정의하기 어려운 그 기분의 정체를 열심히 추리하는 동안, 앞서 걷던 커플 중 여자 쪽이 크게 까르르 웃으며 남자의 몸에 딱 달라붙었다. '너무 재밌어요, 오빠!'라고 외치면서.

여자가 코 막힌 소리로 내놓는 말에서는 어김없이 애교가 뚝뚝 흘러넘쳤다.

— 어디야?

넋 놓고 있다가 준호의 물음에 정신을 차린 서연은 평소처럼 대답했다.

"인사대 앞."

평소 자기 목소리나 말투가 이렇게 싸늘했었는지 뒤늦게 깨달은 서연은 조금 머쓱해졌다.

— 교양강의 있어?

"마치고 나오는 길이야."

— 재밌었어?

"강의를 재미로 듣는 사람이 어디 있어?"

— 여기.

"아아. 그러셨쎄요?"

서연의 짓궂은 반응에 전화기 저편으로 낮은 웃음소리가 들렸다.

— 저녁에 봐.

그때, 커플 중 여자가 또 한 번 큰 목소리로 호들갑을 떨었다. 오빠, 오빠아, 아아, 저 끝도 없는 오빠 소리라니. 오빠 없는 사람은 어디 서러워서 살겠나.

"저기……."

– 응.

"아, 아무것도 아니야."

– 싱겁기는.

"끊을게."

서연은 누가 쫓아오기라도 하는 듯 다급하게 전화를 끊어버렸다.

인상을 잔뜩 찡그린 채 그녀는 걸음을 멈추었다. 그리고 멀어져가는 커플의 목소리가 더 이상 들리지 않을 때까지 우두커니 서 있었다.

묘한 기분의 정체는 어쩌면 죄책감이었을지도 모른다.

"그동안 좀 너무하긴 했지."

'변태', '그쪽', '당신', 물론 장난이긴 했지만 아예 대놓고 이름을 부른 적도 있었다.

어딘가에 분명 좀 더 좋은 호칭이 있었을 텐데.

고개를 숙인 채 발끝만 내려다보던 서연은 조심스럽게 입 안에서 한 단어를 굴려보았다.

"오빠……."

반사적으로 가락가락 오그라드는 손가락을 탈탈 털면서 서연은 세차게 고개를 흔들어버렸다.

"이익! 뭐라고 부르든 무슨 상관이람!"

괜스레 혼자서 씩씩거리며 다시 걸음을 옮기는 서연의 양 볼은 새빨갛게 물들어 있었다.

"너 어제 우진 선배 만났었다며?"

단대 현관 로비에 나란히 서서 자판기 커피를 마시며 신희가 물었다.

서연은 어제의 그 불편했던 상황을 떠올리고서 진저리를 쳤다.

"그런 데서 만날 거라곤 정말 생각도 못했지 뭐야."

"우진 선배야 워낙 동에 번쩍 서에 번쩍이니까."

문득 궁금해진 서연은 신희를 돌아보며 물었다.

"너는 선배랑 어떻게 만났어?"

"올해 1월이었지, 아마? 학교에서 공연 준비에 동원할 일일알바 뽑는데 거기 같이 지원했다가 친해졌어."

"흐음."

잠시 주저하던 서연은 한참이나 뭔가를 말하려다 말고 또 말하려다 말기를 반복했다.

눈을 동그랗게 뜨고서 바라보고 있던 신희가 마침내 참지 못하고 물었다.

"왜 그래? 물어보고 싶은 거 있음 얼마든지 물어봐."

"저기……, 신희 너 학비랑 생활비 후원해주는 분 따로 계신다고 했잖아?"

"응."

"그런데 학교에 있는 시간이나 연습시간 빼곤 계속 일을 하고 있는 것 같아서. 왜 그렇게 아르바이트를 많이 해?"

서연이 몹시 쩔쩔매며 내놓은 질문에 신희는 다 마신 서연의 컵을 가져가 자기 빈 컵에다 겹쳐 휴지통에다 버리며 대답했다.

"돈이 얼마인데, 받기만 하면 어떡해. 얼른 갚아나가야지."

"아……."

"그리고 난 주위에 아무도 없으니까 가만히 앉아 있으면 앞으로 어떤 인생을 살게 될지 불안해지고 자꾸 딴생각 들고 그러거든. 그래서 일부러 더 바쁘게 일하게 되는 것도 같아. 복잡한 생각 안 하려고. 그런데, 또 하다 보니 여러 가지 일 접하는 거 되게 좋더라. 세상은 넓고 재밌는 게 천지잖아."

3월 중순의 캠퍼스에는 곳곳에 매화가 피어 있었다.

멀리 봄바람에 흔들리는 꽃나무 가지를 보며, 서연은 문득 작년 이맘때 홀로 틀어박혀 있었던 별장을 떠올렸다. 그곳의 담장 둘레엔 각종 꽃나무가 심어져 있었지만 그녀는 거기 있는 동안 어떤 꽃향기도 맡지 못했었다.

똑같이 불안함을 짊어진 상황이었는데도 그에 대응하는 모습은 극과 극이었다니.

"이해 안 되지?"

신희가 묻는 말에 서연은 한동안 그녀의 얼굴을 물끄러미 바라보다 진지하게 답했다.

"아니. 충분히 이해돼."

'그리고 존경스러워.'

신희는 얼굴을 붉히며 웃더니 서연에게 손을 내밀었다.

"우진 선배가 점심 같이 먹자고 했거든. 너도 같이 가자."

문을 열고 밖으로 나온 세상은 온통 꽃향기로 가득 차 있었다.

잠시 신희의 손을 내려다보고 있던 서연은 화사한 미소를 지으며 그녀의 손을 맞잡았다.

"선배한테 내가 전화해볼게."

우진에게 전화를 걸어 한참이나 휴대전화에 귀를 대고 있던 신희가 투덜거리며 전화를 끊었다.

"안 받아?"

"응. 자기가 같이 가자고 그래 놓고서 전화도 안 받고, 도대체 뭐야?"

"혹시 연습실에 있는 거 아닐까?"

그길로 계단을 올라간 서연과 신희는 연습실의 작은 창문들을 하나하나 들여다보며 김우진이 있는 방을 찾았다.

우진은 맨 안쪽 방에서 라흐마니노프 프렐류드 23-5를 연습하고 있었다.

연주는 거의 마무리 부분에 접어들고 있었는데, 그는 말 그대로 온몸을 다 던진 연주를 선보이고 있었다. 연습실의 오래된 업라이트 피아노는 연주자의 힘을 이기지 못해 새된 비명을 질러대고 있었다.

격정적이고도 투박한 포르티시모, 건반을 제압할 정도로 거대하고도 거친 연타가 해일처럼 덮쳐드는 순간 서연은 자기도 모르게 전율하고 말았다. 이렇게 야성적인 전주곡은 처음이었다.

"굉장하지? 하여튼 파워풀하다니까."

신희도 서연도 감탄하는 순간, 듣기 싫은 하이 톤의 굉음이 났다.

피아노 현이 힘을 이기지 못해 그만 끊어져 버린 것이다.

쨍쨍 울리는 소리가 잦아들자 우진은 벌떡 일어나 두리번거렸고, 문밖에서 구경하고 있던 서연과 신희를 발견하고서 곧장 달려와 문을 벌컥 열었다.

"야! 너희 언제 왔어!"

"지금 막이요."

신희의 대답에 그는 당황한 표정으로 복도를 이리저리 살핀 후 소곤거렸다.

"내가 끊어먹은 거 아무한테도 얘기하면 안 된다, 응?"

신희가 키득키득 웃고 서연이 무표정하게 올려다보고만 있자 우진은 난감한 표정으로 바지 주머니를 뒤져 캔디 두 개를 꺼내 그녀들의 손에 하나씩 쥐여주었다.

"자, 뇌물."

신희가 자지러지게 웃는 동안 서연은 캔디를 유심히 살펴봤다.

"이거, 어제 선배 알바하던 그 레스토랑에서 나눠주는 거 아니에요?"

"얘는 왜 이렇게 눈치가 없니. 이런 건 그냥 좀 넘어가자."

서연이 입을 가리고 조금 웃자 우진은 문득 날카로운 눈으로 그 녀를 쳐다봤다.

"왜요?"

"저기, 서연아. 너 말이야 혹시 이사님하고……."

"네?"

잠시 주저하던 우진은 슬쩍 신희의 눈치를 한번 본 후 말을 얼버 무려버렸다.

"아니. 너한테 할 얘기가 있긴 한데, 지금은 좀 그렇고. 나중에 얘기하자."

"뭔데요?"

"그냥. 나중에."

서연이 이상한 눈으로 건너다봤지만 우진은 끝까지 말을 잇지 않았다.

강의가 끝난 후 준호는 학교까지 서연을 데리러 왔다.

퇴근 후 바로 오는 것인데도 그의 집은 깔끔하게 정리가 잘되어 있었다. 낮 동안 비어 있어서 그런지 평소보다 약간 썰렁한 것만 빼고는 평소와 똑같은 모습이었다.

재킷을 벗어 소파에다 걸치자마자, 그는 곧바로 셔츠 소매를 걷으며 물었다.

"차 한잔 줄까?"

"응. 난 밀크티."

준호가 주방 쪽으로 간 후 딱히 할 일이 없어진 서연은 피아노에 기대선 채 허공만 쳐다보다 가방에서 책 한 권을 꺼냈다. 대출기한이 아직 남아 있다며 신희가 빌려준 할리퀸 책이었다.

선명한 붉은색 표지엔 '환상의 로맨스'라는 제목이 인쇄되어 있었다.

환상의 로맨스라니, 뭔가 이해가 갈 듯도 하면서 두루뭉술하지 않은가.

서연이 인상을 쓰며 생각에 잠기던 순간, 갑자기 뒤에서부터 온기와 향기가 훅 끼쳤다.

"이런 거 좋아하는구나?"

"신희가 재밌게 읽었다고 빌려줬어."

"흐음. 환상의 로맨스라. 로맨스를 왜 환상에서 찾아? 이런 말장난보다 현실적인 내 로맨스 쪽이 더 재미있지 않겠어?"

귓가에 바싹 입술을 들이대고 속삭이는 준호의 목소리에 서연은 저도 모르게 몸서리를 치고 말았다. 참을 수 없는 간지러움이 온몸의 안팎을 내달렸다. 무의식적으로 달아오르는 체온, 제멋대로 힘이 들어가는 팔다리가 낯설었다.

서연은 준호를 힘껏 밀어내고 울상을 지으며 앙탈을 부렸다.

"귀 안 먹었어! 그렇게 바싹 붙어서 말하지 않아도 다 들린다고!"

"그래? 난 또."

진지한 표정으로 너스레를 떠는 얼굴은 늘 그렇듯 얄밉기 짝이 없었다. 능글능글, 만날 사람 놀려먹기나 하고.

"아! 진짜, 얄미워 죽겠네!"

서연이 준호의 가슴팍을 가볍게 때리려던 순간, 그가 씩 웃더니 그녀의 손목을 가볍게 휘어잡았다. 그 손아귀의 뜨겁고 은밀한 온기에 그녀의 온몸에는 촘촘하게 소름이 돋아났다.

"이렇게 예쁜 아가씨가 주먹질이라니."

핀잔을 주며 한 걸음 앞으로 다가온 준호는 서연의 뺨에 부드럽게 입을 맞추었다.

솜털까지 바짝 일어서는 느낌. 항상 당하는 변태 짓인데도 오늘따라 묘하게 어색하고 부끄러웠다. 지금까지와는 뭔가가 다른, 한층 더 진하고 색스러운 느낌이랄까.

준호의 손이 목덜미를 스치자 서연은 자라처럼 우스꽝스럽게 목을 움츠리며 항의했다.

"그렇게 만지지도 마. 이상하단 말이야."

이상하다는 말에 멈칫하는 걸 보니 서연은 조금 미안해졌다. 변명을 덧붙일까 말까 고민하는 사이, 준호는 의미심장한 눈웃음을 짓더니 중얼거렸다.

"분부대로."

준호의 안경 프레임이 뺨에 와 닿는 순간, 차가운 감촉에 얼어붙기라도 한 듯 서연의 몸이 굳었다.

양손을 바지 포켓에 넣고서 몸을 기울인 그는 다른 때보다 훨씬 더 뜨겁게 느껴지는 입술로 그녀의 입을 꽉 막아버렸다.

준호의 혀가 숨이 막힐 정도로 깊숙한 곳까지 파고들 때마다 서연의 몸은 물속의 수초처럼 힘없이 흔들렸다.

이렇게 아무런 잡생각 없이 오롯이 그에게만 집중할 수 있는 시간이 좋았다.

점점 농도가 진해지던 키스가 한순간 딱 멈추는가 싶더니, 이내 준호의 입술이 서연의 턱과 목덜미를 따라 천천히 내려왔다.

"으음."

참으려 했지만 서연의 입술 사이로는 이상한 소리가 제멋대로 새어나오기 시작했다.

만지지 않겠다는 약속을 정말 지키려는 듯, 준호는 여전히 손을 포켓에 넣은 채로 서연의 블라우스 맨 위쪽 단추를 입술과 치아만을 이용해 풀어냈다.

"아……!"

서연의 쇄골 사이 오목한 우물에 준호의 입술과 혀가 닿은 순간. 닿은 곳부터 몸 속 깊숙한 곳까지 쫙, 표현할 수 없을 만큼 은밀하고도 짜릿한 전류가 흘렀다.

이렇게 진한 스킨십은 지금까지 한 번도 한 적이 없었는데, 왠지 기분이 이상했다.

"그, 그만!"

서연이 쭈뼛거리며 뒤로 한 발 물러서자 준호는 느릿느릿 몸을 세우더니 눈을 감고 심호흡을 했다. 억지로 뭔가를 참고 있는 것처럼 미간도 약간 좁아져 있었다.

한참이나 그렇게 장승처럼 서 있기만 하던 그는 눈을 뜨고 머리를 쓸어 올리며 가쁜한 한숨을 내쉬었다.

"걱정 마. 네가 원한다고 말하기 전까진 아무것도 안 해."

갑자기 얼굴이 확 달아올랐다.

"그, 그, 그, 그게 무, 무슨 소리야?"

"정말 몰라서 물어?"

"응! 전혀 못 알아듣겠는데?"

지금까지 머릿속에 온통 야한 생각밖에 없었던 주제에 뒤늦게 아닌 척을 하자니 서연은 자기 꼴이 우습기 짝이 없었다.

바보같이 당황하는 그녀를 전혀 아랑곳하지 않은 채, 준호는 씩 웃더니 그대로 돌아서서 다시 주방으로 가버렸다.

아직도 제멋대로인 호흡을 가다듬던 서연은 휴대전화의 진동을 느꼈다.

모친인 한 여사에게서 문자가 와 있었다. 밤공기가 쌀쌀한데 겉옷은 챙겨 갔는지 묻는 내용이었다.

간단히 답장을 하고서 고개를 돌린 서연은 주방 식탁에 비스듬히 기대서서 물이 끓기를 기다리는 준호를 물끄러미 바라봤다.

왠지 모르게 몹시도 쓸쓸하고 공허해 보이는 옆모습이었다.

특별히 친하게 지내는 친구도 없는 듯하고, 그러고 보니 서연은 준호에게서 부모님의 이야기를 들어본 적도 전혀 없었다.

조심스럽게 준호의 곁으로 다가간 서연은 그와 옆구리를 나란히 하고 서서 물었다.

"저기……, 부모님은 어디 계셔?"

"멀리."

"어떤 분들이신지 물어봐도 돼?"

그 질문에 준호는 대답을 피한 채 짓궂은 표정을 하고서 말했다.

"성인을 대상으로 하는 히어로 영화엔 회상 신을 제외하곤 대체로 부모가 등장하지 않지."

"또 무슨 엉뚱한 소리야?"

"부모가 등장하는 순간, 날고 긴다는 히어로도 당장 누군가의 자식이 돼버리거든. 어린애 취급을 받게 되는 거라고. 그러니 끝까지 부모는 등장하지 않는 편이 좋아."

"무슨 말도 안 되는……."

분명 말도 안 되는 것 같은데, 으음, 묘하게 말 된다. 그리고 희미하게 알 것도 같았다.

"있잖아. 스스로의 힘만으론 감당할 수 없는 일이 생기곤 하는 세상이니까……."

서연이 나직이 건네는 말에 준호는 부드러운 눈으로 그녀를 내려다봤다.

그와 시선을 마주하며, 서연은 담담하게 말을 이었다.

"어렵고 힘들 때나 누군가의 도움을 필요로 할 때, 온전히 받아줄 사람이 있다는 건 분명 행복한 일이라고 생각해."

"그렇지."

"혹시라도, 만약에라도, 지금까지 그런 사람이 없었다면. 뭐, 물론 성에는 안 차겠지만, 이젠⋯⋯."

"무슨 얘길 하려고 이렇게 뜸을 들이지?"

"이젠 내가 있으니까⋯⋯."

잠시 말을 끊은 서연은 용기를 내어 아까부터 준비하고 있던 한마디를 덧붙였다.

"오빠."

와장창! 쨍그랑 쨍그랑!

준호가 놓친 티스푼이 조리대에서 튕겨나가 주방 대리석 타일 바닥에 나뒹굴었다.

찻잎을 담아두었던 캐니스터까지 넘어지는 바람에 홍차 이파리가 사방에 흩어져 조리대는 삽시간에 엉망이 되고 말았다.

"그, 그렇게 대놓고 놀라지 마!"

"아니. 놀라진 않았어. 다만⋯⋯."

준호는 웃음을 참지 못하고 얼굴이 벌게진 채 키득거렸다.

"계속 변태라고 부를 순 없잖아! 그렇다고 마땅히 부를 호칭도 없고⋯⋯."

"그건 그렇지."

"마음에 안 들면 도로 변태라고 부를까?"

259

"우리 아가씨 편할 대로."

"'우리 아가씨'라고 부르는 것도 '오빠'만큼이나 오그라들거든?"

"그런가?"

"그래! 엄청!"

부끄러운 걸 가려 보고자 서연은 괜스레 화를 내며 툭툭거렸지만 준호는 그저 투명하게 웃기만 할 뿐이었다.

그런 그는 여느 때처럼 회색 분위기도 아니고 전혀 무기력해 보이지도 않았다.

10

/

Question mark

"김 비서가 왜 그럴까?"

우진이 제법 두꺼운 책 표지에 선명하게 새겨진 제목을 크게 소리 내어 읽자 중앙도서관 앞에 있던 꽤 많은 학생들의 시선이 곧바로 그들에게 집중됐다.

"제목이 왜 이따위야? 무슨 책이기에?"

도서관 계단에 앉아 우진을 올려다본 신희가 당당하게 답했다.

"로맨스소설이에요."

"사랑 이야기? 오오! 사랑 이야기 짱 좋지."

우진은 신희의 손에서 책을 뺏어가 책장을 휙휙 넘겨보더니 소설의 한 구절을 또박또박 읽어 내려갔다.

"이 사람이 아니면 절대 안 된다는 고집, 이 사람이 없으면 내가 죽을 것 같은 마음. 격하진 않지만 애달도록 간절한 이 마음. 어쩌면 이런 것도 사랑의 한 모습이 아닐까. 크으, 좋다. 그런데."

소리 나게 책을 덮은 우진은 눈을 내리깔며 신희를 바라봤다.

"색기라곤 한 점도 없는 계집애가 이런 걸 본다고 사랑을 알겠느냐."

누구 말마따나 색기 한 점 없는 신희는 성질을 버럭버럭 내며 도로 책을 뺏어갔다.

우진은 신희의 곁에서 멀뚱히 서 있는 서연에게로 시선을 돌리더니 밑도 끝도 없는 질문을 던졌다.

"여봐라, 어린것들아. 너희들 키스도 한번 해본 적 없지?"

아무리 그래도 그렇지, 소위 지성의 산실이라는 대학교 중앙도서관 앞에서 이게 나눌 대화인가.

"그만하죠, 이제."

서연이 끼어들어 상황을 정리하려 하는데도 우진은 막무가내였다.

"은서연. 솔직히 말해봐라. 너도 실은 내가 마음에 들어서 틱틱거리는 거지? 이 오빠 다 안단다. 그래서 네가 새침한 척 차갑게 대해도 오빠 다 이해할 수 있어. 겉으론 찬바람 불도록 냉정해도 속으론 다정하기 짝이 없는 게 바로 츤데레의 매력이……."

우진의 말이 끝나기도 전, 서연이 중얼거렸다.

"비가 오려나."

지친 나머지 서연은 이쯤에서 적당히 그만둬주기를 바랐지만, 늘 그렇듯, 신희는 그렇게 눈치가 좋은 편은 아니었다.

"쳇! 그러는 선배는요!"

"나? 에헴. 나야 척 봐도 하렘 아니냐. 주변 여자들이 다 눈만 마주쳐도 '원츄!'인데 나한테 키스 따위가 문제겠어?"

"어, 어떤데요?"

"뭐가?"

"그 키…… 말이에요."

얼마나 부끄러웠던지, 신희가 말하는 '키스' 중 뒤의 '스'는 아예 들리지도 않았다. 저렇게 입 밖으로 꺼내지도 못할 단어라면 애초부터 묻지 않는 게 좋을 텐데 말이다.

"음. 한마디로, 엄청 좋다!"

"정말요?"

"당연하지! 그 황홀함이 이루 말할 수 없는 것이니라. 해보지 않으면 모른다고."

"영화에서처럼 막……, 그런……, 그런……."

"설왕설래! 옳다구나, 좋은 질문이야! 음. 신체적 친밀도를 높이기 위해선 꼭 거쳐야 할 관문인……."

두 사람이 주고받는 대화를 듣고 있던 서연은 생각했다.

'친구 같은 거 일부러 꼭 사귀어야 하나? 없어도 좋지 않을까? 지금까지 없이도 잘 살아왔잖아.'

"더 이상의 자세한 설명은 생략한다! 아무튼, 이론은 그렇다. 해보지 않으면 절대 모르는 것이니, 색기라곤 한 점도 없는 신희야! 어서 이 오빠처럼 어른의 계단을 오르거라."

저렇게 창피함도 모르고 주절주절 떠들어대는 걸 보니 서연은 알 것 같았다. 아아, 저 인간도 안 해봤구나.

"둘 다 그만 좀 해. 넌 책 반납하고 아저씨 생일선물 사러 간다며."

"아, 응. 얼른 다녀올게, 조금만 기다려."

신희가 자리를 뜨자 우진은 한참이나 그녀의 뒷모습을 쳐다봤다.

계단 위로 올라간 신희가 마침내 도서관 출입구 사이로 사라져버리자 우진은 기다렸다는 듯 서연을 돌아봤다. 그의 얼굴엔 어느새 웃음기가 사라져 있었다.

"은서연, 너는 나랑 얘기 좀 하자."

"무슨 얘기요?"

우진은 평소의 모습을 전혀 찾아볼 수 없는 진지한 태도로 물었다.

"너, 최준호 이사랑 무슨 관계야?"

서연의 눈매가 노골적으로 일그러졌다.

"무슨 실례되는 질문이에요?"

"사귀니?"

정말로 궁금해서 묻는 것 같지는 않았다. 우진의 질문에는 노골적인 적대감이 배어 있었다.

"그게 선배랑 무슨 상관인데요?"

대답이나 마찬가지인 질문에 우진의 매끈했던 미간에 주름이 잡혔다.

"서연아. 저기, 내가 너보다는 그래도 몇 년 더 살았고 이런저런 경험도 더 많이 해봤고, 많은 사람들 상대해봐서 하는 얘긴데. 사람은 말이지, 눈을 보면 알아."

"무슨 뜻이에요?"

"다른 것 다 떠나서, 내가 보기에 그 사람은……."

잠시 말을 끊은 우진은 결심한 듯 단호하게 덧붙였다.

"분명히 위험해. 뭐랄까. 정신적으로 위태위태한 사람들 있지? 그런 스타일이야. 어딘가 많이 비틀린 사람이라고."

우진이 내뱉는 단어 하나하나가 비수가 되어 서연의 가슴을 찌르는 것만 같았다.

"서연아. 어릴 땐 그렇게 어둡고 삐딱한 사람들 보면 멋있어 보이고 원래 그런 거야. 그런데 그런 사람들하고 가까이 있다 보면 자기도 모르게 동화된다. 너? 남자란 자고로 흠집 없이 올곧고 건강한 정신의……."

"선배가 뭘 안다고 그렇게 말해요?"

서연이 몹시 예민한 태도로 되묻자, 우진은 다소 난처한 표정으로 그녀를 내려다보다 이내 긴 한숨을 내쉬었다.

"아, 뭐. 그래. 지금이야 이런 반응 보이는 게 당연하겠지."

"말해봐요. 선배가 나에 대해서, 그 사람에 대해서 뭘 그렇게 잘 알아요? 눈을 보면 안다고요? 어디서 신 내림 받았어요?"

서연이 처음으로 격하고 사나운 반응을 보이자 우진은 한참이나 우물쭈물하다 이내 마지못해 사과했다.

"아, 그래. 너무 갑작스러웠지. 미안하다. 그만할게."

사과를 받았지만, 서연은 이후로도 오랫동안 기분이 이상했다. 불편하고 불안했다.
　딱히 우진의 말 때문은 아니었다.

「그 사람에 대해서 뭘 알아요?」

　이제 와서야 깨달은 거지만, 그러는 서연 역시도 준호에 대해 아는 바가 거의 없었다.
　물어봐도 알려주지 않는다는 건 핑계일 뿐.
　언제나 자기 문제가 우선이고 그녀 자신의 감정이 우선이었지, 그에 대해 생각해보거나 깊이 알려고 노력한 적이 없었던 것이다.

　"젊은 분이라도 점잖은 스타일이시면 이런 쪽도 괜찮아요. 이번 시즌 신상품인데 반응이 아주 좋아요."
　백화점 명품 매장에서 남성용 타이 두 장을 번갈아 내려다보는 신희의 얼굴은 거의 사색이었다.
　"어떠세요?"
　직원이 보여주는 타이들을 멍하니 쳐다보며 한참이나 벌벌 떨던 그녀는 서연 쪽으로 몸을 숙이며 말했다.
　"네가 보기엔 둘 중에 어떤 게 나은 것 같아?"

“음. 둘 다 무난할 것 같긴 한데, 아무래도 신상이 더 낫지 않을까?”

“그래? 그럼…….”

서연을 끌고서 직원에게서 멀리 떨어진 곳까지 간 신희는 그녀의 귀에다 입술을 바싹 대고서 거의 들리지도 않을 정도로 소곤거렸다.

“가서 얼만지 좀 물어봐줘.”

무슨 통역도 아니고.

직원에게 가서 가격을 묻고 다시 신희에게로 온 서연은 담담하게 말했다.

“삼십삼만 원이래.”

신희의 입술 사이로 처절한 신음이 새어나왔다.

“끄으으허어, 삼십삼만 원이면 내 한 달 생활비…….”

“그럼 다른 데로 가자. 명품관은 거의 다 가격대 비슷하거나 더 비싸니까 그냥 일반 남성복 매장 가서 사.”

서연이 걱정스러운 눈으로 건너다보자 신희는 눈을 질끈 감고서 고개를 저었다.

“아, 아니야! 아저씨 같은 부자들은 보통 이런 거 쓴다며.”

“물론 그렇기야 하겠지만 너한텐 한 달 생활비라며. 어쨌든 네 마음이 담긴 선물인데 굳이 비싼 게 아니더라도 고마워하지 않으실까?”

서연의 말에도 신희는 완강했다.

"아니. 어차피 돈 주고 사는 거니까 평소에 쓰실 수 있는 걸로 사야지. 그리고 그동안 해주신 게 있는데 생일선물로 이 정도도 아까워하면 난 사람도 아니야."

신희는 백팩을 열고 지갑을 꺼내 그 안에서 은행 체크카드를 꺼냈다.

점원에게 선물포장을 부탁하고서 카드를 건네는 신희의 손은 달달 떨리기까지 했다.

서연은 계속해서 걱정스럽게 신희를 바라봤지만, 막상 포장된 타이를 받아 들고 매장을 나서는 그녀의 표정은 무척이나 밝았다.

"와! 진짜 장난 아니다. 이렇게 예쁜 쇼핑백은 처음 봐. 크으! 혹시 이 맛에 명품 사 모으는 건가?"

"쇼핑백 따위에 일일이 감동받지 마, 제발."

"어쨌든 기분 완전 좋다."

서연은 아르바이트로 힘들게 돈을 버는 형편에 한 달 생활비를 다 털어 넣고 기분이 좋다며 웃는 신희를 이해할 수가 없었다.

"뭐가 그렇게 기분이 좋은데?"

"지금까지는 생일선물로 케이크밖에 못 사드렸거든. 작년엔 심지어 아저씨가 자기 생일날 좋은 데서 밥도 사주고 엄청 좋은 옷이랑 구두까지 선물로 주셨다니까. 아저씨는 정말 너무너무 좋은 사람이야."

신희가 아저씨, 아저씨 하고 부르니 서연도 같이 따라서 그렇게 불렀지, 사실 대호그룹 강현성 전무는 준호보다 네 살 연상으로 올해 나이 서른셋이다. 흔히들 말하는 띠동갑 연상이었지만, 그렇다고 해서 자연스럽게 아저씨 소리 들을 중년의 나이는 아니란 말이다.

그러고 보니 둘은 접점이라곤 전혀 없는 삶을 살아온 사람들인데 어쩌다 후원 관계가 된 건지 궁금했다. 뭔가 사연이라도 있었나 싶었다.

"신희야, 있잖아, 너……."

"아, 아니야!"

신희가 갑자기 말을 끊더니 정색을 하고서 부정하자 서연의 눈이 동그래졌다.

"서연아. 네가 생각하는 그런 거 절대 아니야."

"으응? 내가 뭘 생각했는데?"

아무 생각도 안 했는데? 그냥 궁금해서 물어보려고 한 것뿐인데?

"아저씨가 대주시는 돈 때문에 날 오해하는 것 같은데. 날 어떻게 본 거야? 나, 그렇게 몰염치한 애 아니야."

"뭐어?"

그 소리에 당황한 서연의 얼굴이 화끈 달아올랐다.

신희야 말로 크게 오해하고 있었다. 서연은 절대 그런 생각을 한 적도 없고 그럴 의도가 아니었다. 그런데 이걸 어떻게 해명해야 할지 알 수가 없었다.

그러나 이어지는 신희의 말에, 해명해야 할 필요는 말끔히 사라지고 말았다.

"나, 이자도 잊지 않아. 큰돈 빌리고 원금만 갚는 것은 오랑캐의 도이다. 나중에 최소 은행이자 정도는 드려야지, 생각하고 있어."

신희의 해맑기만 한 얼굴을 가만히 관찰하던 서연은 안도의 한숨을 내쉬며 생각했다.

'나중에 얘랑 사귈 남자는 어디 사시는 누구보다 열 배는 더 능구렁이든지, 그게 아니면 바늘 한 개도 안 들어갈 도덕 선생님 스타일이든지, 분명 둘 중 하나일 거야.'

학교로 다시 돌아가기 위해 백화점을 나오니 봄바람이 제법 포근했다.

학교까지는 버스로 10분 거리. 의기투합한 둘은 도란도란 이야기를 나누며 걷기 시작했다.

"아아, 지출도 컸는데 어떡하지. 다음 주부터는 알바 하나 줄어들어서 걱정이네."

"왜?"

"교수님이 소개해주신 고등학생 있잖아. 걔, 앞으로 어떻게 할 건지 엄청 고민하더니 결국 입시 포기하고 아버지 따라 미국 간대. 시간대도 딱 좋고 같이 공부할 수 있어서 좋았는데, 좀 아쉽네."

"다른 자리 알아봐야겠네?"

"그러게."

한동안 말없이 걸으며 서연은 왠지 모를 불편함에 시달렸다.

그 불편함의 정체는 죄책감에 가까웠다.

혼자만 힘들다고 생각했던 것 같았다. 어쩌면, 세상에 아픈 사람, 힘든 사람이라곤 자기밖에 없다고 생각하고 있었는지도 몰랐다.

돌아보면 다들 정도만 다를 뿐, 똑같이 치열하게 살고 있는데. 다들 똑같이 어디 한 군데쯤은 아프고 한 번쯤은 지쳐서 드러눕고 싶지 않은 사람이 없을 텐데 말이다.

"아아, 공기 좋다. 이런 날은 진짜 기분 좋아."

신희가 해사하게 웃으며 하는 말에 서연은 거리를 돌아봤다.

미세먼지로 뿌연 하늘, 사람들로 빽빽한 길가는 여전히 삭막하기만 했다. 하지만 신희의 말을 듣고 보니 공기는 포근했고 행인들의 표정도 왠지 다들 생기 있어 보였다.

준호에게서 얻을 수 있는 절대적인 위로와 안식. 신희를 대할 때 느끼는 감정은 그것과는 또 다른 종류의 위안이었다.

"어어? 저녁 7시부터 9시까지 카페 피아노 연주자 구인……?"

건물 외벽에 붙은 전단지를 보고 신희가 발걸음을 멈추었다.

"7시부터 9시까지면 너 그 고등학생 봐주던 시간이잖아."

"응! 이거 완전 좋다! 어디지, 여기? 이 근처 같은데?"

신희가 들떠서 두리번거리기 시작하자 서연은 천천히 눈으로 거리를 훑었다.

"저기 있네. 카페 젤러시(Jealousy)."

구인광고를 낸 카페는 둘이 서 있는 장소에서 얼마 떨어지지 않

271

은 곳에 위치하고 있었는데, 내부수리 중인지 2층 계단의 굴곡 구
간에 자재더미가 잔뜩 쌓여 있었다.

"안녕하세요."
타일 바닥 작업이 한창인 카페 내부는 몹시 어수선했다.
신희가 명랑하게 인사를 건넸지만, 안에선 아무런 대답도 돌아
오지 않았다.
"아무도 안 계세요?"
그때, 안쪽에서 우당탕 요란한 소리가 나더니 어둠 속에서 누군
가가 불쑥 나타났다.
삼십 대 초반으로 보이는 여자는 키가 무척 크고 운동선수처럼
탄탄한 몸매의 소유자였다. 원래 그런 건지 어디서 선탠이라도 한
건지, 보기 좋게 그을린 피부와 건강한 미소가 무척이나 인상적이
었다.
"카페는 지금 공사 때문에 휴업 중이에요. 어떻게 오셨어요?"
"연주자 구인광고 보고 왔는데요."
"어머, 정말? 이리 와요!"
신희의 말에 여자는 박수를 딱 치더니 신희와 서연의 손 하나씩
을 잡고 안으로 이끌었다. 불쾌하게 느껴질 정도로 뜨거운 체온에
서연은 자기도 모르게 인상을 찡그리고 말았다.
"들어와요, 들어와요. 일단 좀 앉고."
서연은 신희와 함께 카페 한쪽의 조그만 사무실로 안내되었다.

사무실 안엔 작은 원목테이블과 레트로 풍의 암체어가 두 개 놓여 있었다.

사람이 세 명이니 어떻게 앉아야 할지 몰라 서연과 신희는 잠시 주저했지만, 카페 사장은 둘을 의자에 앉게 하고 자기는 어딘가로 사라지더니 이내 종이컵 몇 개와 의심스러운 페트병을 하나 들고 돌아왔다.

"자, 자, 마셔요."

사장이 종이컵에 따라 그녀들에게 건네준 것은 미지근한 커피였다. 그것도 믹스커피, 언제 타놓은 건지조차 알 수 없는 것이었다.

"아아, 미안. 비싼 커피머신 있긴 한데, 귀찮아서 이렇게 타놓고 마셔요."

서연은 유리창에 반복 코팅된 '바리스타 커피 전문점 젤러시' 문구를 뚫어지게 쳐다보며 떨떠름한 표정을 지었지만, 신희는 오직 새 아르바이트를 향한 일념에만 불타오르고 있었다.

"괜찮습니다! 저 믹스커피 엄청 좋아하거든요."

빙그레 웃은 사장은 서연과 신희를 번갈아 보더니 서연 쪽을 돌아보며 물었다.

"대학생이죠? 피아노 전공?"

서연은 잠시 주저하다 답했다.

"둘 다 수성음대 피아노 전공은 맞는데, 일하려는 사람은 이 친구예요."

"어어? 정말? 나, 이쪽은 고등학생인 줄 알았는데."

그 말에 신희가 얼굴을 확 붉히며 부끄러워했다.

"미안, 미안. 내가 나이 좀 더 먹었으니까 말 놔도 되지?"

"편하게 쭉 놓으세요. 연주자 찾으신다고 했는데, 어떤 스타일 원하시나요? 저는 주말에 예식장 연주 알바 경험도 많아요. 악보만 주시면 어떤 곡이든 맞춰서 해드릴 수 있고요."

"와, 그거 대단한데."

카페 사장과 신희가 일에 대한 대화를 나누는 동안 서연은 사장의 얼굴을 찬찬히 관찰했다.

신희만큼이나 선한 인상에 눈웃음이 매력적인 여자였다. 호감가는 외모에 어울리는 친근한 태도 역시 좋았다.

그런데 어딘지 모르게 아주 살짝 위화감이 들었다. 왠지 이곳을 오래 떠나 있었던 사람 같은, 그런 느낌이랄까.

그 위화감의 정체는 곧 드러났다.

"실은 내가 귀국한 지 얼마 안 돼서 뭘 어떻게 해야 할지 잘 모르겠네. 카페에 그랜드피아노가 있으니 놀리는 것보단 나을 것 같아 전단지를 붙이긴 했는데……."

"귀국이요?"

신희가 눈을 동그랗게 뜨자 사장은 예의 그 눈웃음을 보이며 답했다.

"르완다에서 오랫동안 봉사활동 하다가 건강 문제로 돌아왔어."

"우와아."

"여긴 사촌언니가 하던 카페인데, 언니가 남편 따라 한 2년 외국 나간다고 해서 그 사이에 내가 대신 맡아서 해보겠다고 했지. 어차피 나도 당분간은 나갈 생각 없으니까."

"아아, 그렇군요. 거기선 어떤 일을 하셨어요?"

"키갈리에서 한참이나 떨어진 곳의 시골인데, 거기에 작은 한인 의료소가 하나 있어. 거기서 의사선생님들 도와서 일하다 보니 어째 쉽게 일어나지질 않더라고."

"정말 대단하세요."

"대단한 사람은 거기 계신 선생님들이지. 부부 의사신데 정말 존경스러운 분들이야. 그분들이 내 부모님이라면 좋겠다는 생각이 들 정도로 말이야. 우리 부모님은 그렇게 좋은 인간들이 아니어서……."

무슨 일인지, 다소 불편하고 경직된 분위기가 흘렀다.

대화가 끊긴 사무실 안에 시계 초침 소리만 규칙적으로 울렸다.

어깨를 으쓱하며 어색하게 웃어 보인 사장이 신희에게 물었다.

"이름이 뭐지?"

"이신희예요."

"오오. 예쁜 이름이네."

"고맙습니다."

"가게 오픈은 다음 주 초쯤 예정 잡아뒀거든. 그때부터 와서 일해주는 걸로 하지."

"어어? 제 연주 아직 들어보지도 않으셨는데 채용하시는 거예

275

요?"

"음, 수성 전공생이면 연주는 뭐 볼 것도 없겠지. 선곡도 카페 분위기 봐서 그때그때 알아서 해줘."

"고맙습니다!"

"보수는 신희가 제시하는 쪽에 맞춰줄게. 그렇다고 해서 막 너무 양심리스하게 부르면 안 되고. 알지?"

환하게 웃은 사장은 이내 시선을 돌려 서연을 마주 봤다.

한참이나 그녀와 눈을 마주친 사장이 짓궂게 물었다.

"우리 친구는 정말 예쁘게 생겼네. 무슨 연예인인 줄 알았어. 뭐 먹고 그렇게 예뻐진 거야? 같이 나눠 먹자, 응?"

놀림당한 기분에 저도 모르게 얼굴을 붉힌 서연은 그녀의 눈을 얼른 피해버렸다.

그런 서연을 귀여운 듯 바라보던 사장은 유쾌하게 웃으며 말을 이었다.

"아, 참. 그리고 광고문구 수정을 안 했는데, 토요일 점심에도 한두 시간 정도 와서 좀 해줬으면 하는데."

"네? 토요일이요?"

신희의 표정이 곧바로 울상이 되었다.

토요일과 일요일은 신희에게 있어서 가장 바쁘고도 중요한 시간이었다.

후원자인 현성이 유학을 염두에 두고 주선해준 독일어 과외와 개인레슨이 있었고, 평일 알바 때문에 부족한 연습을 보충할 수 있는 유일한 기회기도 했다.

"보수는 당연히 지급할게."

"아니, 이건 보수가 문제가 아니라……."

"왜? 안 돼?"

신희가 쩔쩔매는 것을 물끄러미 바라보고 있던 서연은 주먹을 쥐었다 폈다 하며 잠시 고민하다 불쑥 끼어들었다.

"그럼, 토요일은 신희 대신 제가 할게요."

어떻게 그런 생각을 했을까.

학교에서 위클리 연주를 준비하는 것도 스트레스일 정도로 남들 시선을 두려워하고 남 앞에 나서는 것을 꺼려하던 서연이었다.

하지만 왠지 이건 괜찮을 것 같았다. 할 수 있을 것 같았다.

신희를 돕는 일이기도 했고, 카페 사장의 닮고 싶을 정도로 여유로운 태도와 좋은 품성, 그리고 저 녹아버릴 듯한 눈웃음에 반해서였는지도 몰랐다.

"와아, 그래주면 나야 고맙지."

반색하며 자리에서 일어난 사장은 서연의 손을 꼭 잡고서 친근하게 물었다.

"우리 친구는 이름이 뭐지?"

"은서연이에요."

"아유, 이쪽도 깨물어주고 싶게 예쁘네. 왜 다들 이름이 이렇게 예쁜 거야, 응?"

비 맞은 중 염불 외듯 혼자서 투덜거리던 사장은 이내 머쓱하게 웃으며 말을 이었다.

"앞으로 잘 부탁해. 내 이름은 나미야."

서연이 '예쁜데?' 하고 생각한 순간, 나미가 덧붙였다.

"정나미."

"저, 오늘 낮에 아르바이트 채용됐어요."

서연의 갑작스러운 말에 놀란 한 여사는 찻잔을 내려놓고 되물었다.

"뭐? 아르바이트?"

"네."

"아니, 왜? 용돈이 모자라면 더 달라고 하지 그랬어?"

"그런 거 아니에요, 엄마."

서연이 얼굴을 붉히며 손을 내젓자 한 여사는 몹시 걱정스러운 표정으로 말을 이으려 했다. 그때, 은 사장이 한 여사의 손을 잡아 눌러 제지하더니 끼어들었다.

"무슨 일이니?"

진지한 부친의 눈길에 서연은 주눅이 든 채 조심스럽게 말을 이었다.

"카페에서 피아노 연주하는 거예요. 토요일 점심 무렵에만 잠깐."

"오, 그래?"

그 소리를 듣는 순간 은 사장과 한 여사의 눈길에 스치는 한 줄기 불안함을 서연은 놓치지 않았다. 그녀 자신도 이미 느꼈던 불안감이었기 때문에 못 알아챌 리가 없었다.

서연은 한참이나 고민하다 어렵게 덧붙였다.

"혹시 사람들 앞에서 발작할 것 같으면 제가 먼저 그만둘 테니까 걱정 마세요."

"서연아."

딸의 이름을 낮게 부르는 은 사장의 눈에는 불안감이 사라지기는커녕 당혹감마저 어려 있었다.

"아빠엄마가 걱정하는 건 그런 게 아니야. 모르겠니?"

그제야 아차 싶었던 서연은 움츠렸던 어깨를 의식적으로 펴며 조곤조곤 말을 이었다.

"신희가 주중에 일하기로 한 곳인데 토요일만 제가 대신 해주기로 했어요. 가봤는데 사장님도 언니처럼 좋은 분이고 가게 분위기도 건전한 곳이에요."

은 사장 내외는 서연이 주머니에서 꺼내 건넨 카페 명함을 돌려보다 한참 만에야 고개를 끄덕였다.

"그래. 우리 서연이, 움츠러들지 않고서 뭔가 하려고 노력하는 모습이 정말 좋아 보인다. 하지만 쉽게 생각해선 안 돼. 일단 하기로 결정한 이상은 책임감 가지고 끝까지 열심히 해야 한다. 아빠 말이 무슨 말인지 이해하지?"

부모에게 있어서 자신은 항상 물가에 내놓은 어린애처럼 불안한 딸이라는 것을 서연은 잘 알고 있었다.

그럼에도 이렇게 믿고 손을 놓아주는 것에 보답하고 싶었다. 언제까지나 과거에 머물러 있지 않고 조금씩 나아지고 있다는 것을, 이제야말로 열심히 잘하고 있다는 것을 보여주고 싶었다.

"네. 잘할게요."

열린 창문 사이로 봄밤이 깊어가고 있었다.

준호는 오후 햇살이 따갑게 쏟아져 내리는 창을 배경으로 피아노 연주에 몰두해 있었다.

눈을 지그시 감기도 하고 감정이 격해지면 찡긋찡긋 눈썹을 찌푸리기도 하며, 그는 지금까지 들어온 어떤 피아니스트의 것보다도 더 마음에 와 닿는 연주를 서연에게 들려주고 있었다.

서연은 소파에 거꾸로 앉아 등받이에 몸을 기대고 그런 그의 모습을 질리도록 구경했다.

아련한 선율로 가득 찬 공간 안에서 그녀는 그 어느 때보다도 더 평온했다. 마음속은 바람 한 점 없는 밤의 호수처럼 더없이 잔잔하고 고요했다.

드뷔시의 달빛이 마지막 음을 남기고 허공에서 흩어지자, 서연의 입술 사이로 아쉬움이 잔뜩 밴 한숨이 새어나왔다.

안락한 지금이 더없이 좋아, 할 수만 있다면 정지버튼을 누르고 시간을 멈추고 싶은 심정이었다.

아무 말 없이 여운을 음미하고 있는 서연을 물끄러미 건너다보던 준호는 건반에서 손을 떼고 느긋하게 담뱃갑을 집어 들었다.

햇살을 머금은 그의 머리카락도, 가볍게 찡그린 눈썹도, 차가운 인상을 풍기는 금속 프레임의 안경도, 그리고 섬세한 동작으로 담배를 꺼내는 그 기다란 손가락도.

준호의 모습을 하나하나 뜯어보는 동안 서연은 문득 묘한 긴장감을 느꼈다.

목구멍 안쪽이 간질간질해지더니 온몸 전체가 다 저려왔다. 마치 오랫동안 같은 자세로 묶여 있다 풀려난 것처럼 말이다.

"왜 그렇게 쳐다봐?"

"응? 아, 아무것도 아니야."

당황한 서연이 몸을 일으키고 고개를 도리도리 저었지만 준호는 그녀에게로 향한 눈길을 거두지 않은 채 짓궂은 표정으로 물었다.

"할 말이 잔뜩 있는 표정인데?"

속마음을 들키지 않기 위해 억지로 할 말을 만들어내야 했던 서연은 바쁘게 고민하다 엉뚱한 말을 둘러댔다.

"페달링이 되게 좋아서."

"그래?"

"응. 난 그렇게 풍부하게 잘 안 이어지던데, 신기하네."

준호는 한동안 가만히 서연을 바라보다 이내 의미심장한 미소를 지었다. 그리고 담배를 내려놓은 후 손짓으로 그녀를 가까이 오도록 했다.

"왜?"

"쳐봐. 페달은 내가 밟을게."

"뭐?"

서연이 뭔가에 홀리듯 다가가자 준호는 그녀의 얼굴을 올려다보며 싱글싱글 웃다가 건반 위로 몸을 슬쩍 숙였다.

그대로 손을 뻗은 그는 서연의 손목을 이끌어 자기 등 뒤로 서게 했다.

"내 어깨 위로 손 올리고. 그래. 그렇게."

"아……!"

잠시 방심한 사이 서연은 어느새 준호를 뒤에서 껴안은 것 같은 자세로 건반에 손을 올리고 있었다. 벗어나려 했지만 준호에게 두 손목을 잡혀 있어 그럴 수도 없었다.

그녀의 눈 바로 앞에 그의 단정한 정수리가 아찔한 향기를 풍기고 있었다.

"자, 잠깐만!"

"왜? 불편해?"

"당연하지!"

얼굴이 새빨개진 서연은 몸을 버둥거려봤지만 준호의 손아귀 힘을 이길 수가 없었다.

그는 도망치지 못하도록 그녀의 손목을 꽉 잡아 고정시키고 물었다.

"혹시 또 이상한 생각 하고 있는 거야? 야한 아가씨네."

"누, 누가! 그런 거 아니야!"

"그럼 뭐가 불편한데?"

"아니야! 아, 아, 아, 안 불편해! 하나도 안 불편하다고!"

"그래? 그럼 됐고."

서연이 아, 말렸다, 하며 오만상을 찌푸리는 순간 준호가 가볍게 웃음을 흘렸다.

그 바람에 그의 어깨가 들썩였고, 슬쩍, 그녀의 가슴이 그의 등에 스쳤다.

"으읏."

준호와 맞닿은 부분부터 말초까지 서연의 온몸에 즉시 짜릿한 전류가 흘렀다. 앞에 있는 인간은 마찰이 있었다는 사실조차 전혀 알아차리지 못한 모양이지만.

서연은 어정쩡한 자세로 애써 엉덩이를 뒤로 빼며 준호와의 접촉을 최소화했다. 그리고 정신을 손끝에 집중하려 노력했다.

"시작해."

준호의 말에 서연은 애써 더듬더듬 첫 마디를 짚었지만 소리가 마음에 들지 않았다.

계속해서 성에 차지 않아 첫 마디만 무려 세 번을 다시 치자, 준호가 키득거리기 시작했다.

서연은 정색을 하며 항의했다.

"웃지 마! 자세가 불편해서 그래! 원래 이렇게 못 치지 않는단 말

283

이야!"

"알아, 알아. 계속해."

"정말이야!"

"그래, 그래, 안다니까."

서연이 심통을 부리며 더욱 발끈하자, 준호는 성의 없이 고개를 끄덕이며 웃음을 참았다.

어깨가 계속 흔들리니 그녀의 가슴이 자꾸만 그의 등에 스쳤다.

"그렇게 자꾸 움직이지 좀 마!"

"아, 그래. 미안, 미안."

서연이 다시 연주를 시작하자 준호는 좀 전까지 키득거리며 장난스러운 태도를 보였던 것과는 달리, 성의 있게 페달을 밟아주기 시작했다.

확실히 그녀의 스타일과는 달랐다. 미묘한 타이밍이랄까.

'이런 느낌이구나.'

처음엔 조금 엇나가긴 했어도, 서연은 연주가 계속될수록 서서히 준호와의 호흡이 맞아가는 걸 느낄 수 있었다.

초봄의 오후, 드뷔시, 그리고 최준호.

로맨틱한 분위기 탓이었을까. 서연은 준호의 페달링 테크닉이 아닌, 준호 자체를 느끼기 시작했다.

점점 손가락이 꼬이더니 듣기 싫은 미스터치가 나기 시작했다. 아니, 미스터치 수준이 아니었다. 몸이 머리의 지배를 벗어나기 시작했다.

심장이 확확 뛰고 눈앞이 캄캄했다. 콧속을 간질이는 달콤한 향기와 팔 아래 와 닿는 넓은 어깨의 감촉이 온통 그녀의 머릿속을 어지럽히고 있었다.

건반 위를 정처 없이 헤매던 서연의 손은 마침내 힘없이 멈추어 버렸다.

정적이 흐르길 얼마간.

다리에 힘이 풀려 흐느적거리던 서연은 준호의 등에 완전히 몸을 기댄 채 그의 어깨에 얼굴을 묻어버렸다.

"왜 그래?"

중저음의 나른한 목소리가 귀를 통과하는 사이 서연의 귀는 아무래도 어딘가 고장이 난 모양이었다. 두근두근 맥박 뛰는 소리가 여과 없이 들려왔다.

몸이 달아오르는 만큼 손가락은 점점 더 차가워지고 있었다. 제멋대로 변해가는 몸 상태를 전혀 컨트롤할 수가 없었다.

전부터 준호를 보며 느꼈던 묘한 기분의 정체를 서연은 이제야 알 것 같았다.

연인 사이라 해도, 그간 그가 자신의 문제를 척척 해결해주고 어리광을 다 받아주었기에 그저 편한 오빠로 여기고 있었는지도 모를 일이었다.

하지만 더 이상은 아니었다.

"어떡하지? 나, 좀 이상해진 것 같아."

준호는 자기 목을 꼭 끌어안은 서연의 팔을 부드럽게 어루만져

주며 속삭였다.

"그거 듣던 중 반가운 말인데."

준호가 재단의 누군가에게서 걸려온 전화를 받기 위해 자리를 뜬 사이, 심심해진 서연은 그의 책장에 꽂힌 악보를 구경했다.

준호는 취미생활이라고 부르기 송구스러울 정도로 대단한 연주 실력을 뽐내는 인간이었다. 그런 만큼 그의 소장 악보는 꽤나 방대했는데, 그중 책등이 눈에 띄게 낡은 악보가 그녀의 눈길을 끌었다.

발판을 딛고 올라가 책장에서 악보를 꺼낸 서연은 심하게 빛바랜 표지를 내려다보며 눈을 동그랗게 떴다.

"이런 건 처음 보는데."

쇼팽 녹턴집이었는데, 우리나라에서 발행된 책이 아니었다. 조심스럽게 펼쳐보니 초판 인쇄년도가 무려 1979년이었다.

"와아. 부모님한테 물려받은 건가 보다."

한 장 한 장 조심스럽게 넘겨보던 서연의 손길이 한 군데에서 멈칫했다.

자주 연주하던 곡이었는지 책 틈이 갈라진 곳이었는데, 페이지를 펼쳐본 그녀는 너무 놀라서 할 말을 잃고 말았다.

"이게…… 뭐지?"

원래대로라면 오선지와 음표들이 자리해야 할 악보 전체가 까만 크레파스로 새카맣게 칠해져 있었다. 물어볼 것도 없이 어린아이 손길이 분명했다.

그렇게 생각하니 문득 소름이 끼칠 정도로 섬뜩해졌다.

박박 문지른 궤적의 양 끝은 둥그런 구석이 하나도 없이 너무나 날카로웠다. 빠르고 힘 있게 마구 갈겨댄 모양.

그림이라고 볼 수도 없었다. 명백한 분풀이였다.

거기서 느껴지는 끔찍한 분노, 고통, 끝 간 데 없는 절망에 서연은 자기도 모르게 몸서리를 치고 말았다.

"아, 실례."

어느새 뒤에 다가와 있었는지, 준호는 서연의 손에서 악보책을 부드럽게 빼앗아버렸다.

준호가 애써 숨기려 하는 것을 보니 알 것 같았다. 검은 크레파스를 쥐고서 저 악보를 망친 아이가 누구였는지 말이다.

서연은 당황한 나머지 어깨를 움츠리며 둘러댔다.

"미안. 그냥……, 되게 오래된 악보라 좀 궁금했어."

"어머니가 쓰시던 거야."

"응. 그렇구나."

대화는 거기서 딱 끊기고 말았다.

왠지 모르게 경직된 분위기가 어색했던 서연은 뭔가 말을 이으려다 말고 눈을 크게 떴다.

"어?"

준호가 들고 있는 악보 사이에서 뭔가가 툭 떨어져 발밑의 카펫에 파묻혔다.

쪼그리고 앉은 서연은 떨어진 물건을 집어 들고 준호를 올려다 봤다.

"반지가 떨어졌어."

서연의 새끼손가락에 간신히 들어갈 정도로 보이는 아주 조그 만 금반지였다. 준호의 모친 악보에서 나왔으니 아마도 어린 시절 그의 것인지도 몰랐다.

예상했던 대로, 준호는 곧장 그 반지를 알아보고서 심드렁하게 내뱉었다.

"흐음. 이게 아직도 남아 있었다니."

그 소리에 서연은 예전의 일을 떠올렸다. 아쉬케나지의 쇼팽 음 반을 깔끔하게 두 조각 내서 버렸던 그날, 그는 분명 같은 소릴 했 었다.

그때처럼 이 반지 역시 버리려는 건가 했지만, 그렇진 않았다.

말없이 방을 가로지른 준호는 책상 서랍을 뒤져 뭔가를 꺼내가 지고 돌아왔다.

"그게 뭐야?"

"안 쓰는 목걸이."

"그걸로 뭐 하게?"

씩 웃고서 서연의 손에서 반지를 집어 든 준호는 화이트골드 소 재의 체인목걸이에다 반지를 끼워 넣고서 그녀의 목에다 걸어주 었다.

"이거…… 나한테 주는 거야?"

"그래."

"왜?"

목에 걸린 반지를 매만지며 서연이 이해할 수 없다는 표정을 하자 준호는 부드럽게 미소 지으며 말을 이었다.

"부모님한테서 받은 마지막 선물이니까 팔아먹진 마."

준호가 악보를 제자리에 꽂아 넣는 걸 보는 서연은 또다시 할 말을 잃고 말았다. 어쩌면 이 일로 그의 깊은 상처를 건드린 건지도 몰랐다.

"정말 미안해. 멀리 계신다고만 들어서 돌아가셨는지는 몰랐어."

서연이 울 것 같은 얼굴을 하고 진심으로 사과하자 준호는 황당한 표정으로 그녀의 얼굴을 내려다보더니 갑자기 크게 웃음을 터뜨렸다.

"오해하지 마. 두 분 다 건강히 잘 살아 계시니까."

"뭐? 아아, 깜짝 놀랐잖아! 마지막 선물 따위의 단어는 함부로 쓰지 말라고!"

서연이 발끈하자 준호는 키득거리며 덧붙였다.

"나 어렸을 때 의료봉사 하러 가면서 남겨주신 거거든."

"아아, 그렇구나. 지금은 어디에 계시는데?"

"르완다."

르완다라니. 한 번도 가보지 않은 곳인데도 어딘지 익숙한 느낌이 든 서연은 고개를 갸웃거렸다.

출입문 쪽에서 짤랑거리는 소리가 울리더니 인기척이 느껴졌다.

"죄송하지만 영업은 다음 주부터⋯⋯?"

문 안쪽에 들어와 있는 훤칠한 남자를 확인한 나미의 만면에 환한 미소가 번졌다.

"어머, 오랜만이네. 잘 지냈어?"

동양란 화분을 들고서 카페 안을 둘러본 현성은 뚜벅뚜벅 걸어와 카운터에다 화분을 올려두었다. 꽃대에 달린 개업 축하 리본이 부드럽게 흔들렸다.

"나야 늘 그렇지, 뭐. 너는 어때?"

"보다시피."

"건강 안 좋았었다며 얼굴은 그럭저럭 괜찮아 보이네."

"응. 돌아와서 한동안 잘 먹고 잘 쉬었으니까."

말하는 동안 나미의 눈은 현성에게 고정되어 있지 않고서 계속해서 불안하게 출입구 쪽으로 향했다.

한참이나 나미를 건너다보고 있던 현성은 어깨를 으쓱하며 말했다.

"미안하지만 나 혼자 왔다."

그 말에 나미의 까무잡잡한 얼굴이 눈에 띄게 붉어졌다.

"어, 어우, 야, 그런 거 아니야! 그냥……."

한참이나 어쩔 줄을 몰라 하던 나미는 허둥지둥 주방 쪽으로 들어가며 물었다.

"커피 한잔 줄까?"

"아니. 마시고 왔으니까 아무것도 준비하지 마."

"그래도 일부러 와줬는데 뭐라도 좀 먹고 가야 내 맘이……."

고민하는 듯 잠시 턱을 문지르고 서 있던 현성이 주방으로 불쑥 따라 들어가 대뜸 물었다.

"들었니?"

"뭘?"

"준호 애인 생긴 거."

나미의 손이 조리대 위에서 멈칫했다.

"애인이라고?"

"그래."

"준호가? 에이. 그럴 리가. 말도 안 돼."

나미의 목소리는 떨리다 못해 끝이 갈라지기까지 했다.

경직된 그녀의 뒷모습을 가만히 건너다보고만 있던 현성이 한숨을 내쉬며 덧붙였다.

"너도 준호도 참, 어쩜 그렇게 똑같이 고집스럽고 꽉 막혔는지."

11

/

In the distance

"우진이 형!"

"어어, 네가 이 시간에 학교에 붙어 있다니 웬일이냐?"

점심시간 직전이었다. 놀기 좋아하는 후배 녀석은 음대 현관 앞 벤치에서 몹시 난감한 표정으로 우진을 붙잡고 물었다.

"형, 혹시 지금 시간 있어요?"

"세 시간 정도 비는데, 왜?"

"소개팅 안 할래요, 형?"

"뭐어, 소개팅? 누구랑?"

"내 여친 베프인데…….."

"예쁘냐?"

"지금 스물두 살…….."

"예쁘냐?"

우진의 짓궂은 태도에 후배는 크게 웃음을 터뜨리며 고개를 설 레설레 저었다.

"예뻐요. 되게 착하……."

"어디가 예뻐? 어떻게 예쁘냐? 누구 닮았어? 승가는 크고?"

"아, 진짜, 형!"

그때까지 두 주먹을 꼭 쥐고서 우스꽝스럽게 열을 올려대던 우진의 시선이 살짝 빗겨갔다.

옆에서 시끄럽게 잔소리를 해대는 후배 녀석의 목소리가 점점 멀어지는가 싶더니 우진은 어느새 물속에 있는 것처럼 귀가 먹먹해졌다.

그의 눈길을 단번에 끈 것은 10미터 정도 떨어진 곳에 서 있는 누군가의 다섯 손가락이었다.

부드러운 봄바람에 나부끼는 단발머리를 귀 옆으로 쓸어 넘기는 그 바스러질 듯 하얗고 가느다란 손가락이라니.

우진의 시선은 이내 손등을 거쳐 다소 창백하지만 매끄러운 뺨과 오밀조밀 자리한 이목구비를 훑었다.

지금 캠퍼스에 분분한 이 꽃향기는 온통 저기서 풍겨오는 게 아닌가 싶을 정도로, 그녀는 화사한 빛을 발하고 있었다.

가파른 계단 한가운데 서서 담당교수의 이야기를 경청하고 있는 여학생은 그가 익히 잘 알고 있는 사람이었다.

"은서연……."

우진이 뭔가에 홀린 듯 묻는 말에 후배 녀석의 눈길도 서연 쪽으로 옮겨갔다.

"네? 은서연이 왜요?"

"쟤처럼 예뻐?"

"어우, 형. 양심도 없다. 솔직히 쟤 같은 애들이 형한테 눈길이나 주겠어요?"

"뭐라고? 이 자식이, 내가 뭐 어때서? 엉? 뭐, 뭐!"

미처 말이 끝나기도 전, 우진은 후배 녀석의 셔츠 칼라를 움켜쥐고서 짤짤 흔들어댔다. 그런데, 꽥꽥거리며 엄살을 피우던 녀석이 묘한 소릴 했다.

"컥, 컥, 이것 좀 놔요. 그런데 형은 하필이면 쟤를……!"

"뭐?"

잡고 있던 멱살을 놓은 우진은 의아한 표정으로 녀석을 다그쳤다.

"그게 뭔 소리야? 하필이면이라니."

멀리 떨어져 있는 서연의 눈치를 살살 살피던 녀석이 목을 문지르며 대꾸했다.

"아아. 쟤랑 고등학교 동창이었던 친구한테서 들었는데, 소문이 별로 안 좋더라고요."

"소문? 서연이에 대한 소문이 안 좋단 말이야?"

우진은 믿을 수 없다는 듯 눈을 사납게 부라렸다.

"고등학교 때 전학도 여러 번 다니고, 가는 데마다 계속 왕따를 당했다나 봐요."

우진은 입을 딱 벌리고서 후배 녀석을 내려다봤다.

"왕따라니, 왜애?"

"잘 모르겠어요. 문란해서 그랬다는 썰도 있었다고 하고, 정신적으로 문제 있다는 썰도 있었다고 하고, 뭐, 그래도 다 그럴 만한 이유가 있지 않았겠어요?"

그 소리에 우진의 눈썹이 꿈틀거렸다.

"그럴 만한 이유?"

"네. 괜히 왕따 당하진 않았을 거 아니에요. 뭔가 왕따를 당할 만한 이유가 있었으니까 당했던 거겠죠."

우진은 천천히 고개를 돌려 서연을 바라봤다.

3월 초 칼바람이 불던 길가에서 그녀를 처음 마주하는 순간, 세상 어디에 이렇게 예쁜 눈이 있을까 싶었었다.

그러나 고양이처럼 도도한 빛을 띤 그 눈동자 속 깊은 곳에는 묘하게 물기가 어려 있었다. 뭐라 표현할 수 없이 아프고 까만 물기가 말이다.

그 이유가 뭔지 이제 알 것 같았다.

"왕따를 당할 만한 이유라."

사람을 정의하고 결정짓는 것은 세 치 혀끝에서 나오는 말이 아니다. 한 다리만 건너면 원래 형체는 흔적도 없이 사라지는 소문 같은 것은 더더욱 아닐 테고.

그 사람을 만나서 잠시라도 눈을 마주 보고 얘기해보면, 그때야 비로소 이 사람이 어떤 사람인지 알 수 있는 것 아닌가.

우진이 아는 한, 서연에게는 왕따를 당할 만한 그 어떤 이유도 없었다.

아니. 애초에 사람이 따돌림을 당할 만한 이유는 또 뭐란 말인가. 이런 말 같지도 않은 말이 세상천지 어디에 있을까.

"야, 너."

"네?"

"너 일루 와봐."

"왜요?"

"와봐. 더. 더 가까이. 확실하게 가까이 오란 말이야, 인마! 딱 이렇게!"

"이렇게요?"

후배 녀석이 눈을 끔벅이며 얼굴을 가까이 들이밀자 우진은 녀석의 귓바퀴를 꽉 잡아 사정없이 비틀어버렸다.

"으아악! 크악! 아파!"

즉각 귀를 붙잡고 고통에 몸부림치던 녀석이 사납게 대들었다.

"갑자기 왜 그래요, 형?"

"그냥."

"예에에에?"

황당한 나머지 말문이 막힌 채 눈알만 뒤룩뒤룩 굴리는 후배 녀석을 싸늘한 눈으로 내려다보던 우진은 조용히 덧붙였다.

"풀 파워로 비틀었거든? 완전 아프지?"

"그걸 말이라고 해요? 아오오!"

아프다는 게 사실인 듯 후배 녀석은 눈물까지 찔끔 흘리고 있었다.

"자, 보자. 내가 네 못생긴 귀를 이유 없이, 정말 아무런 이유도 없이 확 비틀었어. 그치? 그런데 지나가던 사람들이 전부 너한테 손가락질을 하면서 '맞을 짓을 했으니까 맞았겠지.' 하고 무시해."

"아……."

"진심으로 궁금해서 묻는 거다. 지금 기분이 어떠냐?"

녀석은 한참이나 대답이 없었다.

"빌어처먹을 세상. 뭣 같구만, 진짜."

가벼운 한숨을 내쉬며 중얼거린 우진은 곧장 그 자리를 떴다.

"이번 주는 정말 정신이 하나도 없네. 하필 이럴 때 조교가 출장을 가버려서. 이거, 미안해서 어쩌지?"

"그런 말씀 마세요, 교수님."

학교 밖으로 나가려던 중, 서연은 지도교수를 만나 심부름을 부탁받았다. 수성재단의 지인에게 개인적인 서류를 좀 전달해달라는 내용이었다.

"잘 좀 부탁해. 적어준 전화번호로 연락하면 로비까지 직접 가지러 내려올 거야."

"네. 전달하고 바로 문자 드릴게요."

"고마워."

웃으며 돌아서던 여교수는 뒤늦게 뭔가 생각난 듯 말을 이었다.

"아, 그리고 서연아."

"네."

"오늘 집에 가거든 엄마한테 이제 꽃 그만 보내도 된다고 전해 줘."

"꽃……이요?"

"어머, 몰랐구나. 일주일에 한 번씩 꼬박꼬박 보내주고 있는데, 굳이 그렇게 안 해도 내가 어련히 알아서 네 딸 잘 가르치지 않겠 냐고 아무리 말을 해도 안 통하네. 호호."

유명 피아니스트인 지도교수는 서연의 모친 한 여사의 여고 동 창이었다.

꽃꽂이는 한 여사의 오랜 취미였다. 그러나 레슨을 받기 위해 갈 때마다 교수실 화병에 꽂혀 있던 꽃들이 모친의 작품인 것을 서연 은 전혀 모르고 있었다.

매주 그녀가 어떤 마음으로 정성스레 꽃을 꽂아 딸의 담당교수 에게 보냈을지 생각하니 서연은 문득 코끝이 시큰해졌다.

"좋은 부모님 만나 사랑받고 살 수 있는 건 큰 행운이야. 우리 서 연이 작년엔 건강 문제로 아쉽게 한 해 쉬었지만, 올해는 각별히 몸 잘 챙겨서 열심히 하자. 알았지?"

"네, 교수님."

따스한 봄바람에 머리카락과 스커트가 부드럽게 나부끼고 있었 다.

봄바람 때문인지 보드라운 감촉 때문인지 아니면 다른 어떤 이 유에서인지 알 수는 없었지만, 서연은 기분이 무척 좋아졌다.

교수가 자리를 뜬 후로도 서연은 한참이나 눈을 감고 깊이 숨을 들이마시며 봄을 만끽하고 서 있었다.

"서연아."

익숙한 목소리에 눈을 뜬 서연은 어느새 가까이 다가오며 인사하는 우진을 발견했다.

"아, 선배."

"아직도 그렇게 서먹서먹하게 굴다니. 자, 좀 더 애정을 담아 불러봐. 오빠앙, 하고. 여기선 끝에 콧소리를 섞는 것이 포인트다."

자기가 직접 '오빠앙' 하고 코맹맹이소리를 내는 우진이 더없이 우스꽝스러워 서연은 항의의 말 대신 헛웃음을 흘리고 말았다.

"본의 아니게 들었는데, 교수님 심부름 가는 길?"

"네."

"어딘데? 나도 어차피 교양까지 몇 시간 남아서 시간 죽여야 하니까 가까운 데면 같이 갔다 오자."

서연은 다소 난처한 표정으로 손사래를 쳤다.

"아뇨, 오늘 오후 강의 없어서 다시 학교 안 들어올 거예요."

호의를 거절한 것이 미안했던지, 서연은 이어서 아무렇지도 않은 어조로 덧붙였다.

"그리고 나 원래부터 혼자 잘 다녀서 정말 괜찮아요."

조금 전 들었던 말 때문이었을까. 우진의 미간이 티 나도록 좁아졌다.

"언제부터 그렇게 혼자 다녔는데?"

"네?"

의아한 눈으로 건너다보는 서연을 마주 보며 잠시 고민하던 우진이 선선히 물었다.

"너, 예전에 왕따 당했었다며?"

언젠가는 소문이 돌아 이렇게 되리란 것을 알고 있었던 서연이었지만, 막상 닥치고 보니 어떤 반응을 보여야 할지 몰랐다.

준호에게 모든 것을 털어놓고 위로받았지만, 그게 그렇게 단번에 아물 수 있는 상처가 아니란 건 이미 알고 있는 일이었다.

얼굴을 붉힌 채 어쩔 줄을 몰라 하던 서연은 한참 만에야 마지못해 고개를 끄덕였다.

그런 그녀를 물끄러미 바라보던 우진은 담담하게 말했다.

"나는 말이지, 기본적으로 여러 사람이랑 두루두루 사귀고 어울리는 걸 아주 좋아하는 사람이야. 그치만 나는 안 좋은 사람이랑은 상종 안 해. 그런 사람들은 애초부터 피하는 게 답이잖아. 안 그래?"

무슨 소리를 하는 건지 이해할 수 없었던 서연이 입을 다물고 빤히 쳐다보기만 하자 우진은 짧은 한숨을 내쉬며 덧붙였다.

"기적적인 확률로 네 주변에 좋은 사람이 한 명도 없었던 거라고 생각해라. 그래서 네가 먼저 걔들을 따 시킨 거라고 생각하면 편하지 않겠어?"

그 소리에 서연은 저도 모르게 웃음을 터뜨리고 말았다.

"말도 안 돼요."

"말이 되든 안 되든, 인마. 너 눈 딱 보면 그 안에 다 드러난다고.

아직도 그런 거에 신경 쓰고 있는 거면, 앞으로는 그러지 마. 지금 누구 한 명이라도 마음 터놓고 지낼 친구가 있다면 그걸로 된 거야. 누가 뭐라고 하든, 다 지난 일로 계속 상처받고 그럴 필요 없어."

비록 거칠고 투박하긴 하지만, 우진의 말에 담긴 진심이 그대로 전해져 왔다.

"고마워요."

서연의 감사 인사에도 우진의 표정은 아직 풀리지 않았다.

"너, 그거 알아? 신희도 고등학생 때 왕따였어."

"네?"

서연이 믿을 수 없다는 듯 눈을 크게 뜨고 우진을 돌아보자 그는 씁쓸한 표정으로 턱을 문지르며 말을 이었다.

"굳이 비밀도 아니라고 했으니 나중에 둘이서 얘기해봐라. 그리고 너희들 진짜 한심하다. 그걸 왜 참고 있냐, 응? 머리통으로 들이받아버리든지 아니면 떡이 되도록 패버리든지 할 것이지 병신같이 왜 참냐고! 혹시라도 앞으로 누가 그러면 내 앞에 끌고 와. 내가 아주 반 죽여버릴 테니까!"

말하다 말고 혼자 흥분해 자기가 당한 것처럼 길길이 날뛰던 우진이 허공에다 주먹을 휘두르자 서연은 또 한 번 웃음을 터뜨렸다.

어이없다는 듯 웃는 서연의 얼굴을 가만히 바라본 우진이 덧붙였다.

"세상에 '왕따를 당할 만한 이유' 같은 건 없다고. 바보들아."

목적지가 다른 곳도 아닌 준호의 근무처였기에 서연은 수성재단 본사까지 오는 동안 내내 그에게 연락을 할까 말까 고민했었다.

물론 연락도 없이 들렀다 가면 아쉽긴 하겠지만, 괜히 여기 있다고 얘기했다간 그의 성격 상 근무 도중이라도 달려 나올 게 뻔했기 때문이었다.

그러나 일은 서연이 생각했던 것처럼 쉽게 흘러가질 않았다.

"아아, 어떡하지? 계속 안 받네."

서연은 교수에게서 부탁받은 서류봉투를 야속한 눈길로 내려다보며 한숨을 내쉬었다.

로비에서 연락하면 바로 가지러 내려오겠다고 했다던 교수의 지인은 전화를 받지 않았다. 몇 번이고 통화를 시도했지만 마찬가지로 계속 불통이었다.

담당교수의 심부름인데 그냥 돌아갈 수도 없고, 어떻게 해야 하나 갈등하던 그녀는 어쩔 수 없이 준호를 찾기로 했다.

전화를 끊고 라인 앱을 불러오려던 순간, 웅성거리는 소리와 함께 한 무리의 사람들이 로비를 가로질렀다.

딱딱한 정장 차림을 한 십여 명의 일행은 다양한 연령층으로 구성되어 있었는데, 그중 서연의 눈길을 잡아끈 사람이 있었다.

진지한 표정으로 누군가의 이야기를 경청하고 있는, 다른 사람들보다 머리 한 개 정도 높이 솟아 있는 남자. 설마 이렇게 딱 마주칠 거라곤 생각 못했던 준호였다.

그러나 준호는 햇빛을 등지고 한쪽 구석에 서 있는 서연을 알아보지 못한 채 그대로 사람들 사이에 섞여 어딘가로 가버렸다.

반갑기도 하고 궁금해지기도 한 서연은 조심스럽게 그들을 따라가보았다.

아치형 천장의 통로를 건너 별관으로 건너간 일행은 문이 열려 있는 곳으로 빨려 들어가듯 사라졌다. 곧 용도 변경 공사를 앞두고 있다던 대극장의 2층 객석이었다.

살금살금 다가가 안을 엿보니 재단 관계자인 듯한 사람들과 외부인들로 보이는 사람들이 객석 난간에 기대어 대화를 나누고 있었다.

준호는 그들 사이에서 여유로운 미소를 지으며 고개를 끄덕이고 있었다. 주변 상황이 얼마나 심각하든지 전혀 상관하지 않는 듯한 태도였다.

태생부터 몸에 밴 느긋함이랄까.

서연은 준호의 그런 모습이 참 좋았다. 그를 보고 있으면 항상 팽팽하게 잡아당겨져 있던 신경줄이 느슨해지는 기분이었다.

덩달아 여유로워진 서연은 천천히 준호를 관찰했다.

'음……? 저 인간 비율이 원래 저렇게 좋았던가?'

훤칠한 키, 늘씬한 몸매에 시원스레 뻗은 사지까지, 어느 한 군데 나무랄 곳이 없었다. 게다가 준수한 얼굴 생김새는 어떻고.

이런 게 콩깍지인가 싶을 정도로 준호의 외모는 더할 나위 없이 매력적이었다.

늘 가까이에서만 보던 남자를 먼 거리에서 뜯어보는 건 꽤나 신선한 경험이었다.

엊그제 그에게서 느꼈던 강한 두근거림, 그리고 들킬까 조마조마한 이 느낌까지 더해 기분이 못 견디게 이상해지고 있었다.

그때, 누군가의 말에 귀 기울이고 있던 준호의 얼굴 표정이 아주 약간 미묘해졌다.

'어?'

다른 사람은 몰라도 서연은 알 수 있었다.

억지로 일하고는 있는데 뭔가 맘에 거슬리고 불쾌한 일이 있는지, 웃고 있는 입꼬리의 각도가 서연을 대할 때와는 확실히 달랐다. 어딘지 모르게 경직된 미소. 보여주기 위한 웃음이랄까.

'내가 좀 도와줄까?'

장난기가 발동한 서연은 라인 앱을 실행시키고 메시지를 보냈다.

[바빠?]

멀리, 준호가 티 나도록 움찔하는 게 눈에 띄었다.

304

상대방에게 양해를 구하고 자리를 피해 휴대전화를 꺼낸 준호의 입가에 평소와 같은 미소가 어렸다.

그걸 보는 순간, 서연의 가슴 한구석이 별안간 쿵 하고 내려앉았다. 찬물이라도 뒤집어쓴 것처럼 몸이 식었다.

[아니.]

바쁘면 적당히 무시하고 나중에 답해도 좋으련만, 항상 그랬다. 운전 중일 때를 제외하고 준호는 언제나 응답대기 모드였다.

'바보.'

바쁘다는 답이 건너오면 우스꽝스러운 파이팅 메시지로 기분을 전환시켜주려던 계획이었지만, 서연은 왠지 죄책감이 들어 더 이상 아무 말도 할 수가 없었다.

대화가 더 이상 이어지지 않자 준호에게서 질문이 건너왔다.

[어디야? 학교?]

이 이상 방해해선 안 될 것 같았다.

서연은 답을 피한 채 천천히 뒷걸음질 쳐 그곳을 벗어났다.

아까 지났던 통로를 다시 되짚어 걸어가는 동안 서연의 죄책감은 점점 더 그 무게를 더하고 있었다.

'엄마도 아빠도 신희도 우진 선배도, 그리고 준호 오빠는 말할

것도 없고 다들 나를 신경 쓰고 걱정하잖아. 나, 그동안 주변 사람들한테 엄청난 민폐 끼쳐왔구나.'

모처럼 좋았던 기분이 죄책감에 밀려 마음 한쪽 구석에 처박혔다.

걸음을 멈추고 참았던 숨을 몰아쉬자 극심한 피로가 느껴졌다. 아무 데나 기대앉아 쉬고 싶은 심정이었다.

"아, 맞다. 심부름."

팔에 안고 있던 서류를 뒤늦게 자각한 서연은 다시 한 번 상대에게 전화통화를 시도하려다 뒤에서 불쑥 튀어나온 누군가의 손에 손목을 붙들렸다.

"와. 그쪽 생긴 게 딱 내 타입인데, 연락처 좀 알려줄래요?"

달콤한 향기와 나른하고 낮은 음성.

천천히 돌아서서 준호의 웃는 얼굴을 마주 본 서연은 미안한 마음에 울상을 하고서 물었다.

"요즘 세상에 그렇게 촌스럽게 작업 거는 사람이 어딨어?"

"아, 촌스러워? 그럼 내 방식대로 해볼까?"

그 소리를 듣자마자 서연은 정색을 하며 두 손으로 양쪽 귀고리를 붙잡았다.

"안 돼!"

서연의 솔직한 반응에 준호는 가볍게 웃음을 터뜨렸다.

한참이나 그의 얼굴을 올려다보던 서연은 걱정스러운 어조로 물었다.

"이렇게 나와버려도 괜찮은 거야?"

"진작 마무리 분위기였는걸. 회의는 벌써 삼십 분도 전에 다 끝났는데 서로 자기 자랑하느라 점점 늘어지는 그런 거지 뭐. 지겨웠는데 잘됐어."

준호가 미간을 살짝 찌푸리자 그림처럼 매끄럽던 눈매에 살짝 주름이 잡혔다. 그 모습이 왠지 뜬금없이 섹시하게 느껴졌다.

"내가 여기 있다는 건 어떻게 알았어?"

"감(感)."

말도 안 되는 대답이었지만 너무 자연스럽다 보니 서연은 그대로 납득하고 말았다.

"엄청 좋네, 그 감."

준호는 걸음을 옮기며 물었다.

"너야말로 이 시각에 여긴 웬일이야?"

그와 발을 맞춰 걷기 시작한 서연은 난처한 표정으로 서류봉투를 흔들어 보였다.

"교수님 심부름. 이것 좀 전해달라시는데 상대방이 전화를 계속 안 받아서 어떡하지, 하고 있는데 눈앞에 마침 오빠가……."

서연이 스스럼없이 내놓는 '오빠'라는 단어에 준호가 몸을 부르르 떨었다.

말해놓고 쑥스러웠던 서연은 눈을 흘기며 준호의 팔을 세게 꼬집어버렸다.

"아얏."

"나도 계속 적응 안 되니까 제발 일일이 반응하지 좀 마."

"아아, 알았어, 알았어."

준호는 서연의 손에 들린 서류봉투를 부드럽게 뺏어들고서 슬쩍 내용물을 들여다보며 물었다.

"누구한테 전하는 건데?"

"교수님이 메모해주셨어. 여기."

서연은 숄더백을 뒤져 두 번 접힌 메모지를 건넸다. 메모지를 펼쳐본 준호는 고개를 끄덕이며 선선히 말했다.

"김 이사님이네. 좀 이따 회의 때 만날 거니까 내가 전해드릴게."

"으음. 내가 직접 전하고 교수님한테 문자 드리기로 했는데."

"나한테 전달했다고 해. 아실 거야."

"아는 사이야?"

"유학시절에 몇 번 뵌 적 있어서."

"헤에. 발 넓구나."

신기한 표정으로 고개를 끄덕이는 서연을 가만히 건너다보던 준호는 이내 손목시계를 확인하더니 물었다.

"어디 바로 갈 데 있어?"

"음. 신희 오늘 카페 연주 알바 첫날이라 가보기로 했는데, 시간이 좀 애매하게 남아서 고민이야."

"그럼 커피 한잔 하고 갈래?"

서연은 한참 동안이나 대답을 하지 못했다.

솔깃한 제안이긴 하지만 역시 무척 미안했기 때문이었다.

"아냐, 됐어."

서연의 얼굴에 그대로 드러나 있는 갈등을 눈치 챈 준호는 부드럽게 그녀를 이끌며 로비 동편의 커피 전문점으로 향했다.

"따라와."

서연은 마지못해 이끌려가며 조심스럽게 그의 눈치를 살폈다.

"아무리 그래도 근무시간인데 멋대로 자리 비워도 되는 거야? 나 정말 괜찮으니까 신경 쓰지 마. 다음에는 미리 연락하고 올게."

"그렇게……."

잠시 말을 끊고 돌아본 준호는 서연의 눈을 똑바로 들여다보며 말을 이었다.

"착하고 성실한 점도 매력이라고 생각해."

밑도 끝도 없는 말에 서연은 이해할 수 없다는 눈으로 준호를 올려다봤다.

"뭐?"

"너 말이야."

"내가 뭘?"

"전혀 그렇게 안 보이는데 실제론 답답할 정도로 굉장히 바르거든."

"그거 칭찬이야?"

"아니. 찬양."

얼굴을 확 붉힌 서연은 한참이나 준호의 말을 곱씹다 뭔가를 깨닫고 물었다.

"아니? 잠깐! 그렇게 안 보인다니? 그건 또 무슨 뜻이야? 겉으론 바르지 않아 보인다는 말인 것 같은데?"

아무 대답도 하지 않은 채 싱글싱글 웃기만 하는 준호의 얼굴을 보고 약이 오른 서연은 있는 힘껏 그의 옆구리에다 주먹을 내질러 버렸다.

"주문하신 에스프레소와 딸기 스무디 나왔습니다!"

준호가 음료를 받아 오기 위해 자리에서 일어나는 순간, 사원증을 목에 건 늘씬한 아가씨 두 명이 그를 향해 공손하게 인사했다.

"안녕하세요, 이사님."

준호는 가볍게 고개를 숙여 인사한 후 언제나 그렇듯 마이웨이를 타버렸고, 뒤에 남은 여사원들의 시선이 자연스럽게 서연에게로 와 닿았다.

이십 대 후반으로 보이는 그녀들에게선 준호와 비슷한 성숙함이 느껴졌다. 지금의 서연이 아무리 꾸미고 치장한다 해도 저렇게 보일 수는 없겠지.

왠지 주눅이 든 서연은 저도 모르게 어깨를 움츠리고 말았다.

서연의 머리부터 발끝까지를 부담스러운 시선으로 훑어본 두 사람은 이내 자기들끼리 뭔가 쑥덕거리며 자리를 떴다.

'역시, 확실히 거절하고 갔어야 했어.'

재단 로비의 카페였다. 준호를 아는 사람이 많을 거란 생각을 미처 하지 못했던 서연은 그제야 자기 생각이 짧았음을 후회했다.

"표정이 왜 그래?"

준호가 앞에 놓아주는 유치할 정도로 선명한 핑크색 음료를 마주하자 서연은 왠지 더 기분이 쓸쓸해졌다.

"아무것도 아니야."

폭넓은 지식에서인지, 아니면 태생부터 몸에 밴 여유에서 나오는 것인지는 몰라도 준호는 이십 대 끝자락인 제 나이보다 더 원숙해 보였다.

아까 멀리서 봤을 때도 느꼈던 거지만, 나이 지긋하고 사회적으로 존경받는 위치의 사람들 사이에 섞여 있어도 전혀 위화감이나 심리적 위축이 드러나질 않았다.

서연은 느긋하게 웃으며 건너다보는 준호를 마주하고 의기소침해졌다. 거기다 좀 전에 있었던 일까지 더해 마음이 몹시 복잡해졌다.

"아무것도 아닌 눈이 전혀 아닌데."

"정말 아무것도 아니라니까."

서연은 솔직하지 못하게 얼버무리며 시선을 피해버렸지만 준호는 다 안다는 듯 아무렇지도 않게 물었다.

"학교에서 누가 뭐라고 하기라도 했어?"

그 질문에 서연이 가장 먼저 떠올린 생각은 참 신기하다는 것이었다.

어쩜 저렇게 아무렇지도 않게 사람을 꿰뚫어 보고 콕콕 찔러댈까.

"어디서 독심술 배워?"

"일이 영 적성에 안 맞는 것 같은데 이참에 그쪽으로 공부 좀 해 볼까."

준호의 너스레에 서연은 저도 모르게 웃음을 터뜨리고 말았다.

"말해봐. 무슨 일이었는데?"

웃음을 멈추고도 한참이나 대답을 못하던 서연이 어렵게 대꾸했다.

"아아, 별일은 아니었어. 언젠가는 이렇게 될 거라고 생각하긴 했는데, 막상 닥치니까 역시 기분이 별로네."

"뭐가?"

"고등학교 동기들 중에 과는 달라도 우리 학교 들어온 애들 많거든. 그 애들이……, 뭐, 그런 거 있잖아."

서연은 더 이상 아무 부연설명도 하지 않은 채 어깨를 으쓱하며 희미하게 웃어버렸다. 다 포기한 듯 허무한 미소였다.

굳이 듣지 않아도 알 수 있었던 준호는 쓰디쓴 커피 한 모금을 목울대 너머로 삼킨 후 물었다.

"어깨 빌려줄까?"

그 소리에 서연은 눈을 동그랗게 떴다가 이내 샐쭉 웃으며 말했다.

"음. 속상한 건 사실인데, 별로 울고 싶진 않아. 그리고 이젠 그럴 필요도 없잖아. 외톨이 아니니까."

무슨 일이든 편안하게 털어놓고 후련해질 수 있는, 어떤 무거운 짐도 건네주고 쉴 수 있는, 아무리 기대도 버텨주겠다고 한 사람이 있으니까 말이다.

"그래."

오직 자신만을 향한 서연의 간절한 눈빛을 마주한 준호의 입술 끝이 부드럽게 호를 그리며 올라갔다.

"아무 생각도 하지 마. 보기 싫은 건 아무것도 보지 말고 나한테 오면 돼. 지금처럼."

"응."

은은한 재즈 선율이 흐르는 카페 안엔 여러 팀의 손님들이 있었지만, 그곳만 다른 공간처럼 느껴질 정도로 두 사람의 주변엔 특별한 기류가 흐르고 있었다.

천천히 주위를 둘러본 서연은 시선을 다시 준호의 눈동자로 맞춘 후 어색하게 떨리는 목소리로 고백했다.

"있잖아. 가끔은 좀 무서워져."

"뭐가?"

"너무 맛있는 음식은 뭔가 의심해봐야 한다고 하잖아."

"나하고 같이 있는 시간이 너무 좋아서 무섭다는 뜻?"

준호가 되묻는 말에 서연은 수줍음으로 새빨개진 얼굴을 손으로 가리고서 대답을 피해버렸다.

그 모습을 본 순간, 준호는 손톱 밑이 간질간질한 느낌에 하마터면 신음을 흘릴 뻔했다.

바로 이거다.

세상 그 어떤 게 이렇게 달콤할 수가 있을까. 참을 수 없는 희열에 머리가 깨질 듯 아프고 어금니가 찡하게 울렸다. 온몸을 타고 흐르는 극도의 흥분에 정신을 잃을 것만 같았다.

그러나 그 흥분은 이후 이어진 서연의 말에 싸늘하게 식어버렸다.

"생각해보니 오빠를 만난 후로 내 주변엔 좋은 사람들만 모이는 것 같아. 신희도 우진 선배도…….."

"김우진?"

"응."

준호는 여전히 웃는 얼굴이었지만 눈만은 그렇지 않았다.

어딘지 모르게 차갑게 느껴지는 그의 눈빛에 서연은 전부터 가졌던 의심을 굳힐 수 있었다.

"있지, 하도 액션이 크고 사람이 실없어 보여서 나도 처음엔 이상하게 봤었는데, 아니더라. 오해하지 마. 우진 선배 되게 좋은 사람이야. 속 깊고 정도 많고 밝고 성실…….."

묘하게 변명처럼 들리는 어조로 서연은 우진의 장점을 준호에게 어필하기 시작했지만, 그는 끝까지 들을 의사가 전혀 없는 듯 말허리를 잘라버렸다.

"그 버릇 아직도 못 고쳤구나."

"버릇……이라니?"

준호는 여전히 환하게 웃는 얼굴로 싸늘하게 내뱉었다.

"안 어울리니까 이상한 '것' 달고 다니지 말라고 했잖아."

길쭉한 자동문 스위치를 누르기 직전, 서연은 출입문 한가운데에 동그랗게 자리한 카페명 로고를 물끄러미 바라봤다.

'Jealousy'라니, 무슨 뜻으로 이런 이름을 지은 거지? 카페 이름이 자꾸만 거슬리는 건 기분 탓일까.

신희는 벌써 와서 연주 중인지, 문밖까지 피아노 소리가 쩌렁쩌렁 울리고 있었다.

"어서 오세……? 어머, 서연이네? 아유우우우, 예쁜 것! 어쩜 오늘도 이렇게 예쁘니!"

문이 열리자마자 기다렸다는 듯 달려 나온 나미는 서연의 손을 붙잡고 어쩔 줄을 몰라 하면서 반가워했다.

"진짜 신기하네. 화장품 어디 거 쓰니? 피부가 어쩜 이래? 이게 이쪽에서 얘기하는 도자기 피부인 건가, 크으!"

나미는 시원시원하고 유쾌한 성격이 꼭 우진의 여성 버전을 보고 있는 것만 같았다.

과도한 관심이 부담스러워진 서연은 나미의 시선을 피해 카페 안을 둘러보다 인상을 찌푸리며 물었다.

"저기, 죄송한데 오늘 영업 안 하세요?"

"아니. 영업하고 있잖아."

"그런데 왜……?"

"뭐가?"

카페 안에 손님이 전혀 없었다. 한 명도.

당황한 서연이 무슨 말을 해야 할지 고민하는 사이 나미는 머리를 벅벅 긁으며 서연의 손을 붙잡아 카운터석으로 향했다.

"헤헤헤. 이런 날도 있고 저런 날도 있는 거지, 뭐. 오늘은 네가 매상 올려줘라. 뭘 좀 드릴까요? 저녁은 드셨습니까, 고갱님?"

"아직 못 먹었어요."

"그럼 샌드위치랑 오늘의 커피 세트메뉴를 추천합니다."

서연은 메뉴북을 보여줄 생각 따위 전혀 없어 보이는 나미를 보고 조그맣게 웃음을 터뜨리며 고개를 끄덕였다.

"네. 그걸로 할게요."

서연은 높은 바체어에 자리를 잡고 앉아 피아노 쪽을 바라봤다. 연주에 깊이 몰두해 있는 신희는 서연에게 가볍게 눈인사만 했을 뿐, 손을 멈추지 않았다.

"어우, 나는 막귀라서 도통 클래식은 모르겠네. 뭐 이리 난해해? 나는 '엘리제를 위하여' 정도면 괜찮은데."

투덜거리며 주방으로 들어간 나미는 샌드위치와 커피를 준비하면서도 계속해서 구시렁거렸다.

손님 없는 카페에 울리고 있는 프로코피에프 소나타는 다름 아닌 신희의 위클리 연주곡이었다.

'대단하다, 이신희. 애가 알바하러 온 게 아니라 연습실을 오히

려 돈 받고 빌렸네.'

서연이 가까스로 웃음을 참는 것을 본 신희는 어깨까지 들썩여 가며 절박하게 눈짓을 했다. 보아하니 나미는 이 사실을 전혀 모르고 있는 모양이다.

서연이 손으로 턱을 받치고 신희의 연주를 즐겁게 경청하고 있는 동안 손님은 여전히 한 명도 찾아오지 않았다.

그 사이 연주의 탈을 쓴 연습은 어느새 끝이 나고, 양심의 가책을 이기지 못했던 신희는 나미의 눈치를 보며 정말로 '엘리제를 위하여'를 들려주기 시작했다.

샌드위치와 커피가 오른 쟁반을 들고 나타난 나미는 그제야 함박웃음을 짓고서 어린아이처럼 좋아했다.

"이야아, 이제 좀 귀에 들어오네!"

카운터 테이블에 음식을 서빙한 나미는 좋아하는 곡을 감상하며 서연을 마주 보고 앉아 명랑하게 물었다.

"서연아. 머리카락을 좀 길러보면 어때?"

"네?"

"단발보다 긴 생머리가 훨씬 더 잘 어울릴 것 같아서 하는 말이야."

"아, 원래는 길었는데 지난달에 잘랐어요."

"왜?"

갑작스러운 질문에 서연은 어떻게 대답해야 좋을지 몰라 애매하게 얼버무렸다.

"그냥, 기분전환 삼아서요."

"뭐야, 실연이라도 당한 거야?"

"아, 아니에요!"

얼굴을 붉히며 정색을 하는 서연을 귀엽다는 듯 바라보던 나미가 덧붙여 물었다.

"너 남자친구 있지? 남자사람 친구 말고 애인 말이야."

"네."

서연이 의외로 선선히 대답하자 나미는 나지막이 투덜거리다 말을 이었다.

"배신자구만."

"네?"

"친구 맞니? 신희 봐라, 신희. 아직 솜털 안 가신 것도 불쌍한데 순진하긴 또 얼마나 순진해주시는지. 아직까지 연애 한 번도 못해 보셨단다. 가지 좀 쳐."

뭐라고 대답해야 할지 알 수가 없었다. 바로 지난달까지만 해도 서연 역시 같은 처지였으니 말이다.

"대학생?"

"뭐가요?"

"남친."

"아아. 아니요. 사회인이에요. 나이 차도 좀 있고……."

"흐음. 서연이는 확실히 어른이구나앙?"

나미가 음흉한 눈으로 짓궂은 장난을 치자 서연은 얼굴을 붉히고 말을 돌려버렸다.

"사장님은요?"

"에이, 사장님이라고 하면 너무 딱딱하잖아. 언니라고 불러주라."

"언……니는요?"

서연이 어색하게 묻는 말에 나미는 머쓱한 웃음을 지으며 대꾸했다.

"연애는 제법 해봤는데, 뭐, 이런저런 사정으로 지금은 솔로."

"이런저런 사정이라니요?"

한동안 허공 어딘가를 응시하던 나미는 한참 만에 씁쓸한 어조로 내뱉었다.

"말하자면 긴데. 아무튼, 그래. 좀 많이 이상한 녀석을 좋아해버린 바람에."

12
/
Bridge

"어디가 그렇게 '좀 많이 이상한' 사람이었는데요?"

호기심 가득한 서연의 물음에 나미는 희미하게 웃으며 옛일을 떠올렸다.

"어렸을 때부터 알던 동생인데……. 가끔 보면 자기가 아픈지도 모르고 사는 사람들 있잖아? 딱 그런 녀석이었어."

턱을 괴고 허공 어딘가를 응시하며, 나미는 담담하게 말을 이었다.

"나는 오지랖이 넓어서 그런 걸 또 못 보거든. 그래서 내가 보듬어 안고 좀 편안하게 만들어주고 싶었던 거야."

이해가 안 가는 말이었다. 서연은 눈을 동그랗게 뜨고서 되물었다.

"좋아했었다면서요."

"응. 가엾고 안타까워서 더 좋아해줬었지. 쪽팔린 일이지만 그 땐 정말 자나 깨나 그 녀석 생각밖에 없었다."

"그럼 사귀다 헤어진 거예요?"

눈웃음 짓고 있던 나미의 눈매가 보기 흉하게 일그러졌다.

그 후로 오랜 시간이 흘렀지만 흐린 하늘과 그날 짧은 키스의 감촉은 생생하기만 했다. 차가운 손길과 목소리, 그리고 그보다 훨씬 더 싸늘하고 냉정했던 그의 눈빛마저도 여전히.

"그건…… 비밀."

나미는 이내 고통스러운 표정으로 고개를 돌리고 대답을 피해버렸다.

가만히 그녀를 건너다보고 있던 서연은 뭔가를 깨달았다.

'아직도 그 사람 좋아하는구나. 그래서 다른 사람을 못 만나는 거야.'

문득 가슴이 먹먹하고 입맛이 씁쓸해졌다.

그 가슴 아픔은 나미에 대한 연민 때문은 아니었다.

전혀 바라지 않는 일들이 언제든지, 얼마든지 일어나는 삶이 아닌가.

만약 무슨 일이 생겨 언젠가 준호와 헤어지게 된다면 어떤 기분일까.

상상하기도 싫었다. 너무도 끔찍했다. 남은 인생을 어떻게 살아가야 할지 알 수가 없어졌다.

저도 모르게 몸서리를 치는 서연을 바라본 나미는 환하게 웃으며 그녀의 손을 꼭 잡아주었다.

"남친 많이 좋아하지? 언니가 응원할 테니까 오래오래 끝까지가.”

얼굴을 붉힌 서연은 수줍게 고개를 끄덕였다.

서연의 손을 붙잡고 있는 나미의 손 온도는 준호의 것만큼이나 따스했다.

보기 좋은 눈웃음만큼이나 멋진 사람.

누군가가 안타까워서 보듬어 안고 그 사람에게 힘이 되어주기 위해 좋아해주었다니, 서연이라면 절대 할 수 없는 일이다. 그런 나미가 존경스러운 데다 왠지 숭고하게까지 느껴졌다.

서연이 동경의 눈으로 바라보는 가운데, 나미는 갑자기 우스꽝스러운 소리를 내며 머리를 벅벅 긁어대기 시작했다.

“크아아, 그건 그렇고 장사가 왜 이렇게 안 되는 거야!”

아까는 이런 날도 있고 저런 날도 있는 법이라며, 역시 걱정은 되는 모양이었다.

“지인 찬스라도 좀 쓰려고 했더니만, 이것들은 도대체 의리는 어디다 팔아먹고!”

“친구분들 부르셨어요?”

서연의 물음에 나미는 카운터 위에 올라 있던 휴대전화를 집어 들었다.

현성과 준호가 초대되어 있는 라인 단체대화방은 여전히 잠잠했다.

[퇴근 후에 한번 들르든지 할게.]

322

세 시간쯤 전 현성이 남긴 메시지 이후로 아무 소식도 없었고, 준호는 심지어 방에 초대된 후로 메시지를 단 한 번조차 확인하지 않았다.

화면을 몇 번 터치하자 준호의 프로필사진이 확대되었다.

준호에게 애인이 생겼다는 현성의 말이 사실이었던 듯, 사진 속엔 연두색 핸드크림 튜브를 들고 있는 누군가의 손이 찍혀 있었다. 하얗고 가느다란 선. 여자의 것이 확실했다.

이럴 순 없다, 어떻게 이럴 수가 있단 말인가.

나미는 찌르는 듯 아파오는 명치끝을 손으로 지그시 누르며 씁쓸한 입맛을 달랬다.

점점 깊어지고 있던 그녀의 상념은 서연의 가느다란 목소리에 끊겼다.

"잘 먹었습니다."

말은 잘 먹었다고 하는데, 서연의 샌드위치는 반도 채 줄지 않은 상태였다.

"왜 다 안 먹어? 혹시 맛이 없어?"

그 말에 서연은 펄쩍 뛰며 손사래를 쳤다.

"어머, 아니에요. 정말 맛있었어요."

"그런데 왜 이렇게 많이 남겼어?"

"저 원래 위장이 작아서 많이 못 먹거든요."

하얗고 길며 건드리면 툭 부러질 것처럼 가느다란 서연의 손가락을 곁눈질한 나미는 우악스럽게 내뱉었다.

"우아아아아, 너 진짜 재수 없다! 뭐야, 이거? 나 몸매 관리하는 여자라 이거냐?"

"아니에요, 정말……."

"아니긴 뭘 아냐! 너 몸무게 얼마나 나가? 혹시 매 끼니마다 칼로리 계산하고 그런 짜증나는 짓 하고 그러는 거 아냐? 내 손에 죽는다, 진짜! 냉큼 다 먹지 못할까!"

주먹을 부르쥐며 과장하는 나미의 우스꽝스러운 태도에 서연은 결국 참지 못하고 웃음을 터뜨리고 말았다.

그때, 연주를 마친 신희까지 장난스럽게 합세했다.

"언니, 언니, 서연이 튀긴 음식 같은 거 잘 안 먹는 거 알아요? 쟤 아닌 척하면서 은근 관리한다니까요."

"얘! 내가 언제……!"

"잠깐만. 설마 관리 안 해도 그 몸매라고 할 생각은 아니겠지? 신희야, 우리 서연이 상 좀 받아야겠다. 무슨 상?"

"제사상!"

시답지 않은 농담에 여자 셋이서 까르륵 웃는 소리로 손님 없는 카페 안이 어느새 시끌벅적해졌다.

"바쁘니?"

– 결재가 밀려서요. 무슨 일이세요?

"꼭 일이 있어야 전화하는 거냐."

– 별로 할 말도 없잖아요.

희한한 녀석이었다. 가까우면서도 묘하게 멀다고나 할까.

현성은 겉으론 친절하고 부드럽지만 실상은 저렇게 생판 아무 관계도 없는 사람인 것처럼 구는 준호가 가끔은 야속했다. 원래부터 그런 놈이란 걸 알고 있어도 야속한 건 어쩔 수가 없었다.

"뭐, 됐고. 너 라인 앱 안 쓰냐?"

– 아뇨. 쓰는데요.

"그럼 웬만하면 메시지 좀 확인하지 그래?"

– 무슨 메시지요?

"나미가 가게에 와서 좀 팔아달라고 하잖아."

– 그래요?

"해도 너무하는군."

– 바빠서요.

"너만 바쁘냐? 아아. 혹시 바쁜 쪽은 연애사업 쪽?"

현성이 빈정거리자 준호는 피식 웃으며 대꾸했다.

– 잘 아시네요.

주차 후 차에서 내리며, 현성은 쓸쓸한 얼굴로 카페 건물을 올려다보다 중얼거렸다.

"하긴, 나미한테는 어쩌면 네 방식이 더 맞는지도 모르겠다. 어차피 바뀌지도 않을 거, 헛된 기대라도 좀 덜 하게 말이지."

잠시 생각에 잠겼던 현성은 어두워진 거리로 시선을 돌리며 덧붙였다.

"그래도 아직 옛정은 살아 있구나. 네가 그렇게까지 나미를 생각해주다니."

─ 생각해준 적 없는데요. 제가 남 생각하고 움직일 정도로 좋은 놈 아니란 거, 누구보다도 잘 아시잖아요.

듣고 보니 그랬다. 틀린 말이 아니었다.

─ 전화 들어오네요. 끊을게요.

차가운 그 말을 끝으로 전화는 속절없이 끊겨버렸다.

환하게 불을 밝힌 액정화면을 내려다보던 현성은 분명 아무렇지도 않게 웃는 얼굴을 하고 있을 준호를 떠올리며 몸서리를 쳤다.

"이런 녀석이 연애라니."

현성은 고개를 설레설레 젓고 헛웃음을 흘리며 카페로 이어진 계단을 밟고 올라섰다.

그때, 위에서 가벼운 구둣발 소리가 울렸다.

고개를 들어보니 이런 데서 마주칠 거라곤 전혀 생각지 못했던 낯익은 여자 한 명이 내려오고 있었다.

"아……."

은서연이었다.

현성은 사람 얼굴을 기억하는 데 약했다. 수성물산 은 사장의 외동딸 서연 역시 예전에도 몇 번 본 적이 있었어도 도통 얼굴을 기

326

억하지 못했었다. 그녀가 준호의 연인이란 사실을 알고 나서야 겨우 생김새를 익힌 것이었다.

누군가와의 통화에 여념이 없던 서연은 현성을 보지 못한 채 그대로 스쳐 지나갔다.

그녀의 얼굴 가득 화사하게 번져 있는 미소를 보아하니 전화 저편의 상대가 누구인지 알 것도 같았다.

'그런데 저 아가씨가 왜 여기서 나오지?'

의아한 표정으로 카페에 들어선 현성은 거기서 또 한 번 예상하지 못했던 사람을 맞닥뜨렸다.

"어어? 아저씨?"

피아노 앞에 엉거주춤 서 있던 신희가 현성을 발견하고 입을 딱 벌렸다.

"넌 여기서 뭐 하니?"

"아저씨야말로 여긴 어떻게 아시고……?"

신희가 미처 말을 다 맺기도 전, 나미가 뜨악한 표정으로 현성과 신희를 번갈아 보며 물었다.

"어머머머머? 너희 둘 서로 아는 사이였어?"

신희가 들고 있는 악보를 본 현성은 그제야 대강의 사연을 짐작할 수 있었다.

얼마 전 신희가 아르바이트 자리 하나를 잃었다더니, 그새 여기서 새 일거리를 찾은 모양이었다. 서연은 아마 그런 신희를 따라왔다 먼저 자리를 뜬 것일 테지.

신희가 무슨 아르바이트를 하건 그건 전적으로 신희의 소관이
었다.

하지만 나미의 카페는 문제 될 소지가 충분했다. 문제는 신희 쪽
에 있는 게 아니라 그녀의 절친한 친구인 서연에게 있었고.

지나치게 밝아 보이는 나미의 얼굴과 아무것도 모른 채 반가워
하는 신희의 얼굴을 살핀 현성은 인상을 딱딱하게 굳히며 출입문
쪽을 돌아봤다.

'으음, 이거 뭔가 위험한 조합인데.'

"아직도 회사?"

– 안타깝게도.

전화 저 너머로 들리는 준호의 목소리가 더없이 감미로워 서연
은 잠시 눈을 감고서 여운을 음미했다.

– 넌? 바깥인 것 같은데?

"응. 신희 알바 시작한 카페 왔어. 이제 집에 들어가려고."

– 저녁은?

"여기서 간단히 샌드위치로 때웠어."

– 통했네. 나도 샌드위치 먹었는데.

시답지 않은 대화를 주거니 받거니 하던 중 서연은 뭔가를 떠올
리고 말했다.

"아, 참. 전부터 얘기하려다 까먹었는데, 프사 좀 바꿔."

– 프사?

"라인 프로필사진 말이야."

- 아아. 그게 어때서?

"누가 알아보기라도 하면 어쩌려고 그래?"

- 핸드크림이잖아. 알아보면 어때?

아. 사진의 포인트는 '손'이 아니라 '핸드크림' 쪽이었나.

어쩐지 기분이 묘해진 서연은 잠시 생각에 잠겼다가 뾰로통한 목소리로 되물었다.

"핸드크림 사진 같은 걸 왜 프사로 올리는데?"

- 흠. 그러고 보니 그러네. 그걸 왜 올렸을까?

"뭐래, 이 사람이?"

정말로 생각에 잠겼는지 말이 없던 준호는 한참 만에 대답도 뭐도 아닌 한마디를 내놓았다.

- 너한테서 선물 받은 거니까?

"그거……."

- 응?

서연은 더 이상 말을 이을 수가 없었다.

그녀가 뭔가를 주면 준호는 늘 겉으론 별로 내색하지 않으면서도 무척이나 그걸 소중히 여겼다. 지난번 이파리 모양의 장난감도 그랬고 이번 핸드크림 역시 마찬가지였다.

그간 준 것들이 그다지 귀하거나 비싼 것들도 아니었다.

특히 핸드크림은 정말 아무 생각도 없었다. 준호가 평소 즐겨 쓰는 명품 브랜드의 화장품도 아니었다. 그저 자기 것을 사면서 한 개 더 산, 아무 의미도 없는 것이었다.

그러고 보면 서연은 항상 자신의 문제에 골몰하느라 바빴을 뿐, 준호에게 뭔가를 해줄 생각은 한 적이 없었던 것 같았다.

생각이 거기까지 가 닿자 몹시 미안해졌다.

'뭔가 의미 있는 선물이 될 만한 게 없을까?'

서연은 문득 얼마 전 준호가 향수를 바꿔볼까 고민하던 것을 떠올렸다.

일주일에 겨우 두 시간 정도밖에 안 되는 일이었지만 서연에게 있어선 난생처음으로 하는 아르바이트였다. 첫 급여를 받거든 그걸로 준호의 향수를 사줘야겠다는, 제법 기특한 생각이 들었다. 그거야말로 꽤나 의미 있는 선물이 아닌가.

– 무슨 얘기를 하다 말아?

"아……, 아무것도 아니야!"

아무것도 아니라는 말과는 달리, 서연의 목소리는 평소보다 한껏 들떠 있었다.

"버스 타고 가면 되는데, 더 놀다 오지 그러세요?"

현성이 한사코 태워다 주겠다며 따라 나오자 신희는 왠지 미안한 마음에 계속해서 그의 눈치를 살폈다.

그러나 그는 전혀 개의치 않는 듯 신희를 차에 태우고 시동을 걸었다.

"나미 언니랑 오랜 친구 사이시라면서요?"

"그래. 집안끼리 가까워서 어린 시절부터 자주 만나고 친하게 지냈지."

"우와, 그거 부랄친……, 헙."

말하다 말고 뭔가 아니다 싶었던지 신희는 크게 놀라며 입을 다물어버렸다.

현성은 헛기침을 하며 진지하게 한마디를 건넸다.

"거기서 끊으니까 더 이상하다. 기왕 한 거 그냥 끝까지 다 하지 그러니."

"돼, 됐어요. 죄송해요."

두 사람은 얼굴을 붉힌 채 어색하게 서로 다른 방향을 바라봤다.

조수석 사이드미러에서 점점 작아지고 있는 카페 간판을 가만히 들여다보며 신희가 말했다.

"진짜 신기하네요. 어떻게 이런 우연이 다 있죠?"

"그러게 말이다. 네가 거기 있어서 오히려 내가 더 놀랐다."

"미리 말씀 안 드려서 죄송해요."

"죄송할 건 없지. 그런데, 너……."

"네?"

눈을 동그랗게 뜨고 돌아보는 신희를 곁눈질한 현성은 짧은 한숨을 내쉬며 말을 이었다.

"몇 번이나 얘기하게 만들지 마라. 무리하지 말고 학교생활부터 열심히 하도록 해."

"학교생활 열심히 하고 있어요. 누구보다도 더."

고집스러운 그녀의 태도에 현성은 아주 오랜만에 화가 치밀었
다.

"너더러 돈 갚으라고 한 적 없잖니. 왜 그렇게 자꾸 미련하게 굴
어?"

"죄송해요."

생활을 방해받을 정도로까지 신희가 줄기차게 아르바이트에 집
착하며 돈을 벌려는 이유를 현성이 모를 리가 없었다. 아니, 오히
려 누구보다도 잘 알고 있었다.

"죄송해요, 정말. 그치만 이렇게라도 안 하면 제가 못 견딜 것
같아서 그래요."

"아니, 그러니까 못 견딜 이유가……."

"정말이에요. 저, 아저씨가 걱정 안 하시도록 정말 열심히 학교
잘 다니고 있어요. 학교 동기들이나 선후배들하고도 잘 지내고 있
고, 올해는 과 행사도 다 참여하려고 해요. 아, 얼마 후에 있을 과
엠티도 간다고 신청해놨어요! 진짜예요, 믿어주세요."

신희가 강아지처럼 순한 눈으로 바라다보며 내놓는 말에 현성
은 할 말을 잃고 말았다.

긴 한숨을 내쉰 그는 고개를 설레설레 흔들며 두 손 두 발을 다
들어버렸다.

"못 이기겠군."

그래. 천성이 저렇게 착하게 생겨먹은 걸 무슨 수로 뜯어고친단
말인가.

현성이 피식 헛웃음을 흘리자 신희는 그제야 안도의 한숨을 내쉬고 환하게 웃으며 고백했다.

"꼼짝없이 인생 막다른 골목이라고 생각했었는데 도와주셔서 얼마나 감사한지 몰라요. 이렇게 하고 싶은 거 하면서 살 수 있게 된 거, 다 아저씨 덕분이에요. 그러니까 전 이 은혜 꼭 갚을 거예요."

"그렇다고 머리로 종(鐘) 같은 거 들이받고 그러진 마라."

"어우, 그럼 머리가 아니라 종이 깨지죠."

짓궂은 농담을 주고받은 두 사람은 다시 평소의 분위기로 돌아와 한참이나 키득거렸다.

한동안 차 안에 정적이 내려앉았다.

운전에만 집중하던 현성이 뜬금없는 질문을 던졌다.

"오늘 서연 학생은 너 따라서 온 거니?"

"네."

"너 그 학생이랑 친하다고 했지?"

"네. 제일 친한 친구예요."

현성이 왠지 불편한 기색을 보이는 것 같아 신희는 의아한 표정으로 물었다.

"왜요?"

"음……."

신희는 그제야 희미하게 눈치 챌 수 있었다. 한사코 현성이 태워주겠다고 나선 것은, 뭔지는 몰라도 할 말이 있어서였을 거란 생각이 들었다.

"말씀하세요, 아저씨."

한참이나 뜸을 들이던 현성이 조심스럽게 한마디를 내놓았다.

"서연이 학생 말이야."

"네."

"웬만하면 나미하고 가까워지지 않도록 하는 게 좋을 것 같다."

전혀 이해할 수 없는 말에 신희는 눈을 휘둥그레 뜨고서 그를 돌아봤다.

"네? 그게 무슨 말씀이세요?"

– 준호야.

"네, 할아버지."

– 나는, 이 할애비는 지금도 마음이 썩어간다. 내 맘을 누가 알겠니? 20년이 훨씬 더 지난 지금도 무너질 가슴이 남았다는 게 너무 서럽고 아프구나. 나는, 나는 말이다……

전화 저편에서 결국 끄흑, 하고 울음을 토해내는 최 회장의 목소리를 들으며, 준호는 물끄러미 시계를 올려다봤다.

끝도 없이 반복되는 이 지루한 통화를 마치고 서연에게 전화를 걸고 싶었지만 벌써 새벽 3시가 가까운 시각이었다. 지금쯤 세상모르고 자고 있겠지.

전혀 듣고 싶지 않은 최 회장의 술주정 섞인 하소연은 계속해서 이어지고 있었다.

— 나쁜 놈! 크윽! 나쁜 연놈들! 제깟 것들이 뭐가 그렇게 대단한 놈들이라고! 어떻게! 어떻게 부모를 버리고, 하나밖에 없는 자식을, 눈에 넣어도 안 아플 아들을······!

"많이 취하셨네요. 내일 조찬모임 있다면서요. 어서 주무세요, 할아버지."

준호가 싸늘한 목소리로 말을 끊자 전화 저편에서 잠시 침묵이 흘렀다.

그 틈을 타 준호는 얼른 덧붙였다.

"좋은 일 하러 가신 거잖아요. 이미 다 지난 일이니 그만 좀 내려놓으시죠."

성의라고는 눈곱만치도 담겨 있지 않은 말투에 잠시 정적이 흘렀다.

— 나는 준호 너도 통 알 수가 없구나.

"뭐가요?"

— 너는 정말 아무렇지도 않은 거냐? 서운하지도 않아? 네 부모잖니? 어떻게 그럴 수가 있어, 어떻게! 이 모진 것아!

최 회장의 목소리가 한층 더 격앙되었다. 그는 더 이상은 무슨 소리인지 알아들을 수 없을 정도로 흥분해대고 있었다.

"후······."

준호는 눈을 감고서 한참이나 심호흡을 하다 결국 참지 못하고 자리에서 일어서서 주방으로 향했다. 전에 마시다 남겨둔 위스키 병을 식탁 위에 올리고 병뚜껑을 돌려 딴 그는 술을 잔에 따르지도 않은 채 몇 모금을 마셨다.

– 볼 때마다 뭐가 그리 좋다고 헤실헤실 속없이 웃기만 하는지! 널 도무지 이해할 수가 없구나!

"이해하려고 하지 마세요."

– 뭐, 뭐라고?

"아무 의미도 없는 짓이니까."

가차 없이 전화를 끊어버린 준호는 식탁 위의 휴대전화를 뚫어져라 내려다봤다.

액정화면의 불이 꺼지자 홈 화면 바탕에 깔아둔 서연의 손 사진도 함께 사라졌다.

까만 거울이 된 화면에 준호의 얼굴이 오롯이 비쳐 있었다.

늘 보던 익숙한 얼굴이었지만, 평소처럼 웃고 있는 얼굴은 아니었다.

언제 잠들었는지 전혀 기억나질 않았다.

깨질 것 같은 머리를 흔들며 자리에서 몸을 일으킨 준호는 천천히 주변을 둘러봤다.

집 안의 모든 것은 다 그대로였지만 전혀 예상하지 못했던 광경이 하나 섞여들어 있었다.

어느새 피아노 앞에 누군가가 앉아 있었다.

단정한 단발 아래 드러나 있는 가느다란 목선, 힘주어 안으면 부서질 것처럼 여린 어깨와 등, 취해버릴 것 같은 꽃향기.

서연이었다.

"왔어?"

시간을 확인하려고 고개를 돌렸으나 이상하게도 시계가 보이질 않았다. 아니, 분명히 보이긴 보였는데 몇 시인지 도무지 시간을 읽어낼 수가 없었다.

묘한 기분에 고개를 갸웃거리며 서연에게로 다가간 준호는 그녀의 어깨에 손을 올리고 다시 물었다.

"왔으면 깨우지 그랬어?"

서연은 여전히 아무 대답도 하지 않은 채 조그맣게 몸을 웅크렸다.

연락도 없이 갑자기 와서 이러고 있는 것을 보니 무슨 일이 있었던 모양이다. 생각이 거기까지 닿자 준호의 눈매와 입가가 부드러운 호를 그렸다.

"왜 그래?"

늘 그랬듯 서연이 약한 모습을 내비치고 한없이 매달리는 모습을 보고 싶었다.

"무슨 일인데? 나한테 말해봐."

그래. 그렇게 울면서 애원하고 매달리라고. 다른 누구도 아닌, 오직 내게만.

생각만으로도 어금니가 간질간질해진 준호는 느긋하게 서연의 등 뒤에 서서 힘껏 그녀를 끌어안았다.

그 순간, 한 팔만으로도 충분히 다 안고 남았던 서연의 가녀린 어깨가 푸딩처럼 부드럽게 출렁이더니 힘없이 바스러져버렸다.

움푹 들어간 어깨 위에 위태롭게 매달려 있던 고개가 한쪽으로 꺾이더니 형체 없이 무너져 내리기 시작했다.

"아아!"

머리와 어깨뿐만이 아니었다. 그녀를 지탱하고 있던 온몸과 사지가 모두 녹아 흘러내리더니 바닥을 향해 맹렬히 쏟아져 내렸다.

"서연……!"

형체 없이 흩어져버린 서연의 몸은 잠시 동안 바닥에 고여 있다가 이내 연기가 되어 사라져버렸다.

남아 있는 것이라곤 아무것도 없었다.

잠시 전 손에 와 닿았던 그 차가운 감촉뿐, 아무것도.

규칙적으로 울리는 시끄러운 소리에 눈을 뜬 준호는 손을 들어 주먹을 쥐었다 펴 보았다.

"꿈……?"

암막커튼 사이로 새어 들어온 햇살이 제법 강했다.

사이드테이블 위의 시계는 10시 반을 가리키고 있었다. 시간이 정확히 읽히는 것을 보니 이번은 꿈이 아닌 듯했다.

"으음."

베갯머리에서 계속해서 시끄러운 호출음을 울리고 있는 휴대전화를 물끄러미 바라본 준호는 이내 정신을 차리고 전화를 받아 스피커 모드로 돌려놓았다.

– 뭐야, 토요일이라고 늦잠?

전화 저편 서연의 목소리는 평소보다 약간 더 쾌활하게 느껴졌다. 밤사이 무슨 좋은 일이라도 있었던 걸까.

– 아무리 기다려도 연락이 없어서 전화했어.

"미안. 새벽까지 깨어 있었는데 깜박 잠들었네."

– 어디 아픈 건 아니지?

"아픈 데 없어. 괜찮아."

– 혹시 어제도 술 마셨어?

"응."

– 많이?

조금 전과는 정반대로 걱정이 가득 묻어나는 목소리에 준호는 몸을 돌려 엎드린 채 눈을 감고서 피식 웃어버렸다.

"조금."

– 저기, 있잖아. 으음, 뭐 잘 안 되면 어쩔 수 없지만, 그래도 술이랑 담배 끊으면 안 돼? 아주 끊는 건 안 되더라도 조금이라도 줄일 순 없어?

"걱정해주는 거야?"

– 걱정은 누가! 그, 그냥, 청승 떠는 것 같고 보기 싫으니까…….

솔직하지 못하게 얼버무리는 서연의 목소리 끝이 갈라졌다.

그 소리에 조건반사라도 한 걸까. 준호는 뻣뻣하게 굳어 있던 온몸의 근육이 부드럽게 이완되는 걸 느꼈다.

"오늘은 집으로 올래?"

– 아, 으음……

"재료 있으니 스테이크 해줄게."

– 점심때?

"그래."

대답이 빨리 돌아오지 않자 준호의 눈매가 살짝 일그러졌다.

"무슨 약속이라도 있어?"

– 점심은 좀 그러네. 오후 늦게 갈 테니까, 저녁에 해주면 안 돼?

"그래. 그런데 무슨 일?"

서연이 또 한 번 머뭇거렸다.

한참이나 그렇게 어색하게 쩔쩔매던 그녀는 이내 몹시 의심스러운 어조로 대꾸했다.

– 뭐, 그냥 약속.

뭔가 있구나 싶었던 준호가 딱딱한 분위기로 아무 말도 하지 않자 서연은 이내 조심스럽게 덧붙였다.

– 나 실은, 학교 근처 카페에서 토요일 점심에 12시부터 3시까지 아르바이트 하기로 했어. 오늘이 그 첫날이라서.

"아르바이트라고?"

– 으응. 원래 신희가 하는 건데, 토요일은 시간이 안 된대서 내

가 대타 해주겠다고 했거든.

뭐라고 말해야 좋을지 알 수가 없었다.

준호가 한참이나 할 말을 찾는 사이, 서연은 불편한 기색을 눈치 채고서 덧붙였다.

– 거기 사장 언니도 되게 좋고, 나 정말 잘할 수 있을 것 같아. 그러니까 걱정하지 마.

"아니, 이건 걱정이라기보다는……."

– 아, 시간이 벌써! 이따 다시 전화할게!

전화가 뚝 끊긴 방에 적막만이 감돌았다.

조금 전에 꾸었던 꿈에 맞물려서인지, 준호는 지금 이 상황이 도무지 마음에 들지 않았다.

계속해서 엎드린 채인 그의 빈주먹에 힘이 들어가는가 싶더니 이내 손마디가 하얗게 질리기 시작했다.

토요일 점심시간인데도 나미의 카페는 여전히 장사가 시원치 않았다. 테이블 한 개를 차지하고 있던 커플이 나간 이후로 다음 손님이 통 들어올 생각을 않고 있었다.

상황이 이런데도 나미는 만사태평이었다.

싸지도 않은 아르바이트 비용을 들여가며 피아노 연주를 시키는 것도 왠지 정말로 카페 장사를 위해서가 아니라 자기가 듣고 싶

341

어서 그러는 게 아닐까 싶을 정도였다.

"흐음. 그런데, 신희는 선곡이 좀 의심스러워. 뭔가 계속해서 난해한데, 눈치를 줘도 못 알아채는 건지 알려고 하지 않는 건지 모르겠다니까."

갑작스러운 나미의 말에 서연의 어깨가 움찔했다.

어느 쪽인가 하면, 아마도 알려고 하지 않는 쪽일 것이다. 신희의 위클리 연주가 바로 눈앞으로 다가왔으니까.

마음이 급해서 이미 눈치고 체면이고 없어진 신희 대신 괜스레 마음이 찔린 서연은 슬금슬금 눈치를 살피다가 나미가 보란 듯 일부러 피아노 위에 올려둔 악보책을 집어 들었다.

"듣고 싶은 곡이라도 있으세요?"

흘러간 가요나 영화음악을 편곡한 소품집의 페이지를 팔락팔락 넘기는 서연을 물끄러미 건너다보던 나미는 아련한 눈으로 허공 어딘가를 바라보다 나직이 콧노래를 불렀다.

익숙한 멜로디에 귀를 기울이던 서연은 아무렇지도 않게 되물었다.

"쇼팽 녹턴이네요?"

"어어? 이 곡을 알아?"

"네. 작품 9번의 3번."

"우왓! 대박!"

"엄청 유명한 곡인데요."

"오오, 그래? 진짜아?"

나미가 갑자기 너무 정색을 하고 반기자 서연이 의아한 표정으로 그녀를 건너다봤다. 무슨 사연이라도 있나 싶었다.

"좋아하는 곡이에요?"

"응!"

고개를 크게 주억거리던 나미는 이내 다시 고개를 도리도리 젓더니 덧붙였다.

"아니, 실은 내가 아니고 선생님이 굉장히 좋아하시던 곡이야."

'선생님'이란 말에 잠시 기억을 더듬은 서연은 예전에 그녀에게서 들었던 이야기를 떠올렸다. 르완다에서 평생을 바쳐 의료봉사 중이라는 한인 의사 부부 말이다.

'아, 그러고 보니…….'

서연은 준호의 부모가 지금 르완다에서 봉사활동 중이라는 것을 그제야 떠올렸다.

"다 늘어진 카세트테이프를 돌리고 또 돌리고……, 선생님 덕분에 정말 신물 나도록 들었다니까."

"그렇군요."

"전기도 자주 끊기는 동네라 밤이 되면 정말 칠흑같이 어두워지거든, 거긴. 한번은 키갈리의 봉사단이 구호물자를 전달해주러 오면서 맥주를 몇 캔 가져다줬는데, 밤하늘에 박힌 별을 안주 삼아서 선생님 부부랑 나랑 셋이서 그걸 마셨다? 그때 마침 고물 카세트플레이어에서 그 곡이 딱 흘러나오는 거야. 우와."

기억 속 어딘가를 헤매는 나미의 눈에 아련한 빛이 머물렀다.

"낭만적이네요."

"응. 너무너무 좋더라."

좋다고 말하는 것과는 반대로, 나미는 왠지 몹시도 아파 보였다.

이유를 묻기도 뭐하고, 그저 물끄러미 바라만 보고 있던 서연은 조심스럽게 물었다.

"들려드릴까요?"

"어? 너, 이거 칠 수 있어?"

"연습한 지 꽤 오래돼서 끝까지 안 틀리고 칠 수 있을지는 모르겠어요."

나미가 눈을 반짝이며 두 손을 모아 쥐자 서연은 수줍은 표정으로 어깨를 으쓱한 후 기억을 더듬어 조심스럽게 연주를 시작했다.

피아노 근처의 테이블에 자리를 잡고 앉은 나미는 물 흐르듯 부드러운 멜로디에 스르르 눈을 감고서 추억을 더듬었다.

맥주 한 캔을 다 마신 윤 선생은 또 한 번 가슴을 치며 울기 시작했다.

두고 온 아들에 대한 그리움과 어미로서의 죄책감이었을까. 그녀는 술 한 방울만 들어가도 늘 울었다. 그런 아내를 본 최 선생은 또 한 번 한숨을 내쉬고 자리를 떴다.

「선생님, 울지 마세요.」

「어떻게 변했는지, 잘 지내는지, 너무 궁금해.」

「몇 번이나 말씀드렸잖아요. 그 녀석 정말 멋지게 잘 자랐어요. 잘생기고 상냥하고, 강하고 사랑이 넘쳐요. 딱 선생님 부부처럼.」

「정말 그래?」

「왜 그렇게 못 믿으세요? 여기 오기 전, 제가 런던에서 석 달이나 있다 왔다니까요. 그 녀석이라면 아주 질리도록 보고 왔다고요.」

「그래. 맞아. 그랬지.」

「선생님 그리워하고 있어요. 아주 많이.」

「그렇구나. 다행이다. 다행이야.」

어쩌면 그때 윤 선생은 이미 희미하게 눈치 채고 있었는지도 몰랐다.

나미가 말하는 상냥하고 강하고 사랑이 넘친다는 당신의 아들은 그저 상상 속의 산물이라는 것을 말이다.

「준호야.」

노천카페에 앉아 회색 하늘을 올려다보는 준호는 여전히 아무 대답도 없었다.

「최준호.」

「아.」

30분째 같은 자리에 앉아 있었으나, 준호는 그제야 눈앞의 나미를 발견한 듯 보였다.

「아, 가 아니야. 무슨 생각을 그렇게 해?」

「아무 생각도 안 하는데요.」

그렇게 말하는 준호는 평소와 마찬가지로 나른하고 허무해 보였다. 마치 생명이 떠나간 죽은 나뭇가지를 보는 것만 같았다. 물기라곤 하나도 없이, 바스러질 듯 다 말라비틀어져 있었다.

「너 언제까지 이러고 있을 거야?」

「뭘요?」

「귀국 안 하냐고.」

돌아가면 준호를 반길 사람이 없다는 것은 나미도 익히 알고 있었다. 하지만 그것밖에 할 말이 없었다.

「나중에요.」

「너…….」

마주 보았다가 눈이 마주치면 피하고, 또 마주 보았다가 눈이 마주치면 피하기를 몇 차례.

나미는 한참 만에야 결의에 찬 태도로 준호의 손을 붙잡았다.

「나랑 가자. 가는 길에 너희 부모님한테도 한번 들르고, 응?」

나미의 간절한 어조에도 준호는 꿈을 꾸는 듯 몽롱한 눈으로 그녀를 건너다보며 되물었다.

「내가 왜 그래야 하는데요?」

「그건…….」

여기서 잡아줘야 한다고 생각했다. 이대로 계속 두면 준호는 정말로 망가져버릴 것처럼 위태로워 보였다. 안쓰럽게도 외로워 보였다.

번개 같은 기습키스를 시도했던 건 그래서였다. 쓸쓸해 보이는 그에게 조금이라도 체온을 나누어주고 싶었다.

그러나 나미의 의도와는 달리, 그저 닫힌 입술에 부딪치기만 한 것뿐인 키스는 점막에 상처만 남긴 채 아무 감흥도 없이 끝나버렸다.

「내가 도와줄게, 준호야. 나한테 와.」

그 말이 미처 다 끝나기도 전, 준호는 조금 전의 상황이 무색할 정도로 아무렇지도 않은 표정으로 그녀를 쳐다보며 물었다.

「왜요?」

「뭐……? 왜긴 왜야? 내가 널 좋아하니까…….」

「상대가 꼭 나여야 하는 이유라도 있어요?」

「무슨 소리야? 너, 내가 얼마나 오랫동안 너 바라보고 있었는지 몰랐어?」

「몰랐는데요. 전혀.」

「좋아했어. 어렸을 때부터 쭈욱 지켜봤다고.」

「그래서요?」

「그래서…… 라니?」

「좋아한 상대가 내가 맞긴 한 거예요?」

「시험하려고 하지 마. 빈말 아니야. 난 너 아니면 안 돼. 네가 아니면 죽을 만큼, 나, 그만큼 간절하다고.」

얼굴이 새빨개진 채 어렵게 고백하는 나미를 건너다본 준호는 희미하게 미소를 지었다.

이내 눈동자를 통해 저 밑바닥까지 꿰뚫어 보는 눈을 하고서 나미를 마주한 그는 정떨어질 정도로 싸늘한 표정과 목소리로 툭 내뱉었다.

「그럼 죽으시든지.」

"아아, 틀렸다. 너무 오래돼서 역시 안 되네."

서연이 듣기 싫은 미스 터치를 내고서 멋쩍은 웃음을 흘리자 나미는 상념에서 깬 현실로 돌아왔다. 반사적으로 오른쪽 주먹의 손마디가 욱신거렸다.

그때, 테이블에 있던 서연의 휴대전화가 진동했다. 액정화면에 '변태' 문구가 선명하게 떠올랐다.

"남친?"

"네."

얼굴을 붉히고 혀를 쏙 빼문 서연은 나미에게서 전화를 건네받고서 통화 탭을 터치했다.

"응. 어? 뭐? 학교 앞? 여기 온다고? 정말? 아니, 괜찮은데! 굳이 안 와도 돼! 부끄럽단 말이야. 위치? 으음……."

기어이 찾아오겠다는 준호에게 카페의 애매한 위치를 설명하려던 서연은 당황한 눈치로 나미를 건너다봤다.

나미는 못 말린다는 듯 웃으며 위치를 알려주려다 귀찮은 듯 서연에게 손을 불쑥 내밀었다.

"내가 설명할게, 전화기 이리 줘봐."

"오빠, 잠깐만. 사장 언니 바꿔줄게."

휴대전화를 건네받은 나미는 명랑하게 스피커에다 대고 인사를 건넸다.

"안녕하세요, 정나미라고 합니다. 우리 카페 위치가 좀 애매해서. 혹시 지금 어디쯤 계세요? 어, 음……, 여보세요? 끊겼나? 여보세요?"

꽤 오랜 시간이 흐른 후, 전화 저편에서 무척 익숙한, 그러나 불편한 기색이 완연한 목소리가 흘러나왔다.

– 수성대 정문 근처예요.

"어어……!"

전화 저편에 있던 사람은 이렇게 다시 대면하게 될 거라곤 전혀 생각하지 못했던 준호였다.

13
/
Crack

"시간이 애매하네. 영화나 한 편 보고 저녁 먹으러 갈까?"

"그것도 좋지."

"보고 싶은 영화 있어?"

부드럽게 스티어링휠을 돌리는 준호의 왼쪽 손등에 불끈 힘줄이 돋아났다.

멍하니 그의 손등을 바라보고 있던 서연은 고개를 끄덕이며 명랑하게 대꾸했다.

"응. 펑펑 터지고 우다다 정신없이 흔드는 액션영화."

"뭐 스트레스 받는 일이라도 있었어?"

"아니. 그냥 아무 생각 없이 싸움구경 같은 거 하고 싶은 날 있지 않아?"

"그런 날 없는데."

"대충 박자 좀 맞춰주면 안 되나."

서연이 입술을 삐죽 내밀며 투덜거리자 준호는 피식 웃음을 터뜨렸다.

부드럽게 호를 그리는 그의 입매가 더없이 보기 좋았다. 속삭이듯 나직한 목소리도, 차 안에 가득 차 있는 따스한 그의 체취와 물 흐르듯 편안한 김광민의 피아노 연주도.

함께하는 시간이 길어질수록 아이러니하게도 그와 함께하는 매 시간이 너무 좋아서 무서워졌다. 눈을 감고서 아껴 먹는 달콤한 디저트 같은 거랄까. 다시 눈을 떴을 때 스푼이 바닥을 긁고 있는 것을 발견하게 될까 봐 불안했다.

"나미 언니랑 서로 아는 사이인 줄은 몰랐어."

교차로에서 앞 차를 따라 서행하던 중 신호가 황색으로 바뀌었다.

준호가 브레이크를 깊숙이 밟자 차는 미끄러지듯 그 자리에 섰다. 음악이 끝나자 차 안엔 감이 먼 엔진 소리만이 내려앉았다.

서연은 어색한 분위기 탓에 카페 안에서 묻지 못했던 질문을 조심스럽게 던졌다.

"어떤 사이야?"

"지인."

또 저런다, 또.

서연의 눈매가 보란 듯 일그러졌다.

"지인인 거야 딱 보면 알지. 어떻게 알게 된 건데?"

"집안끼리 아는 사이라 그다지 기억나는 계기는 없는데."

준호가 아무렇지도 않게 내뱉은 말에는 정말 요만큼의 성의도 보이질 않았다.

서연은 창밖을 내다보다 다시 어렵게 덧붙여 물었다.

"나미 언니가 르완다에서 꽤 오래 봉사활동을 했었다던데……. 전에 오빠네 부모님도 그쪽에 계신다고 하지 않았어?"

이유는 알 수 없었지만, 조금 전까지만 해도 편안했던 차 안 분위기가 약간 경직됐다.

"거기 글러브박스 좀 열어볼래?"

"응?"

"빨리."

당황한 서연이 손을 뻗어 글러브박스를 열었다.

"조그만 박스 보이지? 그래. 그거. 이리 줘."

"이건……?"

금연용 니코틴 껌이었다.

그러고 보니 헤비 스모커였던 준호가 오늘 담배를 꺼내 무는 걸 본 적이 없었다. 서연은 반색을 하며 껌 박스를 열고 PTP포장된 껌 한 알을 눌러 꺼낸 후 그의 입에다 넣어주었다.

"갑자기 웬일이야?"

"네가 끊으라고 했잖아."

"하……."

억울한 표정의 서연을 마주 보며 준호는 의아하다는 듯 물었다.

"왜 그렇게 쳐다봐?"

"아니, 그렇게 쉬운 거였으면 진작 말할걸!"

준호가 또 한 번 키득거리며 웃는 사이 신호는 다시 초록색으로 바뀌었다.

차가 천천히 출발하자 창밖 풍경도 서서히 움직이기 시작했다.

조금 전 하던 이야기가 생각난 서연은 궁금증을 마저 풀기 위해 입을 열었다.

"저기, 나미 언니 있던 데가……."

"껌 주제에 맛이 꽤 역해서 고역이야."

준호가 부드럽게 웃으며 내놓는 말에 서연은 그제야 뭔가를 깨달을 수 있었다.

'아아. 말하기 싫은 거구나.'

말하기 싫은 건 어느 쪽일까. 나미? 부모님? 아니면 그 둘 다?

한쪽 변이 불규칙적으로 뜯겨나간 금연 껌 박스를 만지작거리며, 서연은 오랫동안 말을 잇지 못했다.

그때, 메시지 알림음이 울렸다.

준호와 서연은 똑같은 휴대전화의 똑같은 알림음을 사용하고 있어서 함께 있는 동안 연락이 왔을 때 누구의 것인지 헷갈리는 일이 종종 있었다.

암레스트 위의 자기 휴대전화를 힐끗 내려다본 준호는 의아한 눈으로 서연을 건너다보고 물었다.

"문자 온 것 같은데?"

"으응."

"왜 확인 안 해?"

"뭔지 알 것 같아서."

보나마나 다음 주말에 있을 연합엠티 참석 종용문자일 터였다.

그러면 그렇지. 서연은 휴대전화를 꺼내 과대표에게서 온 문자를 확인하며 인상을 찡그렸다.

지금 서연은 준호의 옛날 일로 오지랖을 떨 때가 아니었다. 눈앞에 당장 닥친 자기 일이 난제였지.

서연의 얼굴에 묻어나는 고민을 금세 눈치 챈 준호는 무슨 일인지 묻는 눈으로 그녀를 바라봤다.

"그냥. 별거 아니야. 신경 안 써도 돼."

여전히 아무 말도 하지 않은 채 그저 웃고만 있는 준호의 태도에 서연은 두 손을 들고서 힘없이 고백했다.

"실은 다음 주말에 연합엠티 있어서."

"엠티?"

"우……."

겨우 '우진 선배가'의 '우'자만 나왔는데도 준호의 미소가 한층 더 섬뜩해졌다. 서연은 떨떠름한 표정으로 말을 이었다.

"어떤 선배가 그러는데, 엠티가 '먹고 토하자!'의 준말이래."

그 소리에 준호는 안경을 밀어올리고 싸늘하게 내뱉었다.

"근래 들은 말 중에 제일 구시대적이고 저질스러운 농담이네."

서연이 입을 가리고 키득키득 웃음을 흘리자 그는 의미심장한 어조로 덧붙였다.

"누군지는 모르겠지만 그 선배랑 친하게 지내지 마."

'누군지는 모르겠지만'이 의심스럽게 들리는 건 기분 탓일까.

서연은 준호가 왜 그렇게 우진을 싫어하는지 알 수가 없었다. 태생이 예민한 성격이었으나 서연은 유독 이런 쪽엔 감이 무뎠다.

"그래서, 그 엠티가 왜."

"음. 들으면 정말 별거 아닐 거야."

준호는 무릎 위에 얌전히 놓여 있던 서연의 손이 야무진 주먹으로 움츠러드는 것을 곁눈질했다. 하얀 손등에 파랗게 핏줄이 도드라졌다.

"그냥, 나, 친하지도 않은 선후배들이랑 어울려서 술 마시는 거 별로 즐기지도 않고, 더군다나 마시고 토하는 건 더 불편하고……, 뭐, 그런 거 있잖아."

서연은 솔직하지 못하게 둘러대며 준호를 바라봤다.

사실 진짜 이유는 그런 게 아니었다.

그동안 간신히 적응했는데, 갑작스럽게 바뀐 환경에 맞닥뜨리면 자기도 모르는 사이 공황발작을 일으키거나 혹은 감정을 조절하지 못해 난동을 부리게 될지도 몰랐다.

서연의 시선 안에 담긴 절박함을 금세 알아차린 준호는 손을 내밀어 그녀의 주먹을 덮어주었다.

"가지 마."

"으음."

"안 가도 돼."

"그치만……."

"억지로 참지 말라고 했잖아. 네가 싫으면 가지 마."

싫다는 말을 한 적은 없었다. 그런데 어떻게 알아챘을까. 신기했다.

서연은 준호의 평온한 표정을 바라보다 조심스럽게 물었다.

"저렇게 빠지지 말라고 난리인데 정말 안 가도 되려나?"

"괜찮아."

그제야 서연은 안쓰럽게도 꾹꾹 참고 있던 숨을 내쉬었다.

저 자그만 몸의 어디에 그렇게 많은 한숨이 쌓여 있었나 싶을 정도로 긴 숨을 내뱉은 그녀는 한참 만에야 희미하게 웃으며 고개를 끄덕였다.

"응."

얼마 전 연합엠티 공지가 난 이후 서연은 계속해서 좌불안석이었다. 누군가가 가지 않아도 된다고, 가지 말라고 붙잡아주길 줄곧 바랐었다.

내리쬐는 봄볕보다 더 뜨거운 준호의 손 온기를 만끽하던 서연은 천천히 손을 펼치고 그의 손을 감싸 쥐었다.

부드럽게 벌어지는 손가락 사이사이로 자기 손가락을 맞물려 넣고서 깍지를 끼어보았다.

준호가 깍지 낀 손에 힘을 쥐고서 꽉 잡아주자 서연은 그렇게 좋을 수가 없었다.

"너무 좋다."

"뭐가?"

"그냥. 다 좋아. 전부 다."

서연의 말에 준호의 입가엔 부드러운 미소가 머물렀다.

"어머, 어서 와!"

춘곤증으로 축축 처지는 월요일 오후였건만 나미는 여전히 활기찼다.

구릿빛으로 그을린 피부와 밝은 미소는 건강한 인상을 주었고 적당히 근육이 잡혀 탄탄한 몸매에선 생동감이 흘러넘쳤다.

부러운 눈길로 그녀를 바라보고 있던 서연의 뒤에서 분위기 확 깨는 목소리가 울렸다.

"처음 뵙겠습니다. 우와, 아이고, 누님, 생각했던 대로 아주 그냥 막, 핫하시네요!"

우진이 우렁찬 목소리로 인사를 건네며 난입하자 무슨 일인지 서연과 신희의 얼굴이 새빨갛게 달아올랐다.

카페 안엔 여전히 손님이 없었다. 다행이긴 했지만 이렇게 장사가 안 되니 한편으론 위기감마저 느껴졌다.

잠시 아르바이트하는 사람이 이런 생각이 들 정도인데도 나미는 여전히 아무렇지도 않은 듯 명랑한 태도였다.

"반가워요. '우진 선배' 얘기 많이 들었어요."

"편하게 말씀 놓으십시오, 누님."

"노티 나게 누님이 뭐야, 누님이. 누나라고 불러."

"너라고 부르면 안 되나요? 남자로 느끼도록 꽉 안아주면 안 되나요?"

"응. 그건 안 돼."

"우와이구야, 이 누님, 그닥이네. 내 맘속으로 다그닥다그닥."

나미와 우진은 오랫동안 알고 지냈던 사이인 것처럼 벌써부터 친근하게 농담을 주고받고 있었다. 그러고 보니 두 사람은 유쾌하고 화통한 성격이 꽤나 닮아 있었다.

"신희 출근시간까진 아직 남았잖아. 웬일로 이렇게 일찍 왔어? 그것도 다 같이."

"마침 시간이 비어서 매상 올려드리려고요. 아, 우진 선배는 여기 오려고 교양 땡땡이쳤대요."

신희의 명랑한 목소리에 나미는 짓궂은 표정을 하고 손을 내저으며 너스레를 떨었다.

"어머, 우진 선배 쿨내 쩐다. 매력 있는데?"

세 사람을 자리로 안내한 나미는 메뉴판 따위는 내놓을 생각도 없는지, 팔짱을 끼고서 물었다.

"자아. 우리 손님들. 망고 아이스크림 먹을래? 오늘 새로 들어왔거든."

서연은 눈치 빠르게 아이스크림을 주문했지만 나머지 두 사람은 순진하게도 눈을 깜박이며 어려운 주문을 했다.

"언니, 저는 뜨거운 커피 마실게요."

"저는 휘핑크림 듬뿍 올린 아이스 캬라멜마끼아또로 하겠습니다, 누님."

나미는 환한 미소를 지어 보이더니 한 글자 한 글자 다시 한 번 못을 박았다.

"푹 퍼서 그냥 그릇에 담기만 하면 되는, 아주 '간편한' 메뉴 아이스크림이 오늘 새로 들어왔거든?"

보다 못한 서연이 팔꿈치로 신희의 옆구리를 쿡 찌르자, 그녀는 그제야 눈치를 채고서 고개를 주억거렸다.

"아아, 망고 아이스크림 먹을게요. 저 망고 와안전 좋아해요!"

"저는 그냥 캬라……, 아얏! 야, 이신희? 너 미쳤어? 갑자기 왜 꼬집어!"

"전부 메뉴 통일할게요."

신희가 여전히 눈치 없는 우진의 손등을 꼬집고 말을 막아버리자 나미는 무척 만족스러운 표정을 하고 주방으로 향했다.

황당한 눈으로 쳐다보는 우진의 얼굴을 본 신희와 서연은 참지 못하고서 웃음을 터뜨리고 말았다.

냉동실에서 묵직한 아이스크림 통을 꺼낸 나미는 스쿱을 찾기 위해 조리대 위로 손을 뻗다가 주방 창문을 통해 홀을 바라봤다.

"저 애가 준호의……."

카페 이름 'Jealousy'가 반복 코팅된 유리창 사이로 서연의 웃는 얼굴이 보였다.

창백할 정도로 흰 피부에 선명하게 붉은 입술이 도드라졌다. 모진 세상 풍파 같은 건 겪어보지 못했다는 걸 증명이라도 하듯 화사하고 곱기만 한 얼굴.

스쿱을 쥔 손에 자기도 모르게 힘이 들어갔다.

지난주 토요일. 약속했던 연주시간을 다 채운 서연은 준호와 함께 퇴근했다.

준호는 지금 서연이 앉아 있는 바로 저 자리에 앉아 나미가 내준 커피를 마셨지만, 그의 시선은 내내 피아노 앞에 앉은 서연을 향해 있었다.

그날 이후로 어느덧 5년.

단 한 번의 답장조차 없던 편지를 꾸준히 보냈던 그 5년 동안 나미는 잠시도 준호를 잊어본 적이 없었다. 그러나 세월을 뛰어넘어 다시 마주한 그의 얼굴은 그녀가 기억하는 것과는 너무도 달랐다.

흐린 하늘을 올려다보던 텅 빈 눈동자엔 생기가 엿보였고, 자신 외의 다른 사람들이 동시에 죽어 나자빠져도 눈썹 하나 까딱 안 할 것 같던 사람이 서연의 일거수일투족에 신경을 쓰고 있었다.

그뿐이 아니었다.

돌아가는 길, 준호는 악보집이 들어 있긴 하지만 별로 무거워 보이지도 않는 서연의 가방을 들어주었다. 서연 역시 전혀 어색하지 않은 듯 아무렇지도 않게 그에게 가방을 맡겼고.

계단을 내려가는 동안 조심스럽게 서연을 에스코트했으며, 심지어 차 문까지 열어주고 무슨 여왕님이라도 모시듯 대하고 있었단 말이다.

그 과정이 물 흐르듯 너무도 자연스러운 것도 충격이었다.

지금의 최준호는 나미가 오랫동안 알아왔던 그 최준호가 아니었다. 변한 모습이 너무나 어색하고 이상했다. 마치 몸에 맞지 않는 옷을 얻어 입은 느낌이어서 몹시 싫었다.

"으음?"

문득 불편한 느낌에 손을 내려다본 나미는 그때까지 스쿱을 거꾸로 꽉 움켜쥐고 있었다는 것을 깨달았다.

얼마나 힘을 주었는지, 펼친 손바닥에 붉은 자국이 선명하게 남아 있었다.

"야! 말도 안 돼! 넌 무조건 간다! 안 되면 내가 끌고라도 간다!"

우진이 핏대를 올리자 서연은 기가 막힌다는 듯 그를 건너다보며 항의했다.

"선배가 뭔데 날 끌고 가요?"

"나? 난 영원한 너의 동반자……, 크헉!"

신희가 또 한 번 손등을 꼬집어 말을 막아버리자 우진은 이번은 정말 아팠던지 눈물까지 찔끔 흘리며 소리쳤다.

"아! 아프잖아, 이 폭력 계집애야!"

"선배는 진짜 사람 마음 돌리는 데 아주 도가 텄다니까요."

"내가 뭘!"

우진을 딱 무시한 채 신희는 서연을 보며 간절한 어조로 말을 이었다.

"서연아. 나도 가기 싫기는 한데, 그래도 이것도 추억이니까 우리 같이 가서 놀면 안 될까?"

"아……, 나는……."

우물쭈물하는 서연의 앞에다 쟁반을 내려놓으며 나미가 끼어들었다.

"무슨 얘기 중?"

"아아, 이번 주말에 엠티 가는데 서연이는 안 간다고 해서요."

신희가 도와달라는 듯 올려다보자 나미는 눈을 동그랗게 뜨고서 되물었다.

"아니, 엠티를 왜 안 가? 그 좋은 걸?"

비어 있는 서연의 옆자리에 털썩 앉은 나미는 세 사람의 손에다 스푼을 하나 씩 쥐어주며 말을 이었다.

"선후배들이랑 어울려 터놓고 재밌게 놀 수 있는 때가 그렇게 흔하지도 않잖아. 물론 나야 대학시절 365일 내내 미친 듯이 어울려 부어라 마셔라 하긴 했다만."

나미의 말에 서연은 얼굴을 붉히며 입을 꼭 다물어버렸다.

새침한 서연의 얼굴을 건너다보며 잠시 생각에 잠긴 나미는 조심스럽게 물었다.

"서연이 너, 사람들하고 어울리는 게 서툰 거구나?"

서연에게선 아무런 대답도 돌아오지 않았지만 나미는 다 안다는 듯 말을 이었다.

"무슨 사연인지는 몰라도, 처음부터 뭐든지 잘하는 사람이 어딨어? 다 서투르고 힘들고 그러면서도 몸으로 부딪히며 극복하는 거지."

서연의 손이 차가워지고 꼭 깨문 입술은 하얗게 질렸다.

그런 모습을 보고 있자니 나미는 서연이 몹시 불쌍하게 느껴졌다.

생각이 거기까지 닿자 이내 희미한 의심이 일었다. 준호가 서연에게 마음을 쓰고 있는 것은 어쩌면 이런 이유에서인지도 모른다고.

"무조건 못한다고 움츠리고만 있으면 계속 그 자리에만 머무르게 되잖아. 신희도 있고 우진이도 같이 간다는데 뭐가 무섭니?"

서연은 천천히 눈을 돌려 신희와 우진을 바라봤다. 부모님과 준호를 제외하고 가장 가까운 사람들이자 자신과는 정반대의 모습을 한 사람들이기도 했다.

"너 설마 루저가 되고 싶은 건 아니겠지?"

겨우 가기 싫은 엠티를 빠지는 것뿐인데 그런 소리를 들을 것까지야 있겠냐마는, '루저' 소리에 서연의 안색이 눈에 띄게 창백해졌다.

어쩌면 준호도 그렇게 생각하며 제 응석을 다 받아준 게 아닌가 하는 생각이 들어서였다.

"우리 같이 가자, 서연아, 응?"

신희가 팔짱을 끼면서 조르자 서연은 결국 마지못해 고개를 끄덕이고 말았다.

"뭐니, 그거?"

준호는 현성의 물음에 아무 대답도 하지 않은 채 손에 들고 있던 것을 건넸다.

담뱃갑보다 작은 종이박스를 찬찬히 훑어보던 현성은 실소를 흘렸다.

"금연 껌이라. 보아하니 '아가씨'께서 끊으라고 하셨군. 지극정성이다."

"끊을 때도 됐죠."

창밖에 펼쳐진 야경을 응시하는 준호의 눈동자에 영롱한 빛이 반사됐다.

준호의 눈빛은 확실히 이전과는 정반대로 달라져 있었다.

"좋아 보인다. 훨씬."

"뭐가요?"

"눈치 없는 놈 흉내 내기냐?"

씩 웃으며 잔을 비운 현성은 웨이터를 불러 마티니 한 잔을 더 주문하고서 밑도 끝도 없는 말을 이었다.

"그나저나 슬슬 떼어놓는 게 좋을 것 같은데."

준호가 의아한 눈으로 바라보자 현성은 담담하게 덧붙였다.

"서연 씨랑 나미 말이야."

"아아."

"신희한테서 들었거든. 요즘 둘이 거의 매일 연락하거나 만나는 모양이야. 뭐, 천성이 활달하고 사람 좋아하는 나미라 아무하고나 금방 친해지는 건 알지만, 이건 좀 조합이…….."

준호가 여전히 아무 말도 하지 않은 채 물끄러미 건너다보고만 있자 현성은 답답하다는 듯 물었다.

"솔직히 말해봐. 너희……, 전에 영국에서 무슨 일 있었지?"

"'너희'라니요?"

"너하고 나미 말이야."

준호는 더없이 냉랭한 표정으로 답했다.

"아무 일도 없었는데요."

그간 나미가 줄곧 보였던 태도나 이야기로 미루어 보면 아무 일도 없진 않았을 것 같았다. 그러나 반응을 보니 준호가 거짓말을 하는 것 같지도 않았다.

현성은 복잡한 표정으로 준호를 살피다 다시 한 번 물었다.

"정말 아무 일도 없었단 말이야?"

그제야 짚이는 곳이 있었던지, 준호는 싸늘하게 툭 내뱉었다.

"무슨 문제라도 있었다면 그쪽에서 있었겠죠."

인상을 찌푸리고 술 한 모금을 목울대 너머로 넘기는 준호를 보며 현성은 잊고 있었던 사실을 상기했다.

그리고 보니 준호의 말이 맞았다. 적어도 그 당시 준호의 상황에

선 무슨 일이 있을 수도, 있을 리도 없었을 테니까.

그곳의 우중충한 날씨가 우울감을 부추기기라도 했던 걸까. 당시의 준호는 자신을 포함해 주변에 눈을 돌릴 상태가 아니었다. 가끔씩 찾아가서 보면 누가 눈앞에서 무슨 짓을 하더라도 전혀 알아차리지 못할 정도였다. 그만큼 그때의 그는 완벽하게 무기력했고 뼛속까지 엉망이었다.

"아아, 그럼 나미 혼자서……."

현성은 그제야 알겠다는 듯 고개를 끄덕이더니 이내 심각하게 덧붙였다.

"그럼 더 떼어놔야 하지 않겠어?"

나미는 감정에 무척 솔직한 타입이었다.

뭔가 하나 꽂히면 경주마처럼 앞만 보고 질주하는 스타일.

세월이 많이 흐른 지금까지도 준호에 대한 감정이 남아 있는 나미가 그의 연인인 서연을 어떻게 보고 있을지, 어떤 생각으로 그녀를 대하고 있을지 알 수 없는 일이었다.

"그렇긴 하죠."

"꽤나 태평하구나."

"태평한 게 아니에요."

"그럼?"

"서연이가 그 사람을 마음에 들어 하니까요."

"뭐어? 겨우 그런 이유라고?"

현성이 황당하다는 듯 되물었지만 준호는 애써 변명을 하거나 웃지는 않았다.

"네. 겨우 그런 이유요."

준호는 며칠 전 서연이 했던 말을 떠올렸다.

「있지, 나, 나미 언니 되게 좋아. 난 항상 언니가 있었으면 했었는데 진짜 언니가 생긴 것만 같아서 너무너무 좋아.」

그렇게 말하며 수줍게 웃던 서연의 뺨은 복사꽃처럼 화사한 색이었다. 그건, 오빠가 만들어준 파스타가 무척 맛있다거나 이번에 새로 산 구두가 마음에 쏙 든다거나 등의 얘기를 할 때와는 확연히 다른 분위기였다.

"아니, 그럼 너 뭔가 좀 이상하잖아. 듣자 하니 '우진 선배'인가 하는 놈하곤 절대 못 어울리게 한다던데."

"아. 그쪽은 경우가 확실히 다르죠."

"뭐가 다른데?"

"수컷이잖아요."

준호가 굳이 선택해 내놓은 '수컷'이란 단어에 현성은 아연실색했다.

한참이나 말을 잇지 못하던 그는 떨떠름한 표정으로 중얼거렸다.

"너 그렇게 안 봤는데 의외로 단순한 놈이구나."

"그런가요?"

현성은 키득거리는 준호를 한동안 물끄러미 바라봤다.

얼마나 그러고 있었을까. 다소 긴장된 목소리로 현성이 물었다.

"너 요즘도 그러니? 전에 가끔씩…….."

"네?"

"가끔씩…… 죽으려고 했잖아."

그 말에 준호의 눈동자가 살짝 흔들렸다.

"아무도 모를 줄 알았는데. 용케 눈치 챘네요."

"대답이나 해, 자식아."

준호는 머쓱한 웃음을 짓고 천천히 술잔을 돌렸다. 잔 안에서 얼음조각들이 녹아내리며 영롱한 소리를 냈다.

"어떨 것 같아요?"

대답이나 다름없는 말에 현성은 그제야 안도의 한숨을 내쉬고 부드럽게 웃었다.

"인연이란 게 정말 있긴 한 모양이다. 사람이 이렇게 한순간에 변하기도 하는구나."

더 이상 아무 대화 없이 창밖만 바라보기를 얼마쯤, 현성이 다시 조심스럽게 물었다.

"노파심에 하는 말인데, 너, 서연 씨한테도 네 얘기 안 하는 거 아니지?"

"무슨 말씀이세요?"

"너를 그렇게 오랫동안 알아왔는데, 난 아직도 널 잘 모르겠거든. 네가 네 속내를 전혀 안 보여주니까."

"아아."

준호는 희미하게 웃었지만 대답을 피한 채 시선을 돌렸다.

그걸 보니 현성은 알 것 같았다.

준호를 일으켜 살게 하는 유일무이한 존재라 해도, 아마도 지금의 서연 역시 현성만큼이나 준호를 전혀 모르고 있을 것이다.

"서연이, 오늘도 준호 만나기로 했어?"

"네."

"그럼 이것 좀 전해줄래?"

나미가 서연에게 건넨 쇼핑백 안엔 손바닥만 한 박스가 두 개 들어 있었다. 박스는 각각 야무지게 선물포장이 되어 있었다.

"이게 뭔데요?"

"아아, 별건 아니고 어제 백화점 가서 내 것 사다가 생각나기에 준호 것도 샀거든. 담배케이스랑 향수야."

신희와 우진이 눈을 동그랗게 뜨고 동시에 되물었다.

"언니 담배 피워요?"

"누님 흡연하십니까?"

"응. 가끔."

나미는 카운터 한쪽에 놓여 있던 가죽 담배케이스를 들고 흔들어 보였다.

서연은 나미의 것과 같은 명품브랜드 로고가 프린트되어 있는 쇼핑백을 내려다보며 저도 모르게 눈매를 일그러뜨렸다.

"어머? 서연이 표정 왜 그래? 당황했어?"

나미의 물음에 서연은 어깨를 으쓱했다.

"조금요."

"에이, 촌스럽게 뭘 그런 걸로."

나미가 담배를 피우든 말든 그건 그녀의 취향이고 선택이니 서연과는 아무 상관도 없었다. 그러니 그런 이유로 당황했던 건 아니었다.

나미와 서로 절친이라던 현성도 흡연자였다. 그런데 아무리 기다려도 나미는 신희에게는 아무것도 건네주지 않았다.

나미는 자기 것들을 사면서 왜 하필 콕 집어 준호를 떠올린 걸까. 그냥 아무 생각 없이 덥석 사서 돌릴 정도로 부담 없는 가격대의 브랜드도 아니었다.

도저히 이건 아니다 싶은 서연은 나미에게 다시 쇼핑백을 돌려주며 조심스럽게 말했다.

"오빠 담배 끊었어요."

"뭐어? 왜 갑자기?"

그 소리에 신희가 끼어들어 명랑하게 답했다.

"서연이가 건강 생각해서 끊으라고 했대요."

그 말에 우진은 즉각 서연의 어깨에다 손을 턱 얹더니 비장한 표정과 어조로 말했다.

"이런이런. 우리 서연이, 얘길 하지 그랬어? 이 오빠한텐 부끄러워서 말도 못하고 끙끙 앓느라 잠도 못 잤겠구나. 걱정 끼쳐서 미안하다. 나도 곧 끊으마."

"선배는 심지 굳게 평생 흡연하세요. 정말 괜찮아요."

서연이 발끈하며 우진의 손을 걷어내자 신희는 깔깔 웃기 시작했고, 나미는 그런 그들을 물끄러미 바라보다 씩 웃으며 말했다.

"기왕 산 거니까 그럼 향수라도 가져다줘."

서연은 여전히 껄끄러운 기분에 조심스럽게 고개를 저으며 대꾸했다.

"오빠 쓰는 향수 따로 있어서요."

나미가 좋은 마음으로 산 선물일 터였다. 예의가 아니란 건 알지만, 왠지 모르게 이걸 받아서 준호에게 전해주고 싶지는 않았다.

나미는 어색한 표정으로 샐쭉 웃더니 쇼핑백을 우진에게 건넸다.

"그럼 너 쓸래?"

"어유우우, 비싼 걸 텐데 저 주셔도 되겠습니까?"

"어, 쓰기 싫음 말고."

우진은 그 말에 정색을 하더니 쇼핑백을 뺏어가 품에 꼭 안고서 우렁차게 외쳤다.

"감사히 잘 쓰겠습니다, 누님!"

즉석에서 포장을 풀어본 우진은 철없이 웃어 보이더니 담배케이스는 주머니에 넣고 향수를 꺼내 몸에 뿌려보았다.

"캬아아아, 조오타! 거부할 수 없는 남자의 향기가 나는구만."

"와아, 그러게요. 향 진짜 좋다. 선배 오늘 대박 났으니 내일 점심 사요."

"뭐? 이신희. 내가 왜 너한테 점심을 사야 하는데?"

"인풋이 있으면 아웃풋이 있어야죠."

"그러니까 이 인풋이 너한테서 유래된 게 아닌데 왜?"

"어우, 치사해."

신희가 투덜거리자 우진은 짓궂은 표정으로 신희에게 향수를 몇 차례 뿌리며 공격을 했다.

"헷! 내가 당할 줄 알고?"

신희가 번개같이 몸을 피하자 분사된 향수는 곧장 서연의 옷에 들러붙었다.

"꺅!"

졸지에 남자향수 범벅이 된 서연이 눈을 흘기는데도 우진은 뭐가 그리 좋은지 또 한 번 철없이 웃으며 낄낄거렸다.

흐뭇하게 웃으며 그들을 보던 나미가 서연에게 물었다.

"그나저나, 준호는 괜찮은지 모르겠네. 담배 끊을 때 다들 나른해진다던데. 특별히 힘들어하진 않아?"

딱히 힘들어 보인 적은 없었기에, 서연은 옷에 묻은 향수를 닦아내며 아무렇지도 않게 답했다.

"아직은 잘 모르겠어요."

"하긴. 원래도 나른했던 놈이니 티도 안 나겠구나. 전에 런던 살

때 걔 아주 볼 만했어. 장난 아니었지.”

“어? 누님 영국에서도 사셨습니까?”

“산 건 아니고, 여행 삼아 갔다가 석 달 정도 머물렀지.”

“호오. 글로벌 누님이시군요.”

“거기서 이사님이랑 자주 만나셨나 봐요?”

“응. 그때 숙소가 준호 아파트랑 같은 동네에 있었으니까. 준호 단골카페 주인이랑 친구도 먹었어. 그 카페 주인이 키우던 핏불테리어 이름이 무려 처칠이었지.”

말하다 말고 서연을 돌아본 나미는 아무렇지도 않게 물었다.

“준호가 얘기 안 하던?”

안 했다. 전혀.

아무런 대답도 하지 못하는 서연을 보고 나미는 환하게 웃으며 말을 이었다.

“그때 준호, 완전 가관이었어. 완전.”

화제가 준호의 과거 이야기 쪽에 본격적으로 옮겨가자 서연은 왠지 몹시 불편해졌다.

“이틀 사흘 연속으로 연락도 안 되고, 그러다가 자주 가는 카페에서 발견해서 잔소리 좀 하면 걔가 항상 뭐라고 했는지 알아? ‘계속 잤어요.’ 야야, 그게 말이 되니? 아오, 열 받아!”

“우와. 사람이 며칠씩 연속으로 잠을 잘 수도 있나요?”

신희가 호기심 어린 목소리로 묻자 우진은 턱을 괴고서 심각하게 중얼거렸다.

"어우. 그거 무슨 병 아니냐?"

계속해서 말없이 앉아만 있던 서연의 표정이 딱 굳었다.

누구도 모르는 예전의 일이었다. 그것도 좋은 이야기도 아닌 것 같은데, 나미는 그런 소릴 아무 상관도 없는 신희와 우진이 듣는 앞에서 떠벌이듯 늘어놓고 있었다.

사람들 앞에서 준호가 조각조각 해체되는 기분이 들어 서연은 몹시 불쾌했다. 자기가 모르는 그의 이야기를 듣는 것도 더 이상 견딜 수가 없어졌다.

"요즘 저녁엔 손님 좀 있어요?"

서연이 불쑥 내놓은 질문에 나미는 멍하니 그녀를 바라보다 이내 머리를 쥐어뜯으며 괴로워했다.

"으으으, 아니. 없어. 전혀. 제기랄. 이유가 뭘까."

"엄마한테 말씀드려놨어요. 혹시 모임 있으면 여기서 하시라고."

"헉! 정말? 고맙다, 서연아! 역시 너밖에 없어! 아유우! 요, 요, 요, 이쁜 것!"

카운터 너머로 몸을 쑥 내민 나미는 서연의 머리를 끌어안고서 마구 비벼댔다.

늘 그랬듯, 나미의 체온이나 몸짓 어디에서도 경계심이라곤 전혀 느껴지지 않았다.

따스한 나미의 품 안에서 다시 편안해진 서연은 조금 전 극도로 예민했던 자신을 이해할 수가 없었다.

"나 내려왔어. 어디야?"

– 거의 다 도착했어. 지금 교차로 앞이야.

"그럼 길가에 서 있을게."

한쪽 모서리가 불룩 튀어나온 보도블록을 톡톡 차며, 서연은 카페 간판을 올려다봤다.

Cafe Jealousy

카페 이름은 나미가 아니라 나미의 사촌언니이자 카페 전 주인이 지은 것이었다. 학창시절 엑스저팬의 열렬한 팬이었던 그녀는 가장 좋아하는 정규앨범 제목을 카페에다 붙였다고 했다.

그런 배경 사연을 듣고도 서연은 어쩐지 간판을 올려다볼 때마다 기분이 썩 좋지 않았다. 단어의 어감 때문인지도 몰랐다. '질투'라니. 별로 마음에 드는 뉘앙스는 아니지 않나.

– 아.

잠시 생각에 잠겼다가 준호의 탄식에 정신을 차린 서연은 전화 저편에 귀를 기울이며 소리쳐 물었다.

"무슨 일 있어?"

– 아니. 아슬아슬하게 신호 통과해서.

"그냥 택시 타고 간다니까. 굳이 나올 필요 없는데……."

– 눈치가 없구나.

"뭐?"

– 그 핑계로 얼굴 한 번 더 보려는 거잖아. 음, 저기 보이네. 곧 갈게.

픽 웃음을 터뜨리며 전화를 끊은 서연은 도로 쪽을 바라봤다.

해가 진 뒤 왕복 6차선 도로는 각종 차들이 뿜어내는 불빛들로 몹시 어지러웠다. 이 안 어딘가에 준호의 차가 섞여 있겠지만, 그녀의 눈에는 아직 보이지 않았다.

잠시 후 은색 중형세단 한 대가 비상등을 켜며 길가에 정차했다.

문을 열어주기 위해 내리려는 듯 준호는 안전벨트 버클에 손을 대고 있었다. 서연은 재빨리 조수석 문을 열고 차에 올랐다.

"나도 손 있거든? 그렇게 일일이 문 안 열어줘도 된다고."

씩 웃던 준호의 표정이 갑자기 미묘해졌다.

"으음."

"왜?"

준호는 벨트를 매는 서연 쪽으로 몸을 기울이고 인상을 찌푸리기까지 했지만 대답을 피해버렸다.

"아무것도 아니야."

차가 미끄러지듯 출발했다.

차선이 바뀌자마자, 서연은 기다렸다는 듯 물었다.

"저기. 나 뭐 하나 물어봐도 돼?"

"뭔데?"

잠시 뜸을 들이던 서연은 조심스럽게 물었다.

"전에 영국에서 오래 살았다고 했잖아. 거기서 있었던 얘기 같은 것 좀 들려줘."

"별로 기억나는 일이 없는데."

"뭔가 매일매일 소소한 일들은 있었을 거 아냐. 자주 갔던 카페라든지 거기서 만났던 사람들이라든지."

준호는 부드럽게 웃으며 서연을 돌아보더니 물었다.

"그런 '소소한' 게 왜 궁금해? 굳이 알 필요가 있나?"

"아니, 뭐, 알 필요는 없지만⋯⋯."

말끝을 흐리는 서연의 미간이 맞붙을 듯 좁아졌다.

'나미 언니는 다 알던데 나는 알면 안 되는 건가? 왜?'

"그건 그렇고. 이건 무슨 향수지?"

서연은 그제야 좀 전에 준호가 묘한 표정을 지었던 이유를 깨달았다. 아까 우진이 실수로 묻힌 남자향수 향기가 아직까지도 몸에서 진동을 하고 있었다.

"아, 이거. 우진⋯⋯."

얘기하다 말고 서연은 문득 가슴이 철렁 내려앉았다. 나미가 전해주라고 했던 선물들을 자기 선에서 거절했던 게 잘한 일인지 알 수가 없었기 때문이었다.

솔직히 털어놓을 용기는 없고, 선택할 수 있는 건 결국 입을 다무는 것밖에 없었다.

"아무것도 아니야."

"흐음, 그래?"

마주 보며 억지로 웃는 두 사람 사이에서 정체를 알 수 없는 긴 장감이 피어올랐다.

14

/

손 내밀면 닿는 곳에, 항상

– 늦잠?

"으응."

딱히 늦잠을 잔 건 아니었다. 침대에서 미적거렸다 뿐, 서연이 잠에서 깬 시각은 한참도 더 전이었다.

– 기분은 좀 어때?

"그냥……, 좋아."

단어와 단어 사이의 공백에 금세 뭔가를 눈치 챘던지, 준호는 부드럽게 달래듯 말했다.

– 가기 싫은 거라면 그렇게 무리할 필요 없다고 했잖아.

오늘은 연합엠티를 가는 날이었다.

"딱히 가기 싫은 건 아니야."

– 그럼?

"으음. 뭐라고 해야 하나. 그냥……, 그래."

애매한 말로 변명하고 있는 것처럼, 사실 서연은 지금까지도 갈피를 잡지 못하고 있었다.

처음엔 엠티를 안 간다던 서연이 마음을 바꾸자 신희도 우진도, 나미까지도 덩달아 기뻐했다.

그러나 부모님 쪽은 사정이 달랐다.

중고등학교 때 소풍도 수학여행도 가본 적 없던 서연이 생전 처음으로 단체여행을 간다고 하니, 응원을 하긴 하는데 마냥 맘 놓고 응원만 할 수도 없는 상황인 것이다. 며칠 동안 눈치를 살피며 불안해하는 부모님 때문에라도 서연은 과연 이걸 끝까지 강행해야 하나 말아야 하나 심각하게 고민해야 했다.

"아아, 모르겠다."

서연은 복잡한 머리를 흔들다가 휴대전화를 스피커 모드로 돌려두고 베개에 얼굴을 파묻어버렸다.

전화 저편에서 준호의 담담한 목소리가 이어졌다.

— 어디로 가야 할지 모를 때는 무작정 헤매지 말고 일단 그 자리에서 걸음을 멈춰.

"멈춰서 주저앉는다고 해결되는 것도 아니잖아."

서연이 볼멘소리로 중얼거리자 준호는 담담하게 말을 이었다.

— 가만히 둘러보면 방향이 보일 거야.

"아무리 둘러봐도 가야 할 길이 안 보이면?"

— 글쎄.

평소 준호답지 않은 대꾸였다. 서연이 다소 서운해져 고개를 들고 휴대전화를 바라보자, 그는 기다렸다는 듯 덧붙였다.

- 계속 기다리고 있으면 누군가가 데리러 오겠지.

그 소리에 서연의 얼굴 가득 부드러운 미소가 떠올랐다.

이 인간은 어쩜 이렇게 날 잘 아는지, 서연은 보면 볼수록 준호
가 신기했다.

피아노과 1, 2학년 학생들이 함께 탄 버스 안은 출발할 때부터
아수라장이었다. 다들 들뜬 목소리로 시끄럽게 떠들어대는 바람
에 서연은 도무지 정신을 차릴 수가 없었다.

옆자리에 신희가 앉은 건 그나마 천만다행이었다. 복도 건너 통
로 쪽에 앉아 우렁차게 수다를 떠는 우진을 보며 서연은 아주 오랜
만에 멀미를 느꼈다.

차창으로 고개를 돌린 그녀는 밖을 바라봤다.

고속도로 중앙 분리대가 어지럽게 휙휙 지나갔다. 저 멀리 파란
들판도, 나무들도 지나갔다.

어딘가로 여행을 간다는 즐거운 기분은 들지 않았다. 오히려 빠
른 속도로 점점 더 준호에게서 멀어져간다는 생각만 들었다.

억지로 불안감을 떨쳐내기 위해 서연은 다시 고개를 돌려 신희
와 우진을 바라봤다.

크게 웃고 떠들며 즐거워하는 그들을 보자, 이건 이것 나름대로
또 괜찮을 것 같았다.

'그래. 의외로 쉬운 일인데 괜히 겁내면서 불안해하고 있는 건지
도 몰라.'

약은 출발하기 전에 분명 챙겨 먹었다. 그러니 괜찮다.

가방을 열고 안을 더듬어 약병이 확실히 제자리에 있다는 것을 확인한 서연은 아까보다는 편안한 기분으로 좌석에 등을 기댔다.

신희와 시답잖은 이야기를 주고받던 그녀는 어느새 몰려오는 졸음을 견디지 못하고 깜박 잠들어버렸다.

이상한 느낌에 눈을 뜬 서연은 낯선 풍경을 마주하고서 다소 놀랐다.

학과에서 대절한 대형버스를 탔던 일이나 과대표의 지루한 공지를 들었던 것이나 옆자리의 신희와 쓸데없는 수다를 주고받던 것까지 분명 기억이 나는데, 정신을 차려보니 버스 안이 아니라 웬 건물의 로비였다.

'아아. 꿈이구나.'

꿈속의 서연은 흰색 미니드레스를 입고 있었다. 기억을 더듬어 보니 중학교 3학년 때 콩쿠르 연주복으로 맞췄던 것이었다.

그제야 이 상황이 기억났다.

오는 길에 어디서 흘렸는지 드레스의 코사지를 잃어버렸더랬다. 서연은 코사지 없이 그냥 무대에 오르겠다고 했지만 한 여사는 고집스럽게 디자이너에게 전화를 걸더니 그걸 다시 받아 오겠다며 자리를 떴다.

혼자서 기다리자니 심심하기도 하고 무대 전이라 긴장되기도 했던 그녀는 밖에서 한 여사를 기다리기 위해 핑크색 고양이가 그려진 우산을 들고 로비를 나섰다.

장마철이었다. 며칠 동안 비는 그치지 않고 줄기차게 내렸건만 빗줄기는 도무지 가늘어질 생각이 없는 듯했다.

사방은 드레스와 턱시도를 입은 학생들로 온통 아수라장이었다.

그런데, 분주히 움직이고 있는 수많은 사람들 사이로 마치 혼자서만 다른 차원에 존재하는 듯 정지해 있는 남자가 보였다.

남자는 격식 있는 슈트 차림을 하고 있었지만 대회를 준비하는 사람 같지는 않아 보였다. 어쩌면 주최 측 관계자인지도 몰랐다.

그는 서연을 등진 채 아무도 없는 계단 한가운데에 서 있었다. 아니, 근처에 누가 있었는지도 모르겠다. 하지만 그녀의 눈엔 전혀 보이질 않았다.

굵은 비 때문에 시야는 온통 흐릿했다. 그런데도 이상하게도 그 남자의 뒷모습만이 마치 가위로 깨끗하게 오려낸 듯 선명했다.

내리는 비를 온몸으로 다 맞고서 미동도 없이 서 있던 그는 이쪽을 한 번도 돌아보지 않았지만, 왠지 마음속으로 말을 걸어오는 것만 같았다.

'뭐지? 뭐라고 하는 거지?'

서연이 뭔가에 홀린 듯 그쪽을 향해 발걸음을 떼던 순간이었다.

"서연아."

화들짝 놀라 꿈에서 깬 서연은 걱정스러운 눈길로 바라보고 있는 신희를 발견했다.

"아……, 으응."

"자면서 인상 잔뜩 쓰기에 걱정돼서 깨웠어."

"고마워. 언제 도착한대?"

신희가 아무 대답도 하지 않은 채 짓궂은 표정으로 웃기만 하자 서연은 그제야 정신을 차리고 주변을 둘러봤다. 버스는 어느새 정 차해 있었고 다들 일어서서 짐을 챙기는 중이었다.

"방금 도착했어."

뜬금없는 꿈 탓인지 약기운 탓인지, 서연은 아직까지도 몽롱하 고 기분이 이상했다.

"혹시 어디 아프니? 안색이 별로야."

"아니. 괜찮아."

"정말?"

"그래. 정말 괜찮아."

어딘지 모르게 다짐 같은 말을 내놓으며, 서연은 신희의 눈을 피 한 채 가방을 집어 들었다.

산자락 아래에 자리한 유스호스텔은 오후 내내 떠들썩했다.

흥겨운 레크리에이션 분위기는 해질 무렵 시작된 피구 경기에 서 최고조에 이르렀다.

세트스코어 1대 1.

쓸데없이 진지해진 선수들이 사력을 다하는 바람에 세 번째 세트가 시작된 지 얼마 되지 않아 라인 안쪽엔 양 팀 에이스만이 남아 있었다.

"오오. 약골인 줄로만 알았는데 생각보다 운동신경이 좋군, 은서연."

계속해서 쓸데없이 진지한 우진의 태도에 서연은 어떻게 반응해야 좋을지 몰라서 헛웃음을 흘렸다.

"야! 비웃기냐!"

"비웃은 적 없는데요."

"은서연, 얄미운 계집애! 가만두지 않을 테야!"

우진이 어울리지 않게 예쁜 척을 하며 공을 끌어안자 지켜보던 학생들은 모두 박장대소했고, 서연의 얼굴에선 웃음기가 가셨다. 이런 유치한 장난일랑은 빨리 그만두고 들어가 씻고 싶은 생각뿐이었다.

"헛소리 그만하고, 던질 거면 빨리 던져요."

도발이 아니라 진심이었건만 관전자들은 환호성을 질러댔고, 우진은 이를 박박 갈며 공격을 선언했다.

"좋다! 게임은 게임일 뿐! 혹시 여기서 나한테 지더라도 잉잉 울면서 엄마한테 이르지는 말거라. 이여어업!"

우진의 우렁찬 구호와 함께 배구공이 제법 무서운 속도로 허공을 갈랐다.

공이 날아오는 무시무시한 기세는 아랑곳없이, 서연은 가볍게 그것을 받아내고서 쏘아붙였다.

"선배가 나한테 져서 울었다고 이르는 건 괜찮은 거죠?"

말이 끝나자마자, 쐐액 하고 날아간 공이 우진의 안면에 직격으로 꽂혔다.

"크아앙!"

우스꽝스러운 비명, 경쾌한 퍽 소리, 격한 환호성과 함께 우진은 아웃 됐고 서연의 팀이 승리를 거두었다.

이마와 코가 새빨개진 우진은 펄펄 뛰며 서연에게 손가락질을 해댔다.

"야, 이 독한 계집애야! 이제 너랑 나랑은 끝이야! 환상의 복학생 복식조는 여기서 결별이라고!"

"와. 그거 듣던 중 반가운 소리네요."

갑자기 터진 왁자한 웃음소리에 주변을 돌아본 서연은 다소 놀랐다.

모두들 그녀를 보며 웃고 있었다.

벌레라도 보는 것 같은 차가운 경멸의 눈초리가 아니었다. 아무 경계도 의심도 없는 따뜻한 눈을 하고서 모두들 웃고 있었다.

오랜만에 격렬한 운동을 하고 난 후유증이었을까. 서연은 별안간 온몸에서 힘이 다 빠져나간 것처럼 나른해졌다. 코끝이 시큰하고 눈앞이 아른거렸다.

기뻤다. 즐거웠다. 이게 도대체 사람들 사이에서 얼마 만에 느껴본 즐거움인지 몰랐다.

"서연아, 오길 잘했다. 그치?"

신희가 묻는 말에 서연은 입을 가리고 활짝 웃으며 자신 있게 대답했다.

"으응."

기분 좋게 잘 마무리하고 돌아갈 수 있을 것 같았다.

적어도 그때까지는.

밤늦은 시간까지 술자리가 계속되었다.

빈 병이 늘어나는 것에 비례해 학생들의 목소리는 점점 더 높아졌고, 우진은 취한 나머지 횡설수설하기 시작했다.

아까 했던 말을 또 하고 방금 했던 말을 또 하는 게 너무 우스워서 서연은 한참이나 그의 추태를 구경했다. 하지만 그것도 계속 듣고 있으려니 슬슬 지겨워지기 시작했다.

그때 신희가 뭔가를 뒤적거리며 찾기 시작했다.

"뭐 찾아?"

"아아, 폰 놔두고 왔나 보다."

"집에?"

"아니, 아니. 아까 가방에 넣어놓고 안 꺼낸 것 같아. 가지러 갔다 와야겠어."

"그럼 내가 가져다줄게."

"아냐, 괜찮아. 내가 갈게."

"나 어차피 나갔다 와야 하니까 내가 가져올게."

서연은 극구 신희를 말리며 자리에서 일어났다.

"아아, 집에 전화하게?"

"아니, 집에는 아까 했고……."

도착한 이후로 주기적으로 메시지를 보내고는 있지만, 준호는 분명 걱정하고 있을 것이다. 목소리를 들려줘야 할 것 같았다.

"아아, 그렇구나. 그럼 부탁해."

신희는 의미심장한 미소를 지으며 서연을 툭 치더니 더 이상은 고집을 부리지 않았다.

단체실을 나선 서연은 짐들을 모아 넣어둔 방이 있는 층으로 올라갔다.

아래층 복도는 여전히 들썩들썩 난리인데, 바로 위층 복도엔 아무도 없었다.

'오늘 밤, 잠 잘 사람이 있기는 한 걸까?'

서연은 피식 웃으며 문손잡이를 비틀었다.

낡은 문은 몹시 뻑뻑했다. 한참의 노력 끝에 문을 밀어 열 수 있었던 서연은 퀴퀴한 냄새가 나는 방으로 들어서서 벽면을 더듬었다.

손끝에 닿는 스위치를 밀어 올리자 형광등이 몇 번 깜박이며 방을 비추었다.

갑자기 불안감이 엄습하는가 싶더니, 예감이 적중했다.

형광등의 깜박임에 맞춰 서연의 머릿속도 깜박이다가 이내 빨간불이 들어왔다.

"아……!"

무질서.

방 안은 전혀 정리가 안 되어 엉망이었다.

가방들과 옷가지들이 여기저기 내팽개쳐져 있었다. 게다가 누군가 들어와 자려다 말았는지 이불이 한쪽 구석에 멋대로 널브러져 있었고 쓸모없는 물건들이 발밑에서 제멋대로 굴러다니고 있었다.

두근두근, 심장이 터질 듯 확확 뛰기 시작했다.

'혹시…… 내가 이런 건가? 나, 또 정신 잃었었나?'

당황한 서연은 두 손으로 입을 꽉 틀어막으며 부들부들 떨기 시작했다.

'아니야! 내가 이런 거 아니야. 나, 방금 들어왔잖아. 이건 아까부터 이렇게 돼 있었던 거야.'

한 걸음 뒤로 물러서자 마음속 깊은 곳에서 또 다른 의심이 솟아났다.

'아니야, 내가 그런 건지도 몰라. 나도 모르는 사이에 또 정신줄 놓고! 내가 흩뜨려놓은 건지도 몰라.'

또 한 걸음 뒤로 물러서니 온갖 생각들이 봇물 터지듯 흘러나왔다.

'누가 봤을까? 누가 보고 소문내는 건 아닐까? 아니, 벌써 소문났을지도 몰라. 은서연은 정신병자라고!'

별안간 숨통이 턱 막혔다.

"으읍!"

필사적으로 숨을 쉬려고 했지만 쉽지 않았다. 손발이 통제할 수 없을 정도로 떨리고 몸을 제대로 가눌 수도 없었다.

'아아, 죽을 것 같아. 여기서 죽을지도 몰라. 대체 왜 이렇게 됐지? 아깐 괜찮았는데, 조금 전까지만 해도 그렇게 즐거웠는데, 왜 또 이렇게 됐지? 괜찮긴 뭐가 괜찮아? 괜찮을 리가 없잖아. 처음부터 여길 오는 게 아니었는데!'

머릿속이 새카맣게 뒤엉켜 더 이상은 견딜 수가 없었다.

답답한 목을 감싸 쥐고서 정신없이 달려 내려오는 동안, 서연은 몇 번이나 발을 헛디뎌 계단을 구를 뻔했다.

맨발인 것도 모른 채 정신없이 유스호스텔 마당을 가로지른 서연은 아무 곳이나 뛰어들었다.

풀숲에 몸을 숨긴 그녀는 웅크리고 앉아 어떻게든 숨 쉬려고 노력하며 휴대전화를 꺼내 들었다.

'도와줘, 오빠! 죽을 것 같아! 제발!'

떨리는 손으로 화면을 터치하고 신호음을 확인하는 순간이 마치 영원처럼 느껴졌다.

— 응.

준호의 목소리를 듣고도 아무 말도 할 수 없었다.

서연이 쉴 새 없이 숨넘어가는 소리를 내자 준호는 상황을 금세 눈치 채고서 그녀의 이름을 재차 불렀다.

– 서연아. 은서연.

준호가 자신의 이름을 부르는 것을 그녀는 듣고만 있었다. 달리 대답할 수 있는 상황도 아니었다.

– 눈 감고 숨 들이마셔.

눈을 질끈 감은 서연은 부드러운 명령에 따라 숨을 들이마셨다.

– 내쉬고……, 다시. 한 번 더 들이마셔. 천천히.

그렇게 몇 번을 반복하자 숨통이 약간 트였다. 조금 전보다 현저히 호흡하기가 나았다.

– 그래. 멈추지 말고 계속 그렇게.

얼마나 오랜 시간이 흘렀을까.

"하아. 하아."

그 사이 다행히도 서연의 숨소리는 규칙적으로 돌아왔다. 그러나 심장은 여전히 터질 것처럼 뛰고 있었다. 죄어든 가슴 역시도 아직 그대로였다.

– 이제 눈 떠봐.

"하아……. 못하겠어. 안 돼."

– 눈 떠.

질끈 감았던 눈을 억지로 뜨자, 잃었던 시야가 한 박자 늦게 돌아왔다.

서연은 수풀 속에 완전히 엉망이 되어 주저앉아 있었다. 아무것도 신지 않은 맨발은 온통 상처투성이였다.

더 이상 눈물도 나지 않았다. 결국은 이런 꼬락서니라니.

– 괜찮아?

"으응. 조금."

서연이 힘들었던 만큼 준호 역시도 긴장했던 모양이다. 대답을 듣자 전화 저편에서 안도의 한숨 소리가 새어나왔다.

– 더 못 버티겠으면 말해.

서연은 무릎을 끌어안고 더욱더 몸을 바짝 웅크리며 조용히 답했다.

"아냐. 괜찮을 거야. 아마……도."

하나도 안 괜찮았다. 이제 저 안에 다시 들어갈 용기라곤 요만큼도 남아 있지 않았으니까.

하지만 이 이상 그에게 걱정 끼치고 불편하게 만들고 싶지도 않았다. 여기서, 아니, 여기가 아니라도 어딘가 사람들 없는 곳에서 밤을 새운 후 들어가 조용히 있다가 내일 서울로 올라가면 그만이었다.

"나 정말 괜찮아. 여기 있을게. 고마워, 오빠. 내일 봐."

– 또 안 좋아지면 아무 때나 전화해. 계속 이렇게 기다리고 있을 테니까.

힘없이 전화를 끊은 서연은 몸을 떨다 문득 이상한 기분을 느꼈다.

계속 '이렇게' 기다리겠다고?

천천히 자리에서 일어난 서연은 사방을 둘러봤다.

저 멀리 주차장에 세워진 차들 중 눈에 익은 차가 한 대 보이자,

서연은 벌떡 일어나 자리를 박차고 뛰쳐나갔다.

맨발 아래로 끔찍한 통증이 느껴졌지만, 몸은 멈추지 않고 계속 앞으로만 달려갈 뿐이었다.

「누군가가 데리러 오겠지.」

거기서 기다리고 있었구나. 데리러 와줬구나.

내가 이렇게 될까 봐, 내가 혹시 못 견디고 집에 가겠다고 할까 봐, 거기서 그렇게 계속 기다리고 있었구나.

갈 길을 잃은 그곳에서 준호의 존재를 확인한 순간, 서연의 안에 있던 모든 각오와 고집들은 단번에 무너져 내렸다.

구제불능이라고 욕먹어도 좋았다. 더 이상은 참고 싶지 않았다.

뒤늦게 서연을 발견했던지, 운전석 문이 열리고 준호가 안타까운 표정으로 차에서 내렸다.

준호가 달려오자 서연은 온몸을 그에게 내던지고서 크게 울부짖었다.

"아아! 안 돼! 나 더 이상 못하겠어! 흑!"

서연을 번쩍 안아 든 준호는 서둘러 그녀를 차에 태우고 그 자리를 벗어났다.

급출발한 차의 엔진 소리는 마치 영역을 지키려는 짐승의 으르렁거림처럼 길게 울려 퍼졌다.

우진은 누군가가 차를 급출발시키기라도 한 듯 흙먼지가 자욱한 유스호스텔 입구를 물끄러미 바라보며 서 있었다.

"선배, 혼자 여기서 뭐 해요?"

"아, 신희야."

"무슨 일 있어요?"

"아무것도 아니야."

조금 전 목격했던 일을 떠올린 우진이 심각한 표정을 지었다.

'서연이가…….'

"서연이 못 봤어요, 선배?"

마음을 읽힌 것 같아 깜짝 놀란 우진은 눈을 크게 뜨고서 신희를 돌아봤다.

"으응? 서, 서연이가 왜?"

"뭘 그렇게 놀라요? 잠깐 나간다고 하더니 하도 안 들어와서 걱정돼서 나와 봤어요. 혹시 못 봤어요?"

"아아, 실은……."

그걸 어떻게 설명해야 좋을지 몰랐던 우진은 잠시 고민하다 거짓말로 둘러댔다.

"집에 무슨 급한 일이 있는 모양이야. 부모님께서 데려가셨어."

"네에? 일이라니, 갑자기 무슨 일이요?"

"그것까진 잘 모르겠다."

"좀 전에 전화기 가지러 올라가보니 짐이랑 다 그대로 있던데요?"

신희는 서연에게 전화를 걸어보았지만 불통이었다.

"안 받네. 무슨 일이지, 도대체?"

"짐은 네가 챙겨서 나한테 줘라. 내가 전해줄게."

"그럴게요. 별일 아니어야 할 텐데요."

"큰일은 아닌 것 같았으니 걱정 마."

"그럼 다행이고요. 과대한테 얘기해야겠네."

우진은 걱정스러운 표정으로 돌아서는 신희를 다시 불러 세웠다.

"야, 이신희."

"왜요?"

"너, 혹시……."

"응? 뭔데 그렇게 뜸을 들여요?"

"너 혹시 최준호 이사 전화번호 아니?"

"폰에 저장돼 있을 거예요. 근데 갑자기 이사님 전번은 왜요?"

"그냥."

비가 오려는지, 어디선가 습기를 머금은 미지근한 바람이 불어왔다.

"지금이라도 집에 가고 싶으면 말해. 데려다 줄게."

자정을 넘긴 시각이었다.

오후에 짊어지고 나간 가방도, 신고 갔던 신발도 없었다. 꼴은 완전히 엉망이었고, 거기다 서로 모르는 사이인 줄로만 알고 있을 준호와 함께 귀가하면 부모님이 어떤 반응을 보일지 무서웠다.

"안 갈래."

서연은 고개를 도리도리 젓고서 준호의 목을 더 힘주어 끌어안았다.

준호는 서연을 등에 업은 채 현관 번호키를 눌러 문을 열고 집 안으로 들어섰다.

사방은 어둠에 잠겨 있었다. 늘 훈훈했던 공기도 썰렁해져 있었다.

도대체 언제부터 거기서 기다리고 있었던 걸까.

"나는 왜……."

서연이 웅얼거리자 준호는 부드럽게 그녀의 말을 막아버렸다.

"마실 것 좀 줄까?"

"아니."

플로어 조명을 켜고 서연을 침대에 걸터앉게 한 준호는 바닥에 무릎을 꿇고 앉아 그녀의 얼굴을 가만히 올려다봤다.

귀가 먹먹해질 정도로 조용한 실내엔 서연의 숨소리만이 색색 울리고 있었다.

"좀 어때?"

"한결 나아."

"다행이다."

확인하려는 듯 재차 서연의 얼굴을 살핀 준호는 자리에서 일어나 어딘가로 가버렸다.

서연은 고개를 숙이고 입술을 깨문 채 한참이나 자기 무릎을 내려다보고 있었다.

어디서 넘어졌는지 도무지 기억도 나지 않았다. 짧은 반바지 아래 드러나 있는 무릎은 시커멓게 멍이 들어 있었고 긁힌 자국엔 핏방울이 맺혀 굳어 있었다.

무릎뿐 아니었다. 맨발로 마당을 가로질러 뛰는 바람에 발은 상처투성이였다.

"약 발라줄게."

대야에 따뜻한 물을 받아 가지고 온 준호는 서연의 발을 씻겨주었다.

잔뜩 긴장한 서연의 가슴은 따스한 물 온도와 부드러운 그의 손길 아래 천천히 풀리기 시작했다.

"아!"

상처가 쓸렸던지 서연이 움찔하자 준호의 손길도 잠시 멈추었다.

"다 됐어. 조금만 참아."

발을 헹구고 깨끗한 수건으로 꼭꼭 감싸 물기를 제거한 그는 구급함을 열고서 그 안에서 면봉과 상처연고를 꺼냈다.

"약간 따끔할 거야."

"으응."

상처에다 정성스럽게 연고를 발라주던 준호가 나직이 중얼거렸다.

"많이 아팠겠네."

사방은 고요했다. 이젠 서연의 숨소리마저 들리지 않을 정도로 적막했다.

툭. 투둑.

서연의 무릎으로 뭔가가 후드득 떨어져 내렸다.

준호는 고개를 들어 다시 그녀의 얼굴을 올려다봤다.

서연의 눈엔 커다란 눈물방울들이 그렁그렁 맺혀 있었다.

그녀가 눈 한 번도 깜박이지 않은 채 뚫어져라 제 무릎만 내려다보고 있자 눈물방울들은 제 무게를 이기지 못해 맹렬히 아래로 추락했다.

"나는……, 나는 도대체 왜 이 모양일까?"

울음이 잔뜩 묻은 목소리가 더없이 애처로웠다.

"잘하려고 했는데, 잘해야 했는데……, 왜 항상 이렇지? 나도 뭔가 좀 더 확실하게……, 나도……, 흑! 흐흑!"

절망으로 가득한 목소리는 거기서 끊겼다.

서연은 얼굴을 가리지도 못한 채 크게 울음을 터뜨리고 말았다.

어린아이처럼 엉엉 소리 내어 우는 그녀를 준호는 굳이 달래려 하지 않았다. 자리에서 일어나 서연의 작은 어깨를 품에 안고서 한참이나 울게 내버려두었을 뿐이었다.

얼마나 그렇게 울었을까.

지쳐서 더 이상 눈물도 나지 않는지, 서연은 울음을 추스르고서 준호의 품에 온몸을 내맡겨버렸다.

"나한테 실망했지?"

서연의 몸에 긴장이 풀린 것을 확인한 준호는 가만히 그녀의 등을 쓸어주며 담담하게 말했다.

"나는 어렸을 때 유난히 잘 넘어졌어. 무릎이 성할 날이 없을 정도였지."

밑도 끝도 없는 말에 서연은 영문을 모르는 표정으로 준호를 올려다봤고, 그는 진지하게 말을 이어갔다.

"철든 이후론 괜찮았는데, 10년쯤 전, 으음, 어디였더라? 어느 공원에서 멀쩡한 정신으로 걷다가 크게 고꾸라졌어. 걸려 넘어질 게 정말 아무것도 없는 평지였는데 말이야. 지나가던 사람들이 다들 쳐다보고 웃는데, 무릎이 너무 아파서 창피한 줄도 몰랐어."

서연은 여전히 이해할 수 없는 눈으로 그를 바라보다 중얼거렸다.

"오빠 뭐든지 잘하는 줄 알았는데……, 의외로 허당인 면도 있었구나."

그 소리에 준호는 기다렸다는 듯 희미하게 웃으며 덧붙였다.

"세상엔 여러 사람이 있어. 그중엔 뭐든지 잘하는 사람도 있고 의외로 허당인 사람도 있고 어이없이 평지에서 넘어지는 사람도 있고, 그리고 가끔씩 예고 없이 패닉에 시달리는 사람도 있지."

"그거, 결국은 우리 둘 얘기밖에 없는 것 같은데."

"남들이 정해놓은 기준에 맞춰 살려고 억지로 무리하거나. 혹은 그게 잘 안 된다고 좌절할 필요는 없는 거야. 계단에서 구르든 평지에서 고꾸라지든 어디서 어떤 모습으로 자빠졌든, 뭐, 아무 상관없잖아? 요는 내가 지금 멀쩡히 걸어다니면서 잘 살고 있다는 사실이니까."

준호가 지금 하려는 말이 뭔지 알아차린 서연은 또 한 번 코끝이 시큰해졌다.

"정말 그럴까?"

"그래."

간신히 멈추었던 눈물이 다시 솟아올랐다. 서연은 입술을 깨물고 애써 울음을 삼키며 속삭였다.

"미안해. 정말 미안해, 오빠."

"네 잘못이 아니야. 내 잘못이지. 멍청하게 거기까지 따라가서 기다릴 생각 말고, 좀 더 확실하게 말렸어야 했는데. 오히려 내가 미안해."

"아니야, 그런 거 아니란 말이야. 흑."

서연이 또 한 번 울음을 터뜨리자 준호는 부드럽게 그녀의 얼굴을 감싸 자신을 마주 보게 하더니 따뜻한 입술을 겹쳐왔다.

맘고생을 한 건 그녀만이 아니라고 알려주는 것처럼, 바싹 마른 그의 입술은 평소보다 약간 거칠었다.

슬쩍슬쩍 부딪치는 입술 사이로 그가 중얼거렸다.

"괜찮아."

위안을 주는 온기가 서연을 달콤하게 감쌌다.

"괜찮아. 이까짓 것, 아무 일도 아니야."

그래.

맞는 말이다. 그의 말대로 어디서 구르고 고꾸라져 만신창이가 되더라도 상관없지 않나. 지금 멀쩡히 잘 살고 있으면 그걸로 된 거다.

서연은 자기만큼이나 아파 보이는 준호의 눈동자를 보며 다짐했다.

더 이상 이 남자의 마음을 아프게 해선 안 된다고.

언젠가는 그가 지금의 자신에게 해주는 것처럼 기댈 가슴을, 베고 누울 무릎을 내줄 수 있는 여자가 되어야겠다고.

"나 그냥 여기서 내릴게."

준호는 아무 말도 하지 않은 채 서연의 집 근처 큰길에 차를 댔다.

어젯밤, 두 사람은 계속해서 잠을 이루지 못하고 소파에 앉아 이런저런 얘기를 하며 밤을 지새웠다.

그러다 새벽 무렵 서연은 깜박 잠이 들었고, 밝은 햇살에 눈을 떴을 땐 혼자 침대에 누워 있었다.

이른 아침부터 어딜 나갔는지 준호는 보이질 않았다.

서연이 휴대전화를 집어 든 때였다.

현관문이 조용히 열리더니 준호가 나타났다. 한 손에는 스니커즈 박스, 다른 한 손에는 죽 전문점 로고가 선명히 찍힌 쇼핑백을 들고서.

서연은 준호의 그런 세심한 배려가 늘 좋았다. 그가 한 발 앞에서 기다리고 있는 듯한 기분이 들어 더없이 편안했다.

하지만 한편으론 미안하기도 했다. 자신은 늘 받기만 하는 것 같으니 더 그랬다.

서연은 무척이나 복잡한 감정이 담긴 눈으로 물끄러미 준호의 얼굴을 바라보다 조용히 말했다.

"정말 고마워. 그리고…… 미안해."

"마지막으로 경고하는데."

준호는 짐짓 무서운 표정으로 서연을 돌아보며 못 박았다.

"한 번만 더 그 소리 하면 그땐 가만 안 둘 거다."

처음으로 접하는 으름장에 서연은 눈을 동그랗게 뜨고서 되물었다.

"가만 안 두면 어쩔 건데?"

안경렌즈 아래 준호의 눈동자에 짓궂은 빛이 어렸다.

"사람들 다 보는 데서 키……."

"아아! 그만 좀 해, 이 변태야!"

서연이 발끈하며 팔뚝을 꼬집어버리자 준호는 웃음을 터뜨렸다. 그 모습을 보니 서연도 긴장이 풀려 함께 웃고 말았다.

차에서 내린 준호는 서연을 내려준 후 조수석 문에 기댄 채 손을 흔들었다.

"조심히 들어가."

"집 앞인데 뭘 또 조심해."

"들어가거든 아무 생각도 하지 말고 푹 쉬어. 전화기도 *끄고*."

"응. 일어나면 전화할게."

서연은 자신이 눈앞에서 사라지기 전까지 준호는 절대 먼저 떠나지 않는다는 걸 잘 알고 있었다.

집까지 가는 길, 그녀는 몇 번이고 뒤를 돌아보며 손을 흔들었고 그 역시도 박자 맞춰 꼬박꼬박 답해주길 반복했다.

그렇게 경건하기까지 한 이별의식을 치르며 대문 앞에 도달한 서연은 한참이나 망설이다 안으로 들어갔다.

잔디가 깔린 마당을 가로질러 현관문을 열고 들어가니 언제 알아차렸는지, 은 사장 내외가 현관까지 나와 기다리고 있었다.

"우리 딸 왔니?"

"다녀왔습니다."

다른 친구들은 아직 도착도 하지 않은 오전 시각이었지만 서연의 부모는 아무것도 눈치 채지 못한 채 반갑게 그녀를 맞았다. 이전까지 딸이 학교 행사에 참여해본 적이 없었으니 이상한 걸 못 느끼는 건 당연한 일이었다.

"잘 놀고 왔지?"

"재미있었어?"

걱정 반 기대 반으로 바라보는 눈길이 너무나 아프게 느껴진 서연은 억지로 웃어 보이며 후다닥 신발을 벗고 안으로 들어섰다.

"네, 아주 재밌었어요."

"그래, 그래. 잘했다. 젊을 때 즐기기도 하고 그래야지. 뭐가 제일 재밌었니? 술도 마셨어? 요즘은 선배들이 짓궂은 장난치고 그런 거 없지?"

"네. 그런 거 없어요. 친구들하고 그냥…… 밤새 수다 떨고 잘 놀다 왔어요."

"그거 정말 재밌었겠구나."

서연은 씁쓸한 미소를 지으며 말을 이었다.

"아빠. 죄송하지만 잠을 못 자서 너무 피곤해요. 씻고 한숨 잘게요."

"아아, 그래. 어서 올라가 쉬거라."

은 사장이 대견한 눈으로 바라보는 가운데, 서연은 쭈뼛거리다 슬금슬금 뒷걸음쳐 계단을 올라가버렸다.

서연이 자리를 뜰 때까지 계속해서 그녀의 뒷모습을 바라보고 있던 은 사장은 이상한 느낌에 한 여사를 돌아봤다.

"아니, 당신은 왜 그러고 있어?"

한 여사는 현관에 가지런히 놓여 있는 서연의 스니커즈를 뚫어져라 바라보며 중얼거렸다.

"못 보던 신발이네요. 그러고 보니 가방도 없고……."

방으로 올라간 서연은 흐느적거리며 침대로 가 털썩 몸을 뉘였다.

그때, 베개 근처에 놓여 있던 서연의 휴대전화가 몸을 떨어댔다.

준호인가 하고 봤지만, 아니었다.

발신인은 우진이었다.

서연은 고민하다 한참 만에 전화를 받았다.

"여보세요."

— 나다. 우진 오빠.

"네, 선배."

— 끝까지 오빠 소리 한 번을 안 하네. 하여튼 소신 있는 계집애구만.

그러고 보니 아무에게도 말하지 않은 채 도망쳤는데 부재중 통화가 한 통밖에 없다니, 이상했다.

— 걱정하지 마. 신희 포함해서 과 녀석들한테는 내가 적당히 둘러댔어. 집에 일이 있어서 부모님 차 타고 올라갔다고.

고맙다고 하려던 서연은 문득 이상한 기분이 들었다. 사람이 갑자기 사라지면 보통은 놀라고 걱정하는 게 먼저지, 사람들에게 둘러대는 일은 잘 없지 않나.

그제야 뭔가를 깨달은 서연의 머리털이 쭈뼛 솟았다.

"선배 혹시……!"

— 미안. 내가 일부러 본 건 아니었는데, 어쩌다 보니 그렇게 됐

다. 아무한테도 말 안 했으니까 걱정은 말고.

"아아."

할 말이 없어진 서연은 입을 다물고 스피커에 귀를 기울였다.

─ 공황장애라고 하나? 아무튼 그런 거 맞지? 숨도 못 쉬고 되게 고통스러워 보이던데……, 지금은 괜찮냐?

"네."

─ 최준호 이사는 네가 부른 거야?

서연이 어떻게 대답해야 좋을지 몰라 우물쭈물하고만 있자 우진은 진지하게 말했다.

─ 앞으로 또 힘들고 어려운 일이 있거든 숨기지 말고, 굳이 멀리까지 가지도 말고, 가까이 있는 사람한테, 나한테 먼저 도와달라고 해. 친구잖아. 그 정도는 당연히 해줄 수 있는 친구.

"선배……."

─ 아무튼 네가 괜찮은 것 같으니 다행이다. 짐은 이따 너희 집으로 가져다줄까? 아, 아니다. 내가 지나는 길에 나미 누나네 카페에다 맡겨둘게. 알아서 찾아가라.

"고마워요, 선배."

─ 친구끼리는 고맙다는 말 하는 거 아니야, 인마.

요사이 참 많이 듣는 소리다.

서연은 문득 가슴이 먹먹해졌다.

또 한 번 모두에게 어리광을 부린 것 같아 부끄러워지기도 했다.

창밖을 내다본 서연은 어느새 봄비가 내리고 있는 것을 발견하고 느릿느릿 상체를 일으켰다.

정원수들에선 연두색 이파리들이 고개를 내밀고 찬란한 빛을 내뿜고 있었다.

오늘 아침만 해도 그렇게 맑았는데 갑자기 비라니.

하긴. 사람의 삶도 이런 거겠지.

어떤 때는 맑았다 어느 때는 흐렸다, 때로는 비도 왔다가, 그러다 또 맑아지기도 하고, 그렇게 계속해서 이어지는 거겠지.

어제의 일 역시도 그랬다. 긴 인생에서 또 한 번, 그저 지나가는 비였는지도 몰랐다.

다시 침대에 엎드린 서연은 편안한 표정으로 깊은 잠에 빠져들었다.

15
/
군상(群像)

자동문이 열리자 풍경이 짤랑, 하고 청아한 소리를 냈다.

"어서오세……, 어?"

카운터에 홀로 앉아 졸고 있던 나미가 고개를 들고 반갑게 인사를 건네다 우진을 발견하고서 우거지상을 했다.

"누나."

"아아, 뭐야. 너냐?"

"으어어, 서운합니다. 저도 손님인데요."

"닥쳐, 인마. 네가 무슨 손님이야. 저번에도 밥 얻어먹고서 돈 안 내고 튄 주제에."

"뭐 먹고 싶으냐고 물어서 김치볶음밥 얘기 했더니 차려준 거잖아요. 내가 달라고 한 것도 아닌데 무전취식자 취급입니까?"

"킁. 이 자식이 남의 가게를 아주 선배 자취방 취급하는구만. 엠티 갔었다면서, 뒤풀이 안 하고 벌써 온 거야? 잘 놀고 왔어?"

"저야 판만 깔아주면 시베리아 벌판에서도 잘 노는 놈이고요."

"하긴. 그건 그러네."

씩 웃으며 카운터 앞까지 성큼성큼 걸어간 우진은 들고 왔던 짐을 바 스툴에다 내려놓았다.

가죽 백팩엔 귀여운 로봇 모양의 키링이 달랑달랑 달려 있었다. 준호가 디자인이 마음에 안 든다며 잡아채서 버리려는 걸 서연이 간신히 막았던 것이었다.

"어어? 이거 서연이 거 아니야?"

"맞아요."

백팩 옆 쇼핑백엔 작고 앙증맞은 여자 스니커즈 한 켤레가 들어 있었다. 그것 역시 서연의 것이었다.

나미는 금세 뭔가를 눈치 채고서 물었다.

"이걸 왜 네가 들고 와? 혹시 서연이 무슨 일 있었어?"

우진은 짧은 시간 깊은 고민에 빠졌다.

과 아이들, 심지어 서연과 가장 친한 신희에게까지도 내색하지 않은 일이었다. 이야기해도 괜찮은 걸까.

평소 신희나 서연은 나미에게 소소한 고민을 털어놓고서 조언을 구했다. 그건 우진 역시 예외가 아니었고.

나미는 마음 따뜻하고 수더분한 사람, 그리고 넓은 세상 이곳저곳을 돌아다니며 많은 경험을 하고 줄곧 어려운 이들을 도와왔던 사람이었다. 그러니 이 무거운 마음을 털어놓고 조금은 편해져도 괜찮을 것 같았다.

우진은 한참 만에야 고개를 끄덕이며 말했다.

"네. 실은 일이 좀 있었어요."

"무슨 일인데?"

"어젯밤에 술 좀 깰 겸 담배 한 대 피우려고 숙소 앞마당에 나가 서 있는데……, 뒤에서 갑자기 누가 후다닥 달려 나가더라고요."

"서연이?"

"네. 맨발이더군요."

"맨발?"

나미가 이해 안 간다는 표정으로 건너다보자 우진은 어렵게 말을 이었다.

"무슨 일인가 싶어서 몰래 따라가 보니 애가 사색이 돼서 숨도 못 쉬고 어쩔 줄을 몰라 하는 게, 확실히 괜찮아 보이진 않더라고 요."

"으음. 지병이라도 있었던 걸까? 좀 도와주지 그랬어?"

안타까운 눈으로 카운터 테이블만 내려다보고 있던 우진이 조금 전보다 현저히 낮아진 어조로 말을 이었다.

"당연히 그러려고 했죠. 도와주려고 하는데, 그 상황에서 어디로 전화를 걸어 통화를 하더라고요. 그리고 잠시 후에 주차장으로 달려가더니 누군가의 차를 타고 그대로 가버렸어요."

나미의 눈이 휘둥그레졌다.

"그 밤에? 짐도 신발도 다 놔두고?"

"네."

"아니, 그게 무슨 일이래?"

"그러게 말이에요."

"데려간 사람은 누군데?"

기다렸다는 듯, 우진의 입에서 불편한 이야기가 흘러나왔다.

"사방이 어둡긴 했지만 확실히 봤어요. 최준호 이사였어요."

나미의 미간이 맞붙을 듯 좁아졌다.

사실 조금만 생각해봐도 미루어 알 수 있는 일이었다. 둘은 사귀는 사이라고 했으니 충분히 그럴 수도 있는 일이고.

그러나 머리로는 이해해도 아직 가슴까지 이해하지는 못했던 듯, 나미는 기분이 몹시 불쾌해졌다.

"준호는…… 대체 그 시각에 거기서 뭐 하고 있었던 거지?"

"아마도 서연이 모르게 계속 기다리고 있었던 것 같아요."

"언제부터?"

"모르죠, 그거야."

잠시 말이 없던 우진은 서연의 짐들을 돌아보더니 조심스럽게 말했다.

"솔직히…… 정상인가 싶어요."

"뭐가?"

"최준호 말이에요."

직함도 생략해버린 우진의 말에는 노골적인 적대감이 배어 있었다.

"아무리 사귀는 사이라지만 보통 그렇게까지 합니까?"

"음. 확실히 과하긴 하네."

처음엔 주저했지만 막상 이야기를 시작하니 우진의 마음속에 쌓였던 것들이 봇물 터지듯 쏟아져 나왔다.

"처음부터 마음에 안 드는 사람이었어요. 나이 차도 많이 나는데다 왠지 서연이한테 집착하는 것처럼 보이기도 하고……. 그리고 제일 걸리는 건 역시 그거예요."

"그거……라니?"

"볼 때마다 항상 웃고 있는데, 무슨 생각을 하고 있는지 전혀 알 수 없다는 것. 딱 꼬집어 뭐라고 말할 순 없는데, 기분 나쁘달까요."

"흐음. 기분 나쁠 것까지는 없지. 준호는 원래 그런 녀석이야. 그런 점이 걔의 매력이기도 하고."

"으어어? 매력이라고요?"

우진이 눈살을 찌푸리자 나미는 씩 웃으며 말을 이었다.

"나쁜 녀석은 아니야. 다만 생각이 많고 자기 영역이 좀 심하게 확고할 뿐."

"매력이고 매력의 고조할아버지고 그딴 건 모르겠고요. 어쨌든간에, 서연이한테는 전혀 안 어울리는 남자라는 것만 확실히 알겠습니다."

씩씩거리는 우진을 빤히 건너다보던 나미가 의미심장한 미소를 지었다.

"김우진."

"네."

"너, 은서연 좋아하지?"

늘 자신감에 차 있던 우진은 얼굴을 확 붉히고서 당황했다.

"아닌뒈에요!"

"그럼 좋아하는 것도 아닌데 뭘 그렇게 말끝마다 서연이, 서연이, 남의 여친한테 왜 그렇게 신경을 써?"

"그건 그냥……, 동생 같으니까……."

우진은 문득 혼란스러워졌다.

처음엔 그냥 예뻐서 자꾸 눈길이 가나 보다 싶었는데, 가끔 서연이 약한 모습을 보일 때마다 마음이 아파 미칠 것 같았다. 따뜻한 말을 건네면 몹시 어색해하는 것도, 샐쭉한 그 미소도 좋았다.

사실은 우진도 자기 마음을 알 수가 없었다. 서연을 남자로서 바라보고 있는 건지, 아니면 그저 안쓰러운 동생으로 받아들이고 연민의 눈으로 보는 건지 말이다.

자리를 찾지 못하고 흔들리는 우진의 눈동자를 한참이나 바라보던 나미는 어깨를 으쓱이며 물었다.

"어렵지?"

"으음. 어렵네요."

"힘내. 짝사랑이란 원래 다 그런 거야."

"짝사랑 아니라니까요!"

우진은 정색을 하더니 한숨을 내쉬고 덧붙였다.

"아무튼 서연이한테 최준호는 안 어울려요."

나미는 아무 대꾸도 하지 않은 채 서연의 가방을 힐끗 보며 말을 돌렸다.

"짐은 내가 서연이한테 잘 전해줄게, 걱정 말고. 커피 한잔 줄까?"

"아뇨. 어제 마신 술이 안 깨서 국밥이나 먹으러 가렵니다."

"오잉? 네가 공짜 커피를 마다하다니, 웬일?"

평소라면 달랑달랑 만담을 이어갔을 우진이었지만, 오늘은 제법 심각한 모양이었다. 자리에서 일어난 그는 손을 흔들며 곧장 카페를 나가버렸다.

카운터 테이블에 홀로 남겨진 나미는 서연의 백팩을 내려다봤다.

지퍼 손잡이에 달린 로봇 키링을 만지작거리는 나미의 눈빛은 어느새 섬뜩하리만큼 싸늘해져 있었다.

대문을 나선 서연은 빵, 하고 가벼운 경적 소리가 난 곳을 돌아봤다.

"여기야!"

빨간색 쿠페의 조수석 창문이 내려가자 그 사이로 나미의 얼굴이 나타났다.

집 앞 골목에 주차되어 있는 나미의 차로 다가간 서연은 열린 창문으로 몸을 숙이고 물었다.

"가게는요?"

"일찍 닫았지. 장사도 안 되고 오늘은 그냥 쉬고 싶어서."

서연의 달콤한 낮잠을 깨운 것은 나미의 전화였다.

우진이 맡기고 간 가방과 신발을 집까지 가져다줄 테니 주소를 알려달라는 나미의 말에 서연은 굳이 그럴 필요 없다며 사양했지만 그녀는 끝까지 완강했다. 기어이 집을 알아내 짐을 가져온 것이다.

"죄송해요, 언니. 제가 찾으러 가면 되는데."

"아냐, 아냐. 정말 내가 오고 싶어서 나온 거야."

그래도 여전히 미안한 표정을 하고 있는 서연을 가만히 건너다본 나미가 슬며시 물었다.

"안에 부모님 계시지?"

"아뇨. 부부동반 모임이 있어서 나가셨어요."

"그래? 그럼 잠깐 나가도 되겠네. 언니랑 바람 좀 쐴까?"

서연은 집 대문을 힐끗 곁눈질하고서 차에 올랐다.

차를 출발시키며 나미는 환하게 웃으며 재잘거렸다.

"와아, 미소녀랑 데이트다, 데이트. 으음. 어디로 갈까?"

"옷차림이 이래서……."

집에서 자다 나오는 바람에 서연은 편안한 실내복 차림이었다.

"그럼 드라이브나 하지, 뭐."

뒷좌석에 놓인 자기 짐을 확인한 서연은 나미를 빤히 건너다봤다.

정말로 짐 가져다주러 왔다 그 김에 놀러 가는 것 같지는 않아 보였다. 뭔가 할 말이라도 있는 걸까.

아니나 다를까, 나미는 차가 골목을 벗어나자마자 말문을 열었다.

"아픈 건 흠이 되거나 창피한 일이 아니야. 자기가 아프고 싶어서 아픈 게 아니니까. 그렇지?"

우진이 짐을 나미한테 맡긴다고 했을 때 서연은 분명 이런 일이 생길 거란 것을 짐작하고 있었다. 하지만 그럼에도 그를 말리지 않았던 건, 우진이나 신희, 그리고 나미는 어느 정도 마음속으로 받아들였기 때문이었다.

"세상은 넓고 인생은 길어. 내 뜻대로 되는 일이 많은 만큼 내 뜻대로 되지 않는 일도 많은 법이지. 그러니까 그런 걸로 괜히 움츠러들 필요는 없다고."

"네."

서연이 제법 심각하게 고개를 끄덕이자 나미는 오른손으로 그녀의 어깨를 툭 치며 짓궂게 덧붙였다.

"그렇게 심각할 필요도 없어. 신나게 살아야지."

남의 일이니 이렇게 쉽게 말할 수 있는 거겠지. 서연이 허탈하게 웃음 짓자 나미는 마주 씩 웃다가 뜬금없는 질문을 했다.

"어젯밤에…… 준호가 거기까지 데리러 왔었다며?"

다소 누그러졌던 마음이 다시 경직됐다.

준호는 항상 그럴 필요 없다고 하지만 서연은 그를 떠올리면 마음 한구석이 무거웠다. 죄책감의 무게인지도 몰랐다.

"내가 준호를 잘 아는데."

준호를 잘 안다는 나미의 말이 서연에겐 꽤나 뼈아프게 와 닿았다. 맏언니 같아 늘 좋기만 하던 나미지만, 그녀는 이상하게도 준호 얘기를 할 때만큼은 다른 사람처럼 느껴졌다.

"준호, 굉장히 안타까운 녀석이야."

무슨 말이 나올지 몰라 서연이 입을 다물고 경청하고만 있자 나미는 담담하게 말을 이었다.

"내가 귀국하기 전 있었다던 르완다의 한인 의료소 말이야. 거기 계신 의사선생님 부부 얘기한 적 있었지?"

"네."

"그분들이 준호 부모님이야."

희미하게 짐작하고는 있었던 일이었다.

서연이 고개를 끄덕이자 나미는 아련한 눈으로 도로를 응시하며 옛이야기를 풀어놓았다.

"다정하고 정의롭고, 그리고 인격적으로 흠이라곤 전혀 없는, 진짜 성인(聖人)이라고 자신 있게 말할 수 있는 그런 분들이셨어."

"그렇군요."

"그렇지만, 그 피를 고스란히 물려받았는데도 준호는…… 조금 다르더라."

"다르다니요?"

"너도 이미 알고 있겠지만, 준호는 많이 비틀렸어."

물론 다른 사람들과 비교하면 다소 독특하긴 하지만 서연은 준호가 비틀렸다는 생각을 해본 적이 전혀 없었다.

서연이 이해할 수 없는 표정으로 물끄러미 건너다보자 나미는 한숨을 내쉬고 말을 이었다.

"외롭게 자란 것도 있고, 주변 친인척들이 끊임없이 괴롭혀댄 것도 있고……, 뭐, 그런 탓인지는 모르겠지만 확실히 보통 사람들하곤 생각도 다르고 가끔은 아슬아슬한 선도 넘나들고, 그랬었지."

매끈했던 서연의 미간이 종잇장처럼 구겨졌다. 그걸 아는지 모르는지, 나미는 아랑곳 않은 채 말을 이었다.

"그래서 준호에겐 꼭 필요한 거야. 그 녀석의 중심을 확실히 잡아주고 감싸 안아줄 수 있는 사람이."

"언니, 지금…… 무슨 말을 하고 싶은 거예요?"

서연이 마침내 묻자 나미는 입술을 깨물고 잠시 고민했다.

준호와 서연이 어울리지 않는다는 우진의 말은 사실이었다. 누구보다도 나미가 더 잘 알고 있는 사실.

"내 눈에는 왜 서연이 네가 어리광 부리는 걸로 보이는지 모르겠다."

"어리광……이라니요?"

"너도 알다시피 준호도 힘들어. 피곤할 거야. 평소에도 네 일이라면 물불 안 가리고 뛰어든다면서? 사회생활 하는 남자가 그러기 쉽지 않잖아. 게다가 어젠 지방까지 따라가서 기다리고 있었다면

418

서.”

서연은 손톱 아래에서 까슬까슬 거슬리는 거스러미를 습관적으로 잡아 뜯었다. 순간 따끔하더니 제법 깊이 파고들어간 상처에서 피가 배어나오기 시작했다.

“어렸을 때부터 혼자인 게 익숙했던 녀석이야. 네가 그렇게 의존하고 들러붙고……, 아, 실수.”

‘들러붙고’라는 말을 듣는 순간 서연의 어깨가 움찔했다.

그런 그녀를 슬쩍 곁눈질한 나미는 조심스럽게 덧붙였다.

“처음에 준호한테 애인이 생겼다기에 얼마나 기뻤는지 몰라. 그래. 좋아하는 사람이 생기는 건 행복한 일이지. 그런데, 너희를 보고 있으면 안타까워. 왜 이렇게 안타까운지 모르겠어. 보통의 연애는 아니지 않나, 뭔가 방식이 잘못 되지 않았나 하는 생각이 들어.”

서연의 안색이 눈에 띄게 창백해졌다.

뭔가 가슴 깊은 곳에서부터 욱하는 마음은 있었지만, 나미의 말에 뭐라고 대꾸할 수가 없었다.

만약 어제 별일이 없었다면 준호는 밤새 거기서 잠도 못 자고 대기하고 있었을 터였다. 그 일뿐 아니었다. 앞으로도 이런 일들이 계속된다면, 이렇게 귀찮은 여자를 계속해서 좋아해줄 남자는 없을 테니까.

“준호도 서연이도. 둘 다 누구보다도 소중한, 내가 가장 아끼는 사람들이야. 사귐으로 인해 서로서로 좋은 방향으로 발전해야 하는데, 내가 보기엔 별로 바람직해 보이진 않네. 그게 내 솔직한 심정이야."

"제가 어떻게 해야 하나요, 그럼?"

"좀 더 준호에게 힘이 되는 여자가 되도록 노력해야지. 그게 안 될 것 같으면 애초에 포기를 하든가. 아, 혹시 순진하게 내 말 액면가 그대로 받아들이는 건 아니지? 말이 그렇다는 거야, 말이."

나미의 묘하게 찌르는 말에 서연은 아무런 반박도 할 수 없었다.

「좀 더 준호에게 힘이 되는 여자가 되도록 노력해야지.」

머칠 내내 서연의 귀엔 나미의 말이 계속해서 울리고 있었다. 밥을 먹을 때도, 연습을 할 때도, 심지어 쉴 때조차도 머릿속에서 윙윙 울려대니 마음이 무거워 견딜 수가 없었다.

「그게 안 될 것 같으면 애초에 포기를 하든가.」

서연은 욱한 나머지 저도 모르게 입술을 깨물고 툭 내뱉었다.

"말도 안 돼. 자기가 뭔데."

"아아, 역시 내 맘대로 정하는 게 아니었는데! 미안! 마음에 안 들면 우리 치킨 말고 다른 거 먹으러 갈까? 아직 주문 전이니까 미안하다고 얘기하고 다른 데로 가자."

신희가 어쩔 줄을 몰라 하며 우는소릴 하자 서연은 그제야 정신을 차렸다.

강의가 모두 끝난 후, 신희는 아르바이트하던 곳에서 보너스를 받았다며 모처럼 그걸로 치맥을 쏘겠다고 선언했다. 짠돌이 신희가 턱을 내는 건 그리 흔한 일이 아니었기에 우진은 눈을 빛내며 득달같이 달려들었고, 그들은 지금 학교 앞 호프집에 둘러앉아 메뉴 선정에 고심하고 있던 중이었다.

"아, 아니야, 신희야! 네 얘기 아니었어! 미안해. 잠깐 딴생각하다 그만."

화들짝 놀란 서연은 손을 내저으며 얼굴을 붉혔고, 신희는 그런 그녀를 가만히 건너다보다 조심스럽게 물었다.

"서연아, 무슨 고민 있어? 며칠 동안 왜 그렇게 멍해?"

"으응? 고, 고민 같은 거…… 없어."

서연이 입술을 깨물며 말문을 닫아버리자 신희는 몹시 걱정스럽고 의미심장한 표정으로 그녀를 바라봤다. 그 모습이 서연에게 뭔가 할 말이라도 있는 것 같아 보였지만, 신희는 결국 아무 말도 하지 않았다.

"으음. 고민이라면 이게 고민이로다. 우린 세 명인데 닭다리는 왜 두 개밖에 없는 걸까."

메뉴판을 내려다보며 우진이 심각하게 내놓는 말에 신희가 한심한 표정으로 쏘아붙였다.

"두 마리 시켜요. 선배가 다리 남는 거 하나 더 먹음 되겠네."

"사랑한다, 이신희. 넌 천사야. 하지만 내가 벼룩의 간을 내먹지 너한테 그런 부담을 지울 수야 있겠느냐. 그냥 한 마리 시켜서 나랑 서연이가 다리 하나씩 먹을게, 네가 굶어라."

"이 사람이 뭐래, 진짜. 먹지도 않은 술이 벌써 올라오나 봐."

둘이서 농담을 주거니 받거니 하는 것을 건너다보던 서연은 가볍게 웃음을 터뜨렸다.

서연이 웃는 것을 본 신희는 그제야 안도한 듯 편안한 표정으로 중얼거렸다.

"이제 웃네. 다행이다. 걱정했었는데."

서연은 신경 써주는 신희가 늘 고맙고 미안했다.

그녀에게 있어서 신희는 조금 더 특별한 존재였다.

신희에겐 우진이나 나미를 대할 때 가끔씩 느껴지는 불편함이 전혀 없었다. 그리고 그녀는 준호에게선 찾을 수 없는 또 다른 종류의 편안함을 지니고 있었다.

준호를 마주할 때 느끼는 감정이 설렘과 긴장, 절대적인 안식과 강한 이끌림 등 다채롭게 변하는 것들이라면 신희에게선 그저 한결같은 따뜻함만이 느껴졌다.

"신경 안 써도 돼, 신희야. 미안해."

"무슨 일 있으면 언제든지 나한테 얘기해줘. 도움은 안 되겠지만, 그래도 들어줄 순 있으니까."

"고마워."

두 사람 사이에 흐르던 훈훈한 분위기는 우진이 종업원을 부르는 순간 산산이 깨지고 말았다.

"이리 오너라!"

그녀들과 비슷한 또래로 보이는 아르바이트생은 웃음을 참느라 벌게진 얼굴로 주문서를 들고 다가와 테이블 앞에 섰다.

"주문하시겠습니까?"

창피함에 애써 손으로 얼굴을 가리는 서연과 신희를 아는지 모르는지, 우진은 당당하게 외쳤다.

"후반양반무마니, 맥주 1700도 주시고요, 저기, 우리 여기 단골인데 다리 하나 정도는 서비스 안 됩니까?"

사춘기가 뒤늦게 온 건지, 아르바이트하던 여학생은 우진의 별로 웃기지도 않은 농담에 자지러지게 웃으며 자리를 떴다.

"도저히 창피해서 같이 못 다니겠다. 서연아, 우리 앞으론 선배랑 따로 다니자."

"동감."

신희와 서연이 눈을 흘기자 우진은 전혀 모르겠다는 표정으로 눈을 깜박이다 화제를 바꾸었다.

"뭐가 창피하다는 거야? 그건 그렇고, 이신희. 너 지금 나미 누나 카페 가야 할 시간 아니야? 거긴 어쩌고 여기서 이러고 있어?"

"아, 오늘은 안 와도 된대요."

"왜애? 장사 안 된다더니 혹시 짤렸냐!"

"아니, 그게 아니고, 오늘 문 닫고……."

"왜애애? 장사 안 된다더니 아예 접었나!"

"아, 이 싸람이 무슨 가위를 통으로 삶아 드셨나! 남의 말 자르지 말고 끝까지 좀 들어보라고요!"

자꾸만 말을 막는 우진과 마침내 폭발한 신희를 보며 서연은 저도 모르게 크게 웃음을 터뜨리고 말았다. 따로따로 볼 때는 모르겠는데, 두 사람이 같이 있으면 왜 이렇게 우스꽝스러워지는지 알 수가 없었다.

"점심시간에 갑자기 전화가 왔는데, 언니 봉사활동 긴급지원 나가야 해서 오늘 오후엔 카페 문 닫는다고 하더라고요."

"무슨 봉사활동을 또 해?"

"그것까진 모르겠어요. 유기견 구조하러 간다는데요."

"대단하다, 정말."

우진이 혀를 내두르자 신희 역시 고개를 끄덕이며 맞장구쳤다.

"대단하죠."

나미는 여러모로 존경스러운 사람이었다. 자기가 가진 것들을 베푸는 데 전혀 인색하지 않았으며, 그게 사람이든 아니든, 다른 존재를 돕는 일에는 무서울 정도로 적극적이었다.

"장사가 그렇게 안 되는데도 그 누님은 정말 괜찮은 건가?"

우진이 걱정스럽게 중얼거리는 말에 신희는 테이블 위의 마카로니 과자를 아작아작 씹으며 대꾸했다.

"집이 부자인가 봐요. 아저씨한테서 언뜻 듣기로는 강남의 무슨 땅 부잣집 딸이라던데요."

"아항. 어쩐지. 근데 강남 땅 부잣집 딸이 왜 저렇게 위치도 안 좋고 장사도 안 되는 카페를 꾸역꾸역 하고 있대?"

"혼자 놀고 싶어서 그러는 거 아닐까요?"

"아아. 그럴 수도 있겠네."

둘이서 의미 없는 추리를 이어가던 중, 우진이 뜬금없는 소릴 했다.

"그러고 보면, 나미 누나는 진짜 좋은 사람이야."

"뭐가 '그러고 보면'인데요?

서연의 물음에 우진은 씩 쪼개더니 말을 이었다.

"실은 우리 집도 꽤 살 만했는데, 나 고등학교 2학년 여름방학 때 아버지가 사업 후루룩 말아 드시고 쫄딱 망했거든?"

금시초문이었다. 신희와 서연의 눈은 동시에 휘둥그레졌다.

"망하기 전까진, 세상의 중심이 나라고 생각했었어. 다른 건 전혀 눈에 안 보이더라고. 아르바이트로 학비를 번다거나 하는 건 남의 나라 이야기고, 뭐, 돈은 어디서 그냥 샘솟는 줄 알았었지. 어려운 사람 도울 생각 같은 것 역시 꿈에도 해본 적 없었고."

서연은 왠지 뜨끔해져 입을 다물고 우진의 말을 경청했다.

"내가 그동안 학교 다녀보겠다고 고생하며 온갖 세상의 쓴맛을 다 봤잖냐. 그러니 어려운 사람들 처지만큼은 누구보다도 잘 안다고 생각해. 그렇지만 지금 내가 다시 예전처럼 부유해진다 해도, 솔직히 나는 누나처럼 그렇게 나서서 오랫동안 남 도우며 봉사하고 그런 거……, 아마 못할 것 같다."

신희와 서연은 숙연한 표정으로 고개를 끄덕였다.

"날 때부터 혜택 받고 편안한 삶을 보장받았는데도 그걸 마다하고 어려운 사람들, 동물들 돕는 거, 진짜 대단하지. 내가 아는 한 내 주위에는 그 비슷한 사람조차 단 한 명도 없었어. 누난 정신력도 강하고 진짜 멋있는 사람이야."

알고 하는 말인지 모르고 하는 말인지, 우진이 의미심장한 말을 덧붙였다.

"이건 딴 얘기긴 하지만, 곁에서 지켜보면 서연이 너는 멘탈이 너무 약한 것 같아 걱정이야. 그러니까 넌 특히 나미 누나한테 조언도 많이 구하고, 보고 배우면서 닮기도 하고 그랬으면 좋겠다. 이건 다 너 걱정해서 하는 말이야, 인마. 새겨들어."

"아……, 네."

다 맞는 말인데, 분명 틀린 곳 하나 없이 다 맞는 말인데, 그런데 왜 이렇게 마음이 편하지 못한 걸까.

마음뿐 아니었다. 서연은 갑자기 가시방석에 앉은 듯 자리가 불편해졌다.

서연이 무슨 말을 더 해야 할지 주저하는 사이, 우진은 어디선가에서 걸려온 전화를 받기 위해 자리를 떠버렸다.

떠드는 사람이 사라진 그들의 테이블엔 근처 손님들이 웅성거리는 소리와 미묘하게 유행 지난 최신가요만이 무겁게 내려앉았다.

주문한 맥주가 먼저 나오자 신희는 거품 오르는 생맥주를 컵에

426

따라 서연에게 건네며 슬쩍 그녀의 눈치를 살폈다.

"서연아."

"응."

"너 혹시 나미 언니한테 무슨 소리라도 들은 거야?"

밑도 끝도 없는 물음에 서연은 눈을 동그랗게 뜨고서 되물었다.

"갑자기 그건 왜?"

"음. 아니, 그냥……. 왠지 느낌이 그런 것 같아서. 언니가 뭐라고 하긴 했구나?"

잠시 고민하던 서연은 한숨을 내쉬고 자기 머리카락을 마구 헝클어뜨리며 대꾸했다.

"아아. 알아, 나도 안다고. 언니가 말 안 해도 이미 다 아는 얘기인데 그렇게까지 직격으로 할 필요가 있나 싶어서……."

"뭐라고 했는데?"

"준호 오빠는 힘든 사람이니까 오빠한테 너무 들러붙고 의지하지 말고 내가 힘이 돼줘야 한다고."

신희는 아무 말도 하지 않고 물끄러미 건너다보고만 있었다. 그 모습이 꼭 끝까지 다 털어놓으라는 것처럼 보였다.

서연은 혀끝에서 계속해서 까끌까끌 걸리고 있는 말을 어렵사리 내놓았다.

"그게 안 되면 애초에 포기하든지 하라던데……. 신희야, 있지, 나는……."

맞는 말인데 뭐가 문제인지, 왜 이렇게 거슬리는 건지 스스로도 알 수 없었던 서연은 말끝을 흐렸다.

그런데도 신희는 다 알 것 같다는 표정으로 중얼거렸다.

"너, 나미 언니가 불편한 거구나?"

서연에게선 끝까지 아무 대답도 돌아오지 않았다.

"'그렇게 좋은 사람, 그렇게 착한 사람을 내가 불편하게 여기다니, 혹시 나는 나쁜 사람인 건가? 내가 준호 오빠를 좋아하는 마음에 눈이 먼 게 아닐까⋯⋯?' 그렇게 생각하는 거지, 서연아?"

물방울이 맺힌 맥주잔을 의미 없이 손가락으로 문지르며, 서연은 신희의 눈을 피해버렸다.

한동안 서연의 손가락을 내려다보며 머릿속을 정리하는 듯하던 신희는 담담하게 말을 이었다.

"나는 우진 선배랑은 생각이 조금 달라. 그 사람이 인격적으로 좋은 사람이라고 해서 꼭 그 사람이 다 옳은 건 아니잖아. 굳이 닮으려고 노력할 필요는 없어. 왜냐면, 네가 틀리고 언니가 맞는 게 아니니까. 안 그래?"

신희의 말에 서연은 뭔가에 얻어맞은 듯한 표정으로 그녀를 마주 봤다.

"맞아. 그렇지."

"그리고⋯⋯."

조금 전까지만 해도 자신 있게 할 말을 이어가던 신희가 갑자기 평소의 소심한 태도로 돌아와 우물쭈물하기 시작했다.

"그리고?"

"서연아. 너, 다른 건 몰라도……, 나미 언니가 이사님에 대해
하는 말들은 웬만하면 그냥 흘려들었으면 좋겠어."

"그게 무슨 소리야?"

"이 얘길 할까 말까 되게 고민했었는데, 지금 돌아가는 거 보니
까 하는 게 맞을 것 같다. 전에 나미 언니가 오랫동안 좋아한 남자
있었다고 했잖아?"

"으응."

"아무래도 그 사람이 이사님인 것 같아."

"누가 그래?"

"우리 아저씨가. 전에 영국 있을 때 두 사람 사이에 무슨 일 있었
던 것 같다고 하시더라."

"아…….."

희미하게 의심하고 있었던 일의 윤곽이 드러나자 서연의 불편
함은 더욱더 커졌다.

"서연아. 나는 나미 언니 되게 좋아하고 늘 고맙게 생각하고 있
지만, 전에 좋아했던 남자의 현재 여자친구한테 그런 조언이라니.
아무리 언니가 아는 게 많고 나이도 많고 좋은 사람이라 해도, 그
건 좀 경우가 아니라고 생각해."

신희가 아예 딱 대놓고 그렇게 얘기해주니 서연은 왠지 가슴이
후련해졌다. 무거웠던 어깨도 조금 가뿐해진 기분이었다.

"나는 서연이 네 친구니까, 혹시라도 네가 나미 언니 때문에 속
상한 일 생기면 나는 언니랑 싸워서라도 네 편 들어줄 거야. 그러

니까 괜히 언니 앞에서 주눅 들지도 말았으면 좋겠어."

"신희야……."

생각지도 못한 말에 감격한 서연이 말을 잇지 못하자 신희는 환하게 웃으며 덧붙였다.

"그리고 누가 뭐래도 이사님이 사랑하는 여자는 너니까 좀 더 당당해도 괜찮잖아. 이사님이 바보도 아니고, 네가 귀찮고 마음에 안 든다면 굳이 사귈 이유가 없지 않니?"

신희가 말한 건 무척 단순한 사실이지만 생각이 너무 많았던 나머지 그간 잊고 있었던 것이기도 했다.

"그래, 맞아. 네 말이 맞아."

움츠린 가슴을 펴고서 고개를 끄덕인 서연은 잔을 들고 신희의 잔에다 세게 부딪치며 차가운 맥주 한 모금을 들이마셨다.

맥주 덕인지, 아니면 다른 어떤 이유에서인지, 서연의 가슴은 약간 시원해졌다. 막혔던 체증이 내려가는 기분이었다.

아주 늦은 시각도 아니었고 신희와 서연은 둘 다 혼자서 귀가할 수 있다고 했지만 우진은 한사코 고집을 부렸다. 학교 근처의 원룸에 신희를 먼저 들여보낸 후 서연을 집까지 데려다 주겠다며 버스에 나란히 올라탄 것이다.

덕분에 서연은 집까지 에스코트를 빙자한 준호와의 짧은 데이트도 날리고 말았다.

그런 이쪽 사정을 아는지 모르는지, 큰길의 정류장에서 내려 집 근처까지 가는 동안 우진은 내내 눈치 없이 잔소리를 해댔다.

"야, 이런 골목길을 가녀린 여자 혼자서 지나가다니 가당키나 한 일이냐!"

"가로등 훤히 켜져 있는데 뭐가 문제……? 이상하다? 왜 이렇게 어둡지?"

무슨 문제라도 생긴 건지, 골목이 평소보다 어두컴컴했다.

"이거 봐라, 이거 봐. 가로등 불이 다 갔네. 내가 지켜주지 않았다면 무서워서 어떻게 지나갈 뻔했냐?"

"그냥 준호……."

서연이 아무렇지도 않게 하는 말에 우진은 정색을 하며 말허리를 잘라버렸다.

"으어어어, 역시 우리 우진 오빠밖에 없다, 김우진밖에 없다고."

서연이 피식 웃으며 고개를 설레설레 흔들자 우진은 그녀를 힐끗 곁눈질하며 장난을 걸었다.

"어이. 많이 취했냐?"

"아뇨. 맥주 반 잔밖에 안 마셨는데요."

"얼굴 완전 새빨개졌는데?"

"말도 안 돼. 정말요?"

놀란 서연이 눈을 동그랗게 뜨고 올려다보는 모습에 우진은 정작 장난을 걸어놓고서 가슴이 철렁했다.

어둠 속에 희미하게 드러난 서연의 얼굴은 평소보다 한층 더 매력적이었다.

살짝 치켜 올라간 눈과 살며시 벌어진 입술이라든지, 굴곡 있는 몸매라든지, 그리고 놀라서 숨을 들이마시느라 크게 부풀어 오른 가슴이라든지…….

"선배, 왜 그래요? 어디 아파요?"

쉽사리 정신이 돌아오질 않았다.

우진의 심장은 무방비 상태로 드러난 서연의 모습에 반응해 미친 듯 쿵쾅거리고 있었다. 이대로 가다간 입 밖으로 툭 튀어나오는 게 아닐까 싶을 정도로 말이다.

"선배?"

"서연아."

"뭐야, 안 무섭게 지켜준다더니 선배가 더 수상한데요?"

"서연아……."

전혀 그럴 의도가 아니었는데, 우진은 머리와 몸이 따로 노는 듯한 느낌이 들었다. 정신을 차려보니 어느덧 그는 서연의 손목을 잡기 위해 손을 불쑥 내미는 중이었다.

손끝에 서연이 입은 얇은 카디건 소매 끝이 살짝 닿는 순간, 우진의 온몸으로 짜릿한 전류가 흘러내렸다. 알 수 없는 흥분에 숨이 턱턱 막혔다.

우진은 그제야 정확히 깨달을 수 있었다. 서연에 대한 자신의 마음이 어떤 종류의 것인지 말이다.

그때, 바로 근처에서 누군가가 서연의 이름을 불렀다.

"서연아!"

의문의 목소리에 서연은 고개를 돌리더니 반가운 표정으로 마주 소리쳤다.

"엄마!"

찬물이라도 뒤집어쓴 듯 순식간에 정신이 돌아왔다. 우진은 서연의 모친을 향해 허리를 꾸벅 숙이며 예의 바르게 인사했다.

"안녕하십니까!"

"서연아. 이 총각은 누구니?"

한 여사의 놀람 반 의심 반 물음에 서연은 정색을 하고서 답했다.

"우리 과 예비역 선배예요. 늦었다고 여기까지 데려다 준 거예요."

"그래? 세상에나, 고맙기도 하지."

"김우진이라고 합니다!"

"반가워요. 우리 서연이 잘 부탁해요."

"아이고, 무슨 그런 당연한 말씀을 하시나요, 장모님."

우진의 말도 안 되는 장난에 서연은 발끈하며 펄쩍 뛰었고, 한 여사는 몸이 뒤로 넘어가도록 까르륵 웃음을 터뜨렸다.

"데려다 줘서 고마워요, 선배."

"그래. 내일 보자, 서연아. 어머님, 그럼 저는 이만 가보겠습니다."

"조심히 가요. 오늘은 늦어서 좀 그렇고, 다음엔 안에 들어와서 차 한잔 해요."

"말씀만이라도 감사합니다. 그럼."

우진은 절도 있게 인사하고 자리를 떴다.

시야에서 그가 사라질 때까지 가만히 서 있던 서연은 이내 걱정 가득한 눈으로 한 여사를 돌아보며 해명했다.

"엄마. 오해하지 마세요."

"응?"

"정말로 그냥 선배예요."

"아아."

얼마 전, 한 여사는 서연의 담당교수인 여고 동창과 전화통화를 하던 중 묘한 소리를 들었다. 서연에게 서류 전달 심부름을 부탁 했었는데, 어찌 된 일인지 실제 그 서류를 전달한 사람은 서연 본 인이 아니라 수성그룹 3세인 젊은 재단 이사였다고.

물론 우연일 수도 있겠지만 엄마의 촉이란 게 있지 않나.

한 여사는 어두운 골목을 가만히 응시하다 어딘지 모르게 짓궂 게 들리는 어조로 답했다.

"그래. 다 알아."

"네……?"

서연의 집에서 꽤 멀리 떨어진 곳, 어둑한 담벼락 아래 차 한 대 가 주차되어 있었다.

운전석 헤드레스트에 뒷머리를 기대고 물끄러미 그들을 바라보고 있던 준호는 씁쓸한 표정으로 시동 버튼을 눌렀다.

"김우진……, 하여튼 끝까지 마음에 안 드는 녀석이군."

- 2권에서 계속.